LES LUMIÈRES DU NORD

DU MÊME AUTEUR
AUX ÉDITIONS BELFOND

La Villa, 2001
Par une nuit sans mémoire, 2001
La Fortune des Sullivan, 2002
Bayou, 2003
Un dangereux secret, 2004
Les Diamants du passé, 2005
Coup de cœur, 2005

NORA ROBERTS

LES LUMIÈRES DU NORD

*Traduit de l'américain
par Michel Ganstel*

belfond
12, avenue d'Italie
75013 Paris

Titre original :
NORTHERN LIGHTS
publié par G.P. Putnam's Sons, a member of Penguin Group (USA) Inc., New York.

Ce livre est une œuvre de fiction. Les noms, les personnages, les lieux et les événements sont le fruit de l'imagination de l'auteur ou utilisés fictivement, et toute ressemblance avec des personnes réelles, vivantes ou mortes, des établissements d'affaires, des sociétés, des événements ou des lieux serait pure coïncidence.

Si vous souhaitez recevoir notre catalogue
et être tenu au courant de nos publications,
vous pouvez consulter notre site internet :
www.belfond.fr
ou envoyer vos nom et adresse,
en citant ce livre,
aux Éditions Belfond,
12, avenue d'Italie, 75013 Paris.
Et, pour le Canada,
à Interforum Canada Inc.,
1055, bd René-Lévesque-Est,
Bureau 1110,
Montréal, Québec, H2L 4S5.

ISBN 2-7144-4122-X
© Nora Roberts 2004. Tous droits réservés.
Et pour la traduction française place des éditeurs
© Belfond, un département de place des éditeurs, 2006.

Ténèbres

> *« Finissez, bonne dame ;*
> *la lumière du jour est enfuie*
> *Et nous voilà dans les ténèbres. »*
>
> William SHAKESPEARE

> *« Oh ! la nuit, les ténèbres dans l'éclat de midi,*
> *Le noir irrémissible de l'éclipse totale*
> *Sans espoir de revoir le jour. »*
>
> John MILTON

Prologue

Extrait du journal – 12 février 1988

Atterri sur le glacier vers midi. Le vol a fait passer ma gueule de bois et m'a libéré des racines de la réalité qui me rattachait au monde d'en bas et m'étranglait. Le ciel est aussi limpide que du cristal bleu. Le genre de ciel qu'on colle sur les cartes postales pour attirer les touristes, sans oublier le halo autour du soleil blanc et froid. J'y vois le signe que notre ascension était inscrite dans le Grand Livre. Le vent fait dans les dix nœuds, le thermomètre, un doux moins dix. Le glacier est aussi large que les fesses de Kate la pute et aussi glacé que son cœur. Malgré tout, Kate nous a reçus hier soir comme des princes. Elle nous a même offert ce qu'on pourrait appeler un tarif de groupe.

Je me demande ce que nous sommes venus foutre ici, sauf qu'il faut bien être quelque part en train de faire quelque chose. Escalader en plein hiver la montagne Sans Nom vaut bien et peut-être même mieux que beaucoup d'autres choses. Un homme a besoin de temps en temps d'une semaine d'aventure, une aventure sans tord-boyaux ni femmes faciles. Comment apprécier l'alcool et les femmes si on ne s'en prive pas un moment ?

Il faut dire que tomber sur deux cinglés de mon espèce m'a valu un sacré coup de veine au jeu et m'a sérieusement remonté le moral. Il faut dire aussi que rien ne me flanque davantage le bourdon que de devoir bosser tous les jours pour gagner ma croûte comme le reste du troupeau. Le magot que m'a rapporté mon coup de veine devrait satisfaire mes bonnes femmes un moment, je peux donc me permettre de prendre quelques jours avec mes copains, rien que pour me faire plaisir à moi.

Me battre contre les éléments, risquer ma peau en compagnie d'autres types aussi fêlés que moi, j'en ai besoin pour me rappeler que je suis en vie. Le faire non pas pour la paie, pas par devoir, pas parce qu'une bonne femme vous casse les bonbons, mais par pure connerie, voilà qui vous maintient l'esprit en forme. Il y a de plus en plus de monde, en bas. Trop de monde. Trop de routes qui vont là où elles n'allaient jamais, trop de gens qui vivent là où personne n'avait jamais vécu. Quand j'y suis arrivé, il n'y en avait pas autant et les foutus fédéraux ne régentaient pas tout. Il faut maintenant un permis d'escalade ! La permission de marcher sur une montagne ! Qu'ils aillent se faire foutre, ces pisse-froid de fédéraux, avec leur paperasse et leurs règlements ! Les montagnes étaient là longtemps avant que des bureaucrates inventent le moyen de rafler trois sous grâce à elles ! Et elles y seront encore longtemps après qu'ils auront rôti en enfer avec les flammes de leurs maudits papiers !

Mais moi je suis là, sur cette terre qui n'est à personne. Une terre sacrée ne peut pas appartenir à quelqu'un. S'il y avait moyen de vivre sur la montagne, j'y planterais ma tente pour ne jamais en repartir. Mais, sacrée ou pas, cette terre-là vous tuera plus vite, plus sûrement qu'une femme abusive – et avec moins de considération.

Alors, je vais prendre ma semaine de bon temps avec des types qui pensent comme moi. Nous irons au sommet de ce pic sans nom qui domine la ville, la rivière et les lacs, qui méprise les limites dans lesquelles les fédéraux veulent emprisonner une terre qui se moque bien de leurs minables efforts pour la domestiquer, la sauvegarder comme ils disent. L'Alaska n'appartient qu'à lui-même malgré les routes, les panneaux et les règlements qu'on lui colle dessus. L'Alaska est la dernière des femmes sauvages, c'est pour cela que Dieu l'aime. Moi aussi.

Nous avons installé notre camp de base. Le soleil déjà tombé derrière les sommets nous plonge dans la nuit de l'hiver. Blottis sous notre tente, nous nous remplissons la panse, nous nous passons un pétard, nous parlons du lendemain.

Et demain, nous grimpons.

1

En route pour Lunacy – 28 décembre 2004

Sanglé sur son siège dans une boîte de conserve qualifiée d'avion par quelque mauvais plaisant, ballotté dans tous les sens au gré des trous d'air dans la pénombre qu'on appelle en hiver la lumière du jour, frôlant des murailles enneigées avant de surplomber des gouffres, le tout pour se rendre dans une ville appelée Lunacy, Ignatious Burke n'avait même pas la force de chercher à quel saint se vouer.

Il n'était pas aussi prêt qu'il le croyait à affronter la mort.

Penser que son sort était entre les mains d'un inconnu, engoncé dans une parka jaune canari et la figure à moitié cachée par un vieux chapeau de brousse en cuir au-dessus d'un passe-montagne violacé, n'avait en effet rien de particulièrement rassurant. À Anchorage, l'individu lui avait pourtant paru compétent quand il avait topé d'une solide claque sur la main de Nate, avant de lui montrer du pouce sa boîte de fer-blanc à hélice en disant : « Appelez-moi Jerk. » C'est à ce moment-là que le doute s'était glissé dans son esprit.

Quel imbécile inconscient accepterait de voler dans un tas de ferraille piloté par un énergumène répondant au nom de Jerk ?

L'avion constituait pourtant le moyen le plus sûr d'accéder à Lunacy aussi tard dans l'année. Du moins Mme le maire Hopp le lui avait-elle affirmé lorsqu'il l'avait consultée sur l'organisation de son voyage. Mais quand l'appareil vira sec sur l'aile droite et que Nate sentit son estomac suivre le mouvement, il se demanda quelle était la définition du mot *sûr* dans l'esprit du premier magistrat municipal.

Dire qu'il croyait s'en foutre éperdument ! Vivre ou mourir, quelle importance dans l'organisation de l'Univers ? Quand il avait embarqué à Baltimore dans le gros avion de ligne, il s'était résigné au fait que, de toute façon, sa vie ne s'éterniserait pas.

Le psy commis d'office lui avait recommandé de ne prendre aucune décision importante quand il était en état dépressif. Cela ne l'avait pas empêché de poser sa candidature au poste de chef de la police de Lunacy, pour la simple raison que le nom de l'endroit lui avait paru approprié. Ni d'avoir ensuite accepté le job avec indifférence.

Même en ce moment, l'estomac tordu par la nausée et tremblant de froid de la tête aux pieds, Nate avait conscience que ce n'était pas la mort en elle-même qui le rebutait, mais la manière. Il ne voulait pas périr écrasé comme une mouche contre le flanc d'une foutue montagne dans la lumière livide de l'hiver polaire. S'il était resté à Baltimore, s'il avait fait semblant d'écouter le psy et d'être aimable avec son capitaine, il aurait pu s'arranger pour être tué en service commandé, ce qui aurait au moins eu une certaine allure. Mais il avait fait sa mauvaise tête, rendu son badge et coupé – non, anéanti – les ponts derrière lui. Tout ça pour finir en tache sanguinolente quelque part en Alaska…

— On va être un peu secoués, l'informa Jerk avec nonchalance.

Nate déglutit une gorgée de bile.

— Ce n'était pas tellement calme jusqu'à présent.

— C'était rien encore, dit Jerk avec un sourire entendu. Vous devriez essayer de vous bagarrer contre un bon vent debout.

— Merci, sans façon. Il y en a encore pour longtemps ?

— On arrive bientôt.

L'avion se cabrait, vibrait. Nate déclara forfait. Il ferma les yeux et pria Dieu avec ferveur de ne pas aggraver l'indignité de sa mort en le laissant vomir sur ses bottes. Jamais, se jura-t-il, il ne remonterait dans un avion. S'il survivait, il quitterait l'Alaska en voiture, à pied, en rampant s'il le fallait. Mais jamais, au grand jamais il ne remettrait les pieds dans un engin volant.

L'appareil fit soudain un bond si brutal que Nate rouvrit les yeux malgré lui. Et il découvrit à travers le pare-brise la victoire triomphante du soleil sur la grisaille, un miracle qui donnait au ciel l'éclat irisé de la nacre et dessinait la terre en longues ondes de bleu et de blanc, où alternaient le scintillement des lacs gelés et d'immenses étendues d'arbres drapés de neige. À l'est, le ciel était occulté par la masse écrasante de ce que les gens du pays appelaient le Denali, ou simplement la Montagne. Ses recherches superficielles avaient appris à Nate que seuls les profanes lui donnaient son nom officiel de mont McKinley.

Rien de réel ne devrait être aussi énorme, fut-il seulement capable de penser en se cramponnant de son mieux pendant la séance de montagnes russes que lui infligeait le coucou. Effaré, il en oublia les sursauts de son estomac, le vrombissement assourdissant du moteur et le froid qui remplissait la carlingue tel un brouillard poisseux.

— Une grosse brute, hein ? commenta Jerk.

— Ouais, approuva Nate. Une grosse brute.

Ils obliquèrent vers l'ouest sans perdre la montagne de vue. Nate s'aperçut alors que ce qu'il avait pris pour une route verglacée était une rivière gelée. Il découvrit près d'une des rives les signes de la présence de l'homme, des maisons, des bâtiments, des camions, des voitures. Tout paraissait figé comme dans un de ces globes qu'il faut secouer pour faire tomber la neige.

Quelque chose claqua sous le fuselage en secouant l'appareil.

— Qu'est-ce que c'est ?

— Le train d'atterrissage. On arrive.

L'avion amorça une descente si rapide que Nate se cramponna de nouveau à son siège.

— Quoi ? Nous allons atterrir ? Où ?

— Sur la rivière. Vous inquiétez pas, à cette époque-ci de l'année, elle est gelée sur trois mètres d'épaisseur.

— Mais...

— On se pose sur des skis.

Le mot lui rappela qu'il détestait les sports d'hiver.

— Des skis ? Il ne vaudrait pas mieux des patins ?

Jerk éclata d'un rire tonitruant tandis que l'avion s'approchait du ruban de glace à une vitesse que Nate jugea suicidaire.

— Des patins ! Elle est bonne, celle-là !

L'engin rebondit, dérapa, se redressa avant de s'arrêter au bout d'une gracieuse glissade qui mit les entrailles de Nate au bord de la déroute. Jerk coupa le contact. Dans le soudain silence, Nate entendit distinctement son cœur battre comme le galop d'un cheval emballé.

— On ne vous paie sûrement pas assez, parvint-il à articuler.

— Oh ! C'est pas la paie qui compte, déclara Jerk en lui donnant une claque amicale sur le bras. Bienvenue à Lunacy, chef !

Nate décida de ne pas embrasser le sol en descendant de la carlingue. D'abord, il aurait l'air ridicule et, surtout, il craignait que ses lèvres restent collées à la glace. Il espéra seulement que ses jambes tiendraient assez longtemps pour le porter jusqu'à un endroit chaud et tranquille. Mais il avait d'abord un problème à résoudre : traverser la glace sans se casser une jambe ou se rompre le cou.

— Vous inquiétez pas pour votre barda, chef ! lui cria Jerk quand il commença à s'éloigner à pas comptés. Je vous l'apporterai.

— Merci !

En rattrapant sa première glissade, il vit une silhouette debout sur la rive, enveloppée dans une parka marron au capuchon doublé de fourrure et dont l'haleine lançait des bouffées de vapeur. La prenant pour repère, il s'avança en piétinant la surface inégale de la glace avec toute la dignité dont il était capable.

— Ignatious Burke ?

La voix était rocailleuse mais féminine. Nate glissa encore une fois, se rattrapa et réussit à arriver sain et sauf sur la rive enneigée. La silhouette tendit une main gantée d'une moufle, agrippa la sienne pour le remettre d'aplomb et la secoua avec vigueur.

— Anastasia Hopp, se présenta Mme le maire. Vous n'êtes pas encore bien aguerri, à ce que je vois. Jerk, tu t'es amusé à faire peur à notre nouveau chef pendant le trajet ?

— Non, m'dame. Juste un peu de turbulences.

— Comme toujours. Beau garçon, ma foi. Même vert de trouille. Tenez, avalez-moi ça, dit-elle en sortant de sa poche une flasque d'argent qu'elle lui tendit.

— Euh… c'est-à-dire que…

— Allez-y, vous n'êtes pas encore en service. Une lampée de brandy vous remettra les tripes à l'endroit.

Décidant que sa situation ne pouvait pas empirer, Nate déboucha la flasque et en but une longue gorgée, qu'il sentit descendre comme une langue de feu dans son estomac en détresse.

— Merci.

— Nous allons vous installer au *Lodge*, vous laisser le temps de reprendre votre souffle, expliqua-t-elle en le précédant sur une piste de neige damée. Je vous ferai visiter la ville plus tard, quand vous aurez les idées claires. Un long chemin depuis Baltimore.

— Oui, très.

Il se crut dans un décor de cinéma. Les arbres blanc et vert, la rivière gelée, la neige, les maisons en rondins, la fumée qui sortait des cheminées, tout avait l'air trop léché, trop convenu. Il contemplait le paysage à travers une sorte de voile d'irréalité qui lui fit prendre conscience de son épuisement. Il avait été incapable de dormir pendant ses différents vols et calcula qu'il n'avait pas été à l'horizontale depuis près de vingt-quatre heures.

— Belle journée claire, commenta Hopp. Les montagnes se donnent en spectacle. Le genre de tableau qui attire les touristes.

C'était en effet aussi parfait qu'une carte postale. Nate avait de plus en plus l'impression de s'être introduit par inadvertance dans un décor de cinéma – ou dans le rêve de quelqu'un d'autre.

— Je suis contente de vous voir bien équipé, reprit-elle sans cesser de l'observer du coin de l'œil. Les gens d'en bas, comme nous appelons ceux des autres États, arrivent ici avec des beaux pardessus, des bottines tout droit sorties du magasin et ils se plaignent d'avoir froid.

Il avait commandé sa garde-robe sur un site Internet, conformément à la liste détaillée fournie par le maire.

— Vous étiez explicite sur les choses dont j'aurai besoin.

— Je le suis encore plus sur ce dont *nous* avons besoin. Ne me décevez pas, Ignatious.

— Appelez-moi Nate. Et je n'ai pas l'intention de vous décevoir, madame le maire.

— Hopp suffira. C'est ce qu'ils disent tous.

Elle gravit les quelques marches en bois d'une galerie couverte qui s'étendait sur toute la longueur de la façade d'un bâtiment.

— Voici le *Lodge*. À la fois hôtel, bar, restaurant, centre de rencontre. Vous y avez une chambre retenue, elle fait partie de votre salaire. Si vous décidez de vous installer ailleurs, ce sera à vos frais. L'établissement appartient à Charlene Hidel. La cuisine est bonne et l'endroit correctement tenu. Elle vous soignera bien. Elle essaiera aussi de vous mettre dans son lit ou de se glisser dans le vôtre.

— Pardon ?

— Vous êtes beau garçon, et Charlene a un faible pour les beaux hommes. Elle est trop vieille pour vous, mais elle est convaincue du contraire. À vous d'en décider.

Nate découvrit sous le capuchon de la parka un visage rond et rouge comme une pomme, des petits yeux noisette au regard vif et des lèvres minces dont les coins se relevaient en un sourire narquois.

— Comme partout en Alaska, reprit-elle, nous avons un surplus d'hommes, ce qui n'empêche pas la population féminine de renifler la viande fraîche. Vous en êtes, beaucoup voudront y goûter. Faites ce qui vous plaît de votre temps libre, Ignatious. Je vous demande seulement de ne pas sauter les filles pendant vos heures de service.

— Je l'inscrirai sur mes tablettes.

— J'y compte bien !

Son rire, qu'elle ponctua d'une tape sur le bras de Nate,

sonna comme deux coups de corne de brume. Et elle ouvrit enfin la porte pour le laisser entrer dans un havre de chaleur.

Il huma d'abord un arôme accueillant de feu de bois et de café frais, une odeur d'oignons frits et une bouffée de parfum entêtant. La vaste salle était aménagée d'un côté en restaurant, avec tables et chaises, de l'autre en bar, avec un comptoir et des tabourets rouges, usés par des années de loyaux services. Par une baie ouverte sur la gauche, il vit un billard, ce qui ressemblait à un baby-foot et un juke-box illuminé comme un arbre de Noël. À droite, une autre baie donnait sur la réception de l'hôtel : un comptoir devant des casiers numérotés contenant les clés et le courrier des pensionnaires. Un grand feu flambait dans la cheminée et les fenêtres en façade offraient une vue spectaculaire sur les montagnes.

Une serveuse enceinte jusqu'aux dents apportait leurs cafés à deux clients attablés. Elle avait des cheveux noirs et brillants coiffés en une longue tresse et un visage d'une beauté si sereine que Nate en cligna des yeux. Avec ses yeux noirs et doux et son teint doré, elle lui apparut comme une incarnation locale de la Madone. Un petit garçon de trois ou quatre ans était assis à une autre table devant un album à colorier. Un homme en veste de tweed perché au bar fumait en lisant un épais roman qui paraissait usé. Au fond de la salle, un autre homme à la longue barbe brune cachant sa chemise de flanelle défraîchie semblait soutenir avec lui-même une conversation hargneuse.

À leur entrée, toutes les têtes se tournèrent et des saluts fusèrent à l'adresse de Hopp, qui rabattit son capuchon en dévoilant une tignasse grise indisciplinée. Les regards qui se fixèrent aussitôt sur Nate exprimaient un éventail de sentiments allant de la simple curiosité de la plupart à l'hostilité manifeste du barbu.

— Je vous présente Ignatious Burke, notre nouveau chef de la police, annonça Hopp en faisant glisser la fermeture de sa parka. Les deux qui boivent leur café sont Dex Trilby et Hans Finkle. Là-bas, avec l'air méchant sur ce qu'on peut voir de sa figure derrière la forêt de poils, c'est Bing Karlovski. Rose Itu sert les clients. Comment va le bébé aujourd'hui, Rose ?

— De plus en plus agité. Bienvenue, chef Burke.

— Merci, répondit Nate.

— Celui-ci, poursuivit Hopp en allant taper sur l'épaule de la veste de tweed au bar, c'est le Professeur. Du nouveau dans ce bouquin depuis la dernière fois que vous l'avez lu ?

— J'y découvre toujours quelque chose. Vous venez de loin, ajouta-t-il en regardant Nate par-dessus ses lunettes.

— Plutôt, oui.

— Et vous n'en êtes pas encore remis, constata-t-il avant de reprendre sa lecture.

— Ce joli petit diable, enchaîna Hopp, c'est Jesse, le fils de Rose.

Le garçonnet leva de grands yeux sombres sous une épaisse frange de cheveux noirs et tira Hopp par le bord de sa parka pour lui chuchoter quelque chose à l'oreille.

— Sois tranquille, répondit-elle, nous lui en donnerons une.

La porte derrière le bar s'ouvrit alors pour livrer passage à un colosse noir drapé dans un grand tablier blanc.

— Lui, annonça Hopp, c'est Big Mike, le cuisinier. Il était dans la marine jusqu'à ce qu'une de nos filles lui mette le grappin dessus un jour où elle était descendue à Kodiak.

— Dites plutôt qu'elle m'a ferré comme une truite, plaisanta Big Mike avec un large sourire. Bienvenue à Lunacy, chef.

— Merci.

— Il faut quelque chose de bon et de chaud pour notre nouveau chef, déclara Hopp.

— La soupe de poisson est bonne, aujourd'hui. À moins que vous ne préfériez mordre dans de la viande rouge, chef.

Il fallut un moment à Nate pour s'identifier au terme de « chef ». Un moment pendant lequel il sentit tous les regards fixés sur lui.

— La soupe de poisson fera très bien l'affaire, répondit-il.

— C'est comme si vous l'aviez.

Sur quoi, Big Mike disparut dans la cuisine, d'où émergea sa voix de baryton qui beuglait une rengaine passée de mode.

Hopp fit signe à Nate de rester où il était et marcha vers le hall de l'hôtel. Il la vit passer derrière le comptoir, prendre une clé dans un casier. Au même moment, la porte derrière le comptoir s'ouvrit et la bombe fit son apparition.

Elle était blonde, comme doivent l'être les bombes, estima Nate. Une masse de cheveux ondulés couleur de miel cascadait jusqu'à une impressionnante poitrine mise en valeur par le décolleté généreux d'un sweater bleu. Il fallut une minute à Nate pour remonter au visage, car ledit sweater était inséré dans la ceinture d'un jean si étroitement moulé qu'il devait provoquer des contusions internes à certains organes vitaux.

Le visage, quand son regard y parvint, arborait une paire d'yeux bleus brillants d'une innocence que contredisaient des lèvres pulpeuses tartinées d'un rouge agressif. L'ensemble évoquait une poupée Barbie, mais une Barbie dévoreuse d'hommes. En dépit des contraintes imposées à son anatomie par l'ajustage des vêtements, tout ce qui pouvait onduler ondula tandis qu'elle contournait le comptoir d'une démarche chaloupée, traversait le restaurant sur des mules à talons aiguilles et allait s'accouder au bar dans une posture langoureuse.

— Bonjour, beau gosse, lâcha la bombe.

La voix – un ronronnement de gorge, fruit manifeste d'une longue expérience – était conçue pour vider de son sang une tête d'homme et ramener son QI au niveau de celui d'un navet pas mûr.

— Un peu de tenue, Charlene ! la rabroua Hopp en faisant tinter la clé. Ce pauvre garçon est mort de fatigue et a l'estomac à l'envers, il n'a pas la force de vous affronter en ce moment. Chef Burke, Charlene Hidel, la propriétaire. Votre gîte et votre couvert sont pris en charge par le budget municipal, ne vous croyez donc pas obligé de payer quoi que ce soit en nature.

— Vous êtes trop méchante, Hopp, ronronna Charlene avec un sourire mutin. Venez, chef Burke, je vais vous installer dans votre chambre et je vous ferai monter quelque chose de chaud à manger.

— Il montera avec moi, déclara Hopp. Jerk va lui apporter ses bagages. En attendant, Rose lui servira la soupe de poisson que Mike est en train de lui réchauffer. Venez, Ignatious. Les mondanités attendront que vous soyez en meilleur état.

Nate aurait pu se défendre tout seul, mais il jugea inutile de discuter. Il suivit donc Hopp dans l'escalier aussi docilement qu'un toutou suit son maître. En quittant la salle, il entendit quelqu'un grommeler un mot sonnant comme *cheechako*. Il supposa que c'était une insulte et ne la releva pas.

— Charlene n'est pas une mauvaise femme, lui dit Hopp. Seulement elle ne peut pas s'empêcher d'allumer les hommes dès que l'occasion se présente.

— Ne vous faites pas de souci pour moi, maman.

Hopp lâcha un double éclat de rire en corne de brume en introduisant la clé dans la serrure de la chambre 203.

— Son homme s'est envolé il y a une quinzaine d'années en la laissant seule avec leur fille à élever, Meg. Elle a plutôt fait du bon travail, bien qu'elles passent le plus clair de leur temps à se chamailler. Elle n'a pas manqué d'hommes depuis, tous plus jeunes chaque fois. Je vous ai déjà dit qu'elle était trop vieille pour vous, mais je devrais plutôt préciser que, de la manière dont elle se conduit, c'est vous qui êtes trop vieux pour elle. Trente-deux ans, je crois ?

— Je les avais en quittant Baltimore. Cela fait combien d'années, déjà ?

Sur un nouveau coup de corne de brume, Hopp ouvrit la porte.

— Charlene en a une bonne douzaine de plus. Sa fille a un peu moins de votre âge. Vous feriez bien de ne pas l'oublier.

— Je croyais que les femmes étaient ravies quand une des leurs met le grappin sur un homme plus jeune.

— Ça montre que vous n'y connaissez pas grand-chose aux femmes. Nous sommes enragées, oui, parce que nous n'avons pas réussi à le rafler d'abord. Voilà votre chambre.

Il entra dans une pièce aux cloisons de bois meublée d'un lit de fer en plein milieu, d'une commode surmontée d'une glace d'un côté, d'une petite table ronde, d'un bureau et de deux chaises de l'autre. Tout était propre, spartiate et aussi attirant qu'un sac de riz.

— Il y a une petite cuisine par ici, reprit Hopp en tirant un rideau derrière lequel un mini-réfrigérateur, un réchaud à deux feux et un évier grand comme la paume de la main encombraient un réduit. À moins que vous ayez la passion de la cuisine, je vous conseille de prendre vos repas en bas. On mange bien, ici. Ce n'est pas le Ritz, bien sûr, et il y a des chambres plus belles que celle-ci, seulement nous devons respecter le budget. La salle d'eau, ajouta-t-elle en ouvrant une porte. Un peu juste, mais suffisante.

Nate passa la tête à l'intérieur. Le lavabo était à peine plus grand que l'évier de la kitchenette ; en revanche, la douche convenait à sa taille.

— Vos affaires, chef ! annonça Jerk, qui entra en portant les deux valises et le sac marin comme s'ils ne pesaient rien.

Il jeta le tout sur le lit, qui s'affaissa nettement sous le poids.

— Si vous avez besoin de moi, reprit-il, je vais manger un morceau en bas. Je couche ici ce soir et je m'en vais demain matin.

Sur quoi, il porta deux doigts à son front en guise de salut et se retira dans un lourd bruit de bottes.

— Oh ! Minute ! cria Nate en plongeant la main dans sa poche.

— Je me charge de son pourboire, intervint Hopp. Tant que vous n'avez pas pointé, vous êtes l'invité du conseil municipal.

— Merci.

— Mais je compte bien que vous ne vous tournerez pas les pouces et que nous en aurons pour notre argent.

— Déjeuner ! chantonna Charlene en arrivant avec un plateau qu'elle alla poser sur la table. Une soupe de poisson toute chaude, chef, et un sandwich, vous m'en direz des nouvelles ! Attention, le café est brûlant.

— Ça sent très bon. Merci, madame Hidel.

— Pour vous c'est Charlene, dit-elle en battant des cils avec un art consommé. Nous sommes une grande famille, ici.

— Si c'était vrai, nous n'aurions pas besoin d'un chef de la police.

— Voyons, Hopp, n'allez pas lui faire peur ! La chambre vous plaît, Ignatious ?

— Appelez-moi Nate. Elle est très bien, merci.

— Lestez-vous l'estomac et reposez-vous, déclara Hopp. Quand vous aurez repris vos esprits, prévenez-moi, je vous ferai faire la visite guidée. Votre première obligation officielle sera d'assister demain après-midi à la séance du conseil municipal. Je vous présenterai à ceux qui auront bien voulu faire acte de présence. Avant, vous voudrez sans doute voir vos locaux et faire connaissance avec vos deux agents et avec Peach. Et vous recevrez votre étoile de shérif.

— Mon… étoile ?

— Jesse voulait être sûr que vous en auriez une. Venez, Charlene, laissons ce pauvre garçon tranquille.

Joignant le geste à la parole, elle lui empoigna un bras et l'entraîna dehors. Derrière la porte refermée, Nate entendit les protestations étouffées de Charlene sous le claquement de ses talons aiguilles.

Une fois sûr d'être seul, il donna un tour de clé à la serrure, se défit de ses vêtements polaires qu'il laissa tomber par terre en tas puis, en bottes et sous-vêtements, prit le bol de soupe, la cuillère et alla se poster derrière la fenêtre.

Il était trois heures et demie de l'après-midi à la pendulette posée sur la table de chevet et il faisait aussi noir qu'à minuit. À la lumière des réverbères, il distinguait les contours des bâtiments bordant la rue. Partout, les décorations de Noël brillaient de tous leurs feux, mais il n'y avait personne dehors. Pas trace de vie.

Trop fatigué, trop affamé pour en apprécier le goût, Nate avalait mécaniquement sa soupe de poisson. Derrière la vitre, il ne voyait rien qu'un décor de cinéma. Les bâtiments et les maisons auraient pu être des façades factices, les quelques personnages rencontrés en bas, des figurants. Il se trouvait peut-être au cœur d'une hallucination produite par la dépression, le chagrin, la colère, quels qu'aient été les ingrédients vénéneux de ce qui l'avait poussé à se lancer dans le vide. Il se réveillerait chez lui, à Baltimore, s'obligerait à rassembler assez de forces pour prétendre vivre une journée de plus…

La soupe terminée, il prit le sandwich et retourna le manger derrière la fenêtre en regardant ce monde inerte en noir et blanc, dont les lumières de fête soulignaient l'aspect surréaliste. Peut-être sortirait-il dans ce désert, peut-être deviendrait-il à son tour un figurant de cette illusion avant de se dissoudre dans un fondu enchaîné, comme à la dernière bobine d'un vieux film. Alors, tout serait fini…

Il hésitait à le souhaiter ou à s'y résigner quand une silhouette apparut. Ses vêtements d'un rouge éclatant semblaient jaillir de ce décor incolore pour lui donner vie. Ses mouvements vifs, résolus, paraissaient dictés par une mission à accomplir, un objectif à atteindre. Elle laissait dans la neige des empreintes de pas qui signifiaient « Je suis passée ici, j'existe ». De sa fenêtre, Nate ne pouvait dire si la silhouette était celle d'un homme, d'une femme ou d'un enfant, mais sa couleur et l'assurance de sa démarche suffisaient à retenir son intérêt.

Comme si elle s'était sentie observée, la silhouette s'arrêta, regarda en l'air. Une fois de plus, Nate eut une impression de noir et blanc, noir des cheveux, blanc du visage, brouillés par l'obscurité et la distance. Un instant, tout se figea avant que la silhouette se remette à marcher en direction du *Lodge* et disparaisse du cadre.

Nate tira le rideau, tourna le dos à la fenêtre. Il hésita à défaire ses valises, se contenta de les poser par terre, se déshabilla en se forçant à ignorer la froidure de l'air sur sa peau nue et se glissa sous les couvertures comme un ours rampe dans sa tanière d'hibernation.

Il resta là, inerte, un homme dans la force de l'âge dont l'épaisse tignasse châtaine surmontait un long visage mince aux traits affaissés par l'épuisement et des yeux gris au regard rendu flou par le découragement. Sous la barbe de vingt-quatre heures, sa peau était blafarde. La nourriture avait apaisé les tiraillements de son ventre, mais il se sentait apathique comme au sortir d'une grippe débilitante. Il regrettait que Charlene Barbie ne lui ait pas apporté une bouteille à la place du café. S'il n'était pas un gros buveur – ce qui l'avait sauvé de l'alcoolisme en plus du reste – une ou deux bonnes lampées d'alcool auraient pu aider son cerveau à se déconnecter et à trouver le sommeil.

Dans le silence, il entendait le vent qui s'était levé et gémissait à la fenêtre. Il entendait aussi les craquements de la bâtisse en bois et sa propre respiration. *Ignore-les*, s'ordonna-t-il. *Ignore tout. Dors.*

Il comptait sommeiller deux ou trois heures, se doucher pour effacer la crasse du long voyage, finir de se réveiller avec du café fort. Après, eh bien, il serait toujours temps de voir ce qu'il avait à faire.

Il éteignit la lumière, la pièce plongea dans le néant du noir. Quelques secondes plus tard, Nate y plongea à son tour.

2

Le noir l'avait aspiré comme la boue d'un marécage lorsque le cauchemar l'en arracha. Haletant, couvert d'une sueur froide et poisseuse, il rejeta ses couvertures, respira profondément. L'odeur de la chambre ne lui était pas familière et il lui fallut un moment pour se rappeler qu'il n'était plus dans son appartement de Baltimore.

Il avait perdu la raison, il était en Alaska.

Le cadran lumineux de la pendulette indiquait 5 h 48. Il avait donc dormi un peu plus de deux heures. L'obscurité régnait, comme dans son mauvais rêve. Une nuit noire. Une pluie polluée. Une odeur de poudre et de sang. *Bon Dieu, Nate, je suis touché !* Une pluie glaciale ruisselait sur son visage, du sang tiède suintait entre ses doigts. Le sien et celui de Jack.

Il était aussi impuissant à empêcher le sang de couler que la pluie de tomber. L'une et l'autre avaient répandu le restant de sa personnalité dans le ruisseau d'une sordide ruelle de Baltimore. Ç'aurait dû être moi, s'était-il répété. Pas Jack. Jack aurait dû être chez lui avec sa femme et ses enfants. C'est moi qui aurais dû crever sous la pluie, sur l'asphalte crasseux. Mais il s'en était tiré avec une balle dans la jambe et une autre au-dessus de la ceinture. Juste assez pour le faire tomber, le ralentir et laisser Jack mourir à sa place. Il avait suffi de quelques secondes de trop, de quelques erreurs insignifiantes pour entraîner la mort d'un homme bon et courageux.

Il avait dû se résigner à vivre avec ce remords, cette blessure de l'âme pire que celles de sa chair. Il avait envisagé de se tuer à son tour, seulement cette solution égoïste n'aurait en rien honoré la mémoire de son ami. Continuer à vivre était infiniment plus dur.

Il chassa de son mieux ces dernières pensées, se rendit dans la salle de bains. Le maigre filet d'eau chaude lui fit l'effet d'un don du ciel. Il faudrait du temps pour que cette eau parvienne à éliminer la crasse et la sueur séchée des dernières trente-six heures, mais le temps ne lui posait pas de problème. Ensuite, il s'habillerait, reprendrait pied dans la réalité. Peut-être passerait-il un coup de fil à Mme le maire afin qu'elle l'emmène faire un tour au poste de police qui serait désormais le sien. Peut-être réussirait-il à effacer la première impression des témoins de son arrivée, celle d'un ahuri dépassé par les événements.

Une fois douché et rasé, il se sentit à peu près bien dans sa peau et sortit de ses valises des vêtements propres, qu'il endossa couche après couche. Un coup d'œil dans la glace lui tira un sourire. « Venez, chef, vous aurez droit à une belle étoile de shérif », dit-il à haute voix.

Quand il descendit l'escalier, le calme ambiant l'étonna. Sous le cercle polaire, les nuits d'hiver sont longues, les gens recherchent la compagnie de leurs semblables. Un endroit comme le *Lodge* aurait dû être bondé, à cette heure-là. Il s'était attendu à percevoir le brouhaha des voix, le cliquetis des boules de billard, le juke-box diffusant un vieux succès de musique country. Dans la grande salle, la belle Rose servait du café, peut-être aux deux mêmes clients, qu'il ne fut pas sûr de reconnaître. Son gamin était assis à la même table et coloriait son album avec la même application, en tirant la langue. Nate vérifia sa montre : 7 h 10.

Quand il entra, Rose se tourna vers lui, sourit.

— Salut, chef.

— Salut, Rose. C'est calme, ce soir.

Le sourire de Rose fit place à un éclat de rire.

— Pas ce soir : ce matin.

— Comment ?

— Il est plus de sept heures du matin. Vous avez sûrement envie d'un bon petit déjeuner.

— Je...

— Il faut un bout de temps pour s'y habituer, dit-elle en montrant la nuit à travers les vitres. Il fera jour dans quelques heures. Asseyez-vous donc, je vais vous apporter du café pour finir de vous réveiller.

Ainsi, il avait fait plus que le tour du cadran ! Il ne sut s'il devait en avoir honte ou s'en féliciter. Depuis des mois, il ne dormait jamais plus de quatre ou cinq heures d'un mauvais sommeil.

Se sentant dans de bonnes dispositions pour entamer une campagne de relations publiques, il posa sa parka sur une banquette et s'approcha de la table de Jesse.

— Cette chaise est libre ?

Le petit garçon leva les yeux sous sa frange et hocha la tête sans cesser de colorier.

— Une belle vache violette, commenta Nate en regardant le travail en cours.

— Les vaches ont pas cette couleur-là, en vrai, lui fit observer Jesse. Il faut les colorier comme ça.

— C'est ce que je pensais. Tu apprends le dessin à l'école ?

— Je vais pas encore à l'école, répondit Jesse en ouvrant de grands yeux étonnés. J'ai que quatre ans.

— Quatre ans ? Pas possible ! Je t'en aurais donné douze.

Nate fit un clin d'œil complice à Rose, qui arrivait à ce moment-là et posait devant lui une tasse de café fumant.

— J'ai eu mon anniversaire, avec plein de gâteaux et de ballons. Un million de ballons. Pas vrai, m'man ?

— Vrai, Jesse, répondit-elle en posant un menu à côté de Nate.

— Et on va avoir bientôt un bébé, enchaîna Jesse. Et j'ai deux chiens et...

— Jesse, laisse le chef Burke regarder le menu.

— En fait, dit Nate, j'allais justement demander à Jesse qu'il me recommande quelque chose. Qu'est-ce qu'il y a de bon, Jesse ?

— Les crêpes.

— Eh bien, va pour les crêpes.

— Si vous changez d'avis, prévenez-moi, dit-elle en notant la commande avant de s'éloigner.

Mais Nate avait eu le temps de la voir rosir de plaisir.

— Alors, parle-moi de tes chiens. De quelle race sont-ils ?

Et Nate eut droit aux exploits des toutous pendant tout le repas.

Une pile de crêpes et la compagnie d'un gentil petit garçon valaient mieux, pour commencer la journée, que le souvenir d'un cauchemar. Nate retrouva sa bonne humeur. Il était sur le point de téléphoner à Hopp quand celle-ci fit son entrée.

— J'ai entendu dire que vous étiez levé, lança-t-elle en rabattant son capuchon. Vous avez meilleure mine qu'hier.

— Désolé d'avoir fait mauvais effet.

— Pas de problème. Je constate que vous avez eu une bonne nuit de sommeil, un solide petit déjeuner et de la bonne compagnie, dit-elle en souriant à Jesse. D'attaque pour la visite guidée ?

— Bien sûr.

Quand il sortit avec elle, le froid lui causa un tel choc qu'il vacilla et se hâta de sauter dans le 4 × 4 garé devant la porte.

— Vous avez le sang trop liquide.

— Il aurait beau être épais comme de la purée, il ferait quand même foutrement froid. Excusez-moi.

Elle fit entendre son rire tonitruant en lançant le moteur.

— De rien, je ne suis pas bégueule. Bien sûr qu'il fait *foutrement* froid, on est en décembre. Nous allons faire notre tournée en voiture. Inutile de se traîner sous la neige avant le lever du jour.

— Combien de vos citoyens meurent de froid dans l'année ?

— La montagne nous en prend quelques-uns, surtout des touristes ou des cinglés. Il y aura trois ans en janvier, un certain Teek s'était soûlé au point de se laisser geler à mort dans ses cabinets en lisant *Playboy*, mais c'était un imbécile. Les gens d'ici savent se protéger et les *cheechakos* qui survivent à un hiver apprennent ou battent en retraite.

— Les *cheechakos* ?

— Les nouveaux arrivants. Ici, il ne faut pas mépriser la nature, mais apprendre à vivre avec – et si vous êtes doué, à en profiter. Se promener à skis ou à raquettes, patiner sur la rivière, pêcher sous la glace. En prenant ses précautions, bien sûr. Notre dispensaire, annonça-t-elle en passant devant un petit immeuble en forme de boîte à chaussures. Nous avons un médecin et une infirmière.

— Et s'ils ne peuvent pas tout traiter ?

— Le patient est envoyé à Anchorage par avion. Nous avons une pilote qui habite près de la ville. Meg Galloway.

— Une femme pilote ?

— Seriez-vous misogyne, Ignatious ?

— Non. Simple curiosité.

— Meg est la fille de Charlene. Une sacrée bonne pilote. Un peu fêlée, mais il faut l'être quand on fait le métier de taxi-brousse, du moins à mon avis. C'est elle qui aurait dû vous amener d'Anchorage, mais vous aviez un jour de retard sur nos prévisions, elle était retenue pour une autre course, alors j'ai appelé Jerk. Vous la rencontrerez sans doute tout à l'heure à la réunion de la mairie.

Une pilote fêlée, pensa Nate, *ça promet.*

— Le bazar, reprit Hopp. Ils ont tout ce qu'il faut, sinon ils trouvent le moyen de se le procurer. Le plus vieux bâtiment de Lunacy, construit par les trappeurs au début des années 1800. Harry et Deb l'ont agrandi depuis qu'ils l'ont acheté en 1983.

Le magasin était deux fois plus grand que le dispensaire et comportait un étage. La devanture était déjà éclairée.

— La poste est installée à la banque pour le moment ; nous allons en bâtir une à partir de cet été. La petite boutique à côté du bazar, c'est *Chez l'Italien*, comme nous l'appelons. Il fait une bonne pizza mais ne livre pas en dehors de la ville.

— Une pizzeria en Alaska ? s'étonna Nate.

— Un Italien de New York, Johnny Trivani, était venu chasser ici il y a trois ans. Il est tombé amoureux de l'endroit et n'en est plus reparti. Il avait commencé par appeler sa boutique *Trivani's*, mais tout le monde disait « On va chez l'Italien », alors il a suivi. Il parle d'y ajouter une boulangerie et de se marier avec une Russe comme on en trouve sur Internet. Il finira peut-être par le faire.

— Il vendra des blinis frais ?

— Espérons-le. Le journal local, poursuivit-elle en

montrant une autre boutique aux volets clos. Les éditeurs sont absents, ils ont emmené les enfants à San Diego pour les vacances de Noël. La radio locale, KLUN, émet de cette boutique-là. Mitch Dauber y fait pratiquement tout lui-même. La plupart du temps, il est très amusant.

— Je l'écouterai.

Hopp fit demi-tour et reprit la grand-rue en sens inverse.

— L'école est à quelques centaines de mètres en dehors de l'agglomération. Elle compte soixante-dix-huit élèves en ce moment, du jardin d'enfants à la sixième. Nous y donnons aussi des cours pour adultes : art, apprentissage, etc. De la débâcle au retour des gelées, les classes ont lieu le soir. Le reste du temps, dans la journée. Nous avons cinq cent six habitants en ville et environ cent dix en dehors, qui font partie de notre district. Le vôtre aussi, maintenant.

Aux yeux de Nate, les lieux avaient toujours l'air aussi artificiels qu'un décor de cinéma et il voyait mal comment se les approprier.

— Le local des pompiers, tous volontaires. Et voilà la mairie, dit-elle en ralentissant devant un long bâtiment en rondins. Mon mari l'a fait construire il y a treize ans. Il était le premier maire de Lunacy et l'est resté jusqu'à son décès, cela fera quatre ans en février.

— De quoi est-il mort ?

— Crise cardiaque pendant un match de hockey sur le lac. Il est tombé raide après avoir marqué un but. C'était tout lui.

Nate marqua un bref temps d'arrêt.

— Qui a gagné ?

Il eut droit à une rafale de corne de brume.

— Son but égalisait le score, ils n'ont pas fini le match. Voici votre quartier général, annonça-t-elle quelques mètres plus loin.

Plus neuf que ses voisins, le petit bâtiment était du style bungalow, avec un porche fermé devant une porte d'entrée que flanquaient deux fenêtres aux volets vert bouteille. Le passage déblayé du trottoir jusqu'à la porte était déjà recouvert de cinq ou six centimètres de neige fraîche. Un pick-up bleu était garé sur le côté, un autre sentier étroit menait de l'emplacement de parking à la porte. Les deux fenêtres étaient éclairées et un filet de fumée sortait de la cheminée.

— Nous sommes déjà ouverts au public ?

— Bien sûr, on savait que vous viendriez aujourd'hui. Prêt à faire connaissance avec votre équipe ?

Quand il mit pied à terre, le froid le frappa avec la même violence qu'en sortant du *Lodge* et il suivit Hopp en respirant entre les dents.

— C'est ce que nous appelons un vestibule arctique, dit-elle en poussant la porte du porche. Il permet de réduire les pertes de chaleur du bâtiment principal. C'est là qu'on accroche les parkas.

Elle pendit la sienne à une patère. Nate en fit autant, fourra ses moufles dans une poche, enleva son passe-montagne et son écharpe en se demandant s'il s'habituerait jamais à devoir se harnacher comme un explorateur du pôle Nord chaque fois qu'il mettrait le nez dehors.

Hopp ouvrit la porte intérieure, d'où s'échappèrent des effluves de feu de bois et de café.

Les murs beiges et le sol couvert de lino conféraient à la pièce une chaleureuse esthétique de local industriel. Dans un coin, sur un gros poêle à bois, une bouilloire crachait de la vapeur. Deux bureaux métalliques se faisaient face contre un mur, une rangée de chaises en plastique occupait celui d'en face. Au fond reposaient sur un comptoir un poste de radio émetteur-récepteur, un ordinateur et de petits arbres de Noël d'un ton de vert que la nature n'aurait jamais osé créer. Nate nota la présence de deux portes, une de chaque côté du comptoir, et d'un panneau d'affichage où étaient punaisés divers documents d'aspect administratif. Il y avait aussi trois personnes qui se donnaient beaucoup de mal pour ne pas le dévisager avec curiosité.

Deux hommes assis derrière les bureaux jumeaux, dont l'un paraissait à peine en âge de voter et l'autre assez vieux pour avoir voté pour Kennedy, se levèrent à son entrée. Ils étaient tous deux vêtus d'épais pantalons de laine, de grosses bottes et de chemises de flanelle sur lesquelles était épinglé un badge. Le plus jeune était natif de l'Alaska, comme en témoignaient ses cheveux noirs et raides et ses yeux bridés dans un visage d'une jeunesse et d'une innocence touchantes. L'autre avait les traits burinés, les cheveux gris coupés en brosse, des bajoues et de profondes crevasses autour d'yeux d'un bleu délavé qui avaient dû voir beaucoup de choses. Sa carrure encore athlétique et la raideur de son maintien dénotaient l'ancien militaire.

La troisième personne était une femme dodue aux joues rebondies et à l'ample poitrine sous un sweater rose. Ses cheveux poivre et sel étaient ramenés en chignon sur le sommet de sa tête et elle tenait une assiette contenant une pyramide de petites brioches à la cannelle couvertes de sucre glace.

— L'équipe au complet, annonça Hopp. Chef Ignatious Burke, je vous présente l'agent Otto Gruber.

L'homme aux cheveux en brosse s'avança, la main tendue.

— Chef, dit-il sobrement.

— Gruber, répondit Nate sur le même ton.

— L'agent Peter Notti, enchaîna Hopp.

— Bonjour chef, prononça ce dernier avec respect.

Son sourire hésitant donna à Nate une impression de déjà-vu.

— Seriez-vous apparenté à Rose ? demanda Nate.

— Oui, chef. C'est ma sœur.

— Et enfin, pour la bonne bouche si je puis dire, votre secrétaire et inlassable pourvoyeuse de pâtisseries variées, Marietta Peach.

— Enchantée de faire votre connaissance, chef Burke, fit-elle avec un accent chantant venu tout droit des bayous de Louisiane. J'espère que vous vous sentez mieux.

— Très bien, merci, madame Peach.

— Je vais montrer au chef le reste des locaux et je vous laisserai ensuite seuls pour faire connaissance. Venez, Ignatious, commençons par vos... chambres d'amis.

La porte de droite menait à deux cellules, vides d'occupants, pourvues chacune d'un bat-flanc. Les murs paraissaient repeints de frais, le sol en ciment avait été récemment briqué. Une odeur de désinfectant flottait encore dans l'air.

— Elles servent souvent ? s'enquit Nate.

— Non. Ivresse publique ou tapage nocturne, la plupart du

temps. Mais il faut vraiment être soûl à se rouler par terre ou faire un raffut de tous les diables pour passer la nuit au poste. Vous aurez de temps en temps des affaires de coups et blessures ou de vandalisme, le plus souvent du fait de gamins désœuvrés. Le taux de criminalité de Lunacy est faible, Dieu merci. Aucun avocat ne vit ici. Donc, si quelqu'un tient à en prendre un, il doit le faire venir d'Anchorage ou de Fairbanks. Nous avons bien en ville un juge à la retraite, mais il préfère pêcher sous la glace que se pencher sur des problèmes juridiques. Allons voir votre bureau, maintenant.

Ils retraversèrent la pièce principale, où chacun affectait d'être occupé. À côté du comptoir où officiait Mme Peach, Nate jeta un coup d'œil au râtelier d'armes. Il y dénombra six fusils de chasse, cinq carabines, huit armes de poing et quatre couteaux d'allure redoutable.

— Quoi ? lança-t-il. Pas de sabre d'abordage ?

— Il vaut mieux être prêt à tout.

— Une invasion de Martiens, par exemple ?

Cette fois, Hopp se contenta de sourire.

La pièce, de taille modeste, comportait un bureau de métal gris avec un ordinateur, un téléphone et une lampe. Contre le mur étaient adossés deux classeurs à côté d'un petit comptoir surmonté d'une machine à café déjà pleine, de deux tasses de faïence et d'un assortiment de sucres et de mini-doses de lait sur un plateau. Il y avait aussi un panneau d'affichage en liège encore vierge, deux chaises pliantes pour les visiteurs et quelques patères. Le reflet du plafonnier sur les vitres noircies par la nuit rendait l'ensemble impersonnel et déprimant.

— Peach a mis l'essentiel, mais si vous avez besoin de quoi que ce soit, le placard des fournitures est dans le couloir, en face des toilettes. Des questions ?

— Oui, beaucoup.

— Eh bien, posez-les.

— Je commence par celle-ci, puisque les autres en découlent. Pourquoi m'avez-vous engagé ?

— Bonne question. Je peux ? demanda-t-elle en désignant la cafetière.

— Faites comme chez vous.

Elle remplit les deux tasses, lui en tendit une et s'assit sur une des chaises de visiteurs.

— Il nous fallait un chef de la police.

— Croyez-vous ?

— Oui. Nous ne sommes pas grands, nous sommes isolés, nous réglons la plupart de nos problèmes, mais nous avons quand même besoin d'ordre, Ignatious. De tracer une limite entre le bien et le mal, le tort et la raison, et d'avoir quelqu'un qui la fasse respecter. Mon mari y a veillé des années, jusqu'à son dernier coup de crosse.

— Et maintenant, c'est vous.

— Exact. De plus, disposer de notre propre police signifie que nous pouvons continuer à régler nos problèmes entre nous, sans devoir y mêler la police d'État ou les fédéraux. Une petite ville est trop souvent traitée comme quantité négligeable, c'est pourquoi nous avons maintenant notre police, nos pompiers, une école, un journal hebdomadaire et une station de radio. Quand le mauvais temps nous coupe du reste du monde, nous pouvons nous suffire. Cependant, même isolés, nous avons besoin d'ordre, ce dont ce bâtiment et les personnes qui s'y trouvent sont les symboles.

— Vous avez donc engagé un symbole ?

— En un sens, oui. Les gens se sentent plus en sûreté avec des symboles. Cela dit, je vous demande de considérer que votre job ne se limite pas au maintien de l'ordre mais aussi, sinon davantage, à celui des bonnes relations entre nos concitoyens. C'est d'ailleurs pourquoi j'ai pris le temps de vous montrer quelques commerces et institutions de la ville et de vous nommer leurs responsables. Il y en a d'autres. Bing, le gros barbu, est garagiste. Il répare n'importe quoi et possède des engins lourds, chasse-neige, pelleteuse. Lunatic Air transporte du fret et des passagers, livre des fournitures en ville et aux environs.

— Lunatic Air ?

— Meg, je vous en ai déjà parlé, expliqua Hopp avec un sourire. Nous avons réussi à nous développer en une petite ville respectable ce qui n'était, à l'origine, qu'un campement de hippies et de têtes brûlées. Quand vous aurez appris à connaître les gens, leurs relations et leurs griefs, vous saurez comment les manœuvrer.

— Ce qui me ramène à ma question. Pourquoi m'avoir engagé, moi, plutôt que quelqu'un déjà informé de tout cela ?

— Une personne d'ici aurait ses préjugés, ses relations et ses propres griefs, alors que quelqu'un de l'extérieur a un regard neuf. Vous êtes jeune, ce qui a joué en votre faveur. Vous n'avez pas de femme ni d'enfants que la vie d'ici aurait pu rebuter et qui vous auraient poussé à retourner dans une région civilisée. Vos dix ans d'expérience dans la police et vos qualifications représentent ce que je recherchais. En plus, vous n'avez pas ergoté sur le salaire.

— Je comprends vos raisons, mais je ne vois toujours pas ce que je suis censé faire.

— Vous m'avez l'air d'un garçon intelligent, vous le découvrirez vite. Et maintenant, dit-elle en se levant, je vous laisse. La réunion à la mairie est à deux heures. Vous y prononcerez quelques mots.

— Ah, bon ?

— Oui. Une dernière chose, dit-elle en sortant de sa poche une petite boîte. Vous arborerez ceci, ajouta-t-elle, et elle épingla sur sa chemise une belle étoile d'argent toute neuve. À tout à l'heure, shérif.

Il resta planté au milieu de la pièce en regardant le café refroidi au fond de sa tasse. Hopp avait raison. Il n'avait ni femme ni enfants, rien ni personne ne le poussait à retourner dans une région civilisée – ou n'importe où ailleurs. S'il restait, il était condamné à réussir. Sinon, s'il ne saisissait pas cette chance ultime qui lui était offerte dans ce bout du monde, il n'aurait plus nulle part où aller. Et puisqu'il ne savait toujours pas ce qu'il était censé faire, il lui fallait prendre un point de départ et avancer.

L'estomac presque aussi noué que dans l'avion, il remplit sa tasse de café et revint dans la salle commune.

— Si vous voulez bien m'accorder deux minutes…

Il tira deux des chaises en plastique à côté des bureaux derrière lesquels les agents s'étaient réinstallés, s'assit sur l'une et adressa un grand sourire à Peach.

— Venez vous asseoir avec moi. Et apportez donc vos

brioches, ajouta-t-il alors que les crêpes lui pesaient encore sur l'estomac. Elles sentent trop bon.

Visiblement ravie, elle posa l'assiette sur un bureau et invita les deux autres à se servir.

— Je me doute que vous êtes aussi mal à l'aise que moi, commença Nate en mordant dans une brioche. Vous ne me connaissez pas, vous ne savez pas quel genre de flic ni même quel genre de type je suis. Je ne suis pas du pays, j'ignore tout de cette partie du monde, et pourtant je vais vous donner des ordres. Délicieux, madame Peach.

— Merci, chef.

— Il n'est pas facile d'accepter les ordres d'un inconnu. Vous n'avez pas encore de raisons de me faire confiance. Je vais probablement commettre des erreurs et je ne vois aucun inconvénient à ce que vous me les montriez – pourvu que ce soit en privé, précisa-t-il. De mon côté, je compte sur vous pour me mettre au courant des choses, des gens, des détails à connaître. Pour le moment, je voudrais savoir si je vous pose un problème. Si oui, réglons-le tout de suite.

Otto prit le temps d'avaler une gorgée de café.

— Je ne peux pas savoir si vous me posez un problème tant que je ne saurai pas ce que vous avez dans le ventre.

— D'accord. Le moment venu, parlez-m'en. Je verrai peut-être les choses de votre point de vue, je vous enverrai peut-être balader, mais au moins nous saurons où nous en sommes.

— Chef Burke ? intervint Peter.

— Je m'appelle Nate. Et j'espère qu'aucun de vous ne s'avisera de prendre exemple sur Mme Hopp et de m'appeler Ignatious.

— Eh bien, euh… Nate, je pensais qu'au début Otto ou moi pourrions vous accompagner en patrouille, au moins jusqu'à ce que vous soyez familiarisé avec la ville.

— Excellente idée. Mme Peach et moi allons mettre au point un tableau des tours de garde pour les prochaines semaines.

— Appelez-moi Peach, si vous voulez qu'on vous appelle Nate. Je voudrais juste dire que cet endroit doit rester propre et que certaines corvées – comme nettoyer les cabinets, Otto – devront être comprises dans les tours de garde. Les seaux et les balais ne sont pas des outils exclusivement réservés aux femmes.

— Je me suis engagé pour être policier, pas femme de ménage, grommela Otto.

Le visage de Peach exprimait en général une douceur toute maternelle. Mais, comme toutes les mères, elle pouvait percer d'un seul regard une plaque de blindage.

— Et moi, je suis payée pour être secrétaire et assurer la permanence, pas pour nettoyer les cabinets et…

— Nous prévoirons aussi une rotation pour ce genre de corvées, l'interrompit Nate, qui sentait les hostilités sur le point d'éclater. Je parlerai à Mme le maire de notre budget. Nous pourrons peut-être arriver à y trouver de quoi payer quelqu'un pour faire le ménage une ou deux fois par semaine. Qui détient la clé du râtelier d'armes ?

S'ensuivit un échange sur l'expérience de chacun avec les armes à feu. Otto rappela que, en tant qu'ancien marine, aucun type d'armement ne lui était étranger. Nate s'enquit ensuite du nombre d'habitants possédant une arme et titulaires d'un permis ; ce chiffre englobait la quasi-totalité de la population. Il apprit enfin, en parvenant à dissimuler son désarroi, qu'en cas d'arrestation il lui incombait de déterminer le montant de la caution éventuelle et de l'amende, ainsi que la procédure à engager.

Après avoir demandé à Peach une copie des arrêtés municipaux en vigueur, il regagna son bureau. Il ne lui fallut pas longtemps pour en prendre connaissance et il était en train de les épingler au tableau de liège quand Peach entra.

— Voilà vos clés, Nate. Le râtelier, les portes du poste, des cellules et celle de votre voiture. Je les ai étiquetées.

— J'ai une voiture ?

— La Jeep Grand Cherokee garée dans la rue, précisa-t-elle en lui mettant le jeu de clés dans la main. Hopp a dit que l'un de nous devra vous montrer comment fonctionne le bloc de chauffage pour le moteur.

Il avait entendu parler de cet accessoire, indispensable pour éviter que le moteur ne gèle par des températures polaires.

— Nous verrons ça tout à l'heure.

— Le soleil se lève.

Il se tourna vers la fenêtre et se figea, les bras ballants, à la vue du disque orange et rose qui montait dans le ciel et éveillait les montagnes en caressant de traînées d'or leurs flancs immaculés.

La splendeur du spectacle le laissa muet.

— Un lever de soleil d'hiver en Alaska fait de l'effet, n'est-ce pas ? commenta Peach sans élever la voix.

— Plutôt, oui.

Hypnotisé, il s'approcha de la fenêtre. Il vit la rivière gelée sur laquelle il avait atterri, les reflets irisés de la glace, les monticules de neige sur la rive, les arbres vert et blanc, les maisons. Des silhouettes humaines, surgies de la nuit, semblaient apparaître par miracle comme des taches de couleur sur la glace. Une troupe d'enfants déboulait en courant, munis de patins et de crosses de hockey. Et là, grand Dieu ! Était-ce un aigle qui planait là-haut ? Par-dessus le tout, les montagnes se dressaient, tels des dieux tutélaires.

Nate en oublia le froid inhumain, le vent plus tranchant qu'une lame, sa solitude, ses peines secrètes. Pour la première fois, il se sentait vivant. Il avait envie de vivre.

3

Peut-être était-ce le froid ou un effet de la trêve rituelle entre Noël et le Jour de l'An, peut-être aussi l'arrivée du nouveau chef de la police incitait-elle les gens à bien se conduire : le premier problème ne se présenta pas avant midi.

Peach passa la tête par la porte du bureau :

— Charlene vient d'appeler du *Lodge*. Une querelle pendant une partie de billard qui a dégénéré en bagarre.

Nate alla dans la salle commune, pêcha une pièce de monnaie dans sa poche.

— Pile ou face ? dit-il à la cantonade.

— Face, annonça Otto.

Nate lança la pièce, la reçut sur le dos de la main.

— Pile. Peter, c'est vous qui venez avec moi. Si la bagarre n'est pas déjà finie quand nous arriverons, fit-il en endossant ses pelures polaires, vous identifierez les joueurs de billard et vous me direz si on peut se contenter d'un rappel à l'ordre. C'est à moi, ça ? questionna-t-il en montrant la grosse Jeep noire garée le long du trottoir.

— Oui, chef.

— Et ce fil branché sur la borne électrique, c'est pour le bloc de chauffage du moteur ?

— Oui, répondit Peter avant de débrancher le câble. Il y a aussi dans le coffre une couverture isolante qui conserve la chaleur du moteur quelques heures, des fusées de détresse, une trousse de premiers secours et...

— Nous verrons cela plus tard, l'interrompit Nate, qui se demanda s'il aurait jamais besoin des fusées de détresse.

Il s'assit au volant, démarra. À la lumière du jour, la ville avait une tout autre allure. Elle paraissait plus petite, moins immaculée. Les gaz d'échappement avaient déposé des traînées noires sur les talus de neige bordant la chaussée, les vitrines des boutiques n'étaient pas toutes étincelantes de propreté, le soleil trahissait impitoyablement l'usure des décorations de Noël. Si ce n'était plus un décor de carte postale, sauf quand on regardait les montagnes à l'arrière-plan, l'ensemble n'avait toutefois rien de sordide. Plutôt rustique, estima Nate. Un lieu de vie conquis sur la glace, la neige et la roche, blotti dans une courbe de rivière et environné de forêts que l'on imagine sans peine sillonnées par des loups. Sans doute aussi par des ours mais, si ces histoires d'hibernation étaient fondées, Nate décida de ne s'en inquiéter qu'au printemps.

Il ne lui fallut pas plus de deux minutes pour se rendre du poste de police au *Lodge*. Deux minutes pendant lesquelles il vit une dizaine de piétons, croisa un pick-up et un 4 × 4, dénombra trois motoneiges garées dans la rue, sans compter une paire de skis appuyés contre le mur de *Chez l'Italien*. Les habitants de Lunacy n'hibernaient donc pas, même si les ours leur en donnaient l'exemple.

Quand il entra au *Lodge* suivi de Peter, la bagarre durait encore, comme en témoignaient les cris d'encouragement des témoins, le bruit mat des coups et les grognements des antagonistes. Cinq badauds faisaient cercle autour de deux individus aux tignasses brunes qui se roulaient par terre en se bourrant de coups de poing. Une queue de billard cassée représentait la seule arme en vue.

— Les frères Mackie, les identifia aussitôt Peter.

— Frères ?

— Jumeaux. Ils se battaient déjà dans le ventre de leur mère et ils n'ont pas arrêté depuis, mais presque jamais avec les autres.

— Bon, allons-y, dit Nate en écartant les spectateurs.

Son apparition eut l'effet magique de ramener les clameurs au niveau de simples murmures. Il empoigna le Mackie se trouvant temporairement au-dessus de l'autre et le remit sur pied.

— Ça suffit ! ordonna-t-il. Vous, restez couché !

Mais Mackie numéro deux s'était déjà relevé et assenait sur la mâchoire de son frère un direct à assommer un bœuf. La cible de ce coup en traître s'écroula, inconscient, dans les bras de Nate.

Moins d'une demi-heure plus tard, dûment chapitrés, les frères Mackie étaient l'un contrit, l'autre ranimé, et solidairement condamnés à payer une amende et à rembourser à Charlene les dégâts commis dans son établissement. Si cette intervention représentait l'essentiel du travail de maintien de l'ordre à Lunacy, se dit Nate, il avait eu raison d'y venir, tout compte fait. Il ne se sentait pas en état, pour le moment du moins, de relever des défis plus importants et les luttes fratricides des jumeaux irascibles ne constituaient pas même un défi. Il en était là de ses réflexions quand Peter passa la tête par la porte de son bureau :

— Chef, Charlene vous invite à venir déjeuner au *Lodge* aux frais de la maison. Pour vous remercier, précisa-t-il.

L'éclair admiratif dans les yeux de Charlene au moment où il avait embarqué Jim Mackie menottes aux poignets n'avait pas échappé à Nate.

— Remerciez-la, Peter, mais il faut que je me prépare pour la réunion à la mairie. Suivez l'affaire, assurez-vous que les Mackie remboursent Charlene sous quarante-huit heures.

— Bien sûr, chef. Vous avez réglé ça en deux temps trois mouvements. Chapeau !

— Merci, Peter, ce n'était pas bien compliqué. Je vais rédiger le rapport, vous le lirez pour y ajouter ce que vous jugerez utile et...

Un grondement assourdissant fit soudain trembloter les vitres.

— Qu'est-ce que c'est ? Tremblement de terre, volcan ?

— Le Castor, l'informa Peter.

— Je veux bien que nous soyons en Alaska, mais aucun castor n'a jamais fait un bruit pareil.

Peter pouffa de rire et lui désigna la fenêtre.

— C'est Meg Galloway qui atterrit. Castor, c'est le nom du modèle de son avion.

Nate regarda dans la direction indiquée par Peter. Un avion rouge pas plus gros qu'un jouet se posait sur la glace. Penser qu'il était monté dans un engin aussi peu rassurant lui tordit rétrospectivement les entrailles et il s'empressa de se détourner du spectacle.

Il s'occupa jusqu'à l'heure de la réunion à des tâches de routine administrative et d'organisation lui permettant de penser qu'il prenait possession de sa place, quel que soit le temps qu'il y resterait. Il avait signé un contrat d'un an avec une période d'essai de soixante jours, au cours de laquelle la municipalité ou lui-même pouvait se dédire sans frais ni formalités. Savoir qu'il était en mesure de partir le lendemain ou dans huit jours le rassurait. Et au bout de ces deux mois d'essai, il saurait avec une certitude raisonnable s'il s'estimait capable d'aller jusqu'au terme de son contrat.

Au moment de partir pour la mairie, il décida d'y aller à pied. Prendre la voiture pour une distance aussi courte aurait été ridicule, à ses yeux du moins. La masse neigeuse des montagnes se détachait contre le ciel d'un bleu limpide avec autant de netteté que si elle avait été tracée à la pointe sèche. Malgré la température inhumaine, des piétons se hâtaient vers la mairie, des voitures et des motoneiges rejoignaient celles qui étaient déjà garées à proximité. À l'évidence, il y aurait du monde à la réunion. Et il allait devoir prendre la parole…

Son estomac eut un nouveau sursaut. Il ne reculait pas devant une conversation agréable, il prenait parfois même un certain plaisir à interroger un suspect ou un témoin. Mais se tenir debout devant un auditoire et prononcer des phrases cohérentes était une autre affaire ! Il sentait déjà la sueur du trac ruisseler le long de son dos. Pourtant, il ne pouvait pas se dérober à l'épreuve. *Fais un effort*, s'ordonna-t-il. *Tu n'auras peut-être plus jamais besoin de recommencer.*

Il plongea dans la chaleur et le brouhaha des conversations en essayant de ne pas prêter attention aux regards qui se tournaient vers lui quand Hopp le rejoignit. Malgré lui, ses sourcils se levèrent en accents circonflexes en la voyant vêtue d'un tailleur pied-de-poule à la coupe irréprochable, avec des perles aux oreilles et du rouge aux lèvres.

— Vous êtes impressionnante, madame le maire.

— Un séquoia de deux siècles est « impressionnant ».

— J'allais dire sexy, mais je me suis retenu de justesse.

— Vous êtes un homme habile, Ignatious, fit-elle avec un large sourire.

— Pas vraiment.

— Si je peux avoir l'air sexy, vous pouvez être habile. Venez, je vais vous présenter aux membres du conseil municipal. Nous ferons ensuite nos petits discours, déclara-t-elle en lui prenant le bras comme l'hôtesse d'un cocktail escortant son invité d'honneur. Il paraît que vous avez déjà réussi à ramener les frères Mackie à la raison.

— Ce n'était rien qu'un léger différend sur un point de billard.

— Vous n'avez pas fini d'en voir avec ces deux-là. Ed Woolcott, je vous présente notre nouveau chef de la police.

Nate serra la main d'un quinquagénaire à l'épaisse chevelure argentée surmontant un visage aux traits burinés. Une petite cicatrice blanche lui traversait le sourcil gauche.

— Je dirige la banque, déclara Woolcott – ce qui expliquait le complet bleu marine et la cravate club. Je pense que vous ouvrirez bientôt un compte chez nous.

— Je m'en occuperai aussitôt que je pourrai.

— Nous ne sommes pas ici pour faire des affaires, Ed, le rabroua Hopp. Laissez-moi finir les présentations.

Nate rencontra ainsi Deb et Harry Miner, propriétaires du grand bazar, Alan B. Royce, le juge à la retraite, Walter Notti, père de Peter, éleveur de chiens de traîneaux et *musher* réputé, ainsi que les autres membres du conseil municipal.

— Ken Darby, notre médecin, viendra dès qu'il pourra se libérer, l'informa Hopp.

— Ne vous inquiétez pas, il me faudra un certain temps pour m'y retrouver dans tous ceux que vous m'avez déjà présentés.

Il fit aussi la connaissance de Bess Mackie, une fausse rousse teinte au henné, efflanquée comme un haricot, qui se posta devant lui en croisant les bras sur sa maigre poitrine.

— Vous avez tiré les oreilles de mes garçons, tout à l'heure ?

— En un sens, oui, madame.

— Tant mieux. La prochaine fois, vous leur cognerez bien la tête l'une contre l'autre, cela m'évitera de le faire.

Nate estima avoir eu droit à un accueil plutôt chaleureux.

Hopp le fit monter sur une estrade où étaient disposées derrière un pupitre des chaises pour elle, lui et Ed Woolcott, maire adjoint.

— Deb commencera par lire les communiqués. Ed prononcera ensuite quelques mots, puis je parlerai et je vous présenterai. Vous direz ce que vous avez à dire et vous répondrez aux questions, s'il y en a.

Blonde trapue au visage agréable, Deb Miner prit place derrière le pupitre, ajusta le micro et annonça diverses manifestations faisant appel à la générosité des citoyens, depuis le réveillon du Nouvel An jusqu'à un dîner au bénéfice de l'équipe sportive de l'école et à une séance de cinéma dans la salle des fêtes de la mairie.

Nate n'écoutait que d'une oreille en s'efforçant de ne pas être obsédé par son discours imminent quand il la vit entrer.

La parka rouge et la démarche lui firent immédiatement reconnaître la silhouette aperçue de sa fenêtre la veille au soir. Le capuchon rabattu révélait des cheveux très noirs et une peau paraissant encore plus blanche par contraste. Même du fond de la salle, il fut frappé par l'éclat de ses yeux, d'un bleu presque glacial. Elle portait de gros pantalons d'homme et des bottes noires. À peine entrée, elle fixa Nate de ses yeux bleus en descendant l'allée centrale et, sans détourner son regard, s'assit à côté d'un homme qui paraissait natif de l'Alaska. S'ils ne se parlèrent pas, Nate discerna entre eux une connivence plutôt qu'une véritable intimité.

Elle enleva sa parka pendant que Deb finissait d'annoncer la séance de cinéma et passait au prochain match de hockey. Sous la parka, Nate vit un sweater vert olive et, sous le sweater, un corps athlétique aux proportions parfaites. Il hésita à la qualifier de jolie. Elle avait les sourcils trop droits, le nez trop accusé, la lèvre supérieure trop proéminente. Cependant, alors même qu'il énumérait ses défauts, il se sentait irrésistiblement… attiré ? Peut-être. Il n'avait pas approché une femme depuis des mois, ce qui, compte tenu de son état d'esprit, n'avait rien eu d'héroïque. Mais cette inconnue à l'abord plutôt réfrigérant remuait en lui des sentiments qu'il croyait au moins endormis, sinon oubliés.

Qui diable est-elle ? se demanda-t-il pendant qu'Ed Woolcott commentait les dernières décisions du conseil municipal et les progrès réalisés. La fille de son voisin Inuit ? Les âges concordaient, mais il n'y avait aucune ressemblance. Et il continua à la dévisager sans qu'elle rougisse ni ne détourne son regard.

Des applaudissements polis marquèrent la fin de l'intervention de l'adjoint au maire. Quand Hopp s'approcha du micro, Nate se força à revenir à la réalité.

— Je ne vais pas perdre de temps à parler politique, commença-t-elle. Nous avons fait d'un hameau une commune de plein exercice parce que nous voulions gérer nos propres affaires, dans la tradition de notre grand État. Nous avons voté la construction d'un poste de police pour y loger une force de maintien de l'ordre digne de ce nom, ce qui n'a pas été sans discussions, comme nous le savons tous. Nous avons enfin voté pour faire venir un homme de l'extérieur, un homme d'expérience sans liens avec notre ville afin qu'il puisse être objectif, sans préjugés, et fasse respecter la loi par tous et pour tous. Il l'a déjà prouvé tout à l'heure en passant les menottes à Jim Mackie, qui se battait avec son frère dans la salle de billard du *Lodge*.

Cette dernière phrase souleva des éclats de rire dans la salle et amena de larges sourires sur les visages des frères Mackie.

— Il nous a même collé une amende ! cria Jim de sa place.

— Tant mieux, cela fera rentrer de l'argent dans les caisses de la ville. De la manière dont vous vous conduisez tous les deux, vous finirez par payer à vous seuls le camion de pompiers dont nous avons besoin. Ignatious Burke, enchaîna-t-elle, nous vient de Baltimore, Maryland, où il a servi onze ans dans les forces de police, dont huit comme lieutenant détective. Nous avons de la chance d'avoir avec nous un homme possédant les qualifications du chef Burke. Je vous demande d'applaudir pour lui souhaiter la bienvenue comme il le mérite.

Les applaudissements firent à Nate l'effet d'un coup de massue. Il se levait pour prendre place derrière le micro en se demandant encore ce qu'il allait pouvoir dire quand une voix dans le public cria « *Cheechako !* » L'insulte souleva des murmures et des protestations. Elle provoqua aussi chez Nate une bouffée de colère qui eut raison de son trac.

— C'est exact, commença-t-il d'une voix forte. Je suis un *cheechako*. Un étranger, tout juste arrivé d'en bas, comme on dit ici.

Les murmures se turent aussitôt.

— Le peu que je sais de l'Alaska, poursuivit-il, je l'ai appris par des guides touristiques, sur Internet ou dans des films. Je ne sais rien non plus de cette ville sauf qu'il y fait froid, que le passe-temps préféré des frères Mackie consiste à se tabasser et que le paysage a de quoi couper le souffle. Mais je sais ce qu'il faut faire pour être un bon flic et c'est la raison pour laquelle je suis ici.

Du moins je le savais, pensa-t-il en sentant ses paumes devenir moites et le trac le gagner à nouveau. Il allait bafouiller, il en était sûr – jusqu'à ce que son regard croise de nouveau celui de la brune aux yeux bleus. Alors, il s'entendit parler, peut-être pour elle seule :

— Mon travail consiste à servir cette ville, à protéger ses habitants et c'est exactement ce que je compte faire. Peut-être au début m'en voudrez-vous à moi, venu de l'extérieur, de vous dire ce que vous n'avez pas le droit de faire, mais nous allons tous ensemble essayer de nous y habituer. Je ferai de mon mieux et ce sera à vous de décider ensuite si mon mieux vous paraît assez bon. Je vous remercie.

Peu fournis d'abord, les applaudissements grossirent, se prolongèrent. Nate n'avait pas quitté du regard les yeux bleus de la brune en rouge et il sentit son estomac se nouer en voyant un étrange petit sourire soulever un coin de ses lèvres.

Il entendit Hopp déclarer la séance levée. Plusieurs personnes vinrent lui parler et, le temps qu'il leur réponde, la brune aux yeux bleus s'était noyée dans la foule. Quand il parvint à repérer la parka rouge, elle franchissait déjà la porte.

— Qui était-ce ? demanda-t-il à Hopp dès qu'il put s'en approcher. La femme arrivée en retard, avec la parka rouge.

— C'est vrai, vous ne la connaissez pas encore, répondit-elle en souriant. Meg Galloway, la fille de Charlene.

Elle voulait le voir de plus près, mieux en tout cas que le rapide coup d'œil de la veille quand elle avait aperçu à la fenêtre une sorte de héros romantique, amer et ténébreux. Maintenant qu'elle l'avait observé, toujours de loin, elle reconnaissait qu'il était assez beau garçon pour le rôle de héros romantique, sauf qu'amer ne lui convenait pas. Triste, plutôt. Dommage. Elle aurait préféré amer.

Il s'était bien tiré de sa corvée, elle ne pouvait pas le nier. Il avait répliqué comme il fallait à l'insulte de cet imbécile de Bing, dit ce qu'il avait à dire avec conviction et sobriété. S'il fallait vraiment avoir des flics à Lunacy, on aurait pu choisir pire. Peu lui importait, de toute façon, tant qu'il ne fourrerait pas son nez dans ses affaires.

Puisqu'elle était en ville, autant en profiter pour faire des provisions. Le bazar était encore fermé, mais elle avait la clé. Une fois à l'intérieur, elle attrapa deux boîtes en carton vides, écuma les rayons. Céréales, pâtes, œufs, conserves, papier hygiénique, farine, sucre. Elle traînait un sac de vingt-cinq kilos de croquettes pour chien quand Nate entra.

— C'est fermé, dit-elle en posant le sac au pied du comptoir.

— Je sais.

— Si vous le savez, qu'est-ce que vous faites ici ?

— J'allais vous poser la même question.

Elle passa derrière le comptoir, prit deux paquets de cartouches qu'elle déposa dans une de ses boîtes.

— Je fais mes courses.

— Je m'en doute, seulement quand les gens font leurs courses dans un magasin fermé, cela s'appelle du vol.

Elle sortit un gros registre de sous le comptoir, l'ouvrit.

— C'est ce que j'ai entendu dire. Je parie que d'où vous venez, les gens qui font ça sont arrêtés.

— Bien sûr. Régulièrement.

— Et vous avez l'intention d'appliquer cette politique à Lunacy ?

— Oui. Régulièrement.

Elle eut un bref éclat de rire, trouva un stylo-bille et commença à écrire dans le registre.

— Laissez-moi finir, après vous pourrez m'emmener au poste. Trois arrestations dans la journée, vous pulvérisez les records.

Il s'accouda au comptoir, nota qu'elle inscrivait tous les articles contenus dans ses deux boîtes.

— Je perdrais mon temps.

— Oui, mais le temps, c'est ce qui nous manque le moins, ici. La barbe, j'ai oublié le savon. Vous pouvez me chercher un flacon de savon liquide ? C'est par là.

Il alla vers le rayon indiqué, trouva le flacon, le rapporta.

— Je vous ai vue hier soir, de ma fenêtre.

— Moi aussi, dit-elle en ajoutant le savon à la liste.

— Vous êtes pilote, paraît-il ?

— Entre autres. Je fais beaucoup de choses.

— Quoi ?

— Pour un flic de grande ville comme vous, ce ne doit pas être très difficile à trouver.

— Je peux déjà en deviner quelques-unes. Vous faites la cuisine. Vous possédez un gros chien, peut-être deux. Vous aimez avoir les coudées franches. Vous êtes honnête et directe.

— Vous ne grattez pas beaucoup sous la surface. Voulez-vous gratter un peu plus, chef Burke ?

— Pourquoi pas ?

Le petit sourire en coin reparut brièvement.

— Charlene vous a déjà sauté ?

— Je ne crois pas avoir bien compris.

— Je me demandais simplement si Charlene vous avait fait bénéficier hier soir de son habituelle cérémonie de bienvenue.

Il ne sut s'il était plus agacé par la question ou par la manière dont elle le regardait en la posant.

— Non, se borna-t-il à répondre.

— Pourquoi ? Elle n'est pas votre genre ?

— Pas précisément, non. Et je n'apprécie pas que nous parlions de votre mère de cette façon.

— Sensible, hein ? Rassurez-vous, tout le monde sait que Charlene n'aime rien tant que faire grincer les ressorts du sommier avec tous les hommes pas trop moches qui passent à sa portée. Pour ma part, je préfère me tenir à l'écart de ses restes. Mais puisque vous n'en faites pas partie, pas encore du moins, je vous donnerai peut-être une chance de gratter un peu plus sous la surface.

Elle referma le registre, le remit en place.

— Vous voulez bien me donner un coup de main pour charger tout ça dans le pick-up ?

— Bien sûr. Je croyais que vous étiez venue en avion.

— Oui. Un ami et moi avons permuté nos moyens de transport entre-temps.

Il jeta sur son épaule le lourd sac de croquettes, la suivit jusqu'au pick-up rouge garé devant la porte. Sous la bâche du plateau, il vit du matériel de camping, des raquettes, deux jerrycans d'essence. Dans la cabine, un mini-râtelier d'armes était garni d'un fusil de chasse et d'une carabine.

— Vous chassez ?

— Cela dépend du gibier, répondit-elle en refermant le hayon. Que diable êtes-vous venu faire ici, chef Burke ?

— Je m'appelle Nate. Et je vous le dirai quand je le saurai.

— Logique. Je vous rencontrerai peut-être au réveillon du Nouvel An. Nous verrons si nous nous entendons bien en société.

Elle grimpa au volant, mit le contact, s'éloigna vers l'ouest. Le soleil disparaissait derrière la crête des montagnes, qu'il balayait de flammes dorées tandis que la lumière tournait déjà au crépuscule. Et il n'était qu'à peine plus de trois heures de l'après-midi.

4

Extrait du journal – 14 février 1988

Le froid, on n'en parle pas entre nous pour ne pas devenir cinglés, mais je l'écris quand même ici. Parce qu'un jour j'y repenserai – peut-être en juillet, quand je serai assis dehors au soleil avec une bière bien fraîche, tartiné d'une crème qui n'arrêtera pas les moustiques gros comme des hirondelles à qui je lancerai des claques en regardant cette garce couverte de neige. Ce jour-là, je saurai que j'y étais, que je l'ai vaincue, et la bière aura meilleur goût. Mais on n'est encore qu'en février, juillet est dans un siècle et la garce fait la loi.

Le vent fait tomber le thermomètre à moins trente, moins quarante. Quand on en arrive là, quelques degrés de plus ou de moins n'ont plus d'importance. Le froid nous a pété une lampe et a cassé comme du verre la fermeture à glissière de ma parka. Avec plus de seize heures de nuit, nous montons et démontons notre camp dans le noir. Pisser devient un martyre. Malgré tout, le moral tient bon, enfin, la plupart du temps. L'expérience que nous vivons ne peut pas s'acheter. Quand le froid vous lacère la gorge tel du verre cassé, on sait qu'on est en vie comme on ne peut l'être que sur la montagne. Lorsqu'on se hasarde à sortir de la tente et qu'on voit une aurore boréale si brillante, si proche qu'on croit pouvoir la toucher, en prendre un rayon et se l'introduire dans le corps pour se recharger d'énergie, on sait qu'on ne voudrait jamais vivre ailleurs.

Nous n'avançons pas vite, mais nous ne perdons jamais de vue notre but, le sommet. Des débris d'avalanches nous ont ralenti et je me demande combien d'autres ont campé là avant nous sous ce qui est maintenant recouvert par la neige, et quand la montagne décidera de se réveiller pour enterrer la grotte que nous avons réussi à creuser dans la neige glacée.

Nous avons eu une courte mais sérieuse engueulade sur la manière de contourner les débris. J'ai pris la tête, nous y avons passé deux ou trois éternités, mais personne n'y serait arrivé plus vite même si les autres pensent autrement. C'est une zone dangereuse parce que le glacier bouge. On ne le voit pas, on ne le sent pas, mais il se dérobe et peut vous aspirer dans les crevasses cachées sous la surface, qui n'attendent que l'occasion de vous servir de tombe.

Les cils collés par le gel, nous avons tracé notre chemin le long de l'arête de la Solitude et, après avoir contourné de haute lutte la cheminée du Diable, nous avons pique-niqué sur un tapis de neige vierge. Le soleil était comme une boule d'or glacé. Je me suis risqué à prendre quelques photos, mais j'avais peur que le gel fasse éclater l'appareil.

Il y avait plus de passion que de style dans l'ascension qui a suivi, mais nous avons avancé comme des forcenés en jurant contre la montagne et contre nous-mêmes. Pendant des heures, nous avons marché en nous enfonçant dans la neige fraîche tandis que le soleil virait de l'or à un rouge orangé qui mettait le feu à la neige avant de nous laisser brutalement dans le noir. Nous avons dégagé à la lumière des lampes un espace juste suffisant pour planter la tente et nous avons campé en écoutant le vent souffler dans la nuit, en essayant de calmer notre épuisement par des pétards d'une herbe de premier choix et la joie d'avoir fait autant de chemin ce jour-là.

Nous avons pris l'habitude de nous appeler par les noms de La Guerre des étoiles. Maintenant, nous sommes Han, Luke et Dark. Luke, c'est moi. Nous faisons comme si nous étions en mission sur la planète de glace Toth pour détruire une base fortifiée de l'Empire. Cela veut dire, bien sûr, que Dark doit travailler contre nous, mais c'est encore plus amusant. Chacun prend son plaisir où il le trouve, non ?

Malgré notre avancée d'aujourd'hui, on est sur les nerfs.

Je jouissais de creuser le ventre de la garce à coups de piolet pour gagner quelques mètres de plus. On gueulait au début pour se donner du cœur à l'ouvrage, mais ces braillements ont tourné en vrais coups de gueule quand Dark a reçu une pluie de morceaux de glace sur la figure. Il m'a injurié durant près d'une heure. J'ai même cru qu'il allait me tabasser pour se venger et je le sens encore maintenant me lancer des regards furibonds quand j'ai le dos tourné, pendant que Han se met à ronfler au point de faire plus de bruit que le vent.

Il s'en remettra. Nous sommes une équipe, chacun de nous a la vie des autres entre ses mains. Il oubliera tout ça demain quand nous recommencerons à grimper. Nous devrions peut-être ralentir un peu, mais deux ou trois bons pétards donnent un coup de fouet et aident à oublier le froid et la fatigue. Rien au monde ne vaut la blancheur éblouissante de la neige, le tintement du piolet sur la glace, le raclement des crampons sur la roche, le sifflement de la corde qui se déroule en chute libre avant un rappel, le spectacle du soleil qui met le feu à la glace. Et même en ce moment, recroquevillé sous la tente avec le ventre plein de gargouillis à cause du ragoût surgelé du dîner, la peur des pieds gelés et de la mort qui me ronge le derrière du crâne comme un rat, je ne voudrais être nulle part ailleurs.

Lunacy – décembre 2004

À sept heures du soir, Nate décida qu'il avait assez travaillé pour un premier jour et se munit d'un radiotéléphone avant de boucler les portes. Si quelqu'un téléphonait, l'appel serait basculé vers son poste.

Il aurait préféré dîner au calme dans sa chambre pour donner à son cerveau le temps de démêler et d'assimiler tous les détails dont il avait été gavé depuis le matin – et aussi parce qu'il préférait être seul. Mais il n'arriverait à rien dans cette ville s'il prenait l'habitude de s'isoler. Il s'assit donc à une table libre de la salle de restaurant. On entendait dans la pièce voisine cliqueter les boules de billard, le juke-box moudre une complainte. Quelques hommes juchés sur les tabourets du bar buvaient des bières en regardant un match de hockey à la télévision. Le restaurant était à moitié plein de clients dont s'occupait une serveuse qu'il ne connaissait pas encore.

L'homme que Hopp lui avait présenté comme le Professeur s'approcha de sa table, un verre de bière à la main. Il portait sa veste de tweed habituelle, un exemplaire fatigué de l'*Ulysse* de James Joyce dépassait d'une poche.

— Je peux vous tenir compagnie ?
— Bien sûr, asseyez-vous.
— John Malmont, se présenta-t-il. Si vous voulez quelque chose à boire, vous serez plus vite servi au bar. Si c'est pour dîner, Cissy ne va pas tarder.
— Je ne suis pas pressé. Il y a du monde, ce soir. C'est toujours comme ça ?
— Il existe en ville seulement deux endroits où vous pouvez prendre un repas chaud que vous ne cuisinez pas vous-même. Des deux, un seul sert aussi de l'alcool, le *Lodge*. Les Lunatiques, comme s'appellent les gens d'ici, sont assez sociables, entre eux du moins. Ajoutez-y la période des fêtes et vous avez des tables pleines. Le filet de flétan est bon, ce soir.
— Vous vivez ici depuis longtemps ?
— Seize ans. Je viens de Philadelphie, dit-il pour anticiper la question de Nate. J'enseignais la littérature classique à de jeunes esprits ambitieux. Beaucoup prenaient un plaisir stérile à critiquer les auteurs célèbres disparus de longue date qu'ils étaient censés étudier.
— Et maintenant ?
— Je tente d'apprendre la littérature et la composition à des ados que les merveilles de l'écriture ennuient et qui préféreraient explorer le corps de leurs condisciples du sexe opposé.
— Bonsoir, Professeur ! fit une voix féminine.
— Bonsoir, Cissy. Chef Burke, Cecilia Fisher.

Maigre comme un manche à balai, elle avait des cheveux teints en plusieurs nuances de rouge et un anneau d'argent au sourcil gauche.

— Enchanté de faire votre connaissance, Cissy.
— Moi aussi, chef, répondit-elle avec un sourire épanoui. Qu'est-ce que je peux vous servir ?
— Le flétan. Il paraît qu'il est bon.
— Délicieux. Et comme boisson ?

— Du café.
— C'est comme si vous l'aviez, promit-elle en s'éloignant.
— Brave fille, commenta John. Elle est arrivée ici il y a deux ans avec une bande venue faire de l'alpinisme. Son petit ami l'a plaquée sans rien lui laisser que son sac à dos. Elle n'avait pas de quoi rentrer chez elle ; de toute façon, elle ne voulait plus y retourner. Charlene lui a donné une chambre et un job. Le garçon est revenu la chercher huit jours plus tard. Charlene l'a flanqué dehors.
— Charlene ? s'étonna Nate.
— Elle a un fusil de chasse dans la cuisine. Le zèbre a préféré détaler sans Cissy après avoir vu le double canon braqué sur son nez.
En finissant sa phrase, il tourna légèrement la tête et Nate vit la lueur amusée de son regard faire place à un bref éclair de désir. L'objet de sa convoitise traversait la salle, une cafetière à la main.
— Regardez-moi ça ! s'exclama Charlene en remplissant la tasse de Nate avant de se glisser à côté de lui sur la banquette. Les deux plus beaux garçons de Lunacy à la même table. Et peut-on savoir de quoi vous parlez, tous les deux ?
— D'une femme, bien entendu. Bon appétit, chef, dit John, qui prit sa bière et regagna son tabouret au bar.
— Qui donc serait cette femme ? minauda Charlene en se penchant de manière à lui effleurer le bras avec un sein.
— John me racontait pourquoi Cissy travaille pour vous.
— Oh, Nate ! Vous vous intéressez à ma serveuse, maintenant ?
Il ne pouvait ni s'esquiver sans avoir l'air idiot ni faire un geste sans se frotter à une partie ou une autre de l'anatomie de son envahissante hôtesse.
— Je ne m'y intéresse que dans l'espoir qu'elle m'apporte bientôt mon dîner, je meurs de faim. Les frères Mackie vous ont remboursé les dégâts ?
— Ils sont venus il y a une heure et m'ont payée rubis sur l'ongle. Je me sens tellement plus en sûreté de vous savoir tout près.
— Votre fusil de chasse dans la cuisine devrait déjà vous donner un sentiment de sécurité.

— C'est surtout pour intimider les mauvais coucheurs ! répondit-elle avec un sourire mutin. Il n'est pas facile d'être une femme seule dans un endroit tel que celui-ci, vous savez. Les longues nuits d'hiver sont bien froides et solitaires. C'est bon de savoir qu'un homme comme vous couche sous le même toit. Nous pourrions nous tenir compagnie, tout à l'heure.

Elle posa une main sur sa cuisse, remonta. Nate la lui saisit et la plaça fermement sur la table avant qu'elle se rende compte de l'effet produit par son contact.

— Écoutez, Charlene, vous êtes sympathique, vous êtes agréable à regarder, mais je ne crois pas que ce soit une bonne idée de nous... tenir compagnie, comme vous dites.

— N'empêche, si vous n'arrivez pas à vous endormir ce soir, appelez-moi. Je vous montrerai comment nous savons dorloter nos clients, dans cet établissement.

Elle se leva en s'arrangeant pour glisser encore la main le long de sa cuisse. Nate attendit qu'elle ait traversé la pièce de sa démarche chaloupée pour laisser échapper un soupir de soulagement.

Il passa une mauvaise nuit. L'obscurité trop profonde était de celles qui incitent un homme à chercher refuge dans une caverne – et dans la tiédeur d'une femme. Alors, il laissa sa lampe allumée pour lire des arrêtés municipaux, rêvasser et, finalement, s'assoupir jusqu'à la sonnerie stridente du réveille-matin.

Il commença sa journée comme celle de la veille en prenant son petit déjeuner avec Jesse. Il aspirait à une routine dans laquelle se couler pour ne plus avoir à penser, ne plus voir ce qu'il y avait au-delà. Ici, il pouvait agir en automate, affronter des problèmes insignifiants, laisser les journées s'écouler avec toujours les mêmes visages, les mêmes voix, les mêmes tâches se répétant en boucle. Le froid l'empêcherait de se décomposer ; de la sorte, personne ne se rendrait compte qu'il était déjà mort.

Pendant la journée, il jonglait avec les rares appels, qu'il répartissait entre Otto et Peter. S'il s'y rendait lui-même, il se faisait toujours accompagner par l'un des agents, qui le mettait au courant des particularités des quartiers ou des habitants qu'il ne connaissait pas encore. En tout cas, il se félicitait de ses rapports avec son personnel.

Peter avait vingt-trois ans. Né et ayant toujours vécu à Lunacy ou aux environs immédiats, il connaissait tout le monde et tout le monde paraissait l'aimer. Otto, ancien sergent-chef des marines, était venu en Alaska meubler sa retraite par la chasse et la pêche. Dix-huit ans auparavant, après son premier divorce, il avait décidé de s'y installer à demeure. Il avait trois grands enfants et quatre petits-enfants dans les « États d'en bas », selon la terminologie locale. Remarié avec une blonde au tour de poitrine sensiblement plus important que son QI, selon Peach, il avait de nouveau divorcé au bout de deux ans.

Bing et lui s'étaient jugés qualifiés pour le poste que Nate occupait désormais. Mais alors que Bing avait été ulcéré par la décision du conseil municipal de faire appel à un étranger, Otto, plus habitué à recevoir des ordres, s'était résigné à rester simple agent.

Quant à Peach, elle vivait en Alaska depuis plus de trente ans après s'être enfuie de son Sud natal avec son amoureux. Le pauvre garçon s'était perdu en mer moins de six mois plus tard avec le chalutier sur lequel il travaillait. Elle s'était remariée avec un grand et bel ours établi dans la nature, d'où il tirait ses ressources pour ne venir en ville que de loin en loin. Quand il était mort à son tour en tombant à l'eau pendant une partie de pêche, sans pouvoir regagner le rivage avant d'être achevé par le froid, Peach avait fermé leur cabane et s'était installée à Lunacy. Elle avait ensuite commis l'erreur de se remarier une troisième fois avec un ivrogne coureur de jupons qu'elle avait dû réexpédier dans son Dakota d'origine. Depuis, elle ne perdait pas espoir de rencontrer un quatrième mari bien sous tous rapports.

Peach était une intarissable source de renseignements pour Nate, à qui elle dépeignait les personnalités locales. Ed Woolcott aurait volontiers brigué la charge de maire, mais il devait ronger son frein en attendant que Hopp décide de jeter l'éponge. Sa femme, Arlene, était une snob issue d'une famille riche, ce qui n'avait rien d'étonnant. Fils d'un Russe et d'une

Norvégienne, Bing avait toujours vécu dans la région, comme Peter. Sa mère avait pris la poudre d'escampette avec un pianiste en 1974, quand Bing avait treize ans. Son père, un homme capable de lamper une bouteille de vodka cul sec, était reparti en Russie douze ans après son infortune en emmenant Nadia, la jeune sœur de Bing. Selon les rares nouvelles venues d'au-delà du détroit de Béring, elle serait enceinte et son père, remarié.

Le mari de Rose, David, un guide de haute montagne considéré comme un des meilleurs, faisait des petits métiers pour occuper son temps libre entre deux courses. Harry et Deb, les patrons du bazar, avaient deux enfants. Le fils leur donnait du fil à retordre et c'était Deb qui portait la culotte dans le ménage. Et ce n'était pas tout – il y avait toujours quelque chose à apprendre de Peach.

Nate pensait qu'il ne lui faudrait pas plus d'une semaine pour tout connaître de Lunacy et de sa population et se couler ainsi sans arrière-pensée dans la confortable routine à laquelle il aspirait. Pourtant, chaque fois qu'il voyait de sa fenêtre le soleil se lever au-dessus des montagnes dans une féerie de rayons d'or, il sentait se ranimer en lui l'étincelle lui soufflant qu'il était toujours en vie. Mais chaque fois, craignant qu'elle ne s'embrase, il se détournait vers le mur.

Le troisième jour, Nate eut à régler un accident de la circulation impliquant un pick-up, un 4 × 4 et un élan. Des trois, seul l'élan s'en tira indemne et resta à distance respectueuse pour observer le spectacle, qu'il paraissait trouver distrayant. Quant à Nate, qui voyait pour la première fois de sa vie un élan en chair et en os, sensiblement plus gros et plus laid qu'il ne l'avait imaginé, il s'intéressa d'abord davantage à l'animal qu'aux deux individus fort occupés à se lancer à la tête des épithètes malsonnantes.

Il était huit heures vingt du matin et il faisait nuit noire sur la route que les gens du pays appelaient le chemin du Lac. Un coûteux Ford Explorer presque neuf était dans le fossé, le capot en accordéon, et un pick-up Chevrolet était couché sur le flanc comme s'il avait décidé de se reposer de ses longues années de bons et loyaux services. L'adjoint au maire et un guide nommé Harlow s'agonisaient d'injures, le visage en sang et les yeux étincelants de fureur. Nate braqua sur eux à tour de rôle le faisceau de sa lampe torche et constata qu'ils avaient l'un et l'autre besoin de sutures.

— Calmez-vous ! Nous allons régler cela dans une minute. Otto, y a-t-il une dépanneuse en ville ?

— Bing en a une.

— Appelez-le et dites-lui de venir immédiatement dégager ces deux véhicules qui encombrent la route, ils représentent un danger pour les autres usagers. Et maintenant, poursuivit-il en se tournant vers les antagonistes, lequel de vous deux se sent capable de me rapporter calmement ce qui s'est passé ?

Ils se lancèrent ensemble dans un torrent d'invectives. Reniflant des vapeurs de whisky dans l'haleine de Harlow, Nate donna la parole à Woolcott, qui paraissait sobre. Il ressortit de son témoignage qu'il avait vu l'élan apparaître sur la route et dévié sa trajectoire pour l'éviter quand le « tas de ferraille » s'était précipité sur lui à une vitesse excessive et l'avait percuté de plein fouet en dérapant.

— En plus, conclut-il en fusillant l'autre du regard, cet individu est ivre.

La version de Harlow était radicalement différente, comme Nate s'y attendait. C'était le banquier qui avait perdu le contrôle de son véhicule en voulant éviter l'élan et lui était rentré dedans. Nate observa les traces de pneus dans la neige et dut admettre, sans le lui dire, que cette version lui paraissait plus proche de la vérité.

— Vous aviez quand même bu de l'alcool alors qu'il n'est pas encore neuf heures du matin, lui fit observer Nate avec sévérité. Je suis obligé de vous soumettre à un contrôle d'alcoolémie.

Harlow protesta : il revenait de pêcher sous la glace et il fallait bien qu'un homme se réchauffe.

— Bon, nous réglerons ça tout à l'heure.

Nate fit monter les deux adversaires dans sa Jeep et les déposa au dispensaire avec Otto, chargé de les surveiller pendant qu'ils se faisaient soigner. Il alla au poste chercher un alcootest, vérifia sur l'ordinateur les dossiers des deux conducteurs et revint au dispensaire en essayant de formuler dans sa tête une solution équitable.

Deux personnes patientaient dans la salle d'attente, une jeune femme avec un bébé endormi dans ses bras et un vieil homme qui mâchonnait le tuyau d'une pipe éteinte. À l'entrée de Nate, la réceptionniste interrompit sa lecture d'un roman sentimental.

— Chef Burke ? Je suis Joanna. Le docteur a dit que vous pouvez aller en salle d'examen si vous voulez. Il est dans la salle 1 avec Harlow, Nita recoud Ed Woolcott dans la salle 2.

— Et Otto ?

— Au bureau. Il vérifie si Bing a bien remorqué les voitures.

— Bon, je prends Harlow. Par où ?

— Venez, je vais vous montrer.

La salle comportait l'équipement classique, table d'examen, lavabo, armoire vitrée, chaise à roulettes. Le médecin leva brièvement les yeux. Âgé d'une trentaine d'années, il avait une courte barbe châtaine, comme ses cheveux naturellement bouclés, des yeux verts derrière de petites lunettes rondes à monture de métal et paraissait en forme.

— Ken Darby, se présenta-t-il. Excusez-moi de ne pas vous serrer la main, les miennes sont occupées.

— Inutile de vous excuser. Comment va votre patient ?

— Quelques coupures et égratignures. Vous avez eu une sacrée veine, Harlow.

— Attendez de voir ma bagnole, bon Dieu ! Cet enfoiré d'Ed conduit comme une bonne femme de quatre-vingts berges qui aurait perdu ses lunettes !

— Je dois vous demander de souffler là-dedans, lui intima Nate.

— Je suis pas soûl !

— Alors, il n'y aura pas de problème.

Harlow s'exécuta en maugréant pendant que le Dr Darby fixait des pansements sur ses coupures.

— Vous êtes juste à la limite, Harlow. Comme vous paraissez vous comporter normalement, je me contenterai de vous donner un simple avertissement. Mais la prochaine fois que vous irez pêcher sous la glace et que vous éprouverez le besoin de vous réchauffer à l'alcool, ne prenez pas le volant. Compris ?

— J'ai même plus de volant !

— Dans la mesure où je ne peux pas donner de contravention à un élan, votre compagnie d'assurances devra se débrouiller avec celle de Woolcott. Je vous signale que vous avez déjà à votre actif deux contraventions pour excès de vitesse.

— Je me suis fait piéger par ces enfoirés d'Anchorage.

— Possible. Mais lorsque vous aurez récupéré votre volant, veuillez respecter les limites de vitesse et le laisser à quelqu'un d'autre quand vous aurez bu. Si vous suivez mon conseil, nous nous entendrons très bien. Vous voulez qu'on vous reconduise ?

— Bien obligé. Il faut d'abord que je regarde ma bagnole et que je parle à Bing pour les réparations.

— Après ça, venez au poste. Nous vous remmènerons chez vous.

— Merci, chef. J'apprécie.

Ed Woolcott se montra nettement moins coopératif.

— Cet individu avait bu ! vociféra-t-il.

— Il était en dessous de la limite légale. Le vrai responsable est un élan, je ne peux pas infliger d'amendes à la faune locale. Votre accident est dû à la malchance, voilà tout. Vous êtes assurés tous les deux, vous n'êtes gravement blessés ni l'un ni l'autre. En fait, vous vous en êtes plutôt bien tirés, c'est une chance.

— Je ne considère pas ma voiture neuve dans le fossé et ma figure lacérée par un Airbag comme une chance, chef Burke !

— Question de point de vue.

— Est-ce ainsi que vous entendez faire respecter la loi dans notre ville ? demanda-t-il avec hargne.

— Dans l'ensemble, oui.

— Votre attitude me déplaît ! Je parlerai de cet incident et de votre comportement à Mme le maire, vous pouvez y compter.

— J'y compte. Voulez-vous que nous vous reconduisions chez vous ou à la banque ?

— Je suis assez grand pour aller tout seul où je veux.

— À votre aise.

Nate retrouva Otto dans le couloir. Celui-ci attendit d'être dehors pour commenter ce qu'il avait entendu derrière la porte.

— Vous ne vous êtes pas fait un ami.

— On ne peut pas demander à un homme d'être de bonne humeur quand sa voiture est en accordéon et qu'il doit se faire recoudre la figure, dit Nate avec un haussement d'épaules fataliste.

— Non, bien sûr. Ed a un sale caractère et aime faire l'important. Il a plus d'argent que n'importe qui dans le canton et il ne veut surtout pas qu'on l'oublie.

— C'est bon à savoir.

— Harlow est un brave type, poursuivit Otto. Il connaît la montagne, il est assez pittoresque pour plaire aux touristes et il ne se mêle pas des affaires des autres. Il aime boire, mais jamais au point de s'enivrer. Vous avez bien réglé le problème, si vous voulez mon avis.

— Je l'apprécie, Otto. Vous voulez bien rédiger le rapport ? Je vais aller voir où en est le dépannage.

C'était un prétexte pour prendre le large, mais personne n'avait besoin de le savoir.

Bing et un petit homme tout en muscles finissaient de sortir le 4 × 4 du fossé. Nate leur demanda s'ils avaient besoin d'aide.

— On sait ce qu'on fait, on n'a besoin de personne, grommela Bing en lançant une pelletée de neige sur les bottes de Nate.

— Bien, je vous laisse travailler.

Il s'était à peine éloigné de trois pas quand il entendit Bing lancer « Connard » assez fort pour être entendu. Il s'arrêta, se retourna :

— Est-ce que « connard » est un cran au-dessus ou au-dessous de *cheechako* ?

Le petit homme lâcha un ricanement, planta sa pelle dans la neige et s'appuya au manche pour mieux voir Nate et Bing se toiser.

— C'est du pareil au même, gronda le barbu.

— Merci du renseignement.

Sur quoi, il remonta en voiture et laissa Bing ruminer sa rage.

Au lieu de retourner en ville, il continua à suivre la route qui longeait le lac. Il savait que Meg habitait dans cette direction et, quand il vit son avion rouge posé sur la glace, il sut qu'il ne s'était pas trompé.

Un sentier cahoteux tracé entre les arbres le conduisit devant la maison. S'il ne savait pas à quoi s'attendre, ce qu'il découvrait le surprit. L'isolement et le panorama spectaculaire étaient pour ainsi dire normaux dans la région. Mais la maison était presque trop… jolie, une sorte de chalet tout en bois et en verre, avec des porches couverts et des volets rouges aux fenêtres. Un passage avait été dégagé dans la neige du sentier à la porte d'entrée. D'autres étaient visibles entre la maison et des cabanes annexes, dont l'une était montée sur pilotis. Le porche principal abritait une imposante provision de bûches. Des filets de fumée s'échappaient des trois cheminées de pierre. Le soleil levant baignait le tout d'une lumière irréelle.

Fasciné, il arrêta le moteur et, dans le silence revenu, entendit une musique qui paraissait emplir le monde entier. Une voix de femme à la fois forte, sensuelle et aérienne, soutenue par un ensemble de cordes et de vents, semblait s'élever avec le soleil au-dessus de l'immensité blanche. En mettant pied à terre, il sentit la musique l'envelopper comme si elle émanait de l'air, du sol ou du ciel.

C'est alors qu'il vit deux chiens et la parka rouge avancer sur le lac gelé. Il ne la héla pas, il ne l'aurait pas pu tant il était captivé par le spectacle de la femme en rouge se détachant sur la blancheur immaculée devant le décor de la montagne, dans la splendeur du matin.

Les chiens le virent ou le sentirent en premier. Leurs aboiements firent voler en éclats la sérénité de la musique et deux boules de fourrure grise se ruèrent vers l'intrus tels des boulets de canon. Nate se demanda si s'abriter dans la voiture confirmerait son statut de « connard *cheechako* » ou si ses vêtements seraient assez épais pour résister à des mâchoires canines, le temps que leur maîtresse les rappelle à l'ordre. Il resta donc où il était en récitant « Bon chien, bon chien » comme un mantra et en se préparant à encaisser un double assaut de chair et de muscles d'un poids visiblement respectable – en espérant aussi que sa gorge ne serait pas leur premier objectif.

Les chiens freinèrent des quatre pattes à deux pas de lui en soulevant un nuage de neige, les babines retroussées, un grondement menaçant au fond de la gorge. Deux paires d'yeux aussi bleus que ceux de leur maîtresse le fixaient avec insistance.

— Rock ! Bull ! leur cria Meg. Ami !

Les chiens se calmèrent instantanément et s'approchèrent de Nate pour le renifler.

— Ils vont m'arracher la main si je les caresse ? lança-t-il.

— Plus maintenant !

Avec un reste de méfiance, il tendit une main gantée, leur caressa la tête à tour de rôle puis, comme ils y prenaient plaisir et se blottissaient contre lui, il s'accroupit pour les frotter avec énergie.

— Vous avez du cran, Burke, dit Meg, qui les avait rejoints.

— Je me suis fié à votre parole. Ce sont des chiens de traîneau ?

— Non, je ne suis pas *musher*, mais ils sont de bonne race et ils vivent avec moi comme des rois.

— Ils ont les mêmes yeux que vous.

— J'ai peut-être été husky dans une vie antérieure. Qu'est-ce que vous faites ici ?

— Je venais juste... C'est quoi, cette musique ?

— Loreena McKennit. Elle vous plaît ?

— C'est stupéfiant. Céleste.

— Vous êtes le premier homme de ma connaissance qui soit capable d'entendre le ciel, fit-elle en riant. Alors, que faites-vous ? Une promenade de vacances ?

— Vacances ?

— Nous sommes la veille du Nouvel An.

— Ah oui ? En fait, j'ai dû traiter ce matin un incident de la circulation sur la route du lac et je suis à la recherche d'un témoin capital. Vous l'avez peut-être vu, un grand escogriffe à quatre pattes avec une coiffure bizarre, expliqua-t-il en imitant les bois de l'élan.

Pourquoi votre regard reste-t-il aussi triste même quand vous souriez ? s'abstint-elle de lui demander.

— Il se trouve que j'ai croisé dans les parages deux individus répondant à cette description.
— Dans ce cas, il faut que j'entre prendre votre déposition.
— Volontiers, mais vous devrez attendre, je suis sur le point de partir. Je ramenais les chiens et j'allais arrêter la musique.
— Où allez-vous ?
— Livrer des marchandises à un village dans le coin. Il faut même que je me dépêche pour revenir à temps avant le réveillon. Vous voulez m'accompagner ?
Là-dedans ? pensa Nate en jetant un coup d'œil à l'avion. *Jamais !*
— Désolé, je suis en service. Un autre jour, peut-être.
— Comme vous voudrez. Rock, Bull, à la maison ! Je reviens tout de suite, ajouta-t-elle.
Les chiens partirent en courant et Nate se rendit compte qu'une des cabanes annexes était une niche luxueusement aménagée, aux parois peintes de symboles du folklore local. *Elle n'exagère pas*, pensa-t-il, *ils vivent bien comme des rois.*
Meg s'engouffra dans la maison. Un instant plus tard, la musique se tut et elle en ressortit, un sac sur l'épaule.
— À bientôt, chef. On verra si vous voulez toujours prendre ma déposition.
— Sans aucun doute. Bon vol.
Il ne la quitta pas des yeux pendant qu'elle marchait vers l'avion, jetait son sac à l'intérieur, se hissait dans le cockpit. Le moteur démarra avec un bruit de tonnerre, l'hélice se mit à tourner, l'appareil commença à glisser, vira pour se placer contre le vent et accéléra jusqu'à ce qu'il prenne son envol.
Par la vitre du cockpit, Nate pouvait apercevoir le rouge de sa parka et le noir de ses cheveux avant que la vitesse ne brouille sa vision. La tête levée, il continua à la suivre des yeux quand elle décrivit un large demi-cercle. En passant au-dessus de lui, elle fit un mouvement d'aile en guise de salut avant de se fondre dans le bleu du ciel.

5

Assis dans le noir, Nate entendait monter les bruits de la fête. La musique, les rires, les voix lui donnaient l'impression de peser sur les murs et le plancher de sa chambre pour l'enfermer plus étroitement encore dans l'obscurité et la solitude.

La dépression l'avait terrassé sans aucun signe avant-coureur. Une minute, il consultait des dossiers dans son bureau ; celle d'après, il était écrasé sous une masse étouffante. Il avait déjà été victime du même phénomène que nulle tristesse ou nul malaise diffus ne laissait prévoir, rien d'autre qu'un passage brutal de la lumière au noir absolu. Ce n'était pas du désespoir : il lui aurait fallu d'abord espérer quelque chose. Ce n'était pas non plus du chagrin ou de la colère, il aurait pu maîtriser de telles émotions. C'était une chute dans le vide, dans un néant sans limites, sans repères, sans air, sans lumière qui l'absorbait comme un maelström engloutit une barque désemparée.

Il était capable de faire illusion pendant ces temps de crise, il s'y était entraîné pour se protéger de la pitié des autres, qui a pour seul effet de vous entraîner plus profondément encore dans l'abîme. Il pouvait marcher, parler, exister. Mais il ne vivait pas. Quand il plongeait dans ce néant, il avait l'impression, sinon la certitude, d'être mort.

Grâce à ses réflexes d'automate, il avait fermé le bureau et était rentré au *Lodge*. Il avait croisé des gens, leur avait parlé.

Il ne se rappelait ni qui il avait vu ni ce qu'il leur avait dit, il savait seulement que des mots étaient sortis de sa bouche. Puis, une fois dans sa chambre, il avait fermé la porte à clé et s'était assis dans le noir.

Que diable faisait-il dans ce désert glacé ? Était-il arrivé à un tel degré de décomposition mentale qu'il avait choisi cet hiver perpétuel parce qu'il constituait un fidèle reflet de son désert intérieur ? Que croyait-il prouver en venant ici, en se prétendant capable d'accomplir une mission ? En réalité, il ne faisait que se cacher de lui-même, de ce qu'il avait été, de ce qu'il avait perdu. Seulement on ne peut pas se cacher continuellement de ce qu'on porte en soi, qui n'attend que l'occasion d'en surgir et de vous ricaner à la figure.

Bien entendu, il avait les pilules adéquates contre la dépression, contre l'anxiété, contre l'insomnie, ou plutôt pour l'aider à sombrer dans un sommeil profond où les cauchemars n'ont pas accès. Mais il avait cessé de prendre ces pilules parce qu'elles le faisaient se sentir inférieur à ce qu'il était avec la dépression, l'anxiété et l'insomnie.

Ne pouvant ni revenir en arrière ni aller de l'avant, mieux valait donc sombrer ici. Couler de plus en plus bas jusqu'au moment où il ne pourrait ni ne voudrait plus échapper au néant. Un néant où il se sentait bien, tout compte fait. Lové dans le noir et le vide comme dans un cocon, il pouvait à loisir se vautrer dans son malheur. Une partie de lui-même s'y résignait, le souhaitait presque. Et il haïssait cette partie. Car les fugitives étincelles de vie qu'il éprouvait encore étaient-elles un sursaut de l'autre partie de lui-même, celle qui ne capitulait pas, ou une provocation du destin pour mieux se moquer de lui ? Une manière de lui rappeler ce que c'est d'être en vie avant de le précipiter à nouveau dans le gouffre ?

Eh bien, non ! Il lui restait encore assez de rage pour s'agripper au bord et se hisser hors du trou – cette fois-ci, au moins. Il irait jusqu'au bout de cette nuit, la dernière de l'année. Et s'il n'y avait plus rien ensuite, tant pis. Ce soir, il était encore en service. Il ferait son devoir, décida-t-il en posant la main sur l'étoile de shérif qu'il n'avait pas pensé à enlever de sa chemise. Il était peut-être absurde de se raccrocher à un symbole aussi ridicule, mais il l'avait accepté et s'en montrerait digne. Même si c'était pour la dernière fois.

La lumière lui brûla les yeux quand il alluma, au point qu'il dut se forcer à ne pas céder à la tentation d'éteindre pour replonger dans l'obscurité bienfaisante. Il se leva et se bassina le visage à l'eau glacée en essayant de se convaincre qu'elle pouvait effacer la fatigue et chasser la dépression. Il s'examina longuement dans la glace, chercha sur son visage des signes révélateurs. Mais il ne vit qu'un type moyen, normal, aux yeux un peu las, aux joues creuses, sans rien de particulièrement inquiétant. Et tant que les autres en verraient autant, cela suffirait.

Le bruit le submergea à l'instant où il ouvrit la porte et, comme avec la lumière, il dut se forcer à avancer au lieu de reculer dans sa tanière. Il avait donné quartier libre à Otto et Peter. Ils avaient tous deux de la famille, des amis, des proches avec qui balayer le passé et célébrer l'avenir. Comme Nate balayait le passé tout seul depuis des mois, il ne voyait pas de raison d'y changer quoi que ce soit cette nuit.

La musique était joyeuse, les musiciens meilleurs qu'il l'espérait. Les salles étaient bondées, les tables disposées de manière à dégager une piste de danse sur laquelle l'assistance ne se privait pas d'évoluer. Des ballons, des guirlandes festonnaient le plafond. Tout le monde avait enfilé ses habits de fête, les femmes surtout, qui arboraient des robes à paillettes, des coiffures élaborées, des talons hauts. Il vit Hopp, en robe de cocktail rouge, qui dansait – un fox-trot, un one-step ? Il aurait été incapable de le dire – avec Harry Miner, lui aussi sur son trente et un. Rose était assise derrière le bar avec David, son mari, qui lui massait tendrement le dos. Les regards qu'ils échangeaient étaient si débordants d'amour que Nate se sentit encore plus seul et plus glacé. Aucune femme ne l'avait regardé ainsi. Même celle qu'il avait épousée et cru sienne jusqu'à leur divorce ne lui avait jamais exprimé dans un seul regard un amour aussi profond, aussi total.

Il préféra se détourner et observer la foule à la manière du policier qui, d'instinct, jauge, détaille, enregistre, catalogue. Ce réflexe le mettait à l'écart des autres, il le savait, mais il ne pouvait pas s'en empêcher. Il reconnut Ed Woolcott et une femme qu'il pensa être la sienne, Arlene la snob. Mitch, l'opérateur de la radio KLUN, ses cheveux blonds noués en catogan, tenait par la taille une fille moins belle que lui. Ken, en chemise hawaïenne, discutait avec le Professeur, qui n'avait pas quitté sa sempiternelle veste de tweed.

Une bouffée du parfum de Charlene lui parvint trop tard pour qu'il puisse s'esquiver. Une fraction de seconde après, les courbes d'un corps féminin se plaquèrent contre son corps, des lèvres soyeuses glissèrent sur les siennes, qu'écartait une langue impatiente tandis que des mains expertes lui pétrissaient le postérieur.

Au bout d'un long moment, Charlene s'écarta en continuant à le tenir par le cou.

— Bonne année, Nate. Juste au cas où je ne pourrais pas vous mettre la main dessus à minuit.

Incapable de formuler un mot, il avait surtout peur de rougir.

— Où vous cachiez-vous ? reprit-elle. La fête est commencée depuis une heure et vous ne m'avez pas encore fait danser.

— J'avais des… des choses à faire.

— Le travail, toujours le travail ! Il n'y a pas que le travail dans la vie. Amusez-vous plutôt avec moi.

Au secours, mon Dieu ! pensa-t-il en luttant contre la panique.

— Il faut que je voie le maire.

— Ce n'est pas le moment de parler de choses sérieuses ! Ce soir, on fait la fête. Venez danser. Après, nous boirons le champagne.

— Je dois vraiment régler un problème avec elle.

Il essaya de s'écarter tout en cherchant dans la foule Hopp, son sauveur. Son regard ne croisa que celui de Meg, qui lui décocha un sourire narquois et leva son verre en un toast moqueur. Une seconde plus tard, des couples de danseurs s'interposèrent entre eux et elle disparut. Apercevant un personnage familier à proximité, il s'y raccrocha comme un noyé à une bouée.

— Je vous inviterai tout à l'heure… Otto, venez donc, Charlene a envie de danser.

Il détala sans leur laisser le temps de placer un mot et ne se hasarda à reprendre son souffle qu'arrivé à l'autre bout de la pièce.

— C'est curieux, je ne vous aurais pas pris pour un froussard.

Meg s'approchait. Cette fois, elle tenait deux verres.

— Ne vous fiez pas aux apparences, elle me fait crever de trouille.

— Je ne dirais pas que Charlene est inoffensive, loin de là. Mais si vous ne voulez pas qu'elle fourre sa langue au fond de votre gorge à tout bout de champ, vous devrez le lui dire clairement et catégoriquement. Tenez, je vous ai apporté un verre.

— Je suis en service.

— Un verre de mauvais champagne ne détruira pas plus votre réputation que votre estomac, Burke.

Il ne pouvait détacher ses yeux du fourreau rouge moulant le corps svelte et athlétique qu'il avait imaginé. Ni de ses cheveux noirs qui retombaient en cascade sur ses épaules laiteuses. Ni de ses escarpins aux talons vertigineux, assortis à la couleur de la robe, qui mettaient en valeur ses jambes fines, galbées à la perfection. Il flottait autour d'elle un parfum d'ombres fraîches et mystérieuses.

— Vous êtes... époustouflante.

— Je me débrouille quand l'occasion se présente. Vous, par contre, vous avez l'air fatigué.

Blessé plutôt, pensait-elle. Elle l'avait vu descendre l'escalier comme un homme sachant qu'il avait une plaie béante quelque part sur le corps et manquant du courage de la soigner.

— Je dors mal, reconnut-il en buvant le champagne, qui avait le goût d'un soda vaguement aromatisé. Je ne me suis pas encore adapté au décalage horaire.

— Êtes-vous venu vous détendre et vous amuser ou allez-vous passer la soirée avec cet air maussade et officiel ?

— Plutôt la deuxième solution.

— Essayez la première pour changer, vous verrez bien ce qui se passera, dit-elle en décrochant son étoile, qu'elle glissa dans la pochette de sa chemise. S'il vous faut un bouclier, ajouta-t-elle pour prévenir sa protestation, sortez-la. Et maintenant, dansons.

— Euh... je ne suis pas sûr de...
— Pas grave, je conduirai.

Elle s'y prit de telle sorte qu'il éclata de rire. Un rire qui eut du mal à passer par sa gorge rouillée, mais qui lui fit du bien.

— Les musiciens sont aussi d'ici ?
— Tout le monde est d'ici. Mindy, au piano, est enseignante au cours élémentaire. Pargo, le guitariste, travaille à la banque. Chuck, le violoniste, est garde-chasse au Denali. C'est un fédéral, mais il est si gentil que tout le monde fait comme s'il avait un vrai job. Et Big Mike, à la batterie, est le cuisinier du *Lodge*. Tout bien enregistré ?
— Une bonne mémoire est souvent utile.
— L'oubli vaut quelquefois mieux. Je vois Max et Carrie Hawbaker qui me font signe. Ils dirigent le *Lunatic*, notre hebdomadaire. Ils étaient absents jusqu'à hier, je crois, et ils veulent vous interviewer.
— Je croyais que nous devions faire la fête. Il faut vraiment que je leur parle ?
— De toute façon, ils vous courront après dès que la musique s'arrêtera.
— Pas si nous sortons discrètement pour aller faire notre propre fête ailleurs.

Elle leva la tête, le scruta :

— Si vous parlez sérieusement, j'accepterai peut-être.
— Pourquoi ne parlerais-je pas sérieusement ?
— Je vous poserai un jour la même question.

Elle le manœuvra vers le bord de la piste, le présenta aux journalistes et l'abandonna sans qu'il puisse échapper au piège.

— Enchanté de faire votre connaissance ! déclara Max en lui serrant la main avec effusion. Carrie et moi revenons de voyage, c'est pourquoi nous n'avons pas encore eu l'occasion de vous souhaiter la bienvenue. Je vous serai très reconnaissant de nous accorder un peu de votre temps pour une interview.
— Cela doit pouvoir s'arranger.
— Pourquoi pas tout de suite ? proposa Max.
— Voyons, Max, ce n'est pas le moment ! l'interrompit Carrie. Mais avant de vous laisser, chef Burke, je voudrais vous demander si vous nous permettriez de publier dans notre journal une sorte de chronique de la police. Cela informerait la

population du travail que vous réalisez. Maintenant que nous avons une police officielle, il serait bon que le *Lunatic* participe à ses relations publiques.

— Peach vous fournira les informations nécessaires, répondit-il évasivement.

Pendant ce temps, Meg s'était installée au bar. Elle s'était à peine juchée sur un tabouret que Charlene la rejoignit.

— Je l'ai repéré avant toi, déclara-t-elle de but en blanc. Tu ne t'intéresses à lui que parce que je le veux.

— Allons, Charlene, dès que tu vois un homme, tu veux lui mettre la main dessus, rétorqua Meg avec un ricanement méprisant. Je ne m'y intéresse pas particulièrement. Vas-y, fais-lui ton numéro, ça ne me fait ni chaud ni froid.

— C'est le premier homme séduisant qui arrive ici depuis des mois ! plaida Charlene. Il prend son petit déjeuner tous les matins avec Jesse. Tu ne trouves pas ça touchant, toi ? Et tu aurais dû voir comment il a réglé le problème avec les Mackie. En plus, il y a un mystère en lui, et moi je ne résiste pas à un homme mystérieux.

— Tu ne résistes à aucun homme tant qu'il peut bander.

— Pourquoi te sens-tu toujours obligée de dire des grossièretés ? protesta Charlene avec une moue dégoûtée.

— Et toi, pourquoi te sens-tu obligée de me raconter que tu rêves de baiser le nouveau chef de la police ? Tu as beau croire y mettre les formes, c'est encore plus vulgaire. Moi, je dis crûment ce que je pense.

— Tu es bien comme ton père !

— Comme si tu ne me le répétais pas assez souvent, grommela Meg pendant que Charlene se retirait, ulcérée.

Hopp vint occuper le tabouret ainsi libéré.

— Il faut toujours que vous vous disputiez, vous deux, constata-t-elle. Tu ne t'en lasses pas ?

— Il nous faut bien des sujets de conversation. Vous buvez quelque chose ?

— J'allais reprendre un verre de ce mauvais champagne.

Meg passa derrière le bar, remplit un verre et se servit elle aussi.

— Elle veut croquer une bonne grosse bouchée de Burke, dit-elle en tendant un verre à Hopp, avec qui elle trinqua.

— Le fait qu'il paraisse préférer te croquer toi n'arrangera pas tes rapports avec ta mère.

— Non, mais cela devrait mettre de l'animation pendant un moment. Je n'y peux rien, j'aime les problèmes ! ajouta Meg en riant après avoir vu Hopp lever les yeux au ciel.

— Il t'en posera. Ce qu'on raconte sur les eaux dormantes dont il faut se méfier n'est pas complètement idiot. Ces types du genre calme et introverti sont souvent difficiles à vivre.

— C'est l'homme le plus triste que j'aie jamais vu. Il me rappelle ce vagabond qui s'était fait sauter la cervelle dans la cabane de Hawley il y a deux ou trois ans.

— Une sale affaire, oui. Ignatious est peut-être assez triste pour se mettre le canon d'un revolver dans la bouche, mais il n'est pas assez lâche pour presser la détente. Je le crois trop bien élevé, aussi.

— C'est là-dessus que vous misez ?

— Oui. Allons bon, dit Hopp en voyant que Nate était retombé dans les griffes de Charlene. Je vais faire ma dernière bonne action de l'année en allant le sauver de ta mère.

Les hommes tristes et trop bien élevés ne sont pas du tout mon genre, pensa Meg. Elle les préférait casse-cou, irresponsables, de ceux qu'on n'a pas besoin de mettre à la porte le lendemain matin car ils s'en vont d'eux-mêmes pour ne pas se sentir piégés, et qu'on oublie aussi vite. Avec un homme comme Ignatious Burke, il ne pouvait être question d'une simple passade. Ce ne serait sûrement pas de tout repos, mais cela en vaudrait peut-être la peine…

D'ailleurs, elle appréciait sa conversation, ce qui pour elle était capital. Elle pouvait passer des semaines sans adresser la parole à un être humain mais, quand elle le faisait, elle n'aimait pas parler inutilement. Et puis, elle aimait voir la tristesse disparaître de son regard. C'était arrivé quand il était devant chez elle à écouter la musique, quand ils avaient dansé. Elle avait envie d'être à nouveau témoin de ce phénomène et savait comment le provoquer.

Elle attrapa derrière le bar une bouteille débouchée encore pleine, deux coupes et quitta la pièce sans se faire remarquer.

Entre-temps, Hopp avait accompli sa mission de sauvetage et entraîné Nate vers une table libre dans un coin de la salle.

— Voulez-vous prendre un verre ?
— Merci, je préférerais prendre la porte.
— Vous pouvez fuir, mais pas vous cacher dans une ville aussi petite que la nôtre, Ignatious. Il faudra que vous régliez le problème de Charlene tôt ou tard.
— Le plus tard serait le mieux.
— À votre aise. Je ne vous ai pas seulement arraché de ses bras, je dois aussi vous dire que mon maire adjoint est très remonté contre vous.
— Je sais. Je crois pourtant avoir traité la situation avec prudence et conformément à la loi.
— Je ne vous parle pas de la manière dont vous faites votre travail, Ignatious, je vous expose simplement les faits. Ed est un pompeux imbécile la moitié du temps. Malgré tout, ce n'est pas un méchant homme et il se donne beaucoup de mal pour la ville.
— Cela ne suffit pas à le rendre bon conducteur.
— Il a toujours conduit comme un pied, fit-elle en souriant. Mais il est riche, important et rancunier. Il n'oubliera pas que vous l'avez mal traité, de son point de vue du moins. Cette affaire peut vous paraître insignifiante par rapport à celles que vous avez eu l'habitude de traiter, mais ici c'est une affaire d'État.
— Je ne suis sûrement pas le premier à l'avoir vexé.
— Bien sûr que non. Ed et moi passons notre temps à nous quereller, mais il nous considère sur un pied d'égalité – il m'accorderait même un certain avantage. Vous, vous êtes un « étranger » dont il attend des marques de déférence. Par ailleurs, vous m'auriez profondément déçue si vous lui aviez fait des courbettes, ce qui vous met entre le marteau et l'enclume.
— Je me suis déjà trouvé dans la même situation.
Elle hésita une seconde avant de lâcher un coup de corne de brume.
— Manière polie de me signifier de me mêler de mes oignons. Soit. Mais avant que je ne me mêle plus des vôtres, laissez-moi vous dire que vous trouver pris entre Charlene et Meg en guise de marteau et d'enclume risque d'être beaucoup plus pénible.

— Eh bien, j'essaierai de ne pas me faire prendre.
— Sage résolution.

Nate entendit sonner son portable. Hopp leva un sourcil étonné.

— Un appel au poste transféré sur mon numéro personnel, expliqua-t-il avant de presser le bouton. Burke à l'appareil.

— Prenez votre parka, fit la voix de Meg. Rejoignez-moi dehors dans cinq minutes. Je veux vous montrer quelque chose.

— D'accord, répondit-il avant de remettre le téléphone dans sa poche. Rien de grave. Je crois que je vais m'esquiver.

— Hmm... Passez par la cuisine, sortez par la porte de derrière.

— Merci. Et bonne année, madame le maire.

— Bonne année à vous aussi, Ignatious. Les problèmes ne font que commencer, soupira-t-elle en le regardant s'éloigner.

Il lui fallut plus de cinq minutes pour remonter dans sa chambre, endosser ses vêtements polaires, sortir sans être remarqué et faire le tour du bâtiment. Il allait tourner le coin quand il se rendit compte qu'il n'avait même pas été tenté de refermer sa porte derrière lui afin de se réfugier dans l'obscurité. Peut-être était-ce un progrès. Ou alors la lubricité était plus forte que la dépression...

Il trouva Meg assise au milieu de la rue sur une des deux chaises pliantes qu'elle avait apportées, une grosse couverture sur les genoux et un verre à la main. La bouteille de champagne était plantée dans la neige du bas-côté.

— Vous ne pouvez pas rester assise par ce froid dans une robe comme la vôtre, même avec une parka et une couverture.

— Je me suis changée. J'ai toujours ce qu'il faut sous la main.

— Dommage. J'espérais vous revoir dans cette robe.

— Une autre fois, à un autre endroit. Asseyez-vous.

— Expliquez-moi. Pourquoi sommes-nous assis dans la rue à minuit moins dix ?

— Je n'aime pas tellement la foule. Et vous ?

— Pas beaucoup non plus.

— C'est distrayant de temps en temps, mais je m'en lasse vite. Et puis, c'est plus amusant d'être ici, ajouta-t-elle en lui tendant un verre.

Il s'étonna que le champagne ne soit pas un bloc de glace.

— Ce ne serait pas mieux à l'intérieur, où on ne risque pas de geler sur place ?

— Il ne fait pas froid. À peine au-dessous de zéro et pas de vent. En plus, on ne pourrait pas la voir de l'intérieur.

— Voir quoi ?

— Levez les yeux, vous comprendrez.

Il leva les yeux – et en resta bouche bée.

— Nom de Dieu ! souffla-t-il.

— Vous avez raison, j'ai toujours cru que c'était un signe de Dieu. En fait, c'est un phénomène naturel dépendant de la latitude, des taches solaires et de je ne sais quoi encore. Les explications scientifiques ne les rendent pas moins belles ni moins magiques.

L'aurore boréale étalait sa splendeur par de longues traînées vertes, moirées d'or et de quelques touches de rouge, qui semblaient palpiter comme un être vivant.

— Les plus belles aurores boréales ont lieu en hiver, reprit Meg, mais il fait généralement trop froid pour qu'on les apprécie. Cette nuit est une exception. Il aurait été dommage de ne pas en profiter.

— J'en avais entendu parler, j'en ai vu des photos. Elles sont loin de la réalité.

— La réalité est toujours plus belle. On les voit mieux en dehors de la ville, surtout depuis un glacier. Une nuit, j'avais sept ou huit ans, mon père m'a emmenée sur la montagne et nous avons campé pour ne pas en perdre une minute. Nous sommes restés couchés là des heures, presque gelés, juste pour regarder le ciel.

Les écharpes irréelles poursuivaient leur ballet, grandissaient, se rétractaient, faisaient tomber une pluie de pierres précieuses.

— Que lui est-il arrivé ?

— Disons qu'un jour il a fait une course en montagne et a décidé de continuer. Vous avez de la famille ?

— Si l'on peut dire.

— Ne gâchons pas notre plaisir par des histoires tristes. Profitons plutôt du spectacle.

Ils restèrent assis en silence, admirant la féerie de ce feu d'artifice offert par la nature. Peu à peu, Nate sentait l'émerveillement dissiper sa migraine, sa tension, lui ôter de la poitrine le poids qui l'empêchait de respirer.

Le brouhaha qui émanait du *Lodge* s'amplifia. Ils entendirent compter les secondes jusqu'à minuit.

— Il n'y a que vous et moi, Burke.

— Je n'espérais pas finir l'année aussi bien. Voulez-vous que je fasse semblant de vous embrasser pour respecter la tradition ?

— Au diable la tradition.

Elle lui empoigna les cheveux, l'attira vers elle. Il éprouva une sensation d'une intensité inconnue en sentant ses lèvres glacées se réchauffer sur les siennes. Ce fut un choc qui réveilla en lui des réflexes endormis, lui fit bouillonner le sang. Le soudain vacarme des cloches sonnant à la volée, des coups d'avertisseurs, des braillements avinés qui éclataient autour d'eux lui semblait si lointain qu'il n'entendait battre que son propre cœur.

Il allait céder au désir d'arracher la couverture de ses genoux quand une volée de coups de feu le ramena brutalement à la réalité. Elle essaya de le retenir. Le baiser lui avait mis à elle aussi le corps en feu et elle ne voulait pas laisser fuir ce sentiment d'ivresse, mille fois plus puissante que le mauvais champagne.

— Ce n'est rien, une salve...

— Peut-être, mais il faut que je vérifie.

— Oui, je m'en doutais, dit-elle avec un petit rire désabusé.

— Écoutez, Meg...

Elle lui tapota amicalement un genou, ramassa les verres.

— Allez-y, chef. Le devoir vous appelle.

— Ce ne sera pas long.

Il reviendrait vite, bien sûr. Dans la région, tirer en l'air était une pratique courante aux fêtes, aux mariages et même aux enterrements, quand les regrets étaient sincères. Mais la sagesse lui dicta de ne pas l'attendre. Elle prit les chaises, les verres, la bouteille, qu'elle déposa près de la porte du *Lodge*, emporta sa couverture dans son pick-up, s'installa au volant. Et elle reprit le chemin de sa maison pendant que l'aurore boréale déployait ses jeux de lumière dans le ciel.

Hopp avait raison, elle le comprenait maintenant. Nate Burke allait lui poser des problèmes.

6

Plainte pour vol d'une paire de raquettes retrouvée dans la voiture de son propriétaire. Tapage nocturne des incorrigibles frères Mackie. Bagarre à l'école entre deux adolescents amoureux de la même belle. Hébergement d'un ivrogne pendant la nuit pour lui éviter de périr dans la rue... Le *Lunatic* rapportait scrupuleusement les moindres interventions des forces de police sans hésiter à citer les noms des parties en cause, coupables ou simples témoins. Nate s'était attendu à une avalanche de plaintes des intéressés pour atteinte à leur vie privée, mais aucun n'avait encore protesté. Peut-être estimaient-ils que cela leur conférait une sorte de célébrité...

Il replia le journal, le glissa dans un tiroir de son bureau avec le précédent numéro. Quinze jours déjà écoulés et il était toujours là.

Mais coincé.

Depuis quinze jours, il réussissait à éviter Max Hawbaker. Il ne voulait pas se laisser interviewer. Pour lui, la presse était la presse, qu'elle soit représentée par un obscur hebdomadaire de bourgade ou par un quotidien de grande ville comme le *Sun* de Baltimore. Les citoyens de Lunacy ne se formalisaient peut-être pas de voir leurs noms dans le journal, mais Nate avait encore dans la bouche le goût amer de ses rapports avec les journalistes après la fusillade. Et il comprit qu'il devrait de nouveau encaisser lorsque Hopp fit irruption dans son bureau flanquée de Max.

— Max a besoin de votre interview. La ville doit savoir qui est l'homme chargé de maintenir l'ordre et de faire respecter la loi. Le *Lunatic* part sous presse aujourd'hui, je veux que votre interview y soit. Vous savez ce qu'il vous reste à faire.

Sur quoi, elle sortit en refermant la porte, qui émit le claquement sec d'une porte de cellule.

— J'ai rencontré le maire alors que j'étais justement en train de venir vous demander si vous aviez quelques minutes à m'accorder, bredouilla Max avec un sourire d'excuse.

Hésitant entre tuer le temps avec une partie de solitaire à l'ordinateur ou demander à Peter une nouvelle leçon de raquettes, Nate ne pouvait pas en conscience se prétendre débordé. Il avait catalogué Max comme un brave garçon un peu borné, assidu, du genre à recevoir des bons points à l'école pour l'encourager dans ses efforts. Il avait une figure ronde et souriante, un début de calvitie et cinq bons kilos de trop pour sa taille d'un mètre soixante-dix.

— Je suis à vous. Café ?

— Volontiers.

Nate se leva, remplit deux tasses.

— Qu'est-ce que vous prenez dedans ?

— Deux doses de crème et deux sucres, s'il vous plaît.

Cela expliquait, en partie du moins, ses rondeurs abdominales.

— Que pensez-vous de notre nouvelle rubrique, le journal de bord de la police ? reprit Max.

— Vous êtes le premier journaliste de ma connaissance à le faire. Vous rapportez les faits avec exactitude et sans commentaires. Du bon travail.

— Merci. C'est une idée de Carrie, elle y veille personnellement. Si vous n'y voyez pas d'inconvénient, j'aimerais enregistrer notre conversation et prendre quelques notes.

— Bien sûr. Que voulez-vous savoir ?

Max sortit un petit magnétophone de son sac à dos, le posa sur le bureau, l'alluma, nota le jour et l'heure sur son calepin.

— Eh bien, je crois que nos lecteurs seraient intéressés de mieux connaître l'homme qui veille sur leur sécurité.

— Il n'y a pas grand-chose d'intéressant à apprendre.

— Commençons par les éléments de base, si vous le voulez bien. Puis-je savoir votre âge ?
— Trente-deux ans.
— Vous étiez lieutenant détective à Baltimore, n'est-ce pas ?
— Exact.
— Marié ?
— Divorcé.
— Cela nous arrive à tous. Des enfants ?
— Non.
— Vous êtes originaire de Baltimore ?
— J'y ai toujours vécu, sauf depuis quinze jours.
— Alors, comment un lieutenant de police d'une grande ville se retrouve-t-il chef de la police d'un trou comme Lunacy, en Alaska ?
— Parce que j'ai été engagé par la municipalité.
Le sourire de Max ne faiblit pas.
— Vous avez quand même dû poser votre candidature.
— Bien sûr. J'avais besoin de changement.
D'un nouveau départ, d'une dernière chance, s'abstint-il d'ajouter.
— Pour un changement, il paraît plutôt radical.
— Si vous voulez changer vos habitudes, autant les changer pour de bon. Le job, l'endroit m'ont attiré. J'exerce toujours le métier que je connais, mais dans un lieu nouveau et sur un rythme différent.
— Cela ne doit pourtant rien avoir de commun avec ce que vous aviez l'habitude de faire. Vous n'avez pas peur de vous ennuyer ?
Attention, pensa Nate. N'était-il justement pas en train de sombrer dans l'ennui, de se sentir inutile, sans rien à faire ?
— Dans une ville comme Baltimore, on travaille la plupart du temps de manière anonyme. Un flic n'est qu'un flic parmi les autres, les affaires se succèdent, on essaie de les régler au mieux et on passe à la suivante. Mais si quelqu'un appelle ici, il sait que c'est moi ou un de mes adjoints qui répondra, qui viendra lui parler, l'aider à résoudre son problème. Et dans quelque temps, je saurai à qui j'ai affaire. Ce ne sera plus un simple nom sur un dossier, mais une personne que je

connaîtrai. Je crois, voyez-vous, que cela ajoutera une bonne dose de satisfaction au travail que j'accomplis.
Il s'étonna d'avoir parlé avec une sincérité qu'il n'avait pas préparée.
— Vous aimez la chasse ?
— Non.
— La pêche ?
— Pas jusqu'à présent. Plus tard, peut-être.
— Vos sports préférés ? insista Max, perplexe. Le hockey, le ski, l'alpinisme ?
— Aucun. Peter m'apprend à marcher avec des raquettes. Il dit que cela pourrait m'être utile.
— Il a raison. Mais vous avez bien un hobby, un passe-temps, des intérêts en dehors de vos activités professionnelles ?
Le métier ne lui en avait guère laissé le temps. Ou, plutôt, il avait laissé son métier dévorer tout son temps. C'est même la raison pour laquelle son ex-femme avait regardé ailleurs.
— Je garde l'esprit ouvert dans ce domaine. Je commence par les leçons de raquettes et je verrai ensuite. Et vous, comment avez-vous atterri ici ?
— Moi ?
— Oui. J'aime moi aussi en savoir un peu plus sur celui qui me pose des questions.
— C'est juste, admit Max, hésitant. J'étudiais à Berkeley dans les années soixante. Sexe, drogue, rock'n'roll, comme tout le monde. J'ai connu une fille, comme tout le monde aussi, nous sommes montés vers le nord. Nous avons passé quelque temps à Seattle, où j'ai rencontré un type qui ne jurait que par la montagne. Il m'a donné le virus, nous avons remonté encore plus au nord, la fille et moi. Intellectuels végétariens, anti-establishment, vous voyez le tableau.
Il sourit, amusé de comparer ce qu'il avait été et ce qu'il était devenu, un homme mûr avec trop de ventre et plus assez de cheveux.
— Elle voulait peindre et moi écrire des romans tout en vivant dans et par la nature, reprit-il. Nous nous sommes mariés, ce qui a tout flanqué par terre. Elle est retournée à Seattle et moi j'ai fini ici.

— En publiant un journal au lieu d'écrire des romans.
— Oh ! J'y travaille encore, à ces romans, dit-il sans plus sourire. Je les sors de temps en temps de mes tiroirs. Ils sont mauvais, mais j'essaie de les améliorer. Je ne mange toujours pas de viande, je suis toujours écolo, ce qui agace pas mal de gens d'ici. J'ai rencontré Carrie il y a une quinzaine d'années et nous nous sommes mariés. Cette fois, cela marche, précisa-t-il en retrouvant le sourire.
— Des enfants ?
— Une fille et un garçon, douze et dix ans. Bon, revenons à vous. Vous avez passé onze ans dans la police de Baltimore. Quand j'ai parlé au capitaine Foster...
— Vous avez parlé à mon capitaine ?
— Votre *ancien* capitaine. Je voulais simplement lui demander quelques renseignements d'ordre général. Il m'a dit que vous étiez obstiné, méticuleux, que vous ne vous laissiez pas influencer. Aucun de nous ne regrettera que notre nouveau chef soit doté de pareilles qualités, mais ne seriez-vous pas un peu trop... qualifié pour ce poste ?
— Si c'est un problème, il ne concerne que moi, répondit Nate sèchement. Je ne peux pas vous accorder plus de temps.
— Juste une ou deux questions. Vous avez bénéficié d'un congé médical de deux mois à la suite de l'incident d'avril dernier, au cours duquel ont été tués un suspect et votre partenaire, Jack Behan, et vous-même avez été blessé. Vous avez ensuite repris votre service quatre mois avant de démissionner. Je suppose que cet incident a motivé votre décision d'accepter vos fonctions présentes. Est-ce exact ?
— Je vous ai déjà indiqué mes raisons. La mort de mon partenaire n'a rien à voir avec quiconque à Lunacy.
À son air soudain buté, Nate comprit qu'il avait sous-estimé Max. Un journaliste est un journaliste, quel que soit le média dans lequel il travaille. Et celui-ci subodorait de la bonne copie.
— Elle a au moins quelque chose à voir avec vous, chef. Avec votre expérience, vos motivations, le déroulement de votre carrière.
— Je gère ma carrière comme il me plaît.
Cette fois, Max se vexa.

— Le *Lunatic* n'est peut-être qu'une feuille de chou, mais j'ai la responsabilité de présenter les faits complètement et objectivement. Je sais que l'incident a fait l'objet d'une enquête ayant conclu que vous aviez fait de votre arme un usage justifié par la légitime défense. Malgré tout, tuer un homme doit peser lourd sur la conscience.

— Croyez-vous qu'on entre dans la police et qu'on porte une arme pour s'amuser, Hawbaker ? Pour exhiber son pouvoir ? Tout flic sait que chaque fois qu'il se munit de son arme, il devra peut-être s'en servir. Eh bien oui, cela pèse lourd, assena-t-il d'un ton plus glacial que le vent sifflant contre la fenêtre. Il *faut* que cela pèse lourd. Voulez-vous m'entendre dire que je regrette d'avoir dû me servir de mon arme ? Je ne le regrette pas. Mon seul regret, c'est de ne pas avoir été plus rapide. Si j'avais pu réagir plus vite, un homme bon et courageux serait encore en vie. Sa femme ne serait pas veuve et ses deux enfants auraient encore un père.

Max avait reculé sur son siège devant cet éclat de colère froide. Il s'humecta les lèvres, mais n'abandonna pas.

— Vous vous reprochez sa mort ?

La rage de Nate était déjà retombée, son regard s'était éteint.

— Je suis sorti seul vivant de cette fusillade. À qui d'autre adresser des reproches ? Éteignez votre magnétophone, nous avons terminé.

Max obtempéra sans protester, se leva.

— Excusez-moi, je ne voulais pas toucher un point sensible. Il nous faudrait aussi une photo, poursuivit-il en hésitant. Carrie pourrait venir vous voir un peu plus tard, c'est elle notre photographe. Merci encore pour votre temps. Et puis… bonne chance avec les raquettes.

Une fois seul, Nate se figea. Il espérait une nouvelle flambée de colère, qui ne vint pas. Il aurait préféré un bon accès de rage plutôt que cette paralysie, ce froid intérieur. S'il ne réagissait pas très vite, il savait ce qui lui arriverait. Alors, il se força à se lever en maîtrisant ses gestes, sortit du bureau, prit un radiotéléphone.

— Je dois m'absenter un moment, annonça-t-il à Peach. En cas de besoin, appelez-moi par radio ou sur mon portable.

— Le temps se gâte, l'avertit-elle. Une bonne tempête de neige se prépare. N'allez pas trop loin si vous voulez rentrer pour dîner.

— Soyez tranquille, je reviendrai.

Il sortit dans l'entrée, s'habilla, monta en voiture, s'arrêta devant la maison de Hopp et frappa à la porte.

— Entrez, Ignatious.

— Non merci. Ne me jetez jamais plus dans un piège comme celui-ci. Jamais.

— Entrez, nous allons en parler.

— Inutile. Je n'ai et je n'aurai rien de plus à dire.

Et il tourna les talons en la laissant bouche bée sur le seuil.

Il sortit de la ville, s'arrêta sur le bas-côté après les dernières maisons. On distinguait encore quelques patineurs sur le lac, qui n'y resteraient sans doute pas longtemps car la nuit allait tomber. L'avion de Meg n'était pas là. Nate n'avait d'ailleurs pas revu Meg depuis qu'ils avaient regardé ensemble l'aurore boréale. Il songea qu'il devrait rentrer, faire ce pour quoi il était payé, même si c'était peu de chose. Pourtant, il redémarra.

Les chiens montaient la garde devant la maison. Nate mit pied à terre et attendit de voir quel accueil ils réservaient aux visiteurs imprévus. À peine l'eurent-ils reconnu qu'ils se précipitèrent sur lui dans un concert d'aboiements joyeux puis, après les premières effusions, l'un d'eux partit en flèche vers la niche, d'où il revint porteur d'un os gigantesque qu'il lui tendit. Nate se prêta de bonne grâce au jeu, lança l'os. Les deux compères partirent comme des fusées et lui rapportèrent le trophée, dont ils mordaient chacun un bout.

Nate en était au quatrième lancer quand les chiens, au lieu de revenir vers lui, filèrent vers le lac. Il les suivit et, une seconde plus tard, entendit à son tour le grondement du moteur, aperçut un éclair de peinture rouge, le reflet du soleil couchant sur les vitres du cockpit. Il avait l'impression que Meg arrivait trop vite, trop bas, qu'elle risquait d'accrocher la cime des arbres, mais elle effectua un large virage et se posa dans un style impeccable. Le silence qui s'ensuivit fut si soudain et si total qu'il crut entendre le souffle de l'air déplacé par l'avion.

Les chiens bondirent sur la glace en aboyant dès qu'ils virent s'ouvrir la portière. Meg sauta à terre, s'accroupit à côté d'eux, se laissa lécher la figure pendant qu'elle frottait énergiquement leurs épaisses fourrures. Puis elle se redressa et se tourna vers Nate.
— Encore de la tôle froissée dans le secteur ? lui cria-t-elle.
— Pas que je sache.
Flanquée des chiens qui gambadaient, elle franchit les derniers mètres de glace, rejoignit Nate sur la rive enneigée.
— Vous êtes ici depuis longtemps ?
— Quelques minutes. Où étiez-vous ?
— Ici et là. Je véhiculais un groupe qui faisait un safari photo de caribous, je reviens de les raccompagner à Anchorage. Juste à temps, ajouta-t-elle en jetant un coup d'œil au ciel. La tempête arrive, le pilotage devenait délicat.
— Il vous arrive d'avoir peur, là-haut ?
— Non, mais j'ai connu des moments, disons, intéressants.
Arrivée sous le porche, Meg enleva sa parka, ses bottes, prit une serviette pour essuyer les pattes des chiens.
— Entrez, j'en ai pour deux minutes. On est trop serrés à quatre là-dedans.
Nate entra, referma la porte derrière lui pour ne pas laisser échapper la chaleur, comme il l'avait appris depuis son arrivée en Alaska. Les dernières lueurs du jour qui filtraient par les fenêtres créaient des zones d'ombre presque mystérieuses. Il régnait dans la pièce un parfum de fleurs sauvages mêlé à des odeurs de chien mouillé et à des traces de fumée, le tout n'ayant rien de désagréable.
Il s'était attendu à un décor rustique mais, même dans la lumière déclinante, il put en constater le raffinement. Les murs du vaste séjour étaient d'un jaune pâle évoquant la lumière du soleil. La cheminée de pierre arborait elle aussi une teinte dorée rehaussant le rougeoiement des bûches dans l'âtre. Sur le manteau étaient disposées des bougies jaunes et bleues, couleurs qui se retrouvaient sur le long canapé, les abat-jour des lampes, le tapis et les fauteuils. Des aquarelles et des huiles de paysages de l'Alaska décoraient les murs. Le départ de la rampe d'escalier sculpté en totem lui tira un sourire amusé.
La porte s'ouvrit, les chiens coururent se lover chacun sur

un fauteuil. Meg souleva le couvercle d'un coffre, en sortit des bûches.
— Laissez…, commença-t-il.
— C'est déjà fait.
Elle posa les bûches sur les braises encore rouges, manœuvra le soufflet et tisonna jusqu'à ce que le feu reprenne.
— Je ne m'attendais pas à ce décor, dit Nate.
— L'inattendu combat l'ennui. Vous voulez manger ?
— Non, merci.
— Boire quelque chose ?
— Pas particulièrement.
L'obscurité envahissait la pièce. Elle alla allumer une lampe.
— Faire l'amour, alors.
Cette fois, ce n'était pas une question.
— Euh… je…
— Montez, c'est la deuxième porte à gauche. Je donne à boire et à manger aux chiens et je vous rejoins tout de suite.
Elle sortit en le laissant avec les chiens, qui le fixaient de leurs yeux bleus – d'un air moqueur, il l'aurait juré. Quand elle revint quelques minutes plus tard, il était toujours planté au même endroit.
— Vous n'avez pas trouvé l'escalier ? Pas mal pour un détective.
— Écoutez, Meg, je… je suis venu simplement pour…
Il se passa la main dans les cheveux. En réalité, il ne savait plus pourquoi il était venu. Il avait fui la ville dans le but d'échapper au trou noir béant devant lui et il se rendait compte que le trou s'était rebouché pendant qu'il jouait avec les chiens.
— Vous ne voulez pas faire l'amour ?
— Je crois reconnaître une question piège.
— Eh bien, pendant que vous réfléchissez à la manière d'y répondre, je vais aller me déshabiller dans ma chambre. Nue, je suis plutôt agréable à regarder, si c'est ce que vous vous demandez.
— Non, je m'en doutais déjà.
— Vous êtes un peu maigre, mais ce n'est pas grave. Venez donc.
— Comme ça, sans ?…

— Pourquoi pas ? Aucune loi ne l'interdit, pas encore du moins. Faire l'amour est la simplicité même, Nate. C'est le reste qui est compliqué. Alors, pour le moment, tenons-nous-en aux choses simples.

Il la regarda monter l'escalier, lâcha un soupir.

— Voyons si je sais encore être simple, murmura-t-il avant de la suivre.

À l'étage, il marqua une pause devant la porte de la première pièce, aménagée en véritable salle de sport avec un assortiment d'équipements et d'appareils à la pointe de la technologie. Le corps qu'il allait bientôt voir dénudé était à l'évidence l'objet de soins assidus.

Accroupie devant la cheminée de sa chambre, Meg attisait le feu. Le mobilier se composait d'un grand lit aux montants de bois sombre, de tableaux aux murs, de lampes, toujours dans la même harmonie ivoire et bleu.

— Je viens de voir votre gymnase personnel. Impressionnant.

— Il faut bien se maintenir en forme. Et vous ?

— Plus tellement, ces temps-ci.

— Il faudra vous y remettre.

— Oui... Belle maison.

— J'ai mis quatre ans à la terminer. J'ai besoin de place, sinon je fais de la claustrophobie. Avec ou sans lumière ? ajouta-t-elle.

Faute de réponse, elle se releva, se retourna.

— Vous avez peur, chef ? Soyez tranquille, je ne vous ferai pas mal – sauf si vous me le demandez.

Elle alluma des bougies, la stéréo, mit un CD en sourdine. Nate restait debout, les bras ballants. Elle le trouva adorable avec son air intimidé, ses cheveux châtains ébouriffés et ses yeux tristes.

— J'aurais peut-être dû vous soûler un peu d'abord, reprit-elle. Maintenant, c'est trop tard.

— Vous êtes... étonnante, souffla-t-il.

— Je n'ai sans doute pas fini de vous étonner, répondit-elle en commençant à se dévêtir. Les sous-vêtements polaires ne rendent pas le strip-tease très érotique, mais le résultat devrait en valoir la peine.

Nate déglutit sans répondre. Il était déjà dans l'état d'un caribou en rut.

— Vous comptez garder vos vêtements, ou vous voulez que je vous déshabille ?

— Je suis un peu... nerveux. Et je me sens complètement idiot de le dire.

Décidément adorable, pensa-t-elle. La sincérité chez un homme était une qualité si rare qu'elle n'y résistait pas.

— Vous êtes nerveux parce que vous pensez trop, dit-elle en poursuivant son strip-tease. Sans votre sens du devoir la nuit du réveillon, nous aurions fini la soirée au lit.

— Vous étiez partie quand je suis revenu.

— Parce que je me suis mise à penser, moi aussi. Penser ne pardonne pas.

Il sentit tous ses muscles se contracter quand elle ôta son dernier sous-vêtement. Sa peau fine et blanche comme de la porcelaine semblait mouler des courbes aux proportions parfaites. Il n'émanait de ce corps d'aspect si délicat aucune fragilité, mais au contraire force et confiance en soi. Et lorsqu'elle se tourna pour éteindre la lampe en ne laissant que la lumière des bougies et du feu, il découvrit des petites ailes rouges tatouées au bas de son dos.

— La moitié de mes pensées vient de s'évaporer, balbutia-t-il.

— Occupons-nous de l'autre moitié, répondit-elle en riant.

— Vous aviez raison de dire que vous êtes belle quand vous êtes nue.

Elle affecta de le détailler tandis qu'il finissait de se déshabiller avec des gestes rendus malhabiles par la précipitation.

— Vous n'êtes pas mal non plus. Beaux muscles pour quelqu'un qui ne s'exerce pas.

Elle lui agrippa les cheveux, l'attira sur elle. En un éclair, il sentit ses besoins frustrés, ses désespoirs, ses élans réprimés se muer en un accès de désir aveugle. Le goût de sa bouche, la chaleur de son corps allumaient en lui des incendies trop longtemps éteints, des appétits trop longtemps endormis. Il ne pouvait se rassasier d'elle, il voulait la posséder, se fondre en elle, la dévorer avec une frénésie qu'il était incapable de maîtriser.

Elle découvrait avec lui une expérience aussi inattendue que de gravir une paisible colline verdoyante pour la voir se transformer en un volcan furieux. Sa surprise était totale. Car cette fureur était en lui, se rendit-elle compte, sous le calme de surface. Elle l'avait désiré, elle avait voulu ses yeux tristes, sa mesure un peu froide, sans se douter de ce qu'elle trouverait une fois le masque arraché. Et des cris de pur plaisir comblé lui échappèrent quand il s'épancha en elle.

— Grand Dieu, murmura-t-elle un long moment plus tard.

— Je crois L'avoir vu. Une fraction de seconde, pas plus, mais Il me souriait.

— C'était moi.

Ils gardèrent le silence pendant qu'ils reprenaient leur souffle et revenaient à une réalité à laquelle ils avaient tous deux échappé. Après avoir éprouvé la sensation de se vider de sa substance, Nate sentait les circuits de ses neurones se rétablir peu à peu dans son cerveau.

— Je n'avais pas fait l'amour depuis un moment, fit-il à mi-voix.

— Combien ? Un mois ? Deux, trois ? insista-t-elle.

— Plutôt un an, dit-il en esquissant un sourire.

— Un an ? Seigneur ! Je comprends pourquoi j'ai vu des étoiles !

Il garda de nouveau le silence avant de reprendre la parole à voix basse, comme s'il se parlait à lui-même.

— J'ai été marié cinq ans et j'étais fidèle. Mais les deux dernières années ont été une sorte d'enfer. Elle se servait du sexe comme d'une arme. Faire l'amour n'était plus un plaisir, c'était une épreuve. C'est pour cela que je suis un peu rouillé, je ne sais plus ce que cherchent les femmes dans ce domaine.

— Je ne suis pas « les femmes », je suis moi. Et je peux t'assurer que tu es en parfait état de marche. Il serait peut-être temps que tu oublies tout ça. Tu penses trop, je te l'ai déjà dit.

Il passa un bras autour d'elle, l'attira contre lui malgré sa résistance jusqu'à ce qu'elle accepte de poser la tête au creux de son épaule.

— Je ne voudrais pas que ce soit déjà la fin entre nous. Je voudrais bien rester, seulement il faut que je rentre.

— Je ne t'ai pas demandé de rester, répliqua-t-elle d'un ton presque agressif.

Il la regarda plus attentivement. Elle avait encore les joues en feu, les yeux las, mais son regard de policier devina en elle une sorte de retrait. De méfiance, peut-être.

— J'aimerais quand même revenir.

— Pas cette nuit, en tout cas. Si la tempête te tombe dessus, tu pourrais rester bloqué des jours. Cela ne me conviendrait pas du tout.

— Si le temps doit être aussi mauvais, rentre en ville avec moi.

Elle se détendit peu à peu, effleura ses cicatrices, lui caressa la poitrine, remonta le long de son cou jusqu'à ses cheveux.

— Non, cela ne me conviendrait pas non plus. Je suis bien, ici. J'ai des provisions, du bois, mes chiens. Et puis, j'aime les tempêtes, l'isolement qu'elles imposent. J'en ai quelquefois besoin.

— Et quand la tempête se calmera ?

Elle fit un haussement d'épaules évasif, se leva, alla décrocher dans la penderie une chaude robe de chambre de flanelle. Les flammes de la cheminée jetèrent des reflets rouges sur sa peau de porcelaine blanche.

— Passe-moi un coup de fil. Si je suis encore ici, tu pourras m'apporter une pizza.

Elle enfila la robe de chambre, noua la ceinture.

— Tu auras droit à un bon pourboire, conclut-elle en souriant.

7

Nate était encore sur la route quand les premiers flocons apparurent, de gros flocons légers qui paraissaient plutôt inoffensifs. En fait, il les trouva pittoresques. Ils lui rappelaient la neige de son enfance, qui tombait toute la nuit et le lendemain matin. Il était alors aux anges en regardant par la fenêtre : pas d'école aujourd'hui ! Il sourit en repensant à ce temps où la neige lui semblait être un cadeau plutôt qu'un inconvénient ou un danger.

Peut-être devrait-il s'efforcer de retrouver cette joie de vivre enfantine, de regarder autour de lui ces infinies étendues de neige et de glace en les considérant à nouveau comme des terrains de jeux. Quand il saurait marcher avec des raquettes, il pourrait apprendre à skier. Le ski de fond devait apporter bien des satisfactions, tout compte fait. Il avait d'ailleurs perdu beaucoup trop de poids ces derniers mois. Un sain exercice physique, ajouté aux repas réguliers qui lui étaient servis sans qu'il ait à s'en soucier, contribuerait à coup sûr à sa remise en forme. Peut-être aussi s'achèterait-il une motoneige rien que pour le plaisir de filer sur l'étendue blanche. De voir le paysage autrement que de derrière un pare-brise de voiture, bon sang !

Il s'arrêta devant le poste et brancha le chauffage du moteur. Otto et Peter étaient en train d'installer le long du trottoir une grosse corde à nœuds à hauteur de la taille.

— Qu'est-ce que vous faites ? s'étonna-t-il.

— La corde guide, répondit sobrement Otto en nouant un bout au poteau d'un réverbère.

— Pour quoi faire ?

— Dans un blizzard, on peut se perdre à trois pas de la porte.

— La neige n'a pas l'air si méchante que ça.

Comme il était tourné vers la rue, il manqua le regard condescendant qu'échangèrent les deux hommes.

— Il peut tomber jusqu'à un mètre, un mètre vingt.

— Vous vous foutez de moi !

— Avec le vent, les congères peuvent même atteindre deux, trois fois cette hauteur, précisa Otto avec un plaisir évident. Ici, la neige n'est pas comme celle d'en bas.

Nate pensa aux vingt centimètres qui suffisaient à paralyser une ville telle que Baltimore. Il réfléchit, prit sa décision.

— Bien. Il faut faire enlever tous les véhicules garés dans les rues et vérifier si les chasse-neige sont en état de marche.

— Les gens laissent généralement leurs voitures sur place et les dégagent quand il ne neige plus, lui fit observer Peter.

Nate envisagea de se conformer aux usages locaux, mais puisqu'on le payait pour maintenir l'ordre, il le maintiendrait.

— Non, plus une voiture dans les rues, elles constitueraient des obstacles dangereux. Toutes celles qui y seront encore dans une heure seront mises en fourrière. Alaska ou pas, plus d'un mètre de neige impose certaines précautions. Tant que la situation ne sera pas redevenue normale, nous serons en service sept jours sur sept et vingt-quatre heures sur vingt-quatre. Aucun de nous ne sortira du poste sans un radiotéléphone. Quelles sont les mesures habituelles concernant les habitants des environs ?

Otto se gratta le menton, perplexe.

— Euh... il n'y en a pas.

— Peach les appellera. Nous ferons le nécessaire pour fournir un abri à ceux qui voudront venir en ville.

Cette fois, il remarqua le regard amusé des deux autres.

— Personne ne viendra, affirma Peter en souriant.

Nate pensa à Meg à dix kilomètres de là, coupée de la civilisation. Elle ne bougerait pas de chez elle, il le savait déjà.

— Peut-être, mais au moins ils auront le choix. De combien de cette corde disposons-nous ?

— Nous, on en a plein. Mais les gens en installent eux-mêmes devant chez eux, la plupart du temps.

— Il faudra s'en assurer, déclara-t-il avant d'entrer mettre Peach au travail.

Il lui fallut une heure pour lancer les procédures, heure pendant laquelle Carrie Hawbaker le mitrailla avec son appareil photo. Contrairement à son mari, elle était aimable, précise, et Nate ne se soucia pratiquement pas de sa présence. Il n'avait plus le temps ni l'envie de penser à l'interview.

— Avez-vous contacté tous les habitants des environs ? demanda-t-il enfin à Peach.

— Il m'en reste une douzaine.

— Certains veulent-ils venir ici ?

— Aucun pour le moment. Les gens qui vivent dans la nature le font parce que cela leur plaît, Nate.

— Je sais. Téléphonez-leur quand même. Quand vous aurez fini, vous rentrerez chez vous et vous m'appellerez dès que vous serez arrivée.

— Une vraie mère poule, commenta-t-elle avec un grand sourire.

L'ouverture de la porte le déconcerta. Les habitants de Lunacy ne pouvaient-ils pas rester chez eux pendant une tempête de neige ?

— Elle tombe dru, annonça Hopp en époussetant la neige de ses cheveux. Il paraît que vous faites dégager les rues, chef ?

— Le chasse-neige fera son premier passage dans dix minutes.

— Il n'aura pas fini d'en faire.

— Sans doute. Les chaussées doivent rester praticables.

— D'accord. Vous avez une minute ?

— Pas plus. Vous devriez être chez vous, madame le maire. S'il tombe plus d'un mètre de neige, vous en aurez jusqu'aux aisselles.

— Si je ne sors pas, je souffre de claustrophobie. Je ne suis pas grande, mais je sais me débrouiller. Nous sommes en janvier, Ignatious. Nous avons l'habitude des intempéries.

— C'est possible, seulement il fait moins vingt, nous en sommes déjà à dix centimètres et le vent souffle à plus de cinquante à l'heure.

— Vous vous tenez au courant, à ce que je vois.

— J'écoute la radio. KLUN a promis d'émettre vingt-quatre heures par jour tant que le blizzard durera.

— Ils l'ont toujours fait. Puisque nous parlons des médias...

— J'ai donné l'interview, Carrie a pris les photos.

— Et vous êtes toujours furieux, enchaîna-t-elle. Notre ville se dote de sa première police officielle et fait venir son chef d'en bas. C'est une information importante, Ignatious.

— Je ne prétends pas le contraire.

— Vous meniez Max en bateau.

— Disons que j'évitais l'abordage.

— Et il vous a pris par le travers parce que je l'y ai poussé. Je vous présente mes excuses.

Il l'étonna en lui donnant une amicale poignée de main.

— Je les accepte. Rentrez chez vous, Hopp. Restez au chaud.

— Je vous conseille d'en faire autant.

— Pas question. Il faut d'abord que je réalise un de mes rêves de gosse en faisant un tour de chasse-neige.

Chaque bouffée d'air aspirée lui faisait l'effet d'une poignée d'échardes de glace. Le froid le pénétrait jusqu'au cœur en dépit de sa triple épaisseur de vêtements. Tout lui paraissait irréel, la violence du vent, le fracas du moteur, la neige aussi dense qu'un mur blanc que les phares traversaient à peine. En dehors de la lueur d'une lampe aperçue de loin en loin derrière une fenêtre, le monde se limitait aux quelques dizaines de centimètres de visibilité devant la lame jaune de l'engin. Il n'essayait même pas de lier conversation. Bing n'avait sans doute aucune envie de lui parler et, de toute façon, le bruit les empêchait d'échanger deux mots.

Il devait admettre que Bing manœuvrait sa machine avec la délicatesse et la précision d'un chirurgien. Loin d'effectuer la sommaire opération de déblaiement à laquelle Nate s'attendait, le barbu suivait des itinéraires déterminés et contournait les obstacles au millimètre, le tout sans visibilité et à une vitesse qui lui amenait constamment des protestations aux lèvres. Sachant que Bing aurait été ravi de l'entendre hurler de peur, il serrait les dents et ravalait les moindres sons pouvant être interprétés de la sorte.

Après avoir déversé une nouvelle charge de neige sur un tas qui grossissait à vue d'œil, Bing sortit de sous son siège une bouteille de verre marron, la déboucha et en avala une longue gorgée. La puissante odeur qui frappa les narines de Nate lui fit monter les larmes aux yeux.

— Il paraît que l'alcool fait baisser la température du corps, se risqua-t-il à lui faire observer.

— Connerie, grommela Bing, qui, pour prouver ses dires, lampa une gorgée plus longue que la précédente.

Considérant qu'ils étaient seuls dans le noir en plein blizzard, que Bing pesait facilement le double de lui et n'espérait sans doute que l'occasion de l'enfouir sous une montagne de neige jusqu'au dégel, Nate jugea prudent de ne pas le contredire. Ni de faire allusion à la loi prohibant le transport de bouteilles d'alcool débouchées dans un véhicule ou aux risques encourus par celui qui consomme ledit alcool en manœuvrant un engin lourd.

— Essayez vous-même, vous verrez, reprit le barbu en lui mettant la bouteille dans la main.

Nate s'abstint de répondre qu'il ne buvait pour ainsi dire jamais et se résigna, par simple politesse, à en absorber quelques gouttes.

Le breuvage éclata dans sa tête et son ventre comme de la nitroglycérine. Il s'étrangla, crut aspirer un jet de flammes. Les larmes qui ruisselaient sur ses joues gelaient instantanément. À travers le tintement qui résonnait dans ses oreilles, il crut entendre rire.

— Qu'est-ce que c'est que ce putain de truc ? parvint-il à articuler entre deux hoquets. De l'acide sulfurique, du plutonium liquide ?

Bing lui reprit la bouteille, la téta une dernière fois avant de la reboucher et de la remettre à sa place.

— Un homme qui ne supporte pas le whisky n'est pas un homme, déclara-t-il d'un ton définitif.

— Si cette chose immonde en est le critère, je préfère être une femme.

Un plissement de peau autour des yeux de Bing parut indiquer un sourire.

— Je vais vous raccompagner, on peut rien faire de plus ce soir, dit-il en entamant un demi-tour. J'ai mis vingt dollars au pot que vous ne passerez pas la fin du mois, ajouta-t-il.

Nate luttait de son mieux contre l'incendie qui lui ravageait les entrailles.

— Qui tient le pot ?

— Jimmy, le barman du *Lodge*.

Nate se borna à indiquer d'un signe de tête qu'il avait enregistré l'information.

Bing possédait un sens de l'orientation digne d'éloge, car il ne lui fallut que quelques minutes malgré la neige de plus en plus aveuglante pour stopper son engin devant l'entrée du *Lodge*. Nate sauta à terre, s'enfonça jusqu'aux genoux dans la neige, empoigna la corde et s'en servit pour se hisser jusqu'à la porte.

À l'intérieur, la chaleur était presque douloureuse. Une douzaine de personnes au bar et aux tables buvaient, mangeaient, parlaient comme si la colère divine ne se déchaînait pas derrière les fenêtres. Éprouvant un besoin impérieux de café brûlant et de viande rouge, il saluait ceux qui lui souhaitaient le bonsoir et se débattait avec la fermeture à glissière de sa parka quand Charlene se précipita vers lui.

— Oh, le pauvre garçon ! Vous devez être frigorifié. Laissez-moi vous aider.

— Merci, ça va. Je...

— Mais non, vous avez les doigts tout raides.

C'était absurde, invraisemblable de voir la mère de la femme avec qui il avait fait l'amour dans l'après-midi l'aider à dégrafer sa parka couverte de neige.

— Laissez, Charlene, je peux le faire tout seul. J'aurais simplement besoin d'un bon café bien chaud.

— Je vais vous le chercher tout de suite, répondit-elle en caressant ses joues glacées. Allez vite vous asseoir.

Une fois débarrassé de ses pelures, il se rendit au bar, sortit son portefeuille, fit signe à Jimmy le barman de s'approcher et lui tendit un billet.

— Voilà cent dollars pour le pot, dit-il assez fort pour être entendu de tous. Je parie que je resterai.

Sur quoi, il alla se percher sur un tabouret à côté de John Malmont.

— Bonsoir, Professeur.

— Bonsoir, chef.

Nate pencha la tête afin de lire le titre du livre ayant actuellement les faveurs de son voisin.

— *Rue de la Sardine*. Bon roman. Un classique. Merci, Charlene.

— De rien, minauda celle-ci en posant devant lui une tasse de café fumant. Nous avons un délicieux ragoût, ce soir. Il vous réchauffera. À moins que je m'en charge moi-même. Vous voulez ?

— Le ragoût fera très bien l'affaire. Avez-vous assez de chambres libres si ces braves gens veulent passer la nuit ici ?

— Nous avons toujours de la place. Je vous apporte une bonne portion de ragoût.

Nate observa la salle en buvant son café à petites gorgées. Il connaissait tout le monde, des habitués qu'il rencontrait presque tous les soirs. Il ne pouvait pas voir le billard de sa place, mais il reconnut les voix entre le cliquetis des boules. Les frères Mackie, bien sûr.

— Croyez-vous que certains d'entre eux vont se soûler et vouloir quand même rentrer chez eux ? demanda-t-il à John.

— Les Mackie en seraient capables, mais Charlene les en empêchera. Pour la plupart, ils partiront d'ici une heure. Quelques entêtés seront encore là demain matin.

— Dans quelle catégorie vous rangez-vous ?

— Cela dépend de vous.

— Pardon ?

— Si vous acceptez la proposition de Charlene, je retournerai seul dans ma chambre. Sinon, je monterai dans la sienne.

— Je ne m'intéresse qu'au ragoût.

— Dans ce cas, je passerai la nuit dans sa chambre.

— Dites-moi, John, ça ne vous gêne pas ?

Avant de répondre, le Professeur parut consulter la mousse de sa bière à la façon d'une voyante devant sa boule de cristal.

— Que cela me gêne ou non n'y change rien. Charlene est ce qu'elle est. Les esprits romantiques prétendent qu'on ne choisit pas de qui on tombe amoureux. Je ne suis pas d'accord : on choisit et on décide. Pour ma part, j'ai choisi.

Charlene revint à ce moment-là avec une assiette de ragoût, une corbeille de pain frais et une large tranche de tarte aux pommes.

— Un homme qui travaille dehors par un temps pareil a besoin de manger, annonça-t-elle. Vous y ferez honneur, Nate.

— J'y compte bien. Vous avez des nouvelles de Meg ?

Charlene réagit au nom de sa fille comme s'il s'agissait d'un mot prononcé dans une langue étrangère.

— Non. Pourquoi ?

— Je pensais simplement que vous garderiez le contact, sachant qu'elle est seule dans son coin par ce temps.

— Meg n'a besoin de personne pour se débrouiller, affirma-t-elle avec aigreur. Ni d'un homme ni d'une mère.

Et elle se retira en claquant derrière elle la porte de la cuisine.

— J'ai touché un point sensible, commenta Nate.

— Ultrasensible. Plus sensible encore si elle croit que vous vous intéressez à sa fille plutôt qu'à elle.

— Désolé de lui faire de la peine, mais c'est en effet le cas.

Il goûta le ragoût. Pommes de terre, carottes, haricots et oignons baignaient dans une riche sauce brune avec de gros cubes d'une viande au fumet prononcé. Le tout coula dans son estomac comme du velours et lui fit oublier jusqu'à la notion de froid.

— Qu'est-ce que c'est cette viande, à votre avis ?

— De l'élan, je pense.

Nate en prit une cuillerée, l'examina un instant.

— Très bon, déclara-t-il.

Et il entreprit d'engloutir le reste.

La neige tomba sans arrêt toute la nuit. Nate dormit comme une souche. Quand il regarda par la fenêtre en se réveillant, il crut voir un écran de télévision déréglé. Le vent hurlait, giflait la vitre. L'électricité étant coupée, il alluma des bougies, ce qui le fit penser à Meg. Le téléphone ne fonctionnait sans doute pas non plus, et d'ailleurs on n'appelle pas une femme à six heures et demie du matin pour la seule raison qu'on a fait l'amour avec elle. Il n'avait pas besoin de s'inquiéter à son sujet. Elle avait vécu ici toute sa vie, elle était bien à l'abri dans sa maison avec ses deux chiens et une réserve de bois de chauffage.

Il était quand même inquiet en descendant l'escalier à la lumière de sa lampe torche. Pour la première fois, il voyait l'endroit désert. Le bar, les tables étaient inoccupés, il n'y avait pas plus d'odeur de café frais et de bacon grillé que de brouhaha de conversations. Pas non plus de petit garçon qui le gratifiait d'un sourire. Rien que le noir absolu, les hurlements du vent et... des ronflements sonores. Se guidant au bruit, il découvrit les frères Mackie couchés tête-bêche sur le billard sous plusieurs couches de couvertures. Amusé, il entra dans la cuisine, dénicha un petit pain qu'il fourra dans sa poche avant d'endosser sa tenue polaire.

Dehors, la force du vent faillit le renverser et lui projeta des poignées de neige dans les yeux, le nez, la bouche. Il se força à avancer quand même, trouva la corde à l'aide de sa lampe puis, celle-ci se révélant inutile, il l'éteignit, la mit dans une poche de sa parka et empoigna la corde à deux mains. Sur le trottoir, il avait de la neige à mi-cuisse. *On peut se noyer là-dedans*, se dit-il, *avant même de mourir de froid*. Alors, plutôt que de s'épuiser inutilement, il parvint à descendre sur la chaussée où, grâce au chasse-neige de Bing, il n'avait de la neige qu'aux chevilles – à moins de buter sur une congère.

Pour arriver au poste, il allait être obligé de traverser la rue à l'aveuglette, sans corde pour le guider. Les yeux clos, il visualisa la rue en temps normal, l'emplacement de chaque bâtiment. Puis, cette topographie gravée dans sa mémoire, il lâcha la corde, ralluma sa lampe et se lança tête baissée contre le vent. *Il faut être idiot pour marcher dans le blizzard*, pensa-t-il. On croit traverser la rue et on erre au hasard pendant des heures ; puis on tombe d'épuisement et le froid vous transforme en bloc de viande surgelée à deux pas d'un abri. Il jurait, pestait, maudissait le temps et sa propre stupidité quand il heurta du pied un obstacle, reconnut une bordure de trottoir, tendit les mains pour trouver la corde à tâtons et réussit enfin à se frayer un chemin dans la neige jusqu'au poste de police. Il pêcha la clé au fond de sa poche, l'enfila dans la serrure à la lueur de sa lampe torche. Dans le sas entre les deux portes, il secoua la neige qui le couvrait mais garda ses vêtements.

Comme il s'y attendait, la salle commune était glaciale au point que les vitres étaient givrées à l'intérieur. Quelqu'un de prévoyant avait empilé des bûches à côté du poêle. Il l'alluma, trouva des bougies, une radio à piles qu'il régla sur la fréquence de KLUN, qui émettait comme promis. Avec un sens de l'humour plutôt pervers, ils passaient un disque des Beach Boys. Puis, assis à son bureau, écoutant la radio d'une oreille et déplorant l'absence de café, il mastiqua son petit pain.

À huit heures et demie, toujours seul, il considéra que l'heure était assez décente pour profiter des leçons de Peach sur le maniement de l'émetteur radio.

— KLPD appelle KUNA. Répondez KUNA. Meg, tu es là ?

Il y eut de la friture, des couinements.

— Ici KUNA. Tu as ta licence d'opérateur, Burke ? *Over.*

Le simple son de sa voix lui causa un soulagement mêlé de joie pure et simple.

— Pas besoin, ça vient automatiquement avec l'étoile.

— Dis *over* quand tu as fini.

— D'accord, *over*. Tout va bien là-bas ? *Over.*

— Affirmatif, chef. Nous sommes bien calfeutrés, bien chauffés. Que diable fais-tu au poste à cette heure-ci ? *Over.*

— Le devoir avant tout. Ton électricité est coupée ? *Over.*

— Évidemment, par un blizzard comme celui-ci. Mais le générateur fonctionne. Tout va bien, ne t'inquiète pas. *Over.*

— Donne de tes nouvelles de temps en temps si tu ne veux pas que je m'inquiète. Tu sais ce que je me suis tapé hier ? *Over.*

— À part moi ? *Over.*

— Oui, à part toi. Une lampée de l'acide sulfurique qui fait carburer Bing et un ragoût d'élan. *Over.*

Il entendit un long éclat de rire.

— On finira par faire de toi un vrai broussard, Burke. Il faut que j'aille nourrir mes chiens et mon feu. À plus. *Over and out.*

— *Over and out*, répondit-il, mais la liaison était déjà coupée.

La température avait assez monté entre-temps pour qu'il puisse enlever sa parka. Il cherchait à faire quelque chose d'utile quand Peach arriva.

— Je me demandais s'il y en aurait un d'assez fêlé pour venir aujourd'hui, déclara-t-elle.

— Oui, moi. Comment diable êtes-vous arrivée ?

— Bing m'a prise en chasse-neige-stop.

— Bon moyen de transport par ce temps. Vous n'étiez pas obligée de venir, vous savez. Laissez-moi porter ça, dit-il en la déchargeant de son gros sac.

— Il faut bien gagner sa paie.

— Oui, mais... Du café ? s'écria-t-il en sortant un Thermos du sac.

— Oui, je n'étais pas sûre que vous auriez fait démarrer le générateur.

— Je ne sais même pas où il est. De toute façon, la mécanique n'est pas mon fort. Mais oui, c'est du café, du vrai café ! Épousez-moi, Peach !

Elle pouffa de rire telle une petite fille et lui donna une tape sur la main avant de verser du café dans une tasse.

— Méfiez-vous, Nate ! Si je vous voyais sourire plus souvent comme ça, je serais tentée d'accepter. Regardez donc ce que le vent nous apporte, fit-elle en voyant Peter entrer.

— Ça souffle dur dehors, commenta celui-ci. J'ai parlé à Otto, il arrive.

— C'est Bing qui vous a conduit, vous aussi ? s'enquit Nate.

— Non, je suis venu en traîneau avec mon père.

— En traîneau à chiens ?

— Bien sûr, répondit Peter comme si cela allait de soi.

Nous sommes vraiment dans un autre monde, pensa Nate.

Mais Peach avait raison, ils devaient au moins mériter leur paie.

— Bien. Peter, allons mettre le générateur en marche. Peach, prenez contact avec les pompiers, demandez-leur qu'ils envoient une équipe dégager les trottoirs dès qu'il fera assez clair, il faut que les gens puissent se déplacer s'ils en ont besoin. Qu'ils dégagent en priorité autour du dispensaire. Quand Otto arrivera, dites-lui que les Mackie cuvent leur alcool sur le billard du *Lodge* ; qu'il s'arrange pour qu'ils rentrent chez eux en un seul morceau. Essayez de savoir quand l'électricité sera rétablie, poursuivit-il en rendossant sa parka. Le téléphone aussi. Il faut que la population en soit prévenue. À mon retour, nous rédigerons un communiqué qui sera diffusé à la radio. Les habitants doivent être informés que nous sommes à leur disposition. Peter, on y va ?

— À vos ordres, chef.

Extrait du journal – 18 février 1988

Aujourd'hui, nous avons failli perdre Han dans une crevasse. Nous n'étions plus qu'à quelques heures du sommet. Nous avions froid, nous avions faim, nous étions à bout de nerfs mais gonflés à bloc – il faut avoir fait de la montagne pour comprendre ça. Dark marchait en tête, seule manière de l'empêcher de piquer des crises, Han au milieu et moi je fermais la marche.

Mais j'ai oublié de parler d'hier. Les jours commencent à se mêler dans ma tête. Froids, toujours plus froids.

Nous montions bien, perdus dans nos propres réflexions, quand Dark a crié « Rocher ! » et l'énorme caillou qu'il avait débloqué d'un coup de piolet a déboulé d'une cheminée en frôlant la tête de Han et la mienne, le temps de me dire que je ne voulais pas crever comme ça. Nous avons engueulé Dark, nous nous engueulons presque tout le temps, le plus souvent sans méchanceté. Les coups de gueule aident l'adrénaline à couler, surtout depuis que nous approchons du sommet et que l'air se fait si rare que respirer est une torture. Je savais que Han flanchait, mais nous avons continué, poussés par notre obsession et les insultes continuelles dont Dark nous abreuvait. Nous avons dormi cette nuit-là attachés à des pitons. J'ai regardé l'aurore boréale, un éblouissement de jade liquide dans le ciel noir.

    Dark a pris la tête aujourd'hui encore. Être le premier est devenu pour lui une autre obsession et discuter serait une perte de temps. De toute façon, j'étais assez inquiet sur l'état de Han pour préférer rester en serre-file et garder entre nous le plus faible des trois. En fin de compte, c'est le besoin de Dark de marcher en tête et ma position en dernier qui ont sauvé la vie de l'autre.

    Nous n'étions plus encordés. Je ne sais plus si j'ai déjà dit qu'il faisait trop froid, que le gel rendait la corde cassante. Bref, nous n'avions pas de corde. Une fois encore, nous grimpions bien dans la trop courte lumière du jour. Et puis j'ai vu Han trébucher et commencer à glisser, comme si le sol disparaissait sous lui. Une seconde d'inattention, un pied sur une plaque de neige encore fraîche, et il dévalait sur moi. Je ne sais pas comment nos mains se sont agrippées, mais j'ai réussi à planter mon piolet dans la glace et priant le ciel qu'elle tienne et ne nous précipite pas tous les deux dans le vide. Une éternité, je suis resté à plat ventre en le retenant par une main pendant qu'il pendait au bord du gouffre. J'essayais de me retenir aussi par les pieds, mais nous glissions ensemble. Quelques secondes de plus et j'étais obligé de le lâcher ou nous tombions tous les deux.

    C'est alors que le piolet de Dark s'est planté à trois centimètres de mon épaule. En se retenant d'une main, il a empoigné Han par le bras. J'ai senti mes muscles torturés un peu soulagés et j'ai réussi à remonter en rampant. En tirant tous les deux, nous avons continué à ramper, remonté Han petit à petit et nous nous sommes affalés à quelques centimètres de la mort et du désastre, le sang bouillonnant dans les oreilles et le cœur battant comme un marteau piqueur.

    Nous n'avons pas envie d'en rire. Même plus tard, aucun de nous n'aura la force de faire une blague de ce cauchemar. Nous sommes trop secoués pour continuer à grimper et Han s'est esquinté la cheville. Il ne pourra jamais tenir jusqu'au sommet, nous le savons aussi bien les uns que les autres. Alors, nous avons été obligés de tailler une plate-forme pour monter la tente, de partager nos provisions qui diminuent tandis que Han avale des cachets contre la douleur. Il est affaibli, il a le regard encore terrifié. Le vent lance des coups de poing contre les minces parois de notre tente.

Nous devrions abandonner, redescendre. Mais quand j'ai lancé ces mots comme un ballon d'essai, Dark a explosé une fois de plus en traitant Han de tous les noms, en me hurlant des injures d'une voix de femme hystérique. Dans l'obscurité, avec des glaçons dans la barbe et les sourcils, les yeux étincelants de rage, il a l'air à moitié, non, plus qu'à moitié fou. L'accident de Han nous a coûté une journée et Dark n'admet pas qu'il puisse lui coûter le sommet. Il n'a pas tout à fait tort, je l'admets. Notre but est à portée de main. Et Han devrait être capable d'y arriver après une nuit de repos.

Nous recommencerons donc à grimper demain. Si Han ne peut pas suivre, nous le laisserons ici, nous ferons ce que nous sommes venus accomplir et nous le reprendrons à la descente. C'est de la démence, bien sûr. Même avec l'aide des drogues, Han a l'air épuisé et terrorisé. Mais moi aussi, je suis pris au piège. J'ai dépassé le point de non-retour. Le vent hurle comme une meute de loups. Rien que cela a de quoi rendre un homme fou furieux.

8

Trente heures durant, le vent fit rage telle une bête déchaînée, toutes griffes dehors, prête à lacérer quiconque serait assez brave ou assez inconscient pour se risquer à la défier. Les générateurs grondaient ou ronronnaient, mais les communications ne pouvaient toujours s'établir que par radio. Le blizzard qui sévissait sur l'ensemble du sud-est de l'Alaska rendait tout déplacement impossible. Les voitures et les camions étaient ensevelis sous la neige, les avions interdits de vol. Les chiens de traîneau eux-mêmes attendaient que la tourmente s'apaise. Quant à la petite ville de Lunacy, îlot figé par le gel dans un océan de blanc, elle était coupée du reste du monde.

Trop affairé pour réfléchir, trop assommé pour maudire le ciel ou la terre, Nate faisait face aux problèmes – un enfant tombé d'une table emmené d'urgence au dispensaire, un homme victime d'une crise cardiaque en essayant de dégager sa voiture, un feu de cheminée, une querelle familiale qui tournait mal. Il logeait dans une cellule Mike dit l'Ivrogne (pour le distinguer de Big Mike, le cuisinier du *Lodge*), qui cuvait une cuite carabinée, et dans l'autre Manny Ozenburger, enfermé à double tour pour lui laisser le temps de réfléchir au fait répréhensible d'avoir aplati avec son 4 × 4 la motoneige de son voisin.

Tandis que des équipes déblayaient les trottoirs des rues principales et que Bing maniait son chasse-neige, Nate se lança dans l'aventure consistant à se rendre du poste de police au bazar. Il y trouva Harry et Deb, assis à une table pliante devant le rayon des conserves, en train de se livrer une partie acharnée de gin-rummy.

— Sacré blizzard, hein ? lui lança Harry.
— Dites plutôt infernal.

Hors d'haleine, il s'étonnait d'être encore en vie.

— Il me faut des provisions. Je m'installe au poste jusqu'à ce que ça se calme.
— Vraiment ? s'enquit Deb, émoustillée par la perspective d'un potin croustillant. Des problèmes au *Lodge* ?

Nate enleva ses moufles et commença à choisir les articles indispensables.

— Non, mais il faut assurer une permanence à la radio et garder un œil sur les occupants de nos chambres d'amis.
— C'est vrai, vous avez des pensionnaires, commenta Harry. Il paraît que Mike l'Ivrogne a pris une belle cuite.

Nate posa sur le comptoir des paquets de pain, de viandes froides, de pommes chips.

— Une sévère, oui. Si une équipe de déblaiement ne l'avait pas vu tomber au beau milieu de la rue et ne l'avait pas tout de suite ramassé, on ne l'aurait retrouvé qu'au dégel, répondit Nate en ajoutant des packs de coca à ses emplettes.
— Je vais vous inscrire tout ça, chef, dit Harry en sortant son registre. Vous croyez que ça vous suffira ?
— Pour le moment, oui. Transporter le tout au poste me pose un autre problème.
— Asseyez-vous donc une minute et prenez un café avant de partir, offrit Deb en se levant. Je vais vous préparer un sandwich.

Nate en resta bouche bée. Jamais, dans ses souvenirs, personne n'avait traité un flic avec autant d'égards.

— Merci, mais il faut que je rentre. Si vous avez besoin de quoi que ce soit, lancez une fusée. Nous viendrons à la rescousse.

Il enfila ses gants, releva le capuchon de sa parka, empoigna le sac à provisions et sortit affronter la bête furieuse, comme il appelait le blizzard. Se guidant moitié par instinct, moitié grâce à la corde, il reprit le chemin du poste, où il avait laissé toutes les lumières allumées en guise de repères. Malgré la fureur de la tempête, les efforts permanents des équipes de déblaiement n'étaient pas tout à fait inutiles : on pouvait marcher sur la neige sans s'y engloutir.

Entre deux hurlements du vent, il entendait le grondement du chasse-neige de Bing et pria pour qu'il ne l'écrase pas par erreur – ou exprès. Quelque part, trois coups de feu retentirent. Nate s'arrêta, tendit l'oreille, essaya en vain d'en deviner la provenance et reprit sa marche en espérant qu'aucun blessé ne perdait son sang dans la neige, car il ne pouvait strictement rien faire pour lui venir en aide.

Il était à trois mètres du poste, les yeux fixés sur le halo de lumière en se réjouissant déjà de retrouver la chaleur, quand le chasse-neige surgit soudain du blanc et stoppa au ras de ses bottes. Bing se pencha à la portière. Avec sa barbe couverte de neige cristallisée, il avait l'allure d'un Père Noël dément.

— Bonne promenade ?

— J'adore prendre l'air, opina Nate. Vous avez entendu ces coups de feu ?

— Oui. Pourquoi ?

— Pour rien. Si vous voulez faire une pause, le chauffage fonctionne et j'ai de quoi faire des sandwichs.

Bing dédaigna l'amicale proposition.

— Pourquoi vous avez mis Manny au bloc ? Tim Bower conduit ce foutu engin comme un cinglé, c'est un danger public.

— Tim Bower était sur son foutu engin quand Manny l'a aplati.

— Il en a sauté assez vite, non ?

En dépit du froid, Nate se surprit à sourire.

— Oui, en plongeant la tête la première dans une congère.

Bing lâcha un grognement et remit sa machine en marche. Nate rentra, prépara deux sandwichs, en apporta un à Manny en pleine déprime et constata que Mike n'avait pas dessoûlé. Ses devoirs accomplis, il alla manger le sien devant l'émetteur radio. Il aimait entendre la voix de Meg, renouer de cette façon leur lien sensuel. Il lui manquait depuis longtemps quelqu'un à qui raconter sa journée, il ne connaissait d'ailleurs plus personne à qui il avait envie de parler. À part elle.

— Tim a esquinté sa motoneige plus souvent que je ne peux me le rappeler, commenta-t-elle quand il lui eut résumé ses activités. Manny a rendu service à tout le monde en l'achevant. *Over.*

— Possible. J'arriverai peut-être à convaincre Tim de ne pas porter plainte si Manny le rembourse. Tu comptes passer en ville quand le temps s'arrangera ? *Over.*

— Faire des projets n'est pas mon fort. *Over.*

Il l'imagina assise devant sa radio, les chiens à ses pieds, la cheminée derrière elle la nimbant d'un halo rougeoyant.

— La séance de cinéma est pour bientôt. Tu y viendras ? *Over.*

— Peut-être. J'ai plusieurs vols prévus dès que je pourrai reprendre l'air, mais j'aime le cinéma. *Over.*

— Décidons maintenant de nous y retrouver. *Over.*

— Je ne prends jamais de rendez-vous. Les choses arrivent quand elles doivent arriver. Mais puisque nous avons tous les deux aimé faire l'amour ensemble, elles arriveront peut-être.

Comme elle n'avait pas dit *Over*, il imagina qu'elle réfléchissait. Lui, en tout cas, pensait sérieusement aux petites ailes rouges tatouées au bas de son dos.

— Tu sais quoi, Burke ? reprit-elle. La prochaine fois que les choses arriveront, tu pourras me parler de tes malheurs. *Over.*

— Qu'est-ce qui te fait croire que j'ai eu des malheurs ? *Over.*

— Tu es l'homme le plus triste que j'aie jamais vu, mon chou. Alors, tu me raconteras ton histoire et nous verrons ce qui se passera ensuite. *Over.*

— Si nous... Merde !

— Qu'est-ce que c'est, ce chahut ? *Over.*

— Mike l'Ivrogne s'est réveillé. Il dégueule tripes et boyaux dans sa cellule et Manny proteste énergiquement, ce qui se comprend. Il faut que j'y aille. *Over.*

— La vie d'un flic est pleine de périls ! dit-elle en éclatant de rire. *Over and out.*

Compte tenu des circonstances, Nate décida de faire reconduire ses prisonniers chez eux par le chasse-neige. Il affronta ensuite le blizzard pour refaire le plein d'essence du générateur. Revenu au chaud, il sortit un lit de camp d'une cellule libre, l'installa à côté de l'émetteur radio. Puis, après une brève hésitation, il fouilla dans le tiroir de Peach, y trouva un de ses romans à l'eau de rose et s'installa confortablement, un coca à portée de la main.

Le livre, meilleur que ce qu'il avait imaginé, le transporta dans les vertes prairies de l'Irlande au temps des châteaux forts et des preux chevaliers. La dose de magie et de fantastique injectée dans le récit tint son intérêt en éveil pendant qu'il suivait les aventures de Moira la sorcière et du prince Liam, avec qui elle vivait une passion orageuse et des amours torrides.

Il s'endormit avec le livre ouvert sur la poitrine et toutes les lumières allumées. Et il rêva de Moira la sorcière sous les traits de Meg.

Nate se réveilla engourdi, courbaturé et se leva à grand-peine. Encore somnolent, il rangea le lit de camp et se força à sortir verser le reste du carburant dans le réservoir du générateur.

C'est seulement en rentrant qu'il prit conscience qu'il ne neigeait plus. L'air était parfaitement calme, le silence absolu. Un clair de lune voilé donnait une teinte bleutée aux monticules de neige. Le blizzard avait épuisé sa fureur. La bête était morte.

Il se prépara du café en écoutant la radio. La voix ensommeillée de Mitch Dauber, la « voix de Lunacy », égrenait les nouvelles locales et les prévisions météo. En regardant par la fenêtre, il voyait les gens commencer à apparaître dans la rue tels des ours émergeant de leurs cavernes d'hibernation, à dégager le trottoir devant leurs maisons, à bavarder entre voisins. À revivre.

Toujours seul, il lut le dernier numéro du *Lunatic*. Il jugea les photos du blizzard remarquables et l'article de Max presque lyrique. Son interview ne le gêna pas autant qu'il le craignait. Il pensa même le montrer à Meg quand il pourrait aller jusque chez elle une fois les routes dégagées. Lui apporter un journal ne constituait pas une forme de harcèlement. Et l'appeler auparavant pour lui demander si elle était chez elle et non quelque part au-dessus de l'Alaska ressortissait de la politesse la plus élémentaire. Elle n'y trouverait rien à redire.

Prévoyant l'arrivée du personnel d'une minute à l'autre, Nate rechargeait le poêle lorsque Hopp fit son entrée.

— Nous avons un problème, annonça-t-elle.

Quand elle rabattit le capuchon de sa parka, Nate constata qu'elle était livide : une réelle terreur lui voilait le regard.

— Plus grave qu'un mètre cinquante de neige ?
— Oui. Trois garçons disparus.
— Donnez-moi les détails. Qui sont-ils, où et quand ont-ils été vus pour la dernière fois ?
— Steven Wise, le fils de Joe et de Lara, son cousin Scott de Talkeetna et un de leurs camarades de collège. Joe et Lara croyaient que Steven et Scott étaient à l'université Prince Williams pour les vacances d'hiver, les parents de Scott le croyaient aussi. Lara et la mère de Scott se sont parlé par radio hier soir pour passer le temps et se donner des nouvelles. Elles se sont aperçues que les garçons leur avaient donné des versions de leurs activités qui ne concordaient pas. Elles ont eu des soupçons assez sérieux pour que Lara essaie d'appeler son fils à l'université. Il n'y était pas revenu, Scott non plus.
— Où se trouve Prince Williams, Hopp ?
— À Anchorage.
— Il faut signaler leur disparition à la police d'Anchorage.
— Non. Lara a réussi à joindre la petite amie de Steven. Ces jeunes imbéciles essaient d'escalader la Sans Nom par la face sud.
— Qu'est-ce que c'est, la Sans Nom ?
— Une montagne, Ignatious. Une énorme montagne. Ils sont partis depuis six jours. Lara est folle d'inquiétude.

Nate alla dans son bureau, en revint avec une carte.

— Montrez-la-moi, cette montagne.
— Là, dit-elle en posant un doigt sur la carte. Les gens du pays y vont souvent, les touristes aussi. Pour eux, c'est à la fois une distraction et un entraînement avant de s'attaquer au McKinley. Mais se lancer dans une ascension en plein mois de janvier est le comble de la stupidité, surtout pour des garçons de cet âge. Il faut appeler les secours en montagne, obtenir

qu'ils envoient des avions ou des hélicoptères dès qu'il fera jour.
— Ce qui nous donne trois heures. Je préviens les secours. Pendant ce temps, prenez un de ces radiotéléphones, faites venir Peach, Otto et Peter le plus vite possible. Je veux aussi savoir qui sont tous les pilotes de la région, à part Meg. Quelles chances ont ces garçons d'être encore en vie, à votre avis ?

Hopp se laissa lourdement tomber sur une chaise.
— Il faudrait un miracle.

Cinq minutes après avoir reçu le premier appel, Meg finissait de se préparer. D'abord tentée de ne pas répondre à ce nouveau message radio du poste de police, elle se ravisa en pensant qu'il s'agissait peut-être de détails plus récents concernant la disparition des alpinistes amateurs.
— KUNA, s'annonça-t-elle. *Over.*
— Je vais avec toi, déclara Nate. Retrouve-moi à la rivière. *Over.*

Agacée, elle continua de fourrer des fournitures de première urgence dans son sac.
— Je n'ai pas besoin de copilote, Burke. Et je n'ai pas de temps à perdre pour te faire visiter les sites. Je te contacterai quand je les aurai retrouvés. *Over.*
— Non, je t'accompagne. Ces garçons ont droit à une autre paire d'yeux pour les repérer et les miens sont bons. Je serai prêt quand tu arriveras. *Over and out.*
— Les héros m'emmerdent, grommela-t-elle en empoignant son paquetage.

Sur quoi, elle chaussa des raquettes et se rendit au lac.

Elle avait eu le temps de faire deux vols depuis la fin du blizzard et remercia le ciel de ne pas être obligée de passer encore une heure à dégager l'appareil de la neige, à racler le givre des ailes et à faire renaître le moteur à la vie. Après avoir tout vérifié, elle se hissa dans le cockpit, mit le contact, fit démarrer le moteur. En attendant qu'il s'échauffe et puisse monter en régime, elle procéda aux dernières vérifications de sa *check-list*. Elle se sentait aussi maîtresse de la situation que quiconque peut se prétendre maître de quoi que ce soit dans de telles conditions.

L'aube ne s'était pas encore levée quand elle desserra les freins et effectua son décollage. Tout en virant pour prendre de l'altitude, elle se demanda si elle allait ou non passer chercher Nate comme il le lui avait demandé. Puis, à l'instant où elle vit l'horizon commencer à s'éclaircir à l'est, elle haussa les épaules en un geste fataliste et pointa le nez de son appareil en direction de Lunacy.

Il l'attendait là où il le lui avait dit, au bord de la rivière gelée, un gros sac à l'épaule. Hopp se tenait à côté de lui et Meg sentit son cœur se serrer en reconnaissant aussi Joe et Lara, les parents de Steven.

Elle se posa sur la glace et attendit sans couper le contact. Nate s'approcha en luttant contre le souffle de l'hélice, grimpa à bord.

— J'espère que tu sais ce qui t'attend, lui dit-elle.
— Je n'en ai aucune idée.
— Cela vaut peut-être mieux.

Elle redécolla, appela la tour de contrôle de Talkeetna, donna sa position et son plan de vol. Quelques instants plus tard, cap au nord-nord-est, ils survolaient déjà la forêt.

— Tu es une paire d'yeux, Burke, mais tu es aussi un poids mort. Si Jacob n'était pas chez son fils en ce moment, je n'aurais emmené personne.
— Qui est Jacob ?
— Jacob Itu, le meilleur pilote à ma connaissance. Il m'a tout appris.
— C'est celui qui était avec toi à la réunion de la mairie ?
— Oui. Si tu es malade, ajouta-t-elle en voyant ses poings se crisper à la traversée d'un trou d'air, je ne serai pas contente du tout.
— Non, ça va. J'ai horreur de voler, c'est tout.
— Pourquoi ?
— À cause des lois de la gravité.
— Si tu n'aimes pas les turbulences, fit-elle avec un sourire ironique, tu vas être servi. Il est encore temps de te ramener à terre.
— Dis-le donc aux trois gamins que nous allons chercher.

Le sourire s'évanouit.

— C'est pour cela que tu es flic ? Tu considères que tu as pour mission de sauver les gens ?

Il était trop occupé à se cramponner à son siège pour répondre.

Sous eux défilaient des pistes de traîneaux, des écharpes de fumée s'élevant des cheminées des rares cabanes, des bouquets d'arbres, des vallons. Grâce à sa connaissance du terrain, Meg naviguait à vue plus qu'aux instruments.

— Il y a des jumelles dans le petit coffre, là, indiqua-t-elle en diminuant les gaz et en ajustant le pas de l'hélice.

— J'ai pris les miennes. Dis-moi où il faut regarder.

— S'ils ont essayé l'ascension par la face sud, ils ont dû être déposés sur le glacier.

— Déposés ? Par qui ?

— Mystère, répondit-elle en serrant les dents. Un salopard trop avide de fric pour le leur refuser. Beaucoup de gens ont des avions dans le coin, ce qui ne fait pas d'eux des pilotes dignes de ce nom. Celui qui les a pris ne les a pas signalés quand le blizzard s'est déclenché et n'est certainement pas allé les rechercher.

— C'est de la folie !

— Ici, on a le droit d'être fou, pas d'être un imbécile. Que ce soit les uns ou les autres, il ne s'agit que de stupidité. Je te préviens, les turbulences vont s'aggraver en arrivant sur la montagne.

Nate regarda au-dessous de lui. Des arbres, un océan de neige vierge, une surface glacée qui devait être un lac, un hameau d'une demi-douzaine de cabanes. Loin de lui paraître désolé ou simplement austère, ce paysage était superbe. Le ciel était devenu d'un bleu intense contre lequel les sommets se découpaient. Et il pensa aux trois garçons pris au piège de cette immensité depuis six jours...

Meg vira à droite. Bleue et blanche, monstrueuse, la montagne effaça le reste du paysage. L'avion s'engagea dans un défilé. De chaque côté, Nate ne distingua alors plus que du rocher, de la glace. De la mort.

Par-dessus le grondement du moteur, il entendit tout à coup

une explosion et vit un torrent de neige jaillir du flanc de la montagne.

— Qu'est-ce que... ?

— Une avalanche, répondit-elle avec calme. Tiens-toi bien, on va être secoués.

Blanc sur blanc, c'était une véritable éruption de neige et de glace. Dans un rugissement assourdissant, l'avalanche les secouait comme pour les arracher du ciel et les engloutir dans son flot. Meg lâcha une bordée de jurons lorsque des centaines de glaçons crépitèrent tels des projectiles contre le métal de la carlingue et le verre du pare-brise. Le vent les projetait de droite à gauche, au point qu'il paraissait inévitable de s'écraser contre la paroi rocheuse ou d'être désintégrés par les shrapnels de la nature en furie. Nate n'éprouvait cependant pas de peur, plutôt une sorte de stupeur admirative. Et puis, tout à coup, ils débouchèrent de la gorge au-dessus de la vallée d'une rivière gelée et dans le bleu du ciel.

Meg poussa un cri de triomphe suivi d'un long éclat de rire.

— Un sacré tour de montagnes russes ! Celle-ci est capricieuse. On ne sait jamais quand elle vous jouera un sale tour. Tu es plutôt cool dans le feu de l'action, chef.

— Toi aussi, reconnut-il en se demandant si les battements de son cœur affolé lui avaient fêlé les côtes. Tu viens ici souvent ?

— Chaque fois que je peux. Sors tes jumelles. Nous aurons du terrain à couvrir et nous ne serons pas les seuls. Ouvre l'œil. Je resterai en contact avec la tour de contrôle.

— Et où faut-il diriger mon œil ouvert ?

— Commence par là. À une heure, dit-elle en désignant le secteur du doigt.

— Quelle altitude, cette montagne ?

— Dans les quatre mille mètres. Une bonne ascension en avril ou mai, plus délicate en automne mais pas impossible. En hiver, elle est suicidaire pour tout autre qu'une bande de gamins inconscients. Nous retrouverons l'enfant de salaud qui les a déposés là. Il le paiera cher.

— Tu crois qu'ils sont déjà morts ? demanda-t-il, hésitant.

— Probable.

— Et pourtant, tu es venue.

Pensant à l'équipement dont elle s'était munie, matériel médical, couvertures isothermes, rations de survie, elle pria Dieu d'avoir des raisons de s'en servir.

— Ce ne sera pas la première fois que je trouverai des cadavres ni que j'en transporterai. Cherche tous les indices, des débris, des tentes, des corps. Je m'approcherai le plus possible.

Nate souhaitait de toutes ses forces les découvrir vivants. Il en avait plus qu'assez de la mort, du gâchis. Il n'était pas venu chercher des cadavres, mais des gamins trop présomptueux de leurs forces. Perdus, terrifiés, blessés peut-être, mais vivants. Des gamins qu'il pourrait rendre à leurs parents angoissés.

À travers ses jumelles, il ne voyait que des à-pics vertigineux, des corniches plus étroites que la largeur d'un pied, des parois de glace lisse que l'avion frôlait, et il se força à ne plus penser à sa peur. Il chercha, scruta jusqu'à ce que ses yeux le brûlent.

— Rien encore, dit-il en abaissant ses jumelles.

— La montagne est grande. Continuons.

Elle vira, suivit un autre itinéraire tout en actualisant minute par minute sa position au centre de contrôle. Vers l'ouest, un petit avion jaune et un hélicoptère ratissaient eux aussi le terrain. Nate poursuivit son observation. Il découvrit des recoins d'ombre où le soleil ne pénétrait sans doute jamais, des crevasses, des chaos rocheux, des éboulis. Un rayon de lumière jaillit soudain, comme un reflet de soleil sur un carreau de verre.

— Quelque chose là ! Du métal ou du verre ! s'exclama-t-il en pointant le doigt.

— Je repasse au-dessus.

Elle virait pour revenir en arrière quand Nate aperçut une tache de couleur sur la neige.

— Là ! s'écria-t-il. À quatre heures. Regarde, Meg !

— Bon Dieu ! Il y en a un de vivant !

Il voyait maintenant plus clairement la parka bleue, la forme humaine qui agitait les bras. Meg fit un battement d'ailes pour confirmer à la silhouette qu'ils l'avaient vue.

— 9-0-9 Alfa Tango appelle contrôle. Nous en avons repéré un, vivant. Juste au-dessus du glacier. Je vais le chercher.

— Tu comptes atterrir sur le glacier ? demanda Nate, effaré.

— Tu vas faire encore mieux, tu vas marcher dessus. Je ne peux pas quitter l'avion, les vents sont trop dangereux.

Il baissa les yeux vers la silhouette en parka bleue, la vit trébucher, rouler, glisser avant de stopper enfin contre un rocher ou un bloc de glace, presque invisible.

— Explique-moi ce qu'il faut faire. En deux mots.

— Je me pose, tu descends, tu le ramènes.

— C'est un peu sommaire.

— Pas le temps d'élaborer. Fais-le marcher. S'il ne peut pas, traîne-le. Prends ces lunettes noires, tu en auras besoin. Ce n'est pas compliqué : tu marches normalement sur la glace, tu escalades deux ou trois rochers, c'est tout.

— À près de quatre mille mètres ? Tu as raison, rien de plus facile.

— Tu as tout compris, dit-elle avec un large sourire.

Pendant ce temps, elle luttait contre le vent qui plaquait l'avion sur le glacier, le déséquilibrait. Elle se posa enfin sur une surface à peu près plane entre la paroi et le vide.

— Vas-y ! Il doit faire moins vingt, ne perds pas de temps. N'essaie pas de le soigner, ramène-le, nous nous occuperons de lui à bord.

— Compris.

— Une dernière chose ! cria-t-elle pour se faire entendre malgré le vent qui s'engouffrait par la portière ouverte. Si tu me vois décoller, ne panique pas. Je reviendrai te chercher.

Nate sauta sur la glace. Le froid l'assaillit de coups de poignard, l'air raréfié lui trancha la gorge, mais ce n'était pas le moment de réfléchir, encore moins de reculer. Il avança le plus vite qu'il put, à un petit trot poussif au lieu du sprint qu'il avait espéré. En arrivant à la crête rocheuse, il grimpa d'instinct en s'aidant des mains, retomba de l'autre côté.

Le garçon gisait là où il l'avait vu finir sa glissade. Malgré les recommandations de Meg, Nate lui tâta le pouls. Il avait le visage gris, des plaques grumeleuses sur les joues et le menton, sans doute à cause du gel. À peine Nate s'était-il penché sur lui qu'il ouvrit les yeux.

— J'y suis arrivé, murmura-t-il d'une voix rauque.

— Façon de parler. Filons d'ici.

— Les autres sont plus haut, dans une grotte. Ils ne pouvaient pas redescendre. Scott est malade, Brad croit qu'il a une jambe cassée. Je suis descendu chercher des secours.

— Ils arrivent. Tu nous montreras où sont les autres quand nous serons dans l'avion. Tu peux marcher ?

— Je sais pas. Je vais essayer.

Nate le souleva, le remit debout.

— Allons, Steven, un petit effort. Un pied devant l'autre.

— Je sens plus mes pieds.

— Lève les jambes, une à la fois. Je ne suis pas assez habitué à la montagne pour te porter, mais accroche-toi à moi. Il faut que nous retournions à l'avion pour pouvoir secourir tes amis.

— J'ai dû les laisser pour aller chercher des secours. Les laisser avec le mort.

— Ça va bien, nous irons les récupérer. Prêt ?

— Oui, je crois.

Ils franchirent la barre rocheuse. Sur le glacier en pente, Nate resta devant lui pour stopper son éventuelle glissade. Tout en marchant, il lui parla sans arrêt afin de le tenir conscient.

— Depuis combien de temps as-tu laissé tes amis ?

— Je sais pas. Deux, trois jours. Le pilote n'est pas revenu.

— Nous y sommes presque. Dans deux minutes, tu nous diras où sont tes amis.

— Dans la grotte, avec le mort.

— Quel mort ?

— J'sais pas, répondit Steven d'une voix de plus en plus faible. On l'a trouvé dans la grotte. Les yeux ouverts, un piolet planté dans la poitrine. Il nous regardait. Effrayant.

— Je m'en doute.

Il dut à moitié traîner, à moitié porter Steven jusqu'à l'avion qui frémissait, freins bloqués et hélice au ralenti.

— Il sait où sont les autres, annonça-t-il en montant à bord avant de hisser Steven à l'intérieur. Il nous montrera l'endroit.

— Couche-le à l'arrière, sous les couvertures. Le matériel de premiers secours est dans le gros sac. Il y a un Thermos de café chaud. Ne le laisse pas trop boire.

Nate étendit Steven entre les sièges et déplia les couvertures pendant que Meg redécollait. N'entendant que les rugissements du moteur et les hurlements du vent, il se demandait s'ils n'allaient pas être réduits en miettes alors que la partie était presque gagnée.

Il versa du café dans un gobelet. Steven tendit la main, mais Nate ne le laissa pas faire, il tremblait trop et claquait des dents.

— Non, je tiendrai le gobelet. Bois.

Steven avala une gorgée, une autre. Pendant qu'il buvait, les larmes lui montèrent aux yeux.

— Je croyais pas y arriver. Ils seraient morts là-haut parce que je serais pas arrivé à retrouver l'avion.

— Mais si, tu y es arrivé.

— L'avion était pas là. Pas là.

— Nous si, tu le vois bien.

En se retenant de son mieux contre les soubresauts de l'avion, Nate porta de nouveau le gobelet de café aux lèvres du garçon.

— On était presque arrivés au sommet, mais Scott est tombé malade et Brad a fait une chute. Il s'est abîmé la jambe. On avait trouvé cette grotte juste avant le blizzard. On y est restés. Il y a un mort dedans.

— Tu l'as déjà dit.

— J'invente pas, je vous jure !

— Je te crois. Tu nous le montreras.

9

Nate haïssait les hôpitaux, dont l'atmosphère déclenchait toujours chez lui une plongée dans le néant. Il y avait séjourné assez longtemps après ses blessures pour y associer la douleur physique et morale responsable de sa dépression. Personne ne lui avait reproché la mort de Jack, pourtant il l'aurait souhaité. Au contraire, ils étaient tous venus avec des fleurs, de la sympathie et même de l'admiration pour sa conduite cette nuit-là. Et s'il avait feint ensuite d'accepter les conseils et les thérapies dont on l'abreuvait, c'était à seule fin de se débarrasser des médecins et des amis trop bien intentionnés. Alors, quand il se retrouva à l'hôpital d'Anchorage, même en simple visiteur, il sentit les doigts froids et gluants du désespoir se poser sur lui.

— Chef Burke ?

Nate regardait fixement le gobelet fumant, dont il ignorait comment il était arrivé dans sa main. Il était beaucoup trop fatigué pour boire du café, il ne voulait que sombrer dans un sommeil trop profond pour les cauchemars. Il leva enfin les yeux vers un visage féminin d'âge mûr, aux yeux noirs derrière de petites lunettes rondes.

— Oui ?

— Steven demande à vous voir. Il est réveillé et a toute sa lucidité.

Tout lui revint d'un coup mais brouillé, tel un reflet dans une eau trouble. La montagne, les trois garçons.

— Comment va-t-il ?

— Il est jeune, en bonne santé. Il souffre de déshydratation et d'hypothermie, il perdra peut-être deux doigts de pied, mais nous espérons les lui sauver. En somme, il a de la chance. Ses deux amis vont arriver sous peu. J'espère pouvoir dire la même chose à leur sujet.

— Les secours les ont retrouvés ?

— Oui. Allez voir Steven, mais pas plus de quelques minutes.

— Merci.

Le garçon ouvrit les yeux quand Nate entra dans la chambre. La couleur reparaissait sur ses joues.

— Je suis Nate Burke, le nouveau chef de la police de Lunacy, se présenta-t-il en serrant délicatement sa main tendue.

— Vous m'avez sauvé. Merci.

— Tes amis ne vont pas tarder à arriver.

— Je sais, mais personne ne m'a dit comment ils vont.

— Nous le saurons bientôt. Ils se trouveraient encore là-haut si tu ne nous avais pas montré l'endroit, Steven. Cela compense presque ta stupidité d'avoir voulu faire cette ascension.

— On croyait pourtant que c'était une bonne idée, répondit le garçon avec un faible sourire. Il a dû arriver quelque chose à Hartborne, le pilote. Nous ne lui avions donné que la moitié du prix, pour être sûrs qu'il reviendrait nous chercher.

— Nous vérifierons. Donne-moi son nom complet et raconte-moi tout ce que tu sais sur lui.

— C'est Brad qui le connaissait. En fait, Brad connaissait un type qui le connaissait.

— Bon, nous demanderons à Brad.

— Mes parents vont me tuer.

Avoir vingt ans et s'inquiéter des reproches parentaux après avoir frôlé la mort ! se dit Nate. *C'est beau d'être jeune.*

— Tu peux y compter. Et maintenant, Steven, si tu me parlais de ce mort dans la grotte ?

— Il y était, je vous jure. Je ne l'ai pas inventé.

— Je te crois, je te l'ai déjà dit dans l'avion.

— Comme nous ne pouvions pas quitter l'abri à cause de la

jambe de Brad, nous avons décidé que je descendrais seul rejoindre Hartborne et appeler des secours. Les autres sont restés avec l'Homme de glace, comme on l'appelait. Il était assis, adossé à la paroi, un piolet planté dans la poitrine, les yeux ouverts. J'ai pris des photos, ajouta-t-il. L'appareil doit être dans une poche intérieure de ma parka. Vous pouvez aller voir ?

Nate trouva en effet, dans une poche intérieure pourvue d'une fermeture à glissière, un petit appareil numérique à peine plus grand qu'une carte de crédit.

— Je ne sais pas comment marche ce genre de truc.

— Je vais vous montrer. Voilà, il faut l'allumer et regarder l'écran qui sert aussi de viseur, vous voyez ? Les photos sont en mémoire, il suffit de les appeler par leurs numéros. Les dernières sont celles du type mort. J'en ai pris trois, je crois. Tenez, regardez.

Nate examina le gros plan du visage. Les cheveux longs, sans doute bruns ou châtain foncé, paraissaient argentés sous la pellicule de glace qui les recouvrait. Les sourcils, eux aussi givrés, barraient le visage étroit d'un trait presque droit. Les yeux ouverts étaient bleus. La photo précédente montrait le corps d'un homme encore jeune, une trentaine d'années peut-être, adossé à la paroi glacée, les jambes écartées. Il portait une parka jaune et noire, des pantalons de ski, des bottes et des gros gants. Un piolet était planté dans sa poitrine.

— Vous avez touché le corps ? demanda Nate.

— Non. Je l'ai juste effleuré, pour voir. Il était gelé, dur comme de la pierre.

— Bien. Je vais devoir prendre ton appareil, Steven, mais je te le rendrai quand nous aurons développé les photos.

— Pas de problème. Il était peut-être là depuis des années, vous savez. Il nous a flanqué la frousse, croyez-moi, mais il nous empêchait de trop penser au merdier dans lequel on s'était fourrés.

— Il faudra que je revienne te parler, tu en es conscient.

— Quand vous voudrez. Je ne sais pas comment vous remercier de m'avoir sauvé la vie.

— Ne la mets plus en danger aussi bêtement, ça vaudra mieux.

Nate sortit en glissant l'appareil dans sa poche. Il allait devoir prendre contact avec la police d'État, un crime en haute montagne n'entrant pas dans ses attributions. Mais rien ne l'empêchait de garder des copies des photos pour ses propres dossiers.

Qui était ce mort ? Comment était-il arrivé là ? Depuis combien de temps y était-il ? Pourquoi avait-il été tué d'un coup de piolet ? Et par qui ? Les questions tournaient dans sa tête au moment où il croisa les secouristes qui amenaient les deux autres rescapés. Voyant Meg entrer derrière eux, il marcha à sa rencontre.

— Ils ont de la chance, déclara-t-elle.

Nate aperçut le visage livide d'un des garçons et fit une moue sceptique.

— Ce n'est peut-être pas évident.

— Si. Quand la montagne ne te tue pas, tu as de la chance. Ils vont y laisser deux ou trois doigts, celui qui a la jambe cassée va souffrir et subir des séances de rééducation, mais ils sont tous les trois vivants alors que je comptais ne découvrir que des cadavres. Il est tard, la nuit va tomber, poursuivit-elle, nous ne pouvons pas rentrer ce soir. Je vais nous retenir une chambre au *Wayfarer*, c'est un bon hôtel, les prix sont raisonnables et le restaurant de premier ordre. Tu es prêt ?

— J'ai d'abord deux ou trois choses à faire. Je t'y retrouverai.

— Si tu prends plus de vingt minutes, je serai au bar. J'ai besoin de boire de l'alcool, de manger et de faire l'amour, dit-elle avec un sourire suggestif. Dans cet ordre, de préférence.

— Cela me paraît raisonnable. À tout à l'heure.

— Au fait, ajouta-t-elle en refermant son blouson, le reflet que tu avais aperçu, tu t'en souviens ? C'était un débris d'avion, probablement celui du type qui avait emmené les jeunes. La montagne a quand même eu sa victime.

Il fallut à Nate quatre-vingt-dix minutes avant de rejoindre Meg comme convenu au bar du *Wayfarer*. Il la trouva attablée devant un double whisky et des amuse-gueules, les jambes étendues sur la chaise voisine, qu'elle dégagea en le voyant entrer.

— Te voilà enfin. Stu ! cria-t-elle au barman. La même chose pour mon ami.

— Non, une bière, précisa Nate. C'est bon ? ajouta-t-il en prenant un amuse-gueule.

— Ça cale un peu en attendant un steak. Tu étais resté prendre des nouvelles des gamins ?

— Pour d'autres raisons aussi. L'équipe de secours n'est pas entrée dans la caverne ?

— Les garçons se sont traînés dehors en entendant l'hélico. Il fallait en priorité les emmener. Mais quelqu'un y remontera un de ces jours chercher les affaires qu'ils y ont laissées.

— Et ramener le mort.

— Tu y crois, à cette histoire ? s'étonna-t-elle.

— Non seulement j'y crois, mais Steven a pris des photos.

Le barman apporta la bière. Nate en but une gorgée.

— Des photos ? Pas possible !

— Si, avec un appareil numérique. J'ai obtenu d'un type de l'hôpital qu'il en fasse des tirages papier, dit-il en posant une enveloppe sur la table. J'ai été obligé de donner l'appareil à la police d'État. Ils me garderont peut-être sur le coup, peut-être pas.

— Tu veux rester sur l'affaire ?

— Je n'en sais rien, soupira-t-il.

Oh si, il le veut ! pensa-t-elle. Elle voyait les rouages qui tournaient dans sa tête de flic consciencieux et expérimenté, les listes d'indices et de suspects qu'il établissait déjà. Si c'était ce qu'il fallait pour rendre vie à ses yeux gris toujours tristes, elle espéra que les types de l'État ne l'écarteraient pas de l'enquête.

— Il ne doit pas être là-haut depuis très longtemps, reprit-il.

— Qu'est-ce qui te fait croire ça ?

— Quelqu'un l'aurait déjà retrouvé.

Elle but une gorgée de whisky, réfléchit un instant.

— Pas nécessairement. Les grottes de ce genre peuvent être bouchées par une avalanche ou ignorées par les grimpeurs, ce ne sont que de simples anfractuosités. Cela dépend aussi de l'endroit où est placé le corps, au fond ou près de l'entrée. Il a pu rester là aussi bien une saison que cinquante ans.

— De toute façon, il y aura autopsie. Elle permettra peut-être de dater sa mort et même de l'identifier.

— Tu es déjà en train de lancer l'enquête, fit-elle avec un sourire amusé. Montre-moi ces photos.

— Ce n'est pas un polar de télé, Meg. Et ce n'est pas beau à voir.

— Pas plus vilain que de dépecer un élan. S'il est de la région, je le reconnaîtrai peut-être. Quoique... il y a beaucoup de touristes en balade sur la Sans Nom.

Il la vit tout à coup pâlir, ses yeux devenir vitreux. Il tenta de lui reprendre les photos, mais elle le repoussa sans douceur.

— Je t'avais dit de ne pas regarder..., commença-t-il.

Oh si, elle avait *besoin* de regarder ! Elle étala toutes les photos devant elle, les contempla un long moment en silence avant de vider d'un trait son verre de whisky.

— Je sais qui est cet homme, annonça-t-elle enfin.

— Tu le reconnais ? Tu en es sûre ?

— Oui, j'en suis sûre. C'est mon père.

Elle se leva, livide, mais sans trembler.

— Paie les consommations, veux-tu ? Le steak devra attendre.

Il eut beau se hâter de remettre les photos dans l'enveloppe, de poser des billets sur la table et de traverser le hall en courant, il ne la rattrapa qu'en haut de l'escalier.

— Meg, écoute...

— Laisse-moi.

— Il faut que tu me parles.

— Rejoins-moi dans une heure. Chambre 203. Mais pour l'instant, laisse-moi, Ignatious.

Elle finit de gravir les dernières marches en s'interdisant de penser, d'éprouver la moindre émotion tant qu'elle ne serait pas derrière une porte close. Pour elle, certains sentiments ne se partagent pas et elle lui fut reconnaissante de ne pas la suivre. C'était de sa part une preuve de maîtrise de soi et de sensibilité.

Arrivée dans sa chambre, elle ferma la porte à double tour, courut dans la salle de bains, se pencha sur la cuvette des toilettes et vomit interminablement. Puis, une fois vidée de sa bile, elle s'assit sur le carrelage froid, le front contre ses genoux repliés. Elle ne pleurait pas. Elle l'aurait pourtant voulu, elle espérait en être capable à un moment ou à un autre, mais ce qu'elle éprouvait en ce moment n'était ni chagrin ni douleur. C'était de la colère. Une fureur vengeresse.

Quelqu'un avait tué son père et l'avait laissé là depuis des années. Des années pendant lesquelles elle avait vécu sans lui. Des années pendant lesquelles elle s'était crue abandonnée. Des années pendant lesquelles elle avait cru qu'elle n'était pas assez bien pour lui, pas assez importante. Pas assez intelligente, pas assez belle. Des années pendant lesquelles elle avait souffert d'un vide intérieur aussi douloureux que s'il lui avait arraché les entrailles.

Or, il ne l'avait pas abandonnée sans un regard en arrière. Il était allé escalader la montagne, activité aussi naturelle pour lui que respirer, et il y était mort. Mais ce n'était pas la montagne qui l'avait tué. Elle aurait pu se résigner à ce coup du sort. Non, un homme l'avait tué, et cela elle ne pouvait pas l'accepter. Elle ne voulait ni pardonner ni laisser cet acte impuni.

Elle se dévêtit, se glissa sous la douche, fit couler longuement l'eau froide sur elle. Lorsqu'elle sentit son esprit regagner sa lucidité, elle se rhabilla et s'étendit sur le lit, dans le noir, pour évoquer en paix son dernier souvenir de son père.

Il était entré dans sa chambre, où elle faisait semblant de préparer un examen d'histoire. Tant qu'elle prétendait travailler, elle échappait aux corvées ménagères. Elle se souvenait, aujourd'hui encore, de sa joie de voir que c'était son père qui venait au lieu de sa mère. Lui, il ne la harcelait jamais à propos de ses devoirs.

Avec ses longs cheveux bruns et son sourire contagieux, il était pour elle le plus bel homme sur terre. Il lui avait appris tout ce qui comptait vraiment, les étoiles, la montagne, survivre dans la nature, préparer un feu de camp, pêcher le poisson, le nettoyer et le griller. Il l'avait emmenée voler avec Jacob – et ils gardaient tous les deux le secret sur le fait que Jacob lui apprenait à piloter.

Il avait jeté un coup d'œil au livre posé devant elle.

— Barbant, hein ?
— J'ai horreur de l'histoire, mais j'ai un examen demain.
— Tu réussiras, tu t'en sors toujours très bien. Dis donc, avait-il poursuivi en s'asseyant à côté d'elle sur le lit où elle était vautrée à plat ventre, il va falloir que je m'absente un peu.
— Pourquoi ?
— Chercher du blé, avait-il répondu avec un geste imagé.
— On a besoin d'argent ?
— Ta mère le dit. C'est elle qui est au courant de ces choses-là.
— Je vous ai entendus vous disputer, ce matin.
— Normal, nous aimons bien nous disputer. Écoute, je vais faire deux ou trois boulots et tout le monde sera content. J'en aurai pour quinze jours, trois semaines tout au plus.
— Je n'ai rien à faire quand tu n'es pas là ! avait-elle protesté.
— Tu trouveras de quoi t'occuper. Nous irons pêcher dans la glace quand je reviendrai. À plus, ma biche.

Et il lui avait distraitement caressé les cheveux comme un oncle ou un grand frère. Même à treize ans, elle pouvait comprendre que, dans sa tête, il était déjà parti. Elle s'était forcée à ne pas lui courir après pour le prendre dans ses bras, se serrer bien fort contre lui, l'empêcher de partir. Cent fois, mille fois depuis cet après-midi-là elle s'en était voulu de ne pas l'avoir fait, de ne pas leur avoir offert à tous deux ce dernier contact. Cette dernière preuve d'amour.

Elle le regrettait plus amèrement que jamais quand elle entendit frapper à la porte. Résignée, elle se leva, alluma la lumière, passa une main dans ses cheveux encore humides.

Sur le seuil, Nate tenait un plateau et un autre était posé par terre.

— Il faut manger, nous en avons tous les deux besoin.

Quand il était lui-même au plus noir de sa misère, il ne supportait pas qu'on lui impose de manger en guise de réconfort, mais il savait que le remède était efficace.

— Si tu y tiens...

Elle désigna le lit, seule surface assez vaste dans la chambre pour servir de table, et se baissa pour ramasser l'autre plateau.

— Si tu veux rester seule, je prendrai une autre chambre.

— Pas la peine.

Elle s'assit en tailleur sur le lit, commença à découper le steak.

— Non, celui-ci c'est le mien, l'interrompit Nate en permutant les plateaux. Ils m'ont dit en bas que tu l'aimes saignant. Moi pas.

— Décidément, rien ne t'échappe. Sauf que tu as apporté du café au lieu de bière ou de whisky.

— Si tu en veux, je peux redescendre en chercher.

— Oui, soupira-t-elle, je t'en crois capable. Comment se fait-il que je me retrouve à Anchorage en train de manger un steak avec un brave type comme toi ?

— Je ne le suis pas particulièrement. Je t'ai laissé une heure pour que tu puisses te ressaisir. Je t'ai apporté de quoi manger pour que tu sois en état de me parler de ton père. Tu encaisses un sale coup, Meg, et je le regrette sincèrement. Mais quand tu m'auras parlé, il faudra aller voir le détective chargé de l'affaire.

Elle découpa une grosse bouchée de steak, piqua sa fourchette dans les frites et la salade.

— Là d'où tu viens, demanda-t-elle, étais-tu un bon flic ?

— Je n'ai jamais été bon à autre chose.

— Tu as déjà enquêté sur des meurtres ?

— Oui.

— Je veux bien parler à celui qui s'en occupe officiellement, mais je tiens à ce que tu enquêtes de ton côté. Pour moi.

— Je ne pourrai pas faire grand-chose.

— On peut toujours faire quelque chose. Je te paierai.

Il mastiqua une bouchée de viande avant de répondre.

— Tu as reçu un sacré choc, c'est pourquoi je ne te flanque pas une gifle pour m'avoir insulté.

— Je ne vois pas pourquoi tant de gens considèrent l'argent comme une insulte. Mais bon, à ton aise. Je veux que quelqu'un de qualifié cherche et retrouve l'enfant de salaud qui a tué mon père.

— Tu me connais à peine.

— Je te connais assez pour savoir que tu te conduis bien au lit, dit-elle en esquissant un sourire. Oui, je sais, un parfait crétin peut être un bon étalon, mais je sais aussi que tu es capable de garder ton sang-froid. Que tu es assez dévoué, ou assez idiot, pour aller sur un glacier sauver un gamin que tu n'as jamais vu. Que tu es assez prévoyant pour te renseigner sur la manière dont Meg Galloway préfère son steak. En plus, mes chiens t'aiment bien. Aide-moi, chef.

Il tendit la main, caressa délicatement ses cheveux humides.

— Je vais essayer. Quand as-tu vu ton père pour la dernière fois ?

— En février 1988. Le 6 février, très exactement.

— Sais-tu où il allait ?

— Chercher du travail. Ici à Anchorage, sans doute, ou peut-être à Fairbanks. Ma mère et lui se disputaient au sujet de l'argent, entre autres. Il m'a dit qu'il serait absent deux ou trois semaines, et il n'est jamais revenu.

— Ta mère a-t-elle déposé une demande d'avis de recherche ?

— Non. Du moins, je ne crois pas. Nous supposions – tout le monde supposait – qu'il avait simplement pris le large. Ils s'étaient querellés encore plus que d'habitude. Il était à bout de nerfs, même moi je m'en étais rendu compte. Il n'était pas un modèle de stabilité, Nate. Plutôt du genre irresponsable, bien qu'il ait toujours été pour moi un bon père et que nous ne manquions jamais de l'essentiel. Mais cela ne suffisait pas à Charlene. Alors, ils passaient leur temps à se bagarrer.

Elle s'interrompit, se remit à manger pour la seule raison que le plateau était devant elle.

— Il buvait, reprit-elle, il fumait de l'herbe, jouait quand l'envie le prenait, travaillait si l'occasion se présentait et se foutait de tout la plupart du temps. C'est peut-être à cause de cela que je l'aimais. Quand il est parti ce jour-là, il avait trente-trois ans. En y repensant, c'est sans doute l'idée d'avoir trente-trois ans qui le tourmentait. L'idée d'être le père d'une gamine déjà grande et de vivre avec la même femme depuis des années... Il se sentait peut-être arrivé à une croisée des chemins, tu vois ce que je veux dire ? Peut-être avait-il décidé de faire cette ascension en plein hiver comme une sorte de dernière bêtise de jeunesse, ou peut-être avait-il décidé de ne pas en revenir. Mais quelqu'un d'autre a pris la décision à sa place.

— Il avait des ennemis ?
— Probable, mais aucun à ma connaissance ne serait allé jusqu'à vouloir le tuer. Il exaspérait pas mal de gens, rien de très grave.
— Et ton beau-père ?
Elle commença à attaquer la salade avant de répondre.
— Quoi, mon beau-père ?
— Combien de temps après la disparition de ton père Charlene s'est-elle remariée ? Comment s'est passé le divorce ?
— D'abord, elle n'a pas eu besoin de divorcer, mon père et elle n'étaient pas mariés. Il ne croyait pas aux « chaînes de la loi », ce genre de baratin de sa génération. Elle a épousé le vieux Hidel à peu près un an plus tard. Si tu t'imagines que c'est lui qui a escaladé la Sans Nom pour planter un piolet dans la poitrine de mon père, tu fais fausse route. Il avait soixante-huit ans et trente kilos de trop quand Charlene lui a mis le grappin dessus. En plus, il fumait comme une cheminée, il avait du mal à monter l'escalier. Alors, une montagne...
— Qui aurait pu faire l'ascension avec ton père ?
— N'importe qui, Nate. N'importe quel imbécile qui veut se lancer un défi. Tu as vu les gamins, aujourd'hui ? Je te parie que dans six mois ils en parleront comme d'un des événements les plus sensationnels de leur vie. Les alpinistes sont encore plus cinglés que les pilotes.
Comme il ne répondit pas, elle continua à manger.
— Il était très bon alpiniste, reprit-elle. Il avait une excellente réputation. Peut-être a-t-il pris un job de guide pour des touristes voulant faire une ascension en hiver. Peut-être a-t-il trouvé deux ou trois copains aussi fous pour faire un pied de nez à la mort. Qu'est-ce que j'en sais ?
— Prenait-il des drogues plus fortes que le cannabis ?
— Possible. Probable. Charlene doit le savoir. Merde ! ajouta-t-elle. Il va falloir que je la mette au courant.
— Avaient-ils l'un ou l'autre des rapports avec d'autres personnes pendant leur vie commune ?
— Si c'est une manière polie de me demander s'ils couchaient à droite ou à gauche, je n'en sais rien. Demande-le plutôt à Charlene.

Il sentit que sa colère et son impatience grandissaient et qu'il ne pourrait bientôt plus obtenir de réponses cohérentes.

— Tu disais qu'il était joueur. Jouait-il gros ?

— Je ne crois pas. Je ne l'ai jamais entendu dire, en tout cas. Il lui arrivait de flamber sa paie quand il en avait une, ce qui était rare, ou de signer des reconnaissances de dettes parce qu'il ne gagnait pas souvent. Mais jamais de grosses sommes, à ma connaissance du moins. Je n'ai jamais non plus entendu dire qu'il ait eu des activités illégales, en dehors de ses achats de drogue. Des tas de gens auraient été trop heureux de m'en parler, pas parce qu'ils ne l'aimaient pas, tout le monde l'aimait bien, même ceux qui le trouvaient bizarre, mais parce que les gens adorent colporter ce genre de choses pour le plaisir de dire du mal.

— Bon, je vais faire parler ta mère et quelques autres. J'essaierai aussi d'être copain avec celui qui sera chargé de l'enquête afin qu'il me tienne au courant.

Meg se leva d'un bond en laissant son assiette à moitié pleine, se tapa sur les cuisses.

— Assez parlé, sortons ! Je connais un endroit sympa, la musique est bonne. On boira un ou deux verres et nous reviendrons faire l'amour à s'accrocher au lustre !

Plutôt que de commenter cette déconcertante saute d'humeur, Nate lança un regard au plafonnier, qui avait connu des jours meilleurs.

— Celui-ci n'a pas l'air très costaud.

— Il faut vivre dangereusement ! s'exclama-t-elle en éclatant de rire.

10

Le cauchemar s'estompait quand il ouvrit les yeux avec, dans la bouche, un goût plus amer que celui des larmes. À côté de lui, Meg respirait paisiblement. Une partie de lui-même voulait se tourner vers elle, lui demander le réconfort de l'amour, de la vie. Pourtant, il se leva, trouva à tâtons ses vêtements dans le noir, s'habilla et sortit sans bruit en la laissant dormir. Se réfugier une fois de plus dans le cocon de remords débilitants et d'une inutile souffrance morale était une forme de lâcheté, il le savait, mais il le fit quand même.

Lorsqu'elle fit surface, Meg ne s'étonna pas d'être seule. Il était plus de huit heures du matin, Nate avait dû s'ennuyer ou avoir faim en attendant qu'elle se réveille. Elle lui était reconnaissante de l'avoir soutenue sans l'étouffer sous la commisération et de l'avoir laissée encaisser le premier choc à sa manière. Cette compréhension discrète était une qualité précieuse chez un ami – ou un amant. En fait, elle était presque sûre qu'il était désormais les deux.

Bien sûr, elle n'avait pas fini d'affronter les problèmes, avec elle-même, avec sa mère, avec les gens de la ville, sans parler de la police. Mais cela ne l'avançait à rien de s'en soucier maintenant, elle en aurait largement l'occasion une fois de retour à Lunacy. En attendant, elle avait besoin de café et d'un solide petit déjeuner.

La salle à manger était pleine. Prix honnêtes et bonne cuisine attiraient les pilotes et les guides, pour lesquels

Anchorage constituait une base d'opération, et Meg reconnut nombre de visages familiers parmi les clients. Nate était seul à une table d'angle, emplacement convoité où il avait dû s'installer de bonne heure. Se trouvaient devant lui du café et un journal, mais il ne buvait ni ne lisait. Il paraissait absent, perdu dans ses pensées. Jamais elle n'avait vu personne d'aussi triste ni d'aussi solitaire.

Elle traversait la salle quand quelqu'un la salua par son nom. Nate l'entendit et Meg le vit aussitôt se ressaisir avant de lever les yeux vers elle et de lui sourire.

— Bien dormi ? demanda-t-il.
— Très bien. Tu as déjà déjeuné ?
— Pas encore. Je t'attendais.

Meg héla une serveuse.

— À quoi pensais-tu ? s'enquit-elle après qu'ils eurent passé leurs commandes.
— À rien. Je tuais le temps en lisant le journal.
— Je ne te crois pas. Mais parce que tu as été gentil avec moi hier soir, je n'insiste pas.

Elle se retint à grand-peine de lui caresser la joue. Quand elle avait le cafard, elle ne supportait pas qu'on la console. De ce côté-là, au moins, ils se ressemblaient.

— Avons-nous encore des choses à faire ici avant de partir ? reprit-elle. Si nous devons rester, j'appellerai quelqu'un qui ira s'occuper de mes chiens.
— J'ai contacté la police d'État. Un sergent Coben est chargé de l'enquête, pour le moment du moins. Il voudra sans doute bientôt parler à ta mère et à toi, mais il ne se passera rien tant qu'ils n'auront pas envoyé une équipe là-haut pour redescendre le corps. J'ai aussi appelé l'hôpital. L'état des trois garçons est jugé, je cite, « satisfaisant ».
— Tu n'as pas perdu de temps. Dis-moi, chef, t'occupes-tu toujours de tout le monde avec autant de sollicitude ?
— Non, je prends soin des détails, c'est tout.

Ils mangèrent leur déjeuner en bavardant avec une insouciance qui sonnait faux.

— Le jour va bientôt se lever, dit-elle en finissant son café. Il est temps de nous mettre en route.

Meg ne savait pas encore comment s'y prendre avec Charlene. De quelque manière qu'elle aborde le sujet, le résultat n'était que trop prévisible : hystérie, reproches, fureur, crise de larmes. Nate avait dû lire dans ses pensées, car il l'arrêta à la porte du *Lodge*.

— C'est peut-être moi qui devrais lui parler. J'ai souvent dû annoncer la même nouvelle à des proches de victimes.

— As-tu déjà dit à une femme que son amant a passé quinze ans dans la glace ?

— Les circonstances de la mort n'adoucissent pas le choc, tu sais.

Sa voix douce, posée, la calma et lui donna l'envie soudaine de s'appuyer contre lui.

— J'aimerais bien te refiler la corvée, mais il vaut mieux que je m'y colle. Tu pourras ramasser les morceaux quand j'aurai fini.

À l'intérieur, quelques consommateurs s'attardaient devant des cafés ou déjeunaient de bonne heure. Meg fit signe à Rose.

— Charlene est là ?

— Dans son bureau. Nous avons appris que Steven et ses amis s'en tirent bien. Les routes sont encore trop mauvaises, alors Jerk est venu ce matin chercher Joe et Lara pour les emmener là-bas.

Meg ouvrait déjà la porte. Nate la suivit des yeux.

Charlene était au téléphone avec un fournisseur. Avec impatience, elle fit signe à Meg de s'en aller, mais celle-ci n'en tint pas compte et alla regarder par la fenêtre en attendant la fin du marchandage.

Avec ses tentures rose bonbon, ses dorures, ses napperons, ses bibelots et autres nids à poussière, le bureau ressemblait plus à un boudoir de cocotte qu'à un lieu de travail. Meg se demanda une fois de plus comment elle pouvait être la fille d'une personne dont les goûts, la mentalité et les manières en général étaient aussi diamétralement opposés aux siens. Mais sa propre vie n'était peut-être rien de plus qu'une rébellion permanente contre celle qui l'avait conçue.

En entendant les dernières salutations, elle se retourna.

— Billy voulait m'imposer une hausse de prix, tu te rends compte ! dit Charlene avec un petit rire satisfait.

Les apparences sont trompeuses, pensa Meg. Charlene ne se donnait peut-être pas l'allure d'une femme d'affaires, mais pour ce qui était de calculer au centime près ses prix de revient et ses marges bénéficiaires, elle en remontrait aux plus retors.

— Alors, il paraît que vous êtes des héros, le séduisant chef et toi ? reprit Charlene en se versant un verre d'eau. Vous avez passé la nuit à Anchorage pour fêter ça ?

— Non, la nuit était tombée.

— Tu parles ! Un bon conseil, ma petite : un homme comme lui a des bagages, et les siens sont trop lourds pour quelqu'un comme toi, qui aime voyager les mains libres.

— Merci, j'y penserai. Il faut que je te parle.

— J'ai des coups de fil à passer et la comptabilité à mettre à jour. Tu sais très bien que c'est mon heure la plus occupée.

— Il s'agit de mon père.

Charlene reposa son verre et pâlit avant de devenir aussi rose que les couleurs de la pièce.

— Tu as eu de ses nouvelles ? Tu l'as vu à Anchorage ? L'enfant de salaud ! Il s'imagine peut-être qu'il peut revenir comme si de rien n'était ! Il ne me soutirera pas un sou, rien ! Et si tu as un peu de bon sens, tu lui diras la même chose. Personne, tu m'entends, personne ne me plaque en croyant pouvoir revenir, même en rampant ! Jamais ! Pat Galloway peut aller se faire foutre !

— Il est mort.

— Oh, oui ! Il doit avoir une histoire bien triste à raconter, il a toujours été très fort pour... Quoi ? Qu'est-ce que ça veut dire, il est mort ? C'est ridicule. Qui t'a raconté un mensonge pareil ?

— Il est mort depuis très longtemps. Sans doute quelques jours après son départ d'ici.

— Pourquoi me débites-tu ces âneries ? C'est idiot, c'est méchant ! Tu ne me hais quand même pas à ce point ?

— Je ne te hais pas. Tu l'as toujours cru et tu as tort. Tu m'exaspères plus souvent qu'à ton tour, mais je ne te hais pas. Les garçons se sont abrités dans une grotte. Il y était.

— Arrête de me raconter ces salades ! Va-t'en ! Sors d'ici tout de suite ! Fiche-moi la paix !

— Ils ont pris des photos, poursuivit Meg tandis que Charlene empoignait un presse-papiers en verre et le jetait contre le mur. Je l'ai vu, je l'ai reconnu.

— Non ! Je ne te crois pas ! Tu inventes ça pour te venger de moi ! hurla Charlene en saisissant sur une étagère un bibelot de porcelaine qui subit le même sort que le presse-papiers.

Des débris de verre et de porcelaine rebondirent sur le mur et retombèrent en pluie. Un éclat érafla la joue de Meg, qui ne cilla pas. C'était la manière habituelle de Charlene de réagir aux contrariétés, grandes et petites. Briser, détruire, faire nettoyer par quelqu'un d'autre et racheter du neuf.

— Me venger ? Parce que tu as été une mauvaise mère ? Parce que tu as couché avec le même type que moi pour me prouver que tu n'étais pas assez vieille pour me le rafler ? Parce que tu m'as rabâché toute ma vie que je n'étais pas la fille dont tu rêvais ? Quelle accusation bidon veux-tu que je tire de mon chapeau ?

— Je t'ai élevée toute seule ! Je me suis sacrifiée pour te donner tout ce que tu voulais !

— Assez, Charlene ! Il n'est question ni de toi ni de moi, mais de lui. Il est mort.

— Je ne te crois pas ! Si tu essaies de...

— Il a été assassiné, poursuivit Meg. Quelqu'un lui a planté un piolet dans la poitrine et l'a abandonné là, dans la montagne.

Le visage de Charlene se crispa tout à coup et elle se laissa tomber à terre, sur les éclats de verre et de porcelaine.

— Oh, non ! Mon Dieu, non ! Pat ! Pat !...

— Relève-toi, bon sang ! Tu vas te couper.

Meg l'empoigna par un bras, la souleva avec une force décuplée par la colère. Charlene respirait avec peine, ses yeux s'emplissaient de larmes.

— Megan... Meg... Il est mort ? Vraiment mort ?

— Oui.

Un flot de larmes ruissela sur ses joues. Avec un gémissement déchirant, elle s'agrippa à Meg comme à une bouée, appuya la tête sur son épaule. Meg lutta contre son réflexe de la repousser et la laissa sangloter, se rendant soudain compte que, aussi loin que remontaient ses souvenirs, c'était la première fois qu'elles s'étreignaient avec sincérité.

Le plus gros de la tourmente apaisé, Meg la fit monter dans sa chambre par l'escalier de service. Elle lui enleva ses vêtements comme elle aurait déshabillé une poupée, soigna ses coupures, lui passa une chemise de nuit. Dans l'armoire à pharmacie de la salle de bains, elle trouva un flacon de tranquillisants et remplit un verre d'eau.

— Il ne m'a pas abandonnée, gémit Charlene pour la énième fois.

— Non.

— Je l'ai haï de m'avoir plaquée.

— Je sais.

— Et tu m'as haïe parce que tu m'en rendais responsable.

— Peut-être. Avale ça.

— Assassiné ? Mais pourquoi ? Pourquoi ?

Meg lui fit prendre les comprimés, et posa le verre d'eau à côté d'elle sur la table de chevet.

— Je ne sais pas. Couche-toi, maintenant.

— Je l'aimais !

— Possible.

— Si, je l'aimais ! Je lui en ai voulu à mort de m'avoir laissée seule, souffla-t-elle pendant que Meg tirait les couvertures. Je ne supporte pas d'être seule.

— Dors quelques heures, tu en as besoin.

— Tu resteras près de moi ?

— Non, répondit Meg en fermant les rideaux. Je supporte très bien d'être seule, moi. J'en ai même besoin. De toute façon, tu n'auras aucune envie de me voir quand tu te réveilleras.

Elle resta pourtant jusqu'à ce que Charlene soit endormie.

En descendant, elle croisa dans l'escalier Sarrie Parker, la femme de chambre.

— Vous la laisserez dormir. Son bureau est un champ de bataille.

— J'ai entendu. Vous avez dû lui dire quelque chose qui l'a mise très en colère.

— Faites le ménage avant qu'elle y retourne, se borna à répondre Meg.

Dans le hall, elle prit sa parka et traversa la salle de restaurant. Nate était au bar.

— Je m'en vais, dit-elle sans s'arrêter.

Il se leva, la rattrapa à la porte.

— Où vas-tu ?

— Chez moi.

— Comment va-t-elle ?

— Je lui ai donné des tranquillisants. Quand elle reprendra conscience, elle se rabattra sur toi. Désolée. Ça s'est passé comme je l'avais prévu, crise d'hystérie, crise de rage, crise de larmes, pourquoi me hais-tu, etc. L'habitude, quoi.

Le froid, le vent lui faisaient du bien. En marchant vers la rivière, elle respira à pleins poumons.

— Tu es écorchée.

— Pas grave. Un éclat de caniche en porcelaine. Elle adore jeter des objets contre les murs. Quand elle a enfin compris que je n'inventais pas une histoire pour le plaisir de l'agresser, elle s'est effondrée. Je ne m'attendais pas à ce que j'ai découvert : elle l'aimait. Je ne l'avais jamais cru sérieusement jusqu'à aujourd'hui.

— Ce n'est peut-être pas le meilleur moment pour vous deux de rester seules.

— Elle ne le sera pas et moi j'ai besoin de l'être. Donne-moi quelques jours, Burke. Tu auras de toute façon trop à faire pour t'occuper de moi. Quelques jours, c'est tout ce qu'il faut pour me remettre. Ensuite, viens me rendre visite. Je te cuisinerai un bon dîner et nous ferons l'amour.

— Le téléphone est rétabli. Appelle-moi si tu as besoin de quoi que ce soit.

— Merci, mais je ne t'appellerai pas. N'essaie pas de me sauver de moi-même, veux-tu ? Occupe-toi des détails, comme tu dis.

Elle lui prit le visage à deux mains, l'attira contre elle, lui donna un long baiser. Quand elle s'écarta, elle céda à son envie de lui caresser la joue.

— Quelques jours. Rien que quelques jours, répéta-t-elle avant de s'engager sur la glace en direction de son avion.

Elle ne se retourna pas, consciente pourtant qu'il restait sur la rive, la regardait prendre son envol. Et elle effaça tout de son esprit.

Ce ne fut qu'en voyant un filet de fumée émaner de sa cheminée et les deux boules de fourrure grise courir vers le lac qu'elle sentit sa gorge se serrer. Et quand elle reconnut la silhouette qui sortait de la maison et suivait les chiens, les larmes lui montèrent aux yeux. L'homme qui avait pris la place de son père quand celui-ci avait disparu était venu et l'attendait.

— Tu ne devais rentrer que dans deux jours, dit-elle en luttant pour ne pas trembler.

— J'ai eu l'impression qu'il fallait revenir plus tôt. Il est arrivé quelque chose, n'est-ce pas ? demanda-t-il en scrutant son expression.

Elle se pencha, caressa les chiens au comble de la joie.

— Oui. Il est arrivé quelque chose.

— Rentrons.

Et une fois à l'intérieur, bien au chaud, après avoir préparé du thé et donné à boire aux chiens, après qu'il l'eut écoutée sans l'interrompre, elle craqua enfin et fondit en larmes.

11

Extrait du journal – 18 février 1988

Nous sommes enfin au-dessus des nuages ! Pour moi, c'est le vrai, le seul grand moment d'une ascension. La fatigue, le froid, la souffrance, tout est oublié quand on arrive au sommet. On renaît, littéralement. On se retrouve dans l'état d'innocence du nouveau-né, où la peur de la mort et de la vie n'existe pas. Colère, regrets, passé, avenir, plus rien ne compte que l'instant présent.
On a survécu. On a gagné.
Nous avons dansé sur la neige vierge avec le soleil dans les yeux et le vent pour accompagner nos chants de victoire. Nos braillements ricochaient contre le ciel, tourbillonnaient dans l'océan de nuages au-dessous de nous. Alors, quand Dark a dit que nous devrions sauter, je l'ai presque fait. Là-haut, après tout, nous étions des dieux.
Il m'a quand même inquiété quand je me suis rendu compte qu'il était sérieux. Sautons ! Envolons-nous ! Il avait avalé un peu trop de poudre pour se donner la force d'arriver au bout. Il m'avait pris le bras en me défiant. J'ai dû nous tirer à l'écart du bord. Il m'a engueulé, bien sûr, mais en riant. Nous rigolions d'ailleurs tous les deux, comme les cinglés que nous sommes.
Il m'a dit ensuite des choses bizarres, parce que c'était le moment et l'endroit pour raconter n'importe quoi. Toujours en rigolant, mais avec une vraie vacherie, il me reprochait ma veine.

Avoir mis la main sur la femme la plus sexy de Lunacy et passer mes journées sans rien foutre en lui laissant tout le boulot. Être libre d'aller où je veux quand je veux, de me taper une pute, de gagner au jeu et, en plus, de me tenir là tout fier au sommet, simplement parce que ça me faisait plaisir. Mais les choses allaient changer, a-t-il enchaîné. Il allait lui aussi trouver une femme dont les autres auraient envie, gagner un tas de fric et vivre la grande vie. Je l'ai laissé déblatérer tant qu'il voulait. Le moment était trop beau pour le gâcher par de l'envie et des mesquineries.

Pendant ce temps, ma joie démente se changeait en paix, une paix totale, je dirais presque intense. Ici, nous ne sommes pas des dieux mais des hommes, de simples hommes ayant lutté pour atteindre un sommet. J'ai fait des milliers de choses insignifiantes dans ma vie, mais pas celle-ci. Elle me marquera. Nous n'avons pas conquis la montagne, nous nous sommes unis à elle.

Avoir réussi cela pourrait faire de moi un homme meilleur, je crois. Un meilleur compagnon, un meilleur père. Certaines des vacheries de Dark sont vraies, je le sais. Je n'ai pas mérité tout ce que j'ai, du moins pas comme j'ai mérité cette victoire. Le désir d'être meilleur, d'être plus que ce que je suis, me frappe maintenant, à l'instant où je me tiens debout dans le vent qui me bouscule, au-dessus d'un monde plein de beautés et de peines sous cette mer de nuages qui me donne la tentation d'y plonger pour retrouver plus vite ces peines et ces beautés.

Il est étrange d'être ici, où j'ai si intensément désiré arriver, et de regretter en même temps tout ce que j'ai laissé derrière moi.

Nate étudiait les photos depuis trois jours. Il les connaissait maintenant dans les moindres détails et n'avait plus rien de neuf à y découvrir. La police d'État ne lui avait communiqué que de vagues et parcimonieuses indications : dès que le temps le permettrait, ils enverraient une équipe pour ramener le corps. D'ici là, les autorités ne voulaient rien dire. Il savait quand même qu'ils avaient fait parler les trois garçons, mais le peu qu'il avait appris de ces interrogatoires lui était parvenu par les indiscrétions réticentes de ses collègues et non par la voie officielle. Il était écarté de l'enquête. Il n'aurait pas le droit d'examiner la grotte ni de consulter le rapport d'autopsie, il ne pouvait compter que sur le bon vouloir confraternel des enquêteurs. Une fois le corps identifié comme celui de Patrick Galloway, peut-être aurait-il le moyen d'en savoir davantage, toujours à titre officieux.

D'où lui venait son intérêt pour cette affaire ? En partie parce que Meg était concernée, mais surtout à cause des photos. À cause de l'homme lui-même, transformé en bloc de glace depuis seize ans et préservé par le gel avec les détails de sa mort. C'est lui qui détenait les réponses, si on savait où regarder. Avait-il lutté ou été surpris ? Connaissait-il son ou ses assassins ? Pourquoi était-il mort ?

Il refermait le dossier quand Peach frappa à la porte.

— Deb a coincé deux gamins en train de voler dans les rayons du bazar. Peter est libre. Vous voulez qu'il aille les chercher ?

— Oui. Prévenez les parents, qu'ils viennent eux aussi. Qu'est-ce qu'ils ont pris ?

— Des BD, des barres de chocolat et un pack de bière. Ils devraient pourtant savoir que Deb a un œil de lynx. Jacob Itu vient d'arriver. Il demande à vous voir, si vous avez une minute.

— Bien sûr. Faites-le entrer.

Avec sa peau recuite par le gel et le soleil, ses pommettes saillantes et ses yeux légèrement bridés, Jacob Itu aurait pu servir de modèle au sculpteur désireux d'élever une statue à la gloire des natifs de l'Alaska. Nate estima qu'il approchait de la soixantaine. D'allure athlétique, il avait conservé une santé et une forme susceptibles de rendre jaloux bien des hommes plus jeunes.

— Monsieur Itu, lui dit-il en lui désignant une chaise, que puis-je pour vous ?

— Patrick Galloway était mon ami.

— Je sais. Café ?

— Non, merci.

— Le corps n'a pas encore été redescendu de la montagne, commença Nate, qui répétait la même chose à tout le monde depuis trois jours. La police de l'État a ouvert une enquête.

Lorsque l'identification sera certaine, les proches seront officiellement avisés.

— Meg n'a pas pu se tromper, elle a reconnu son père.

— Vous avez raison.

— Vous ne pouvez pas laisser les autres faire justice de ce crime.

Ce raisonnement avait eu pour lui force de loi – une loi qui avait entraîné la mort de son ami dans une ruelle de Baltimore.

— Je ne suis pas chargé de l'enquête et l'affaire est en dehors de ma juridiction.

— Il était des nôtres, sa fille l'est encore. Quand vous êtes arrivé, vous vous êtes adressé à la population de cette ville et vous lui avez promis de faire votre devoir à son service.

— Je l'ai dit et je le ferai. Je n'abandonne pas l'affaire, seulement je suis très mal placé pour intervenir avec efficacité, en ce moment du moins.

— Quand vous étiez en bas, vous vous occupiez des crimes.

— Oui, mais je n'y suis plus. Avez-vous vu Meg ?

— Oui. Elle est forte. Elle se servira de sa peine pour se rendre plus forte, pas pour se laisser abattre.

Comme moi ? se demanda Nate. Malgré son regard perçant, cet homme ne pouvait toutefois pas voir en lui.

— Parlez-moi de Galloway. Avec qui aurait-il fait l'ascension ?

— Ceux qu'il connaissait.

— Ils étaient plusieurs ?

— Pour une ascension de la Sans Nom en hiver, il faut être au moins trois. Pat était imprudent, impulsif, mais il n'aurait pas essayé de monter s'ils n'avaient pas été trois. Il ne serait pas non plus parti avec des étrangers. Mais il se faisait facilement des amis, ajouta Jacob avec un léger sourire, le premier depuis son arrivée.

— Des ennemis aussi ?

— L'homme qui possède ce que d'autres convoitent se fait des ennemis.

— Que possédait-il que les autres n'avaient pas ?

— Une belle femme. Une fillette dégourdie. Une insouciance et un manque d'ambition qui lui permettaient de faire ce qu'il voulait.

— Charlene avait-elle des rapports avec d'autres hommes ?
— Je ne crois pas.
— Et lui ?
— Il a pu s'offrir une passade de temps à autre, comme beaucoup d'hommes quand ils ne sont pas chez eux. S'il en a eu en ville, il ne m'en a jamais parlé, en tout cas.
— Il n'avait pas besoin de vous en parler, vous l'auriez su. Les autres aussi. Une ville comme celle-ci a sans doute ses secrets, mais les secrets de ce genre ne restent jamais enterrés très longtemps. Consommait-il régulièrement des drogues ?
— Il faisait pousser un peu de cannabis pour son usage personnel, mais il ne trafiquait pas.
— Rien que du cannabis ? s'étonna Nate. Personne ne lui fera des ennuis pour ça maintenant, ajouta-t-il en voyant Jacob hésiter.
— Disons qu'il ne refusait pas de goûter à autre chose si l'occasion se présentait.
— Avait-il un dealer attitré, à Anchorage par exemple ?
— Je ne crois pas. Il avait rarement assez d'argent pour se permettre un tel luxe. Charlene tenait les cordons de la bourse et elle les tenait serrés. Pat aimait la montagne, la pêche, les randonnées. Il aimait voler, aussi, mais apprendre à piloter ne l'intéressait pas. Il travaillait quand il avait besoin d'argent. Il détestait les règles, les lois, les contraintes. Beaucoup de ceux qui vivent ici pensent la même chose. Il ne vous aurait pas compris.

Pour Nate, il s'agissait surtout de comprendre Patrick Galloway. Il posa encore quelques questions à Jacob Itu, nota ses réponses qu'il classa dans le dossier. Après son départ, il lui restait à traiter le cas plus prosaïque des deux jeunes voleurs à l'étalage, ce qui, avec une paire de skis mystérieusement disparus et le constat d'un banal accrochage, suffit à l'occuper jusqu'à la fin de la journée. Il s'était réservé la soirée, Peter et Otto assuraient la permanence. À moins qu'un tueur en série ne sévisse pendant la nuit, il était donc libre jusqu'au lendemain matin. Meg avait eu ses quelques jours de solitude. Il espérait qu'elle était maintenant prête à le recevoir.

Il commit l'erreur de passer au *Lodge* prendre une trousse de toilette pour le cas où il resterait chez Meg. Charlene surgit dans sa chambre alors qu'il finissait de se préparer et alla d'autorité s'asseoir sur le lit.

— Il faut que je vous parle.

Elle portait, comme d'habitude, un sweater et un pantalon trop petits d'une taille pour mieux mouler ses formes et les talons aiguilles sur lesquels elle aimait se déhancher – sauf que l'ensemble était noir.

— Bien sûr. Si nous descendions prendre un café ?
— Non, c'est confidentiel. Voulez-vous fermer la porte ?

Il s'exécuta mais resta à côté, prêt à toute éventualité.

— Je vous demande d'aller à Anchorage, reprit Charlene, dire aux gens de la police qu'ils doivent me rendre le corps de Pat.

— Voyons, Charlene, ils ne l'ont pas encore redescendu.

— Je sais, je passe mon temps au téléphone avec ces bureaucrates obtus. Ils font exprès de le laisser là-haut.

Voyant les yeux de Charlene s'emplir de larmes, Nate chercha en hâte du regard un mouchoir, une serviette, n'importe quoi. Finalement, il prit dans la salle de bains le rouleau de papier hygiénique, qu'il lui mit dans la main.

— Écoutez, Charlene, envoyer une équipe là-haut pour redescendre le corps n'est pas une opération facile, répondit-il, s'abstenant d'ajouter que quelques jours de plus ou de moins n'avaient aucune importance à ce stade. J'en ai moi-même parlé au sergent Coben ce matin. Si le temps s'éclaircit et si le vent se calme, il espère pouvoir envoyer ses gens demain.

— Ils me répètent que je ne fais pas partie de la famille parce que nous n'étions pas mariés, gémit Charlene en s'essuyant les yeux.

— Peut-être, mais Meg...

— Elle est née illégitime. Ils vont envoyer le corps à ses parents, sur la côte est. C'est trop injuste ! Il les avait quittés, non ? Moi, il ne m'a pas abandonnée, du moins pas exprès. Ces gens-là me haïssent, ils ne voudront jamais me le rendre.

— Vous leur en avez parlé ?

Ses larmes se tarirent comme par enchantement.

— Bien sûr que non ! Pour eux, je n'existe même pas. Oh ! Ils ont bien voulu parler à Meg trois ou quatre fois et lui donner un peu d'argent pour ses vingt et un ans – une misère, alors qu'ils roulent sur l'or. Ils ne se sont jamais donné la peine de s'intéresser à Pat de son vivant, mais vous pouvez parier qu'ils voudront le récupérer maintenant qu'il est mort. Et moi, je le veux. Je le veux !

Nate ne put faire autrement que s'asseoir à côté d'elle sur le lit.

— Bon, ne nous emballons pas, répliqua-t-il d'un ton apaisant. Je garde le contact avec Coben, et je peux déjà vous dire que les autorités ne relâcheront pas le corps avant un bon moment. Et Meg, sa fille, a autant de droits que les parents.

— Pff ! Elle ne se battra pas pour lui. Elle se moque de ce genre de choses.

— Je lui parlerai.

— Qui pouvait vouloir tuer Pat ? enchaîna Charlene en reniflant de plus belle. Il ne faisait jamais de mal à personne. Sauf à moi, précisa-t-elle avec un petit rire qui ressemblait à un sanglot. Mais ce n'était pas exprès. Il ne voulait pas faire pleurer les gens ni les mettre en colère.

— Il mettait beaucoup de gens en colère ?

— Surtout moi. Il me rendait folle. Mais je l'aimais à la folie.

— Si je vous demandais de fouiller dans votre mémoire, Charlene, de remonter en arrière jusqu'aux jours, aux semaines avant son départ, de vous souvenir des détails, même des plus petits, le pourriez-vous ?

— Je peux essayer. C'était il y a si longtemps, cela me paraît maintenant à peine réel.

— Essayez, faites votre possible. Prenez deux ou trois jours pour réfléchir, écrivez tout ce qui vous revient à la mémoire. Ce qu'il disait, faisait, les gens qu'il voyait, tout ce qui sortait de l'ordinaire, même un peu. Nous en reparlerons plus tard.

— Quand je pense, murmura-t-elle, qu'il était là-haut depuis tout ce temps... Combien de fois j'ai regardé cette montagne pendant ces années-là ? Maintenant, dès que je la vois, je repense à Pat. C'était plus facile quand je lui en voulais, vous savez.

Elle se moucha, se redressa.

— Je veux que son corps soit ramené ici, je veux l'enterrer ici. C'est ce qu'il aurait souhaité.

Considérant qu'elle était déstabilisée et ne pensait pas à le séduire, Nate en profita pour pousser l'interrogatoire.

— Nous ferons l'impossible pour y arriver. Parlez-moi donc aussi de Jacob Itu, Charlene.

— Que voulez-vous que j'en dise ? demanda-t-elle en se tamponnant les yeux.

— Qui il est, comment il est devenu l'ami de Pat. Plus j'en saurai, plus je pourrai agir efficacement. Jacob et lui étaient bons amis, n'est-ce pas ?

— Jacob est, comment dire ? ... un mystère pour moi. Je ne l'ai jamais compris.

À voir sa mine dépitée, cela signifiait sans doute qu'elle n'avait jamais réussi à l'attirer dans son lit. *Intéressant*, pensa-t-il.

— Il me donne l'impression d'être un solitaire.

— Peut-être. Pat et lui s'entendaient aussi bien parce que, je crois, Pat l'amusait, en un sens. Mais ils aimaient autant l'un que l'autre la chasse, la pêche, la montagne, toutes ces idioties de machos. Jacob et Pat disparaissaient quelquefois des semaines dans la nature pendant que je restais seule ici à m'occuper du bébé et à travailler et...

— Il y avait donc entre eux un lien solide, l'interrompit Nate pour mettre fin à ses récriminations rétrospectives.

— Ils détestaient tous les deux le gouvernement, l'autorité, comme tout le monde ici. Ils aimaient la liberté, la nature. Mais je crois qu'entre eux il y avait surtout Meg.

— Meg ?

— Eh bien voilà, commença-t-elle du ton de la commère s'apprêtant à dévoiler des potins affriolants. Jacob avait été marié très longtemps avant. Il avait dix-huit, dix-neuf ans, il vivait dans un petit village perdu dans la brousse. Ce que je sais, je le tiens de Pat, Jacob lui-même ne m'a jamais raconté grand-chose, précisa-t-elle d'un air ulcéré. Il me parlait à peine et...

— Donc Jacob avait été marié, intervint Nate afin de la remettre sur les rails.

— Avec une jeunette de la même tribu. Ils avaient grandi ensemble et tout et tout, la vieille histoire de l'âme sœur, vous voyez. La pauvre petite est morte en couches et son bébé aussi,

une fille. Elle avait accouché trop tôt, deux mois je crois, il y a eu des complications. Je ne me rappelle pas exactement ce qui s'est passé, mais on n'avait pas pu l'emmener à temps à l'hôpital. C'est triste, ajouta-t-elle avec sincérité. Vraiment triste.
— Très, approuva Nate.
— D'après Pat, c'est la raison pour laquelle Jacob est devenu pilote. S'il avait eu un avion ou avait pu en trouver un à temps, sa femme aurait peut-être été sauvée. Il est venu s'installer ici peu de temps après parce qu'il ne pouvait plus rester là où sa vie avait perdu son sens, selon lui. Bref, quand Jacob est arrivé et qu'il a vu Meg, il a prétendu que leurs esprits s'étaient parlé. Pourtant, commenta-t-elle en levant les yeux au ciel, Jacob ne buvait pas ni ne se droguait. Il disait ce genre de choses parce qu'il y croyait. Il a expliqué à Pat que Meg était sa fille spirituelle et Pat a trouvé ça très bien. Je pensais que c'était bizarre, pour ne pas dire plus, mais Pat était ravi car cela faisait de lui quelque chose comme le frère de Jacob.
— Leur arrivait-il de se disputer ? Au sujet de Meg, par exemple ?
— Pas que je sache. De toute façon, Jacob ne discute pas, il se contente de vous glacer d'un de ses longs regards indéchiffrables. Il a pris Meg sous son aile quand Pat est parti. Mais bien sûr, mon pauvre Pat n'est jamais parti, ajouta-t-elle avec un nouveau flot de larmes. Il n'est pas revenu parce qu'il était mort.
— Je suis désolé d'avoir ravivé votre peine, Charlene, et je vous remercie de ces renseignements. Ils me seront précieux.
— Parlez à Meg, implora Charlene en se levant. Dites-lui qu'il faut faire comprendre à ces gens de Boston que Pat doit reposer ici, avec les siens. Parlez-lui parce que moi, elle ne m'écoute pas. Elle ne m'a jamais écoutée et ne m'écoutera jamais. Je compte sur vous, Nate.
— Je ferai tout mon possible, je vous le promets.
Charlene parut s'en satisfaire et se retira. Resté seul assis au bord du lit, Nate se demanda s'il ne s'était pas laissé prendre entre le marteau et l'enclume de ces deux femmes aussi compliquées l'une que l'autre.

Il n'appela pas Meg avant de partir de peur qu'elle refuse de le recevoir ou décide de ne pas répondre au téléphone. En arrivant à l'improviste, il risquait au pire de se faire éconduire. Il pourrait au moins voir si elle allait bien.

Il entendit la musique avant même d'avoir tourné dans le chemin. Elle remplissait la nuit comme les lumières de la maison, toutes allumées, semblaient vouloir repousser l'obscurité. Il pensa que c'était un opéra, style de musique qui n'était pas son fort mais qui lui parut à la fois étrangement bouleversant et exaltant.

Meg avait dégagé dans la neige un passage de près d'un mètre de large, au prix d'efforts qu'il n'imaginait que trop bien. Le coffre à bois dans l'entrée était rempli de bûches. Compte tenu du niveau sonore, il renonça à frapper et tourna la poignée de la porte. Comme elle n'était pas fermée à clé, il entra, appela. Les chiens, qui dormaient malgré le bruit assourdissant, bondirent à sa rencontre, lancèrent deux ou trois aboiements par acquit de conscience puis vinrent se faire cajoler en frétillant de la queue. Nate leur prodigua les caresses demandées.

— Vous me reconnaissez, hein ? Où est votre maman ?

Il renouvela ses appels, explora le rez-de-chaussée. De grands feux flambaient joyeusement dans les cheminées du salon et de la cuisine, où quelque chose de bon mijotait sur le fourneau. Il soulevait le couvercle de la casserole pour mieux sentir et, peut-être, goûter quand il vit par la fenêtre quelqu'un bouger dehors.

Emmitouflée de la tête aux pieds, Meg marchait d'une allure rendue pataude par ses raquettes. Soudain elle s'arrêta, leva le visage vers le ciel... et se laissa tomber de tout son long. Nate bondit, ouvrit la porte à la volée et se précipita en battant des bras pour conserver tant bien que mal son équilibre sur la neige tassée.

— Salut, fit-elle, étonnée de son apparition. D'où sors-tu ?

— Qu'est-ce qui t'arrive ? Tu t'es fait mal ?

— Pas du tout, j'avais juste envie de me coucher une minute dans la neige. Aide-moi donc à me relever.

Il lui tendit la main ; à cet instant, les chiens se ruèrent sur eux et ils tombèrent tous les uns sur les autres.

— Tu as laissé la porte ouverte, lui reprocha-t-elle en se relevant.

— Excuse-moi, je n'ai pas pris le temps de la refermer, je croyais que tu avais une attaque. Qu'est-ce que tu fais dehors par ce temps ?

— J'étais dans la grange en train de bricoler la vieille motoneige que j'ai achetée il y a six mois. Je lui donne de temps en temps un coup de clé anglaise.

— Tu sais réparer une motoneige ?

— J'ai des talents aussi variés qu'innombrables.

— Je m'en doutais déjà, dit-il en riant.

Rien qu'en la regardant, il sentait s'évanouir les contrariétés de sa journée.

— Rentrons, j'ai besoin de boire un verre. Tu passais juste dans le quartier ? demanda-t-elle avec un regard soupçonneux.

— Non.

— Tu venais prendre de mes nouvelles ?

— Oui. J'espérais aussi une invitation à dîner.

— Tu n'espères rien d'autre ?

— Si.

— Tant mieux, moi aussi.

Elle se déchaussa de ses raquettes, enleva sa parka.

— Oh ! Tes cheveux ! s'exclama-t-il.

— Quoi, mes cheveux ?

— Tu les as coupés. Ça te rend... plus jeune et toute mignonne.

Ils lui arrivaient maintenant à peine sous les oreilles et, peut-être parce qu'ils étaient plus courts, paraissaient plus fournis.

— J'avais envie de changer, c'est tout. Merci du compliment.

Elle entra, traversa le salon, sortit d'un buffet une bouteille de vin et deux verres, les remplit, lui en tendit un.

— C'est bon de te revoir, Burke.

Il posa son verre sur le buffet, lui prit le sien qu'il posa à côté, se pencha vers elle et lui donna un long baiser. La paisible tendresse du début fit bientôt place à la chaleur du désir partagé. Ce fut lui qui s'écarta le premier.

— C'est bon de t'embrasser, Meg.

— Je ne te contredirai pas sur ce point, approuva-t-elle.

— Je m'inquiétais pour toi. Tu ne veux pas me l'entendre dire, je sais, ça t'agace, mais je n'y peux rien. Nous parlerons de tout cela quand tu le voudras bien, rien ne presse.

Elle apprécia la patience dont il faisait preuve. Une patience proche de la ténacité.

— Autant en finir le plus vite possible. Aide-moi à préparer la salade, veux-tu ?

— Je ne suis pas très doué dans une cuisine.

— Si tu veux revenir me voir, il faudra que tu fasses un effort. Tiens, pèle donc ces carottes, ordonna-t-elle en lui tendant un couteau.

Tandis qu'il s'exécutait sans maladresse excessive, elle sortit du frigo une laitue et entreprit de la laver.

— Dans certaines cultures primitives, reprit-elle, les femmes se coupent les cheveux en signe de deuil. Ce n'est pas pour cela que je l'ai fait. Mon père a disparu depuis longtemps, je m'y étais habituée à ma manière. Maintenant, ce n'est plus pareil. Le crime change tout, plus que sa mort elle-même. La mort est un événement naturel. On préfère la vie, bien sûr, mais la mort fait partie d'un cycle auquel personne ne peut échapper. J'aurais pu me résigner à sa mort, je ne peux pas admettre son assassinat. Je compte donc harceler les flics de l'État et te harceler toi jusqu'à ce que j'obtienne satisfaction. Tu me trouveras peut-être moins excitante, mais c'est à prendre ou à laisser.

— Je prends. Aucune femme ne m'a excité depuis longtemps, il est grand temps que je m'y remette.

— Pourquoi tu ne t'es pas excité sur les femmes ? Elles jugeaient tes performances insuffisantes ?

— Ce n'est pas une question à poser devant une laitue.

Elle pouffa de rire, lui prit des mains une carotte qu'il massacrait.

— Revenons au crime, cela vaudra mieux.

— Qui les a emmenés là-haut ? demanda-t-il.

— Que veux-tu dire ?

— Ils ont eu besoin d'un pilote pour les déposer au camp de base.

— Flic jusqu'au bout des ongles... Bonne question. J'ignore

la réponse et elle ne sera sans doute pas facile à trouver, au bout de tout ce temps. Mais Jacob et moi devrions y arriver.

— Celui qui a emmené trois hommes n'en a redescendu que deux et ne l'a pas signalé. Pourquoi ?

— Exact. Il va falloir le découvrir. Voilà au moins une direction dans laquelle orienter nos recherches.

— Les enquêteurs officiels vont poser les mêmes questions et orienter leurs recherches dans la même direction. Tu préféreras peut-être consacrer ton temps à des problèmes plus personnels.

— Comme récupérer le corps et lui donner la sépulture que Charlene réclame ? suggéra-t-elle en découpant un chou rouge en lanières. Elle m'a assez cassé les oreilles avec ça, c'est pourquoi j'ai cessé de répondre au téléphone. Se battre autour d'un cadavre est idiot et inutile, à mon sens. D'autant que Charlene ne sait même pas si la famille a l'intention de s'opposer à ce qu'il soit enterré ici.

— Tu as fait leur connaissance ?

Elle alluma le feu sous une casserole d'eau avant de répondre.

— Sa mère m'a contactée deux ou trois fois. Quand elle m'a offert de me payer le voyage pour les rencontrer, j'ai été assez curieuse pour accepter – cela rendait Charlene folle de rage. Dans l'ensemble, ils ne sont pas trop mal. Snobs, prétentieux, pas le genre de gens que j'aimerais fréquenter longtemps, mais ils ont été corrects avec moi. Ils m'ont donné de l'argent. Assez, en tout cas, pour payer l'acompte sur l'achat de mon avion et de cette maison. Je ne suis pas une ingrate, je leur dois au moins cela.

Elle s'interrompit le temps de remplir son verre, d'en boire pensivement une gorgée.

— Je ne pense pas qu'ils exigeront le retour du corps dans l'est pour le plaisir de contrarier Charlene. Elle préfère le croire parce qu'elle cherche tous les prétextes pour les haïr. De leur côté, ils s'amusent, en un sens, à faire comme si elle n'existait pas. Les uns et les autres ont trouvé ce moyen pour donner à mon père une importance qu'il n'avait pas en réalité.

Nate ne soufflait mot.

— Le silence fait partie de tes techniques d'interrogatoire ? s'enquit-elle.
— Dans certains cas, peut-être. Cela s'appelle aussi écouter.
— Je connais une seule personne capable d'écouter aussi bien que toi : Jacob. C'est une qualité que j'apprécie. Mon père m'écoutait aussi, de temps en temps. Selon son humeur du moment, je le voyais décrocher si je lui parlais trop longtemps. Il restait jusqu'au bout mais il n'entendait plus. Jacob, si. Bref, enchaîna-t-elle après un soupir désabusé, Patrick Galloway était un irresponsable qui se foutait des sentiments des autres. Je l'aimais, il ne se foutait pas vraiment des miens, mais il s'est conduit comme un salaud envers sa famille. Quels qu'aient été leurs torts, ils ne méritaient pas que leur fils prenne le large sans un mot d'excuse ni d'explication avant même son dix-huitième anniversaire. Il a aussi été salaud envers Charlene, il la laissait se coltiner le sale boulot et gagner le plus gros de l'argent du ménage. Elle l'aimait, c'était une croix qu'elle acceptait de porter. Je ne sais pas si lui l'aimait.

Elle jeta des spaghettis dans l'eau bouillante, ajusta la flamme.

— Il serait sans doute parti s'il n'avait pas été tué avant d'avoir eu le temps de nous plaquer, reprit-elle. Enfin, je n'en suis pas sûre, et il n'a jamais eu la possibilité de prendre cette décision. Tout ce qui compte pour moi, c'est de retrouver celui qui l'a privé de sa liberté de choix, pas de savoir où il sera enterré.

— Simple bon sens.
— Je ne suis pas une femme sensée, Burke. Je suis foncièrement égoïste, tu t'en rendras compte assez tôt. Prends le pain dans ce tiroir. Il est frais de ce matin.
— Je ne savais pas que tu étais allée en ville.
— Je n'y suis pas allée, je l'ai fait moi-même. J'avais besoin de solitude. Quand je suis seule, faire du pain est une des activités que je pratique, elle m'évite de m'apitoyer sur mon sort.
— Je n'ai jamais rencontré personne qui sache faire du pain. Ou piloter un avion. Ou retaper une motoneige.
— Mes talents sont variés et innombrables, je te l'ai déjà dit. Je t'en dévoilerai quelques-uns tout à l'heure, au lit. Remplis les verres, veux-tu ? Nous allons passer à table.

Était-ce l'atmosphère de la maison ou la personnalité de Meg ? Nate ne se souvenait pas d'un repas plus agréable et plus détendu. Si elle prétendait ne pas être « sensée », il voyait les preuves du plus solide bon sens dans la manière dont elle menait son existence, gérait sa peine et canalisait sa colère. Jacob avait dit qu'elle était forte. Nate se demandait si elle n'était pas la personne la plus forte qu'il eût jamais connue. Et la mieux dans sa peau.

Elle le fit parler de sa journée. Il avait tellement pris l'habitude pendant son mariage de ne pas mêler sa vie professionnelle à sa vie privée qu'il eut du mal à répondre, mais elle voulait l'écouter à son tour, commenter, rire de ses aventures. Pendant ce bavardage amical presque futile, il ne cessait toutefois d'éprouver le magnétisme sensuel qu'elle exerçait sur lui et qui lui chauffait le sang. Il lui démangeait de mettre les mains sur ses cheveux, de mordre la nuque nouvellement dévoilée. Malgré cette tension, il sentait le poids des frustrations de sa journée de travail lui glisser des épaules.

Au bout d'une heure, Meg se leva.

— Peux-tu faire sortir les chiens pendant que je débarrasse ? Ils aiment courir le soir avant de dormir.

Puis, une fois la cuisine rangée et les chiens couchés dans leur coin habituel, elle l'entraîna dans l'escalier, le ceintura de ses deux bras en haut des marches, le poussa vers la chambre.

— Prends-moi, Nate. Je t'ai désiré tout le temps où j'étais seule.

Pendant sa cure de solitude, elle avait eu physiquement et moralement besoin de sa présence – sentiment si nouveau pour elle qu'elle le découvrait avec un plaisir intense.

— Je pense sans cesse à toi. Il m'arrive de te voir nue quand je prépare les tours de permanence avec Peach. C'est gênant.

Elle pouffa de rire, lui mordilla le menton.

— J'aime que tu me voies nue aux plus mauvais moments ! Qu'est-ce que tu attends pour me mettre dans cet état ?

Il commença à lui retirer son sweater.

— J'aime aussi te voir habillée, murmura-t-il en souriant.

Le contact de sa peau douce et tiède sous les épaisseurs de laine et de coton alluma en lui, plus que du simple désir, un sentiment en hibernation depuis trop longtemps. Il sentit qu'il pouvait se perdre en elle sans se croire perdu, sans craindre de ne plus se retrouver. Et quand sa bouche se posa sur la sienne, y goûta à la fois l'abandon et l'exigence, il fut comblé.

Elle était prête à lui donner ce dont il avait besoin, sentiment rare chez une femme qui avait toujours satisfait ses propres exigences. Cette fois, elle désirait le rassasier dans l'espoir d'effacer la tristesse qui transparaissait toujours dans son regard, elle se sentait capable de lui offrir tout ce qu'une femme peut offrir à un homme. Car elle sentait dans la chaleur de ses lèvres et la fièvre de ses mains davantage que la simple quête du plaisir. Si elle en éprouvait une certaine crainte, elle décida de ne pas en tenir compte. Le temps des inquiétudes et des regrets viendrait toujours assez tôt.

Ombres

« *Suivez une ombre, elle vous fuira ;
Semblez la fuir, elle vous suivra.* »

Ben JONSON

« *L'ombre des événements à venir
se projette avant eux.* »

Thomas CAMPBELL

12

Meg aimait parfois rester paisiblement étendue dans l'obscurité, surtout quand elle était repue de plaisir. L'horloge de son bureau, au bout du couloir, sonna neuf heures. Trop tôt pour dormir. Trop lasse pour bouger. Le moment idéal, en somme, pour satisfaire sa curiosité sur l'homme couché à côté d'elle.

— Pourquoi te trompait-elle ? demanda-t-elle de but en blanc.

— Hein ?

— Ton ex-femme. Pourquoi t'a-t-elle trompé ?

Elle le sentit bouger, s'écarter un peu. *Un psy*, songea-t-elle, *en tirerait sans doute des conclusions.*

— Je ne devais pas lui donner ce qu'elle souhaitait.

— Au lit, en tout cas, tu es mieux que parfait. Attends une seconde, je reviens tout de suite.

Décidée à le faire parler coûte que coûte, elle se leva, enfila un peignoir et alla chercher une bouteille de vin et deux verres. Quand elle revint, il s'était rhabillé et mettait des bûches dans la cheminée.

— Il vaudrait peut-être mieux que je…

— Si tu allais dire « que je parte », l'interrompit-elle, pas question. Je n'en ai pas fini avec toi. Il est grand temps que tu me racontes enfin ta longue et triste histoire. Autant commencer par ton ex, puisqu'elle est à la racine du mal.

— Je n'en suis pas si sûr.

— Vous étiez mariés et elle te trompait, insista Meg. Alors ?
Elle remplit les deux verres, lui en tendit un, s'assit sur le lit. Il hésita avant de la rejoindre.
— Je ne la rendais pas heureuse. Être la femme d'un flic n'est pas de tout repos.
— Pourquoi ?
— D'abord, parce que le métier vous accapare. Les horaires sont impossibles. Si on fait des projets, on doit les annuler plus d'une fois sur deux. On rentre tard à la maison, la tête encore pleine de l'enquête en cours. Et en travaillant à la criminelle, on traîne la mort derrière soi, même involontairement.
— Je te crois. Dis-moi, tu étais déjà flic quand vous vous êtes mariés ?
— Oui, mais...
— Non, c'est moi qui pose les questions. Depuis combien de temps vous vous connaissiez avant de sauter le pas ?
— Je ne sais pas. Un an, presque deux.
— Elle était idiote ? Elle avait l'esprit obtus ?
— Mais non, voyons !
— Je cherche seulement à te faire remarquer qu'il faut être bouchée pour fréquenter un flic pendant plus d'un an sans avoir compris les règles du jeu.
— Possible. Cela ne signifie pas pour autant qu'on est forcé d'aimer ces règles ou de vouloir se les appliquer à soi-même.
— Tout le monde a le droit de changer d'avis, bien sûr. Je pense malgré tout qu'elle t'a épousé en sachant à quoi elle s'engageait. En prendre ensuite prétexte pour te tromper ou rejeter sur toi seul la responsabilité de l'échec de votre mariage est franchement dégueulasse.
— Comment sais-tu qu'elle m'en rendait seul responsable ?
— Parce que je te regarde, mon chou. Je me trompe ?
Il baissa les yeux, but une gorgée de vin.
— Non.
— Et tu l'as laissée faire ?
— Je l'aimais, avoua-t-il.
Ses beaux yeux bleus voilés de compassion, elle lui caressa une joue, passa la main dans ses cheveux en désordre.
— Pauvre Nate... Elle t'a brisé le cœur et poignardé dans le dos. Alors, qu'est-il arrivé ?

— J'étais conscient que rien ne fonctionnait plus, mais j'ai fait comme si ça allait s'arranger. J'aurais dû réagir plus tôt.
— Au lieu de ça, tu as laissé courir.
— Tu es dure, dit-il avec un bref éclat de rire.
— Tiens, voilà pour te consoler, répliqua-t-elle en lui donnant un petit baiser sur la joue. Tu n'as donc pas fait assez attention aux fissures de la glace, du moins c'est ce que tu crois. Ensuite ?
— Les fissures sont devenues des crevasses. J'ai cru que je pourrais me réserver du temps libre, voyager avec elle, découvrir le monde. Ça ne l'intéressait pas. J'aurais voulu des enfants, nous en parlions avant de nous marier, mais elle n'en voulait plus. Nous en avons discuté souvent... Tout n'est pas entièrement sa faute, Meg.
— Ce n'est jamais la faute d'une seule personne.
— Un soir, j'étais rentré tard à la maison à la fin d'une journée plus pénible que d'habitude. Une fusillade entre deux bandes rivales, une femme et ses deux enfants tués par des balles perdues. Elle m'annonce qu'elle veut divorcer, elle en a marre d'attendre que je veuille bien revenir, marre de rester toujours au second plan, etc. J'ai explosé, elle aussi. Il est ressorti de la dispute qu'elle en aimait un autre – notre avocat, par-dessus le marché ! – et que ça durait depuis des mois. Elle me sort tous ses griefs et conclut en me disant qu'elle ne veut plus de moi dans l'appartement. D'ailleurs, elle avait déjà bouclé mes valises.
— Qu'est-ce que tu as fait ?
— Je suis parti. Je venais de voir une femme de vingt-six ans et deux malheureux gosses de huit et dix ans morts pour rien, je venais de m'engueuler pendant une heure avec Rachel, je n'avais plus la force de continuer. Alors, je suis remonté dans ma voiture, j'ai tourné en rond pendant un moment et j'ai fini par atterrir chez mon équipier. J'ai couché quelques nuits sur son canapé.

Meg s'abstint d'exprimer son opinion, selon laquelle c'est Rachel qui aurait dû aller coucher sur un canapé après avoir reçu, pour sa peine, un bon coup de pied quelque part.

— Et après ?
— Elle a lancé la procédure, nous avons réglé sans trop de

mal le partage de nos biens et nous sommes partis chacun de notre côté. De toute façon, d'après elle, j'étais marié à mon job, elle était superflue dans ma vie. Fin de l'histoire.

— Je n'en crois rien. Un type comme toi peut se laisser abattre un moment, mais il finit par se fâcher et par décider de réagir. Pourquoi n'as-tu rien fait ?

Il se leva, marcha vers la fenêtre.

— Qui te dit que je n'ai rien fait ? J'ai passé une année pénible, une longue année plus que pénible. Ma mère a eu vent de mon divorce en cours et m'est tombée dessus comme une tonne de briques.

— Pourquoi ?

— Elle aimait bien Rachel et avait vu d'un mauvais œil mon entrée dans la police. Mon père a été tué en service commandé quand j'avais dix-sept ans, elle ne s'en est jamais remise. Elle réussissait à être une femme de flic, elle n'a pas été capable d'être une veuve de flic et ne m'a jamais pardonné d'avoir voulu être comme mon père. Elle s'était mis en tête que mon mariage avec Rachel ferait de moi quelqu'un d'autre. Je n'ai pas changé, bien sûr, mais elle est restée convaincue, elle aussi, que notre échec était ma faute. À cause de son attitude, je me suis de plus en plus enfermé dans mon travail.

— Et après ?

— Je croyais m'en être sorti quand Rachel s'est remariée, répondit-il en revenant s'asseoir près de Meg. Je ne m'attendais pas à ce que ça me fasse un tel coup ; j'en ai été sonné. Un soir, Jack, mon équipier, m'a emmené boire un verre à la fin du service et m'a écouté vider ce que j'avais sur le cœur. Jack était marié, père de famille, il aurait dû être au lit avec sa femme au lieu de se trouver dans un bar avec moi au milieu de la nuit. Quand nous sommes sortis, nous avons vu à moins de vingt mètres un dealer de drogue et deux clients. Par réflexe plutôt que par devoir, puisque nous n'étions pas en service, nous nous sommes approchés. Les clients ont détalé, le dealer s'est mis à tirer, nous l'avons poursuivi et j'ai été touché.

— Tes cicatrices sur le côté droit et la jambe ?

— Oui. Je suis tombé à cause de la balle dans la jambe, mais j'ai crié à Jack que tout allait bien et j'ai appelé des renforts sur mon portable. Jack était touché au ventre, à la poitrine. Je me relevais pour aller à son secours quand le type est revenu et m'a encore tiré dessus. Une simple égratignure au torse, en réalité. J'ai vidé mon chargeur sur lui, c'est du moins ce qu'on m'a raconté après. Je me souviens seulement d'avoir pu ramper jusqu'à Jack et de l'avoir vu mourir. Il est mort là, sous mes yeux, en disant mon nom et celui de sa femme. Le souvenir de ces quelques minutes me hante toutes les nuits.

— Et tu te reproches sa mort.

C'était moins une question qu'une constatation.

— Il n'aurait pas dû être là.

Elle aurait voulu le prendre dans ses bras, le bercer comme un enfant, erreur qu'elle ne se permit pas de commettre. Elle se borna donc à poser légèrement une main sur sa cuisse.

— Je ne vois pas les choses de la même façon. Chaque fois qu'une personne fait un choix, celui-ci le pointe dans une direction qui aboutit quelque part. Tu n'aurais pas été là toi non plus si ta femme t'attendait à la maison. Tu peux donc aussi bien le lui reprocher à elle ou au type avec qui elle te trompait. Tu peux surtout jeter le blâme sur l'individu qui vous a tiré dessus et a tué ton ami. En fin de compte, c'est lui le seul vrai coupable.

— Je sais, Meg. Je l'ai déjà entendu dire mille fois et je me le suis dit moi-même. Mais cela ne change rien à ce que j'éprouve quand les remords décident de me tomber dessus. J'étais dans un trou noir, au fond d'un gouffre dont j'essaie encore de sortir. Quelquefois j'y arrive presque, je me vois accroché au bord, prêt à sauter dehors. Et puis, quelque chose me rattrape et me tire de nouveau vers le bas.

— Tu as suivi une thérapie ?

— Oui, l'administration me l'a imposée.

— Tu prends des médicaments ?

— Je ne les aime pas. Ils me déstabilisent, je ne peux pas travailler convenablement quand j'en prends. Et si je ne suis plus capable de rien, à quoi bon avoir subi tout ça ? Je ne pouvais pas non plus rester à Baltimore. Boucler des enquêtes que Jack et moi avions commencées ensemble, voir quelqu'un d'autre derrière son bureau, savoir qu'il laisse derrière lui une femme et des enfants...

— Alors, tu es venu ici, enchaîna-t-elle.

— Oui, pour m'enterrer vivant. Mais il s'est passé des choses. J'ai vu les montagnes. Les aurores boréales.

À l'expression de Meg, il sut qu'elle avait compris ; il n'avait pas besoin d'en dire davantage. Cependant il poursuivit :

— Et je t'ai vue, toi. J'ai réagi comme pour le reste. Quelque chose en moi a exigé de revivre. Je ne sais pas comment cela tournera entre nous ni si je suis celui qu'il te faut. C'est un pari risqué.

— J'aime prendre des risques. Nous verrons bien.

— Maintenant, il faut que je m'en aille.

— Pas question. Voilà ce que nous allons faire : nous allons sortir, plonger dans le bassin et revenir ici sans nous rhabiller.

— Sortir par ce froid ? Plonger dans de l'eau glacée ?

— L'eau est chaude. Secoue-toi un peu, Burke ! Cela te stimulera.

Et noiera peut-être une partie de ton cafard, espéra-t-elle.

— Je serais aussi bien stimulé en restant au lit.

— Viens, insista-t-elle en le tirant par la main.

Il dut reconnaître qu'elle avait raison. La pure folie de sortir nu dans le froid glacial, le choc du plongeon dans l'eau chaude, la sensation excitante d'être tous les deux nus sous un ciel constellé d'étoiles où se déployaient les draperies ondoyantes d'une aurore boréale, cette expérience l'exalta par sa nouveauté. Dans l'eau jusqu'au cou, la tête appuyée sur la margelle, il laissait l'aurore boréale emplir son champ de vision jusqu'à ne rien voir d'autre.

— Tu fais cela souvent ? demanda-t-il.

— Deux fois par semaine, quand je peux.

— C'est fabuleux... Tu t'y habitues ? Tu ne t'en lasses pas ?

— M'en lasser, sûrement pas. J'y suis si bien habituée que j'en arrive à croire que ces lumières m'appartiennent.

— Je les regarde presque toutes les nuits. Et c'est vrai, quand je suis seul dans les rues désertes, j'ai moi aussi l'impression qu'elles m'appartiennent.

Ce soir-là, les draperies étaient de couleur lavande, traversées de tourbillons bleu roi et de traînées rouges.

Il se rapprocha de Meg, lui prit la main.

— Tu trouverais ça bizarre si je tombais amoureux de toi ?

Elle garda le silence un long moment.

— Je ne sais pas. Peut-être.
— Je m'en sens capable et ça m'étonne. Je me croyais trop vidé de tout pour éprouver encore un sentiment.
— Il te reste encore pas mal de choses, à mon avis. De mon côté, je ne sais pas si j'ai en moi de quoi te suivre dans cette direction.
— Eh bien, dit-il en souriant, nous le découvrirons ensemble.
— Tu ferais mieux, je crois, de ne pas penser à l'avenir et de te concentrer sur l'instant présent, de profiter de ce qu'il t'apporte.
Au-dessus d'eux, les traînées rouges devenaient plus vives et grignotaient le tendre ton lavande.
— Tu le fais, toi ? Vivre dans le présent ?
— Bien sûr.
— Non, je ne te crois pas. Tu ne peux pas mener tes affaires sans bâtir pour l'avenir.
— Les affaires sont les affaires. La vie, c'est autre chose.
— Pas pour des gens comme toi et moi. Le travail *est* la vie. C'est notre problème, ou une de nos vertus, selon le point de vue.
Elle l'observa, les sourcils froncés.
— L'eau chaude te rend philosophe, grommela-t-elle.
Les aboiements des chiens le dispensèrent de répondre.
— Qu'est-ce qu'ils ont ? s'étonna-t-il.
Elle écouta, les sourcils toujours froncés.
— Ils ont dû lever un renard ou un élan. Il est encore trop tôt dans la saison pour les ours. Je vais quand même les faire rentrer.

Il avait tout prévu, tout préparé – prévoyance et organisation sont le secret de la réussite. Bien caché au milieu des arbres, il avait observé la maison. Les chiens avaient aboyé avant de le reconnaître et s'étaient vite calmés. Il ne savait trop que penser des ébats érotiques du nouveau flic et de la fille de son vieil ami dans le bassin d'eau chaude. Peut-être était-ce une bonne chose. Une aventure amoureuse leur occuperait l'esprit. De toute façon, ce jeune prétentieux venu d'en bas n'était bon qu'à ramasser les ivrognes et à séparer les pugilistes, il n'avait guère à s'en inquiéter.

Bien sûr, il avait cessé depuis des années de s'inquiéter aussi de la découverte du corps. Il n'y pensait même plus. Cette vilaine affaire avait eu lieu dans un autre temps, un autre monde. Il y était devenu totalement étranger, elle n'aurait dû lui poser aucun problème. Et voilà, contre toute attente, que le problème se posait. Il fallait donc le régler.

Il était maintenant plus âgé, plus calme. Plus prudent, surtout. Il allait faire le nécessaire pour que rien ne remonte jusqu'à lui. Brouiller les pistes. Se protéger par tous les moyens. Éliminer les témoins gênants, les indésirables de tous bords. Et si l'un de ces derniers se trouvait être Meg Galloway, eh bien, il la mettrait hors d'état de lui nuire. Avec regret, certes, mais il serait obligé d'en passer par là. Rien ni personne ne devait menacer sa position si chèrement acquise. Inutile, d'ailleurs, de perdre du temps. Il était encore tôt, autant neutraliser tout de suite le risque le plus immédiat. Ensuite, il serait toujours temps d'aviser.

Dans le bureau obscur, il passa une dernière fois tout en revue. Non, il n'avait rien oublié, rien laissé au hasard. Il prenait quand même un risque important en se trouvant là au milieu de la nuit. S'il était découvert par hasard, il faudrait fournir des explications à sa présence ici à cette heure indue. Gênant, sans plus.

Il n'avait rien fait d'aussi dangereux depuis des années. Depuis qu'il était un jeune homme intrépide qui escaladait les montagnes avec un incroyable goût du risque. Un goût morbide ayant conduit les autres à le surnommer Dark pour son caractère intraitable et sa passion des défis insensés. Un goût qui le poussait au pire comme au sublime. Qui lui avait ordonné de tuer son meilleur ami.

Mais celui qui avait commis ce crime était un autre homme. Il s'était amendé, transformé. Ce qu'il s'apprêtait à faire cette nuit-là, il le ferait ni par plaisir ni par curiosité, mais afin de protéger l'homme innocent et respectable qu'il était devenu. Il en avait le droit. Le devoir. Aussi, lorsque son vieil ami arriva, il était d'un calme absolu.

Max Hawbaker sursauta en le découvrant assis à son bureau.

— Comment es-tu entré ?

— Tu ne fermes presque jamais la porte de derrière, répondit-il en se levant. Si je t'avais attendu dehors, on aurait pu me voir.

— D'accord, soupira Max en enlevant sa parka. C'est quand même idiot de se retrouver au journal à une heure pareille. Nous aurions aussi bien pu nous parler à la maison.

— Carrie nous aurait entendus. Tu ne lui en as jamais parlé, j'espère ? Tu me l'avais juré.

— Je n'ai rien dit, voyons ! Enfin, bon Dieu, tu m'avais raconté qu'il était tombé dans une crevasse, qu'il avait eu un coup de folie et coupé la corde.

— Je sais, mais je ne pouvais pas te révéler la vérité. C'était déjà assez horrible, non ? Tu délirais, tu étais malade à crever quand je suis revenu vers toi. Je t'ai sauvé la vie, Max. C'est moi qui t'ai redescendu.

— Je sais, mais...

— Je vais tout t'expliquer. Sors donc la bouteille que tu caches dans le tiroir de ce bureau. Nous en aurons besoin.

Max en avait en effet besoin. Il ne se fit pas prier pour prendre la bouteille et deux verres.

— Quand je pense qu'il était là-haut depuis tout ce temps ! Qu'est-ce que je suis censé croire ? Qu'est-ce que je suis censé faire ?

— Il a essayé de me tuer. J'ai encore du mal à le croire.

— Quoi, Pat ? Pat a essayé de te tuer ?

— Il jouait le rôle de Luke, tu te rappelles ? Plus il se dopait, plus il devenait fou. Ce n'était plus un jeu. Quand il est arrivé au sommet, il a voulu sauter et m'a presque entraîné avec lui dans le vide. Après, il a dit qu'il plaisantait, mais je savais qu'il ne plaisantait pas. Pendant la descente en rappel, il a sorti son couteau et a commencé à couper ma corde. Et il riait, bon Dieu ! Il riait comme un dément. J'ai eu tout juste le temps de me poser sur la corniche avant que la corde lâche.

— Je ne peux pas y croire. Je ne peux pas y croire...

— Je n'y croyais pas moi-même sur le moment. Il avait complètement perdu la raison. La drogue, l'altitude, je ne sais pas... J'ai réussi à entrer dans la grotte, j'étais paniqué, fou de rage contre lui. Il m'y a poursuivi.

— Pourquoi tu ne m'as rien dit avant ?

— J'étais presque sûr que tu ne me croirais pas. J'ai préféré me taire par facilité, c'est vrai. Tu en aurais fait autant.

— Peut-être, je ne sais pas...

Hébété, Max se passait nerveusement une main dans les cheveux.

— Tu avais choisi la facilité, toi aussi. Tu croyais qu'il était tombé au fond d'une crevasse et tu étais d'accord pour ne rien avouer à personne. Pat Galloway avait pris le large, il était Dieu sait où, point final.

— Je me suis souvent demandé pourquoi je me suis tu.

— Les trois mille dollars t'ont bien rendu service pour monter ton journal, non ?

Max rougit, fixa des yeux le fond de son verre.

— J'ai peut-être eu tort de les accepter. Je voulais tourner la page, laisser tout cela derrière moi, prendre un bon départ. Je le connaissais à peine, tu sais. Et puis, il avait disparu, nous ne pouvions rien y changer, ça n'avait plus d'importance. Tu me disais que, si nous parlions à quiconque de cette ascension et de sa disparition, il y aurait une enquête, ne l'oublie pas.

— Bien sûr qu'il y aurait eu une enquête. Elle aurait établi que nous possédions de la drogue, et tu ne pouvais pas te permettre une inculpation de plus, Max, ne l'oublie pas non plus. Dans ta situation, tu ne pouvais pas prendre le risque que les flics se demandent si toi ou moi étions responsables de sa mort. C'est toujours vrai, n'est-ce pas ?

— Oui. Mais maintenant...

— Il fallait bien que je me défende, Max. Il s'est jeté sur moi avec son couteau en criant que la montagne exigeait un sacrifice. J'ai essayé de lui échapper, il me coinçait. Alors, j'ai pris mon piolet et... bon Dieu, quand j'y repense...

Il prit son verre à deux mains, fit semblant de boire.

— C'était de la légitime défense. Je témoignerai.

— Comment témoignerais-tu ? Tu n'y étais pas.

Max avala une longue rasade de whisky. La sueur perlait à son front, le long de ses tempes.

— Ils découvriront forcément que nous étions là-haut. L'enquête est lancée, les flics sont têtus, ils remonteront les pistes. Ils retrouveront peut-être même le pilote qui nous avait emmenés.

— Je ne crois pas.

— Il y a eu crime. Ils vont creuser et finir par nous retrouver, tu verras. On nous avait vus avec lui à Anchorage, il y a sûrement des témoins qui s'en souviendront. Si tu veux mon avis, il vaut mieux prendre les devants, leur expliquer toute l'histoire avant qu'ils nous inculpent de meurtre. Nous avons nos réputations, nos positions, nos professions… Enfin, bon Dieu, il faut que je pense à Carrie et aux gosses ! Je dois parler à Carrie, la mettre au courant avant d'aller à la police !

— Que crois-tu qu'il arrivera à nos réputations, nos positions et nos professions quand l'histoire se saura ?

— Rien ou presque, si nous avouons tout aux flics.

— C'est comme cela que tu veux le jouer ?

— C'est comme cela que nous sommes *obligés* de le jouer ! Je n'arrête pas d'y penser depuis qu'il a été retrouvé. Notre seule chance de nous en sortir, c'est de tout dire à la police avant qu'elle nous retrouve.

Le visiteur reposa son verre, se leva comme s'il voulait faire les cent pas derrière le siège de Max et sortit de sa poche un vieux gant qu'il enfila à sa main droite.

— Tu as peut-être raison, après tout. Mais il me faut un peu de temps pour réfléchir. Mettre mes affaires en ordre pour le cas où…

Max reprit la bouteille, se versa un grand verre.

— Oui, un jour ou deux. Parler d'abord à Burke, le convaincre de notre bonne foi. Il nous épaulera.

— Tu y crois sérieusement ? demanda-t-il avec une ironie à peine voilée.

— Oui, très sérieusement. Burke est un type honnête.

— Moi, vois-tu, je préfère cette solution.

D'un seul mouvement, il empoigna la gorge de Max de la

main gauche et lui saisit la main droite, qu'il serra sur la crosse du pistolet tandis qu'il lui posait le canon sur la tempe. Son cher vieil ami tentait en vain de se débattre quand il pressa la détente.

La détonation éclata comme un coup de tonnerre dans la pièce exiguë, mais il ne perdit pas son calme. Il prit soin de presser l'index inerte de Max sur la détente pour bien marquer ses empreintes, puis lui lâcha la tête, qui s'affaissa sur le bureau. Le pistolet tomba par terre à côté du fauteuil. De sa main toujours gantée, il alluma l'ordinateur et ouvrit le court fichier qu'il avait dactylographié pendant qu'il attendait.

Je ne peux plus vivre avec mes remords. Son fantôme me hante sans arrêt. Du fond du cœur, je regrette ce que j'ai fait et le mal que j'ai causé aux autres. Pardonnez-moi.
J'ai tué Patrick Galloway et je vais le rejoindre en enfer.

Maxwell Hawbaker.

C'était simple, net, sans bavures. La lumière de l'écran et celle de la lampe de bureau se reflétaient sur le sang et la matière grise.

Il fourra le gant dans un sac en plastique, qu'il glissa dans une poche de sa parka. Puis il prit le verre, seul objet qu'il avait touché depuis son arrivée, le vida dans le lavabo des toilettes, le rinça et l'essuya avec soin avant de le remettre à sa place. Le regard de Max, qui paraissait le suivre de ses yeux grands ouverts, lui fit monter un filet de bile à la gorge, qu'il ravala en finissant de vérifier les détails de sa mise en scène. Satisfait, il remit sa parka, son écharpe, ses gants et sortit par où il était entré.

Dans la rue, il remonta son écharpe et abaissa le capuchon devant son visage pour s'assurer de ne pas être reconnu par un éventuel insomniaque qui lorgnerait par la fenêtre. Au-dessus de lui, une aurore boréale illuminait le ciel en estompant l'éclat des étoiles.

Il avait fait ce qu'il devait. *Tout est bien qui finit bien*, pensa-t-il.

De retour chez lui, il se lava pour chasser l'odeur de poudre et de sang qui lui collait encore à la peau et avala un petit verre de whisky en regardant le vieux gant brûler dans la cheminée. Il ne restait rien, aucune trace, aucun indice. Il pouvait désormais tout oublier.

Et il s'endormit du profond sommeil de l'innocence.

13

En se rendant au journal, Carrie passa au *Lodge* acheter deux sandwichs. Elle avait été plus agacée qu'étonnée de constater à son réveil que Max était déjà parti. Ce n'était pas la première fois qu'il allait au bureau la nuit et finissait par s'y coucher, ou partait de très bonne heure avant que les enfants et elle soient réveillés. Mais il lui laissait toujours sur l'oreiller un petit mot, tendre ou drôle. Or, ce matin, il n'y avait rien et Max n'avait pas répondu au téléphone quand elle l'avait appelé. Pareille omission ne lui ressemblait pas.

Il n'était plus lui-même depuis quelques jours, à vrai dire, et cela aussi agaçait Carrie. La découverte du corps de Pat Galloway constituait une nouvelle sensationnelle. Ils devaient décider ensemble la manière de la traiter, l'espace à lui consacrer et leur déplacement éventuel à Anchorage quand le corps y serait transféré. Elle avait déjà retrouvé dans les archives des photos de Pat pour illustrer les articles. Elle comptait aussi publier les photos des trois garçons qui avaient découvert le corps et en interviewer au moins un, Steven Wise, un enfant du pays. En fait, elle préférait que Max se charge de l'interview, car il était plus doué qu'elle dans ce domaine. Pourtant, Max ne voulait pas en entendre parler ! Il avait même été jusqu'à la rabrouer quand elle avait abordé le sujet. Il était grand temps, selon elle, qu'il se décide à se faire faire un bon check-up. Max avait un estomac délicat qui lui jouait des tours, surtout quand il mangeait ou dormait mal – ce qui était le cas depuis la nouvelle de la découverte du corps de Pat Galloway.

Peut-être en était-il affecté parce qu'ils avaient le même âge, se dit-elle en arrêtant sa voiture devant les locaux du journal. Tous deux étaient devenus amis pendant les quelques mois ayant précédé la mystérieuse disparition de Pat. Elle ne voyait cependant pas pourquoi Max se rendait aussi désagréable avec elle. Elle avait connu Pat plus longtemps que Max, et la nouvelle de sa mort ne l'avait pas bouleversée à ce point. C'était triste pour Charlene et Meg, bien sûr – il faudrait les interviewer, elles aussi – et elle comptait leur présenter ses condoléances dès que l'identification du corps confirmerait son décès. Mais cette histoire était d'abord de *l'information* ! Max et elle devaient tout mettre en œuvre pour l'exploiter, la développer. Ils avaient en plus l'avantage d'être journalistes dans la ville du mort, donc à la source des nouvelles. Avec un peu de chance, leurs articles seraient relayés par les grandes agences de presse nationales.

Elle allait lui prendre un rendez-vous avec le docteur et harceler Max pour qu'il aille le voir. Entre l'affaire Galloway et Iditarod, la grande course de traîneaux, ils avaient du pain sur la planche. Février était déjà bien avancé, ils n'avaient pas un jour à perdre. Max devait être au mieux de sa forme pour assumer sa part du travail et elle comptait le lui rappeler à haute et intelligible voix.

Quand elle mit pied à terre, elle vit aussitôt le reflet de la lumière venue de la pièce du fond. Une fois de plus, Max s'était endormi assis à son bureau, elle l'aurait parié !

Jim, le barman du *Lodge*, passait sur le trottoir à ce moment-là.

— Bonjour, Carrie ! la héla-t-il.

— Il est bien tôt pour être dehors, dit-elle en lui serrant la main.

— Des courses à faire. Mais je ne suis pas le seul à travailler de bonne heure, fit-il en montrant la fenêtre éclairée.

— Vous connaissez Max, soupira-t-elle.

— Oui, toujours à l'affût des nouvelles. Salut, Professeur ! En route pour l'école ?

John s'arrêta, salua les deux autres.

— Il est bientôt l'heure et j'ai pensé qu'un peu de marche me ferait du bien. La radio annonce que la température se radoucit.
— Le printemps approche, approuva Carrie. Allons, je vous quitte. Il faut que je secoue Max.
— Du nouveau dans l'affaire Galloway ? s'enquit John.
— Si nous en apprenons, vous le lirez dans la prochaine édition, répondit Carrie en sortant ses clés de son sac. Bonne journée.
Elle entra, fit la lumière dans la grande pièce, enleva son manteau et alla allumer son ordinateur.
— Debout, Max ! Je t'ai apporté à manger ! Je me demande bien pourquoi je suis aussi bonne avec toi, tu es plus invivable qu'un ours constipé, ces temps-ci !
Tout en parlant, elle prépara du café.
— Je viens de voir le Professeur, il avait l'air tout guilleret pour une fois. Je me demande s'il espère que Charlene se mettra en ménage avec lui maintenant qu'elle sait que son ancien amoureux est mort. Réponds-moi, Max ! Si tu continues à être aussi désagréable, je vais me chercher un jeune homme plus sympathique, tu verras !
Elle posa les sandwichs sur des assiettes en carton, poussa la porte du bureau de Max.
— Mais avant de te plaquer, je vais te traîner de gré ou de force chez le docteur pour qu'il te...
Elle avait à peine franchi le seuil que les assiettes lui échappèrent des mains. Et à travers le grondement qui résonnait dans ses oreilles, elle entendit hurler sans avoir conscience que le hurlement sortait de sa propre gorge.

Nate avalait sa deuxième tasse de café de la matinée en compagnie de Jesse, avec qui il examinait le château fort en Lego qu'ils avaient entrepris d'édifier pendant leurs rencontres matinales. Il avait bu sa première tasse chez Meg, où il était encore par l'esprit.
Ils s'étaient quittés sans faire de projets. Elle n'y attachait aucune valeur et, pour une fois, il était d'accord. Il avait lui-même besoin de temps pour réfléchir à la direction que

prendraient leurs rapports. Il n'avait jamais eu beaucoup de chance avec les femmes, encore moins de conquêtes à son actif. La situation changerait-elle avec Meg ou ne serait-ce qu'une aventure passagère ? Il sentait se réveiller en lui des sentiments, des aspirations depuis longtemps plongés dans une sorte d'hibernation. Ce réveil était-il réel ? Pourrait-il le faire durer ? Ou même, le voulait-il ? Mieux valait, dans l'immédiat, boire son café, manger son déjeuner et bâtir un château en briques de plastique avec un petit garçon trop souvent solitaire, heureux d'être en sa compagnie.

Ils discutaient de la possibilité d'actionner le pont-levis avec du fil de nylon quand Jim, le barman, fit irruption dans la salle.

— Chef ! Chef, venez vite au journal ! C'est Max...

— Attendez !

À sa pâleur, à son regard hébété, Nate comprit tout de suite qu'il valait mieux ne rien ajouter devant le petit garçon aux yeux écarquillés. Il se leva, enfila sa parka et dut soutenir le barman, dont les jambes flageolaient, pour l'entraîner dehors.

— Alors, de quoi s'agit-il ? demanda-t-il quand ils furent hors de portée de voix.

— Max, il est mort ! Oh, bon Dieu ! Une balle dans la tête...

— C'est vous qui l'avez trouvé ?

— Non, c'est Carrie. On l'a entendue hurler. Le Professeur et moi l'avions rencontrée devant le journal. Quand elle est entrée, nous sommes restés dehors à bavarder deux minutes, et elle s'est mise à crier comme si on l'assassinait. On a couru à l'intérieur et...

Nate continuait à lui tenir le bras pour lui éviter de s'écrouler.

— Vous n'avez rien touché ?

— Non, je ne crois pas. Le Professeur a dit qu'il fallait tout de suite vous prévenir, alors je suis parti. Ne marchez pas si vite, chef, je vais être malade.

— Dominez-vous. Allez au poste, répétez tout cela à Otto et demandez-lui de me rejoindre avec le matériel nécessaire pour une scène de crime. Restez-y jusqu'à ce que je revienne et ne parlez à personne d'autre. Compris ?

— Oui, chef. J'y vais.

Nate obliqua vers le journal, l'esprit déjà sur pilotage automatique. Il fallait en priorité préserver la scène du crime, et la présence de deux civils sur place présentait déjà un risque d'altération.

Quand il ouvrit la porte, il vit John agenouillé devant Carrie en larmes, à qui il faisait boire un verre d'eau. L'arrivée de Nate parut lui causer un vif soulagement.

— Vous voilà, Dieu merci. Max est dans le bureau du fond.

— Bien. Restez avec Carrie, ne bougez pas d'ici.

Il sentit l'odeur de la mort avant même de voir Max. Du pas de la porte, il observa la position du corps, celle de l'arme, la nature de la plaie. L'ensemble définissait bien un suicide, mais il savait d'expérience que les premières impressions sont souvent trompeuses.

Il entra en marchant avec précaution le long des murs, nota que l'ordinateur était allumé, observa l'orientation de la flaque de sang sur le siège et la surface du bureau, les brûlures de poudre sur la peau indiquant que le canon était directement appuyé contre la tempe. L'absence de plaie de sortie dénotait que la balle avait pénétré dans la boîte crânienne et y était restée, phénomène explicable par le petit calibre de l'arme. Max était vraisemblablement mort avant même que sa tête ne tombe sur le bureau.

Nate prit un crayon dans sa poche, tendit le bras et tapota légèrement la souris de l'ordinateur. Le document par lequel Max s'accusait du meurtre de Patrick Galloway s'afficha sur l'écran. Après l'avoir lu, Nate regagna la pièce principale, où Otto venait d'arriver. Il lui fit signe d'attendre et s'accroupit près de Carrie, que John continuait à réconforter. Elle leva vers lui un regard hébété.

— Max, gémit-elle. Max est mort. Quelqu'un l'a…

Nate lui prit les deux mains.

— Je sais. Je vais m'occuper de lui. Pendant ce temps, je voudrais que vous alliez m'attendre au poste.

— Mais je ne peux pas laisser Max !

— Si, il le faut. John vous accompagnera, avec Otto. Je vous rejoindrai dès que je pourrai. Attendez-moi là-bas. D'accord ?

— Vous attendre, répéta-t-elle en étouffant un nouveau sanglot.

Le choc la rendait docile, pour un moment du moins. Nate se redressa, fit signe à Otto de le suivre vers le bureau de Max.
— Bon Dieu ! murmura Otto en découvrant la scène.
— Accompagnez-les tous les deux au poste. Jim y est encore ?
— Oui.
— Ne les mettez pas en contact les uns avec les autres. Peach s'occupera de Carrie. Demandez à Peter de me rejoindre tout de suite.
— Je suis déjà ici. Peter peut se charger du poste pendant...
— Non, je voudrais que vous preniez les dépositions, vous avez plus d'expérience que Peter. Commencez par celle de Jim. Appelez aussi le docteur, demandez-lui de venir au plus vite. Je ne veux pas prendre le risque de la moindre erreur. Rien ne doit s'ébruiter jusqu'à ce que les lieux soient sous scellés et les témoignages enregistrés. Veillez à ce que les témoins ne communiquent pas entre eux. Vous avez bien compris ?
— Oui, chef. Mais pourquoi diable Max aurait-il voulu se tuer ? C'est bien un suicide, n'est-ce pas ?
— Travaillons avec la scène du crime et les témoignages avant de tirer des conclusions. D'accord, Otto ?
Une fois seul, Nate photographia la pièce et le corps sous tous les angles. Puis, après avoir usé deux rouleaux de film, il nota par écrit chaque détail : le fait que la porte de derrière n'était pas fermée à clé, la marque et le calibre du pistolet, le texte exact du message laissé dans l'ordinateur. Il dessina un croquis de la pièce, avec la position exacte du corps, de l'arme tombée à terre, de la lampe, de la bouteille de whisky et du verre. Ganté, il reniflait le contenu de la bouteille quand Peter arriva.
— Je suis venu le plus vite possible, chef. Otto m'a dit...
Le voyant verdir en découvrant le cadavre, Nate le rabroua.
— Si vous voulez être malade, allez dehors. Mais prenez le ruban jaune et scellez les deux portes.
Peter se détourna, recula d'un pas et déglutit à plusieurs reprises avant de répondre.
— Oui, chef. Otto m'a dit que Max s'était suicidé, mais je ne croyais pas que...

— Nous n'avons pas encore déterminé si Max s'est suicidé. Tout ce que nous savons, c'est qu'il est mort. Jusqu'à preuve du contraire, il s'agit d'une scène de crime et nous appliquerons la procédure. Personne ne doit entrer ici, sauf le docteur. Est-ce clair ?

— Oui, chef.

D'un pas mal assuré, le jeune policier se retira.

— Les collègues de l'État vous remercieront, Max, murmura Nate. Vous leur offrez la solution de leur enquête dans un paquet cadeau noué avec une jolie faveur. C'est peut-être vrai. Mais moi, je ne crois pas beaucoup aux paquets cadeaux ni aux faveurs.

Puis, toujours ganté, il passa dans l'autre pièce, décrocha le téléphone et appela le sergent Coben à Anchorage.

— Je ne peux pas laisser le corps ici jusqu'à votre arrivée, déclara-t-il après avoir exposé l'essentiel de la situation. Vous êtes renseigné sur mon compte, vous connaissez mes qualifications. J'ai scellé, photographié et enregistré la scène de crime, j'attends le médecin pour les premières constatations, je récupère les indices et je fais transporter le corps au dispensaire. Tout sera à votre disposition quand vous arriverez, dit-il en faisant signe d'entrer au médecin, qui venait d'ouvrir la porte. Je compte bénéficier de votre part de la même coopération concernant le dossier Galloway, sergent. Je suis responsable de cette ville et de ses habitants. Nous désirons autant l'un que l'autre boucler ces deux enquêtes, mais nous devrons y arriver en tirant dans le même sens. À bientôt. Docteur, poursuivit-il après avoir raccroché, je voudrais que vous examiniez le corps. Pourrez-vous me donner une heure approximative du décès ?

— Pauvre Max, soupira Ken. Je n'ai encore jamais procédé à ce genre d'examen, mais je dois pouvoir vous indiquer une fourchette.

— Cela suffira pour le moment. Mettez-les, ordonna Nate en lui tendant des gants de plastique. Ce n'est pas beau à voir, je vous préviens.

Ken entra, encaissa visiblement un choc.

— J'ai déjà traité des cas de blessures par balle, mais jamais rien de semblable, surtout quand je connais la victime. Pourquoi s'est-il tué ? Les hivers sont durs pour le mental, pourtant

il en avait déjà subi des pires que celui-ci. Il n'était pas dépressif, Carrie me l'aurait dit ou je m'en serais rendu compte. Je peux le toucher, le déplacer ? demanda-t-il en s'approchant.
— Allez-y, j'ai tracé la position du corps et tout noté.
Le médecin prit une des mains du mort, lui pinça la peau.
— Je serai plus précis après avoir procédé à un examen sérieux.
— Vous en aurez l'occasion. Pour le moment, il me faut juste une idée de l'heure du décès.
— Compte tenu de la température de la pièce et de la rigidité du corps, je dirais qu'il s'est écoulé entre huit et douze heures depuis sa mort. Mais c'est très approximatif.
— Donc, entre neuf heures du soir et une heure du matin. Cela me suffit. Nous devrions pouvoir resserrer cette fourchette grâce aux déclarations de Carrie. Disposez-vous d'un endroit où conserver le corps en sûreté et au froid jusqu'à l'arrivée des autorités ?
— Nous avons un local qui nous sert quelquefois de morgue.
— Bien. En attendant, je vous demande la plus grande discrétion.
Il supervisa l'enlèvement du corps, imprima quelques exemplaires du message avant d'éteindre l'ordinateur, ferma toutes les portes à clé. Il regagnait le poste à pied quand Hopp le rattrapa dans la rue.
— Vais-je enfin savoir ce qui se passe ? fulmina-t-elle.
— Je n'en suis pas encore certain moi-même. Tout ce que je peux vous dire, c'est que Max Hawbaker a été découvert à son bureau mort d'une balle dans la tête. Il s'agit peut-être d'un suicide.
— Comment ça, peut-être ? Vous pensez qu'il aurait été assassiné ?
Elle devait presque courir pour rester à sa hauteur.
— Je n'ai rien dit de tel. La police d'État est avertie, elle arrivera dans quelques heures. Quand j'aurai des réponses, je vous en informerai. D'ici là, madame le maire, laissez-moi faire mon travail.
Sur quoi, il entra au poste et lui ferma la porte au nez.

Il prit le temps de se dévêtir dans le sas pour s'éclaircir les idées. Le soleil était levé, la journée s'annonçait aussi belle que l'avait prédit la météo. Les équipes spéciales allaient sans doute en profiter pour redescendre le corps de Galloway et, pourquoi pas, faire un détour par Lunacy pour prendre au passage celui de son meurtrier présumé. Coup double, en somme.

Quand il entra, John était assis sur une des chaises destinées au public et lisait un livre, qu'il fourra dans sa poche en se levant.

— Carrie est dans votre bureau avec Peach. Otto prend la déposition de Jim dans une cellule. Il ne l'a pas incarcéré, bien sûr, ajouta-t-il. J'ai du mal à penser clairement, vous vous en doutez.

— Otto a déjà recueilli votre témoignage ?

— Oui, mais je n'avais pas grand-chose à dire. En allant à l'école, j'ai rencontré Jim et Carrie, je me suis arrêté pour leur dire bonjour. Carrie tenait un sac en papier contenant des sandwichs, je crois. J'ai vu que la lumière était allumée dans le bureau de Max. Carrie est entrée, Jim et moi sommes restés à bavarder. Nous allions nous séparer quand nous avons entendu Carrie hurler. Nous nous sommes précipités et avons vu Max...

Il s'interrompit, se massa la mâchoire comme s'il souffrait d'une rage de dents, respira profondément.

— Excusez-moi, reprit-il, je n'ai pas l'habitude de voir des morts avant qu'ils soient... présentables.

— Je comprends. Prenez votre temps.

— Ensuite, j'ai entraîné Carrie dans l'autre pièce, je ne savais pas quoi faire d'autre, et j'ai dit à Jim d'aller vous chercher d'urgence au *Lodge*. Carrie était dans tous ses états. J'ai dû la forcer à s'asseoir, elle voulait retourner près de Max. Alors, je lui ai cherché un verre d'eau et je suis resté avec elle jusqu'à votre arrivée.

— Aucun de vous deux n'est entré dans le bureau ?

— Non. Carrie avait à peine fait un pas à l'intérieur et elle était restée là, à hurler.

— Combien de temps entre le moment où vous l'avez entendue crier et celui où vous êtes entrés, Jim et vous ?

— Je ne sais pas. Trente secondes, peut-être un peu moins.

— Bien. J'aurai sans doute encore besoin de vous parler, et mes collègues de l'État voudront eux aussi vous interroger. Restez disponible et évitez d'en discuter. La nouvelle doit déjà se répandre, je sais, mais moins on en dira, mieux cela vaudra.

John consulta distraitement sa montre.

— Je peux partir ?

— Bien sûr.

— Je vais aller faire ma classe. Je suis déjà en retard, mais cela me changera les idées. Je serai à l'école jusqu'à ce soir. Pauvre Max, soupira-t-il en enfilant sa parka. Il était si bon garçon. Tellement... inoffensif, si vous voyez ce que je veux dire. Toujours à l'affût des nouvelles, des potins locaux, des faits divers. Il avait l'air si content de son sort, entre sa feuille de chou, sa femme et ses enfants.

— Il est parfois difficile de voir sous la surface.

— Sans aucun doute.

Le témoignage de Jim corroborait celui de John. Après le départ du barman, Nate s'assit à côté d'Otto sur le bat-flanc de la cellule.

— J'ai envoyé Peter au dispensaire, je l'y laisse au moins une heure. Il est secoué et j'ai été un peu dur avec lui. Vous, Otto, vous allez faire du porte-à-porte chez tous les voisins du journal. Demandez s'ils ont entendu un coup de feu la nuit dernière entre, disons, neuf heures du soir et une heure du matin. S'ils ont vu Max arriver ou quelqu'un rôder à proximité, s'ils ont entendu une voiture, des voix.

— Les gars de l'État vont venir ?

— Oui.

— Je ne trouve pas ça normal, grommela Otto. C'est à nous de mener l'enquête.

— Normal ou pas, c'est comme ça. Nous ne sommes que la police municipale. D'ici une heure, allez chercher Peter et emmenez-le dans votre ronde. Vous avez parlé à Carrie ?

— J'ai essayé. Pas pu en tirer grand-chose.

— Je m'en doutais. Je vais essayer à mon tour. Au fait, Otto, est-ce que Max connaissait Pat Galloway ?

Le front plissé par l'effort de mémoire, Otto réfléchit un instant.

— Oui, sans doute. Ce n'est pas facile de s'en souvenir au bout de tout ce temps, mais il me semble bien que Max est arrivé ici l'été d'avant la disparition de Pat. Son meurtre, se corrigea-t-il. À l'époque, Max travaillait dans un journal d'Anchorage et il voulait monter sa propre affaire dans une petite ville. C'est du moins ce qu'il disait.

— Bien. Allez-y, maintenant.

En arrivant à la porte de son bureau, Nate crut entendre chanter une berceuse. Quand il ouvrit, il vit en effet Carrie couchée par terre sur une couverture, la tête reposant sur les cuisses de Peach, qui lui caressait les cheveux en chantonnant à mi-voix.

— Je n'ai rien trouvé de mieux, murmura-t-elle. La pauvre était effondrée. Pour le moment, elle dort. J'ai trouvé un tube de somnifères dans le tiroir de votre bureau, je me suis permis de lui en donner un demi-comprimé.

Nate feignit de ne pas remarquer son air gêné.

— Il faut que je lui parle.

— Ça me fend le cœur de la réveiller. Elle devrait pourtant être un peu plus calme que quand Otto a essayé de l'interroger. Voulez-vous que je reste avec vous ?

— Pas la peine, mais ne vous éloignez pas.

Quand il s'assit par terre à côté d'elle, Peach lui saisit le poignet.

— Inutile de vous dire de ne pas la brusquer, je sais que vous n'êtes pas comme cela. Quand même, faites attention… Carrie, mon chou, il faut vous réveiller.

Carrie ouvrit les yeux, visiblement désorientée.

— Qu'est-ce qui se passe ?

— Nate doit vous parler.

— Je ne comprends pas, je rêvais… Non, ce n'était pas un rêve, poursuivit-elle en reconnaissant Nate. Max. Mon Max…

— Je sais, Carrie, c'est dur, dit-il en lui prenant la main. Voulez-vous boire quelque chose, un verre d'eau ?

— Rien. Non, rien. Je ne veux rien.

— Je serai à côté si vous avez besoin de moi, souffla Peach à voix basse en se relevant.

— Désirez-vous vous asseoir sur une chaise ou

préférez-vous rester étendue ? demanda Nate quand il fut seul avec Carrie.
— Je ne sais pas. Tout flotte dans ma tête.
Il en conclut qu'il valait mieux ne pas insister.
— Je suis désolé, Carrie, mais je dois vous poser quelques questions. Regardez-moi, voulez-vous ? À quelle heure Max a-t-il quitté la maison hier soir ?
— Je ne sais pas. Je ne m'en suis aperçue que ce matin, en me réveillant. J'étais furieuse de ne pas trouver sur l'oreiller le petit mot qu'il laisse toujours quand il va travailler la nuit ou se lève de bonne heure.
— Quand l'avez-vous vu pour la dernière fois ?
— Ce matin, quand...
— Non, l'interrompit Nate pour la détourner de cette douloureuse image. Hier soir. A-t-il dîné à la maison ?
— Oui, nous avons dîné tous ensemble.
— Et qu'avez-vous fait après ?
— Nous avons regardé la télé. Ou plutôt, j'ai regardé la télé. Les enfants sont restés avec moi un petit moment et puis Stella a téléphoné à une de ses amies et Alex est retourné à son ordinateur. Max était énervé. Il a prétendu qu'il préférait lire, mais il n'a pas lu. Je lui ai demandé ce qui n'allait pas et il a été odieux avec moi, gémit-elle. Il m'a dit qu'il essayait de réfléchir à un problème, que je ne pouvais pas lui ficher la paix cinq minutes. Je lui ai répondu sur le même ton. Quand les enfants sont allés se coucher, il s'est excusé, mais j'étais toujours furieuse et je l'ai envoyé promener. Nous avons à peine échangé trois mots quand nous sommes allés nous coucher.
— Quelle heure était-il ?
— Environ dix heures et demie. Non, c'est faux, je suis allée me coucher seule, il voulait rester regarder CNN ou quelque chose de ce genre. Je n'y ai même pas fait attention. J'avais hâte de me débarrasser de lui, et maintenant il est mort...
Nate attendit que ses larmes soient un peu calmées.
— Il était donc toujours à la maison à dix heures trente. L'avez-vous entendu sortir ?
— Non, je me suis endormie tout de suite. En me levant ce matin, j'ai constaté qu'il ne s'était pas couché, son côté du lit

n'était même pas froissé. J'ai pensé qu'il s'était peut-être vexé et avait dormi sur le canapé, mais il n'y était pas non plus. Alors, j'ai emmené les enfants chez Ginny, c'était son tour de les conduire à l'école... Oh, mon Dieu ! Les enfants !

— Ne vous inquiétez pas, ils ne risquent rien. Je vais tous vous faire reconduire chez vous quand vous serez prête. Donc, ce matin, vous êtes allée en ville.

— J'avais décidé de lui pardonner — on ne peut pas en vouloir longtemps à un homme comme Max. Je voulais aussi lui prendre un rendez-vous chez le docteur pour un check-up, il n'était pas en forme depuis quelques jours. En allant au journal, je me suis arrêtée au *Lodge* acheter des sandwichs. J'ai rencontré Jim et John sur le trottoir, je suis entrée et je l'ai découvert... Comment une personne serait-elle assez méchante pour faire ça à Max ?

— Carrie, oubliait-il parfois de fermer à clé la porte de derrière ?

— Il ne la fermait jamais. Pourquoi se donner du mal ? disait-il. Si quelqu'un veut vraiment entrer, il lui suffit d'enfoncer la porte d'un coup de pied.

— Possédait-il une arme ?

— Oui. Plusieurs, même. Comme tout le monde ici.

— Un Browning 22 ?

— Oui. Il faut que j'aille chercher mes enfants.

— Dans deux minutes. Où rangeait-il ce pistolet ?

— Dans la boîte à gants de sa voiture, je crois. Il s'arrêtait quelquefois en rentrant à la maison pour tirer sur de vieilles boîtes de conserve. Il prétendait que cela lui donnait des idées pour rédiger un article.

— Vous avait-il parlé de Patrick Galloway ?

— Bien sûr. On ne parle que de lui, ces temps-ci.

— Je voulais dire, de ses rapports avec lui.

— Il n'avait pas de raison d'en parler, ils ne se connaissaient que depuis quelques semaines quand Pat a disparu.

Nate réfléchit rapidement. En tant que veuve, elle devrait être informée tôt ou tard. Autant le faire maintenant.

— Il a laissé une note sur son ordinateur.

— Une note ? s'étonna-t-elle en essuyant ses larmes d'un revers de main. Quel genre de note ?

Nate se leva, alla ouvrir le dossier posé sur son bureau, lui tendit un des feuillets sortis de l'imprimante. La couleur qui était un peu revenue sur les joues de Carrie s'évanouit de nouveau. Mais ses yeux, au lieu de se remplir de larmes, étincelèrent de fureur.

— C'est absurde ! Ignoble ! C'est un mensonge ! Un mensonge ignoble, répéta-t-elle en se levant d'un bond et en déchirant la feuille. Si vous y croyez, vous devriez avoir honte ! Mon Max n'a jamais de sa vie fait le moindre mal à quiconque ! Comment osez-vous prétendre qu'il a tué un homme et s'est tué lui-même ?

— Calmez-vous, Carrie. Je vous montre simplement le texte laissé sur son ordinateur.

— Et moi, je vous dis que c'est un faux ! Un mensonge ! Quelqu'un a tué mon Max ! Vous feriez bien de faire votre devoir et de découvrir le plus vite possible qui c'est ! Celui qui a tué mon Max a aussi écrit cela. Et si vous croyez une seule seconde à ces horreurs, soyez maudit !

Elle sortit en courant, claqua la porte. Quelques secondes plus tard, Nate entendit sangloter. Il entrouvrit la porte, passa la tête. Carrie était blottie dans les bras de Peach, qui la consolait de son mieux.

— Faites le nécessaire pour la raccompagner chez elle avec ses enfants, dit-il avant de refermer la porte.

Et il resta un long moment à regarder pensivement les morceaux de papier déchiré qui jonchaient le sol de son bureau.

14

L'entrevue que Nate avait sollicitée de Hopp dans son bureau s'annonçait officielle et glaciale. Le maire accueillit en effet le chef de la police municipale d'un bref signe de tête et lui désigna un siège d'un geste encore plus sec.

— Je suis venu vous présenter mes excuses pour ma réaction un peu brusque de ce matin, commença-t-il, mais vous me dérangiez au plus mauvais moment.

— Dois-je vous rappeler que vous travaillez pour moi ?

— Je travaille pour les habitants de cette ville. L'un d'eux est étendu en ce moment sur une table de la morgue. C'est de lui, pas de vous, que j'ai le devoir de me soucier en priorité, madame le maire.

Il vit les lèvres de Hopp se pincer et l'entendit siffler plutôt que soupirer.

— Je suis maire de cette ville et, à ce titre, tout aussi attachée que vous à ses habitants. Je n'étais pas en quête de rumeurs morbides et je n'admets pas d'avoir été traitée comme une vulgaire commère.

— De mon côté, madame le maire, j'ai des obligations à remplir, parmi lesquelles celle de vous soumettre un rapport complet sur les événements en cours, ce que j'avais l'intention de faire aussitôt en possession d'éléments concrets. Je suis maintenant en mesure de vous informer, si vous le souhaitez, bien entendu.

— Votre attitude me déplaît, chef Burke.

— La vôtre aussi, madame le maire.
Hopp le foudroya du regard.
— Je constate avec regret que votre mère ne vous a pas appris le respect dû à vos aînés et à vos supérieurs.
— Elle a essayé, sans succès. De toute façon, elle ne m'aime pas, elle non plus.
Hopp pianota nerveusement sur son bureau.
— Savez-vous ce qui m'exaspère le plus en ce moment ?
— Je vais sûrement le savoir sous peu.
— Le fait de ne plus être furieuse contre vous. J'aime nourrir une bonne colère, mais vous avez raison de me dire que nos concitoyens doivent passer en priorité et je sais que vous le pensez sincèrement. Max était un ami, Ignatious. Un bon ami. Sa mort me bouleverse.
— Je sais, je regrette votre peine et je vous présente encore une fois mes excuses de n'avoir pas été plus...
— Compatissant, courtois, coopératif ?
— L'un ou l'autre ou les trois, au choix.
— Bien. Considérons donc que l'incident est clos et passons aux choses sérieuses. Versez-vous du café et dites-moi où vous en êtes.
— Non merci, j'en ai déjà bu deux litres. Voici les pièces du puzzle dont je dispose pour le moment. Max est parti de chez lui hier soir après vingt-deux heures trente. Il avait eu une prise de bec avec sa femme, rien de grave, mais Carrie avait remarqué qu'il n'était pas dans son assiette depuis quelques jours. Depuis, plus précisément, l'annonce de la découverte du corps de Patrick Galloway.
— Je me demande pourquoi ! s'étonna Hopp. Ils ne se connaissaient pas très bien, si mes souvenirs sont bons.
— Je n'ai pas encore d'éléments permettant de déterminer si Max s'est arrêté quelque part en se rendant à son bureau. Avant une heure du matin, si l'estimation du docteur est exacte, il s'est tiré ou une personne lui a tiré une balle de pistolet dans la tempe droite...
— Qui aurait pu vouloir tuer Max ? l'interrompit Hopp. Excusez-moi. Terminez votre exposé.
— Il était assis à son bureau. La porte de derrière n'était pas fermée à clé, ce qui est habituel, semble-t-il. L'ordinateur

et la lampe de bureau étaient allumés. Une bouteille entamée et un verre où il restait un doigt de whisky étaient posés sur le bureau. Ces deux objets seront analysés, mais je n'y ai pas détecté la présence d'autres substances.
— Quand je pense que je l'ai encore vu hier matin !
— Vous a-t-il paru différent ?
— Je n'y ai pas vraiment fait attention mais, puisque vous m'en parlez, je l'avais en effet trouvé absent, distrait. Je ne vois pourtant aucune raison ayant pu le pousser à se donner la mort ! Carrie et lui étaient heureux en ménage, leurs enfants ne leur causaient pas plus de problèmes que d'autres du même âge. Il aimait son métier. Peut-être était-il malade ? Aurait-il appris qu'il avait un cancer et ne l'aurait-il pas supporté ?
— Son dernier examen médical remonte à six mois, il était en excellente santé. L'arme trouvée sur les lieux lui appartenait et était dûment enregistrée. Il la gardait, selon Carrie, dans la boîte à gants de sa voiture et s'en servait pour tirer à la cible. Il n'y a aucun signe de lutte dans la pièce. Il a laissé sur son ordinateur un message par lequel il s'accuse d'avoir tué Patrick Galloway.

Hopp sursauta.
— Quoi ? C'est absurde, Ignatious ! Max tuer Patrick ? Je n'y crois absolument pas ! Max n'a jamais tué personne.
— Vous étiez pourtant prête à croire qu'il s'était tué lui-même.
— Parce qu'il est mort. Parce que tout ce que je sais jusqu'à présent semble indiquer qu'il s'agit d'un suicide.
— Je dois vous dire une chose : les analyses qui seront effectuées sur le pistolet prouveront que c'est bien l'arme qui a été utilisée. Ces preuves concluront vraisemblablement au suicide. Du même coup, le dossier du meurtre de Galloway sera sans doute classé.
— Je ne peux pas me résoudre à y croire.
— Je dois vous dire aussi que je n'y crois pas davantage.

Hopp porta une main à son front.
— Je n'arrive plus à vous suivre, Ignatious.
— Le tableau est clair, n'est-ce pas ? Un peu trop clair à mon goût. Le message de l'ordinateur ? N'importe qui peut taper trois lignes sur un clavier. Le remords qui le ronge au

bout de tout ce temps ? Il vivait pourtant fort bien avec jusqu'à présent. Carrie m'a dit qu'il laissait toujours un petit mot sur l'oreiller quand il allait au bureau la nuit ou de bonne heure le matin. Or, il ne lui a laissé aucun message personnel pour lui annoncer qu'il avait décidé de se tuer et lui en expliquer les raisons. On est en droit de se poser des questions.

— Autrement dit...

— Il est facile de subtiliser une arme dans une boîte à gants si on sait qu'elle s'y trouve. Il n'est pas très difficile de mettre en scène un faux suicide lorsqu'on y réfléchit et qu'on se sait capable de garder son sang-froid.

— Vous pensez... vous *croyez* que Max a été assassiné ?

— Je n'ai pas dit cela non plus. Seulement, je ne suis pas convaincu par les apparences. Par conséquent, si l'enquête officielle conclut au suicide de Max et que le dossier Galloway est classé sans mon intime conviction d'être dans la vérité, je continuerai à mener ma propre enquête pour en avoir le cœur net. Puisque vous me payez, vous avez le droit de savoir si je gaspille mon salaire officiel à poursuivre une chimère.

Hopp le dévisagea longuement, poussa un soupir.

— En quoi puis-je me rendre utile ?

Le sergent Coben avait plus de vingt ans de service, des cheveux blonds grisonnants coupés en brosse, la peau fripée autour des yeux, un confortable rembourrage autour de la taille, des bottines cirées, du chewing-gum à la cerise dans la bouche et le verbe rare.

Pendant que les deux techniciens qui l'accompagnaient passaient le bureau de Max au peigne fin, il écouta les explications préliminaires de Nate, regarda attentivement les photos qu'il avait prises et s'abstint de le complimenter sur la qualité de son travail, qui lui épargnait les trois quarts du sien.

— Nous prendrons l'ordinateur en plus des indices que vous avez déjà réunis, se borna-t-il à conclure. Allons jeter un coup d'œil au corps de la victime.

Nate le fit sortir par la porte de derrière. En se dirigeant vers la voiture, Coben se montra un peu plus loquace.

— Vous étiez à la criminelle de Baltimore, n'est-ce pas ?

— Oui.
— Ça tombe bien. Perdu votre partenaire, paraît-il ?
— Exact.
— Pris deux balles vous-même, je crois.
— Je suis toujours debout.

En voiture, Coben attacha consciencieusement sa ceinture.

— Un long congé de convalescence pendant votre dernière année en bas.

Nate lui lança un regard en coin.

— Je ne suis plus en congé.
— Votre capitaine dit que vous étiez un bon élément, mais que la mort de votre ami vous a fait perdre confiance en vous.
— Ça vous est déjà arrivé de voir un ami mourir sous vos yeux ?
— Non, mais j'ai aussi perdu des amis en service commandé. J'essaie simplement de mieux vous connaître, chef Burke. Un type avec votre expérience pourrait se sentir frustré de devoir repasser une grosse enquête aux autorités supérieures.
— Possible. Un flic d'État pourrait aussi ne pas s'intéresser autant que le chef de la police municipale à ce qui se passe dans une petite ville comme celle-ci.

Ils s'arrêtèrent devant le dispensaire. Nate coupa le contact et ils descendirent.

— Vous n'êtes pas chef depuis très longtemps. Mais nous avons tous les deux raison, chacun de notre point de vue. Le service a été capable jusqu'à présent de tenir la presse à distance, mais quand le corps de Galloway sera identifié ça fera du bruit, chef Burke. Le genre de nouvelle dont la presse nationale fait ses choux gras. Vous avez maintenant le corps de celui qui s'accuse de l'avoir tué. Plus vite et plus discrètement nous bouclerons cette affaire, mieux ça vaudra pour tout le monde.

— Si je comprends bien, vous avez peur que je prenne contact avec les médias pour faire ma publicité ou celle de la ville ?

— Une remarque en passant, rien de plus. La presse a largement couvert la fusillade de Baltimore et vous étiez en bonne place.

Nate sentit monter une colère qui ne demandait qu'à éclater.

— Vous vous imaginez peut-être que ça me fait plaisir de voir mon nom dans les journaux ou ma figure à la télé parce que deux morts me donneraient l'occasion de me faire mousser ?

— Si vous avez l'intention de retourner à Baltimore, ça ne pourrait pas nuire à votre avancement, c'est sûr.

— Dites donc, Coben, vous cherchez à me provoquer ou vous êtes naturellement un connard ?

Une sorte de sourire apparut sur les lèvres du sergent.

— Disons, un peu les deux. J'essaie de me faire une idée, c'est tout.

— Alors, mettons les choses au net. Cette enquête est la vôtre, c'est la procédure régulière. Mais cette ville et ses habitants, j'en suis responsable. Ça, c'est un fait. Que vous me fassiez confiance ou pas, que je vous plaise ou pas, je ferai mon travail. Compris ?

— Allons regarder le corps, se borna à répondre Coben.

Il poussa la porte du dispensaire. Nate le suivit en s'efforçant de dominer son exaspération.

Une seule personne se trouvait dans la salle d'attente, Bing, qui eut l'air à la fois gêné et irrité d'avoir été surpris à cet endroit. Nate le salua de la main en passant devant lui. Le barbu lâcha un grognement avant d'affecter de se replonger dans la lecture d'un vieux magazine.

— Le docteur est avec un patient, annonça la réceptionniste en toisant Coben d'un air soupçonneux.

— Il nous faut les clés de la morgue, lui déclara Nate.

— C'est le docteur qui les a, répondit-elle. Il m'a dit que vous seul pouviez y entrer.

— Monsieur est le sergent Coben, de la police de l'État. Voulez-vous demander les clés au docteur ?

— Ah, bon ! Dans ce cas, j'y vais.

— On n'a pas besoin de troupes de choc chez nous, grommela Bing quand elle se fut retirée. On règle nos affaires entre nous.

Coben se retourna, prêt à relever l'insulte. Nate lui fit signe de laisser tomber.

— Vous êtes malade, Bing ? s'enquit-il. Ou vous êtes juste venu passer le temps ?

— Ça ne vous regarde pas. Et si un homme a envie de se brûler la cervelle, c'est son affaire à lui aussi. Pourquoi les flics veulent toujours se mêler de tout ?

— Nous sommes des emmerdeurs, c'est le métier qui veut ça. Quand avez-vous parlé à Max pour la dernière fois ?

— J'ai jamais eu grand-chose à lui dire.

— Il paraît qu'il était furieux que vous lui ayez esquinté sa pelouse avec votre chasse-neige et vidé toute la charge de neige sur sa voiture. C'est vrai ?

Un large sourire fendit la masse de poils du gros barbu.

— Ça se pourrait. Je crois quand même pas que c'est pour ça qu'il s'est fait un trou dans le crâne.

— Vous êtes un vrai salaud, Bing.

— Foutre oui ! approuva-t-il avec un sourire encore plus épanoui.

La réceptionniste revint, un trousseau à la main.

— Voilà, chef. C'est la clé marquée en jaune. Le docteur vous y rejoindra dès qu'il aura fini.

— Holà ! C'est mon tour ! protesta Bing. Hawbaker sera pas plus mort s'il attend cinq minutes !

— Vous devriez avoir un peu de respect pour les défunts, le rabroua la réceptionniste.

— Ce que j'ai, c'est des hémorroïdes !

— Dites au docteur de finir avec ses patients, intervint Nate. Où est la morgue ? Vous ne me l'avez pas indiquée.

— Excusez-moi. Dans le couloir, première porte à gauche.

Ils gagnèrent la pièce en silence, n'échangèrent que quelques mots pendant l'examen superficiel du corps.

— Le médecin légiste procédera aux examens et remettra son rapport, conclut Coben, mais pour moi, tout pointe vers un suicide. Je voudrais maintenant parler à sa femme, aux témoins et à ceux qui seraient au courant de ses rapports avec Galloway.

— Il n'a pas laissé de mot à sa femme, dit Nate. Aucun message personnel pour lui expliquer son geste, rien de précis non plus dans celui de l'ordinateur.

Une lueur d'exaspération brilla dans le regard du sergent.

— Écoutez, Burke, vous et moi sommes bien placés pour savoir que les messages explicatifs des suicidés ne sont jamais aussi typiques qu'on nous le fait croire dans les films. Le rapport du médecin légiste fera foi mais, d'après ce que j'ai vu jusqu'à présent, je vous le répète, il s'agit d'un suicide, rien d'autre. Son mot établit ses liens avec Galloway. Nous poursuivrons l'enquête dans ce sens, nous essaierons de remonter les pistes pour le confirmer. Je ne bâclerai pas le travail sur ces deux enquêtes, ce n'est pas mon genre. Seulement je ne suis pas maso non plus. Je n'ai pas l'intention de m'acharner s'il se trouve que les deux affaires sont liées, comme tout paraît le démontrer. Pour moi, deux et deux font quatre, point.

— Pas pour moi.

— Révisez votre arithmétique.

— Cela vous poserait un problème si je poursuivais ma propre enquête *discrètement*, précisa Nate, selon un angle différent du vôtre ?

— Libre à vous de perdre votre temps. Mais ne me marchez pas sur les pieds.

— Je sais encore danser, Coben.

Il n'était pas facile de frapper à la porte de Carrie dans les circonstances présentes. Nate se souvenait trop bien de la manière dont Beth s'était effondrée quand il était allé la voir après la mort de Jack.

— Elle m'en veut de lui avoir simplement présenté l'hypothèse du suicide, dit-il à Coben. Vous en tirerez peut-être plus que moi.

Une jeune femme rousse ouvrit la porte. Nate consulta mentalement ses fiches pour la situer.

— Ginny Mann, se présenta-t-elle. Je suis une voisine, une amie de la famille. Carrie se repose dans sa chambre.

— Sergent Coben, de la police d'État, s'annonça celui-ci en montrant sa carte. J'aimerais avoir un entretien avec Mme Hawbaker. Nous nous efforcerons de ne pas la déranger trop longtemps.

Ginny Mann, artiste peintre, se rappela Nate. Peignait des paysages et des animaux sauvages qu'elle vendait dans des galeries d'Alaska et des États d'en bas. Enseignait le dessin et la peinture trois fois par semaine.

— Arlene Woolcott et moi gardons les enfants à la cuisine en essayant de les occuper. Je vais monter voir si Carrie est en état de vous recevoir.

Nate et Coben attendirent dans le vestibule, d'où l'on découvrait un vaste salon confortablement meublé. Aux murs, quelques tableaux, peints sans doute par l'amie rousse. Des photos de famille encadrées étaient posées çà et là sur les meubles.

— Ils étaient mariés depuis une quinzaine d'années, exposa Nate. Il travaillait dans un journal d'Anchorage avant de fonder son hebdomadaire, qu'il éditait seul avec sa femme. Nouvelles locales essentiellement, quelques dépêches d'agences. La fille aînée a douze ans, douée pour la musique. Le fils a dix ans, fana de hockey.

— Vous avez beaucoup appris sur les gens d'ici depuis votre arrivée, commenta Coben.

— J'en sais davantage depuis ce matin. Premier mariage pour elle, le second pour lui. Elle est arrivée ici deux ans avant lui avec un groupe d'enseignants en voyage d'étude. Elle a quitté l'enseignement afin de travailler avec lui, mais elle fait encore des remplacements si l'école a besoin d'elle.

— Pourquoi est-il venu s'installer ici ?

— J'essaie encore de me renseigner sur...

Il s'interrompit en voyant Ginny descendre l'escalier en tenant Carrie par le bras. Carrie décocha à Nate un regard plein de colère.

— Qu'est-ce que vous voulez ? demanda-t-elle à Coben sans lui laisser le temps de placer un mot. Nous sommes en deuil.

— Je comprends votre douleur et je vous présente mes condoléances, mais je suis obligé de vous poser quelques questions, répondit Coben. Voulez-vous que votre amie assiste à notre entretien ?

— Ginny, veux-tu retourner t'occuper des enfants ? dit-elle en évitant de regarder Coben. Les tenir à l'écart de tout ceci ?

— Bien sûr. Appelle-moi si tu as besoin de moi.

Carrie entra au salon et se laissa tomber dans un fauteuil sans inviter les deux policiers à s'asseoir.

— Dites ce que vous avez à dire et allez-vous-en. Je ne veux pas de votre présence ici.

— Je dois d'abord vous informer que nous emmènerons le corps de votre mari à Anchorage pour procéder à l'autopsie. Il vous sera rendu dès que possible.

— Parfait. Comme cela, vous aurez la preuve qu'il ne s'est pas suicidé, comme l'autre le prétend, gronda-t-elle en fusillant Nate du regard. Je connais mon mari. Il n'aurait jamais infligé un coup pareil à nos enfants, ni à moi.

— Puis-je m'asseoir, madame ?

Carrie fit un geste évasif. Coben prit place en face d'elle, légèrement penché dans sa direction. Nate apprécia l'attitude, qui gardait le dialogue entre Carrie et lui sans l'y mêler. Mais, après les premières questions de routine, Carrie se rebiffa.

— Je lui ai déjà raconté tout cela, à *lui*. Pourquoi me demandez-vous la même chose ? Mes réponses ne seront pas différentes. Pourquoi perdre votre temps avec moi au lieu de chercher l'assassin de Max ?

— Savez-vous si quelqu'un pouvait lui en vouloir à ce point ?

— Oui, celui qui a tué Patrick Galloway ! Je vais vous dire ce qui s'est passé, moi, puisque vous persistez dans votre erreur. Max devait avoir découvert quelque chose. Ce n'est pas parce qu'il publiait un petit hebdomadaire de province qu'il n'était pas bon journaliste. Il avait sûrement exhumé un secret et le criminel l'a tué avant qu'il ait le temps de le dénoncer.

— Vous en avait-il parlé ?

— Non, mais je voyais bien qu'il était troublé, inquiet. Ce qui ne signifie absolument pas qu'il se soit tué ou ait tué quelqu'un d'autre ! C'était un homme bon et droit, poursuivit-elle sans pouvoir retenir ses larmes. J'ai partagé son lit pendant près de seize ans, je travaillais avec lui tous les jours. J'ai eu deux enfants avec lui. Croyez-vous que je n'en saurais rien s'il avait été capable de... cela ?

Coben décida de changer de tactique.

— Êtes-vous certaine de l'heure à laquelle il a quitté la maison ?

— Je sais qu'il y était à dix heures et demie et n'y était plus le lendemain matin, c'est tout. Qu'est-ce que vous voulez de plus ?

— Vous avez déclaré qu'il gardait le pistolet dans la boîte à gants de sa voiture. Qui d'autre le savait ?

— Tout le monde.

— Fermait-il à clé sa voiture ou la boîte à gants ?

— Max ne pensait jamais à fermer les portes, même quand il allait aux toilettes. Je garde sous clé les autres armes que nous possédons. N'importe qui aurait pu prendre ce pistolet. Et quelqu'un l'a fait.

— Votre mari tenait-il un agenda, un journal ?

— Non. Quand une idée lui venait, il l'écrivait sur le premier bout de papier qui lui tombait sous la main. Maintenant, allez-vous-en. Je suis fatiguée et je veux rester seule avec mes enfants.

Dehors, Coben marqua une pause avant de monter en voiture.

— Il y a deux ou trois trucs qui ne collent pas. Ce serait une bonne idée de regarder dans ses papiers, voir si on y trouve quelque chose concernant Galloway.

— Un mobile, par exemple ?

— Par exemple. Vous pourriez essayer de recoller ces deux ou trois trucs qui ne collent pas ?

— Je pourrais.

— Le plus urgent, c'est d'emmener le corps à Anchorage pour l'autopsie et les analyses. Je tiens aussi à y être quand on apportera celui de Galloway.

— J'aimerais que vous m'avertissiez quand vous l'aurez reçu. Sa fille voudra le voir et la mère fera tout pour le récupérer.

— Oui, j'ai déjà eu de ses nouvelles. Dès qu'il aura été identifié, nous laisserons la famille se bagarrer pour savoir qui l'aura. Sa fille pourra procéder à une identification visuelle si elle veut, mais nous avons déjà ses empreintes dans nos fichiers. Rien de grave, deux ou trois petites affaires de stupéfiants. Quand nous pourrons comparer, nous saurons qu'il s'agit bien de Galloway.

— J'amènerai moi-même sa fille, je recollerai vos deux ou

trois trucs, je jouerai le médiateur avec les familles respectives. En échange de mes bons offices, je veux une copie de toute la paperasse sur ces deux affaires, y compris les notes internes.

— Vous croyez sérieusement qu'un type a mis en scène un faux suicide pour couvrir un crime vieux de seize ans ? s'enquit Coben avec un coup d'œil à la coquette maison sous sa couverture de neige.

— Oui. Je veux ces copies.

— D'accord, soupira Coben en ouvrant la portière. Votre capitaine a dit que vous aviez de bonnes intuitions.

— Et alors ? demanda Nate en s'asseyant au volant.

— Alors, bonnes ne veut pas nécessairement dire exactes.

15

Nate devait travailler avec les faibles moyens dont il disposait, qui comprenaient ses deux adjoints et sa secrétaire. Il les réunit donc tous les trois dans son bureau, sans oublier les sièges indispensables.

— Commençons par les résultats du porte-à-porte.

Otto sortit son calepin, dont il affecta de tourner studieusement les pages.

— Pierre Letreck pense avoir entendu ce qui aurait pu être un coup de feu. Il regardait à la télé un film qui s'est terminé vers minuit. Après, il est tout de suite allé aux toilettes et c'est là qu'il a entendu le bruit. Curieux de nature, il a regardé par la fenêtre. Il n'a vu personne, il a simplement remarqué que le 4 × 4 de Max était garé derrière la baraque du journal, ce qui arrivait souvent, et il est allé se coucher.

— Il pense donc l'avoir entendu vers minuit ?

— Chef ! intervint Peter. J'ai vérifié les programmes, le film en question s'est terminé à minuit quinze.

— Letreck a-t-il remarqué quelque chose d'étrange ? Un autre véhicule, par exemple ?

— Non, confirma Peter. Et il n'a pas varié dans son témoignage.

— Jennifer Welch pense avoir entendu le coup de feu elle aussi, reprit Otto. Son mari et elle dormaient quand elle a cru être réveillée par une détonation. Elle a un bébé de huit mois et le sommeil léger. Comme le bébé s'est tout de suite mis à pleurer, elle ne sait plus au juste si c'est le bruit ou le bébé qui l'a réveillée, mais l'heure est à peu près la même que celle indiquée par Letreck. Elle a regardé la pendule en se levant, il était minuit vingt.

— Où sont ces deux maisons par rapport à l'arrière du journal ? Voulez-vous le dessiner, Otto ? dit Nate en montrant le tableau noir acheté au bazar qu'il avait accroché au mur.

— Je m'en charge, fit Peach. Ces deux-là ne sont pas fichus de dessiner une ligne droite.

— Merci, Peach. Ces deux personnes sont donc les seules qui affirment avoir entendu quelque chose ? demanda Nate.

— Les seules, confirma Otto. Hans Finkle dit que son chien a aboyé pendant la nuit, mais il l'a fait taire et n'a pas regardé l'heure. En fait, personne par ici ne fait attention à un coup de feu.

Pendant ce temps, Peach ne se contentait pas de tracer un simple plan des lieux, elle dessinait avec précision les bâtiments, les arbres et même le contour de la montagne à l'arrière-plan.

— Nate ? intervint Otto. C'est pas pour critiquer ou quoi, mais tout ça me paraît beaucoup de boulot pour un suicide, surtout que les gars de l'État ont déjà pris le corps et mèneront l'enquête.

— Peut-être. Ce qui est dit dans cette pièce ne doit pas en sortir jusqu'à nouvel ordre, compris ? Maintenant, je vais vous lire la note que Max a laissée sur son ordinateur. Des commentaires ? demanda Nate après avoir terminé sa lecture dans un silence pesant.

— Ce n'est pas vrai, laissa tomber Peach, le bâton de craie encore à la main. Je ne suis qu'une simple secrétaire, je ne sais pas faire un travail de policier, mais cela me paraît faux.

— Pourquoi ?

— Je suis incapable, même dans mes pires cauchemars, d'imaginer Max faire du mal à quelqu'un. Et si mes souvenirs sont bons, Max admirait Pat. Il le considérait un peu comme un héros, un modèle.

— Vraiment ? Tous les gens à qui j'en ai parlé m'ont dit qu'ils se connaissaient à peine.

— C'est vrai, ils n'étaient pas amis intimes, mais Pat avait du... du charisme. Il était beau, charmeur quand il le voulait, c'est-à-dire presque toujours. Il jouait de la guitare, roulait à moto, escaladait les montagnes, disparaissait des jours dans la nature quand l'envie l'en prenait. Il avait la plus belle femme de la ville dans son lit, une jolie petite fille en adoration devant lui. Il se fichait de tout ou presque. En plus, il écrivait bien. Max aurait voulu qu'il écrive pour le journal des histoires d'aventure, Carrie me l'a dit. Cela commençait à devenir sérieux entre elle et Max et elle s'en inquiétait, parce qu'elle considérait Pat comme une tête brûlée.

Elle s'interrompit pour se servir du café. Nate lui fit signe de poursuivre.

— À l'époque, mes rapports avec mon troisième mari allaient au plus mal. Carrie avait donc en moi une auditrice compatissante et elle me rendait le même service. Nous parlions beaucoup. Elle craignait vraiment que Pat ait une mauvaise influence sur Max et le pousse à faire des bêtises. D'après elle, Max voyait en Pat le symbole même de l'Alaska, la vie sauvage, l'insouciance du lendemain, la liberté, le rejet du système et des règles contraignantes.

— L'admiration peut quelquefois devenir de l'envie et l'envie peut pousser à tuer.

— Possible, mais je n'arrive pas à voir les choses sous cet angle. Vous avez dit que rien ne doit sortir d'ici, je sais, seulement Carrie a plus que jamais besoin d'amitié. Je veux aller la voir.

— Bien sûr, à condition que vous ne parliez pas avec elle de ce dont nous discutons ici.

Nate se leva, se planta devant le tableau noir. Peach avait dessiné toute la rue longeant l'arrière du journal. La maison de Pierre Letreck était un hangar dans lequel il exerçait son métier de réparateur d'appareils ménagers, auquel le logement avait été accolé comme un appendice sans importance. La maison des Welch se trouvait juste en face de la porte arrière du journal. Peach avait en outre dessiné les maisons voisines en inscrivant les noms de leurs propriétaires.

— Beau travail, Peach, la complimenta Nate. Nous allons maintenant constituer un tableau de travail, poursuivit-il en prenant son dossier et en se dirigeant vers le panneau de liège emprunté à la mairie. Tout ce que nous recevrons concernant l'affaire Hawbaker et l'affaire Galloway sera photocopié et punaisé ici. Les collègues de l'État ont déjà examiné les locaux du journal, mais Otto et moi allons y retourner pour vérifier si rien ne leur a échappé. Peach, je voudrais aussi examiner les papiers personnels de Max à son domicile. Carrie ne sera sûrement pas coopérative, pour un certain temps du moins. Essayez quand même de me préparer la voie.

— D'accord. Vous avez l'air de ne pas croire à la note de Max...

— Mieux vaut ne croire à rien avant d'avoir couvert tous les détails, l'interrompit-il. Peter, prenez contact avec le journal d'Anchorage où Max a travaillé. Informez-vous sur ce qu'il y faisait, avec qui et pourquoi il en est parti. Tapez votre rapport en deux exemplaires. Il me le faut sur mon bureau avant que vous rentriez chez vous ce soir.

— Bien, chef.

— En plus, vous étiez ici tous les trois quand Pat Galloway a disparu. Moi, pas. Je vous demande donc de prendre le temps de fouiller dans vos souvenirs des semaines ayant précédé et suivi l'événement. Écrivez tout ce qui vous revient en mémoire, même si cela vous paraît insignifiant ou sans rapport avec l'affaire. Tout ce que vous avez vu, entendu, pensé. Vous étiez encore très jeune, Peter, mais les gens ne font pas toujours attention aux enfants et parlent parfois devant eux sans réfléchir, poursuivit-il en punaisant les photos, Hawbaker d'un côté du panneau, Galloway de l'autre. Il y a un renseignement essentiel que je tiens à connaître : où était Max Hawbaker quand Galloway a quitté la ville ?

— Ce n'est pas facile à trouver au bout de tout ce temps, dit Otto. Galloway peut avoir été tué une semaine ou un mois après son départ. Ou même six mois. On n'en sait rien.

— Cherchez quand même.

— C'est dur à admettre d'un homme avec qui on a bu des douzaines de bière et pêché dans le même trou de glace, mais si Max a avoué avoir commis le crime et s'est tué pour se punir, qu'est-ce que nous cherchons à prouver ?

— Son suicide n'est qu'une supposition, Otto, pas un fait

avéré. Notre seule certitude, c'est que deux hommes sont morts à seize ans de distance. Nous devons partir de là.

Nate ne passa même pas par sa chambre. Trop de questions auxquelles il ne pouvait ni ne voulait répondre l'attendaient au *Lodge*... Mieux valait les éluder jusqu'à ce qu'il soit en mesure d'adopter une position officielle. De toute façon, il avait besoin d'espace et de ciel peuplé d'étoiles. Il prenait goût à la nuit, au point d'avoir presque oublié ce que c'était de commencer et de terminer une journée de travail avec le soleil.

Ce n'était pas le soleil qu'il voulait. C'était Meg.

Mais il n'avait pas seulement besoin de sa compagnie. Il avait aussi besoin de ses connaissances et de ses souvenirs pour remplir quelques blancs du tableau qu'il avait commencé à esquisser.

Les lumières de la maison étaient allumées, pourtant l'avion n'était pas là. Il reconnut le véhicule garé près de la porte, celui de Jacob. Une pointe d'inquiétude le piqua quand il mit pied à terre.

— Meg ? parvint-il à demander pour couvrir le bruyant accueil des chiens quand Jacob ouvrit la porte.

— Sur un job. Elle doit camper cette nuit avec un groupe de chasseurs qu'elle a emmené dans la brousse. Je suis venu m'occuper des chiens et du chauffage.

— Elle vous a appelé ?

— Par radio. Il y a du bon ragoût, si vous voulez.

— Ce n'est pas de refus.

Jacob laissa Nate refermer les portes et retourna à la cuisine.

— La journée a été longue, commenta-t-il en servant le ragoût.

— Vous êtes déjà au courant ?

— Les mauvaises nouvelles vont vite. C'est un geste égoïste de prendre sa propre vie en laissant sa femme ramasser les morceaux. Allez-y pendant que c'est chaud. Le pain est frais.

— Merci. Max était-il égoïste, à votre avis ?

— Nous le sommes tous plus ou moins. Surtout dans le désespoir.

— Le désespoir est un sentiment personnel, cela ne signifie

pas nécessairement qu'on est égoïste. Vous rappelez-vous quand Max est venu ici ouvrir son journal ?
— Il était jeune, enthousiaste. Persévérant, ajouta Jacob en versant du café dans leurs deux bols.
— Il est arrivé seul ?
— Comme beaucoup.
— Mais il s'est fait des amis.
— Certains. Je n'en faisais pas partie, sans que nous ayons pour autant été ennemis. Carrie lui a tout de suite fait la cour. Il n'était ni beau ni riche, ni particulièrement brillant, mais elle avait dû voir en lui quelque chose qu'elle voulait. Les femmes voient souvent ce que les hommes ne voient pas.
— Il paraît qu'il faisait de l'alpinisme. Vous l'avez déjà emmené ?
— Oui, en été. Des ascensions faciles, il n'était pas très bon alpiniste. Je l'ai aussi emmené deux ou trois fois dans la brousse pour des parties de chasse. Il n'était pas chasseur lui-même, mais il prenait des notes ou des photos. Je l'ai conduit avec Carrie à Anchorage pour la naissance de leurs deux enfants. Pourquoi vous me le demandez ?
— Par curiosité, sans plus. Il lui arrivait de faire des ascensions avec Galloway ?
— Je ne les ai jamais emmenés ensemble, en tout cas. Pourquoi ? Cela a de l'importance ?
— Simple curiosité, encore une fois. Et puisque je suis curieux, diriez-vous de Galloway qu'il était égoïste ?
— Oui.
— Sans plus de précision ?
— Vous ne m'en avez pas demandé.
— Quel genre de mari, quel genre de père était-il ?
Jacob vida son café, se leva pour rincer le bol dans l'évier.
— Comme mari, au mieux, médiocre. On pourrait dire aussi qu'il n'avait pas une femme facile à vivre.
— Et vous, qu'en diriez-vous ?
— J'en dirais qu'il existait entre eux un lien très fort sur lequel chacun tirait de son côté pour atteindre des buts souvent contradictoires.
— Meg serait-elle ce lien ?

— Un enfant est toujours un lien. Mais Meg était cent fois plus intelligente, plus forte, plus généreuse que l'un ou l'autre.
— Plutôt votre fille, alors ?
— Meg n'appartient à personne qu'à elle-même, répondit Jacob. Je vais vous laisser, maintenant.
— Est-elle au courant de ce qui est arrivé à Max ?
— Elle ne m'en a pas parlé. Je ne lui ai rien dit non plus.
— Savez-vous quand elle reviendra ?
— Après-demain, si le temps le permet.
— Auriez-vous une objection si je passais la nuit ici ?
— Meg en aurait-elle ?
— Je ne crois pas.
— Alors, pourquoi en aurais-je ?

Une fois seul, Nate se servit de l'équipement de la salle de gym. Il ne s'attendait pas à retirer un tel plaisir de l'effort physique.

Sans avoir l'intention de fouiller dans les affaires de Meg, il se retrouva presque malgré lui à errer de pièce en pièce, à ouvrir les placards, à jeter un coup d'œil dans les tiroirs. En fait, il cherchait tout ce qui aurait pu concerner son père : photos, lettres, souvenirs, et il s'absolvait de son indiscrétion en songeant que Meg les lui aurait montrés si elle avait été là.

Il découvrit des albums de photos sur la dernière étagère de la penderie, au-dessus d'une garde-robe qui le fascina par le mélange de grosse laine et de soie. Une boîte à chaussures à côté des albums contenait des photos en vrac. Il prit le tout, s'installa sur le lit et ouvrit le premier album.

Il reconnut immédiatement Patrick Galloway, sensiblement plus jeune, barbu, les cheveux longs, portant l'uniforme des années soixante-dix : blue-jean à pattes d'éléphant, tee-shirt et bandana. Sur une photo, il s'appuyait à une grosse moto, l'océan derrière lui, un palmier à sa droite. La Californie, sans doute. Il était seul sur certaines photos, dont une où il jouait de la guitare devant un feu de camp qui sculptait des ombres sur son visage. Sur nombre d'autres, il était avec Charlene encore très jeune, les cheveux blonds aux boucles anarchiques, le regard rieur derrière des lunettes de soleil bleues. Elle était belle, jugea Nate. Très belle même, avec une plastique parfaite, un visage lisse, des lèvres sensuelles. Elle n'avait sans doute pas plus de dix-huit ans.

Suivit une série de photos de voyage ou de camping, seuls ou en compagnie d'autres jeunes. Il reconnut Seattle sur quelques clichés de ville. Galloway avait rasé sa barbe, coupé ses cheveux. Sur un autre, devant un panneau proclamant BIENVENUE EN ALASKA, la barbe et les cheveux avaient repoussé. Cette succession permettait de retracer leur parcours le long du Pacifique, de la Californie à l'État de Washington. Ils avaient abordé l'Alaska par le sud-est, en travaillant peut-être dans les conserveries, avant de continuer à remonter vers le nord.

Il trouva ensuite une photo de Charlene, enceinte jusqu'aux yeux, qui posait sur son ventre des mains protectrices avec une expression radieuse exprimant le bonheur et l'espoir. Sur d'autres, Patrick peignait une pièce, la chambre d'enfant peut-être, ou construisait un berceau. La vue de Meg bébé amena un sourire sur les lèvres de Nate. Il perdit son temps à s'attarder sur cette série – ou peut-être n'était-ce pas une perte de temps, estima-t-il en observant la tendresse et la joie des deux parents, la manière dont ils tenaient leur enfant. Les saisons, les années s'écoulèrent sous ses yeux. Il voyait peu à peu le ravissant visage de Charlene se durcir, son regard perdre son éclat. Les photos ne témoignaient plus ensuite que d'occasions particulières, fêtes, anniversaires, réunions d'amis. Sur l'une d'elles, Patrick et Jacob se tenaient fraternellement par les épaules. Elle était si mal cadrée et si floue que Nate pensa qu'elle avait dû être prise par Meg encore enfant.

Les albums terminés, il vida la boîte à chaussures sur le lit. S'en échappa une série de photos de groupe, visiblement prises le même jour et à la même occasion. La verdure, le ciel bleu, le soleil brillant, tout indiquait qu'on était en été. La réunion avait lieu dans un jardin. Il y avait des tables de pique-nique couvertes de plats de nourriture et des barils de bière, des chaises pliantes, des barbecues. Nate vit Galloway, une fois de plus sans barbe et les cheveux moins longs, qui paraissait en pleine forme et plus séduisant que jamais. Charlene était vêtue d'une chemise assez échancrée pour dévoiler sa poitrine, d'un short court qui faisait valoir ses jambes. La fraîche et jolie jeune fille aux yeux rieurs avait laissé la place à une femme belle, dure, consciente de sa valeur. Et heureuse ? La question se posait. Elle riait, souriait, posait, mais la spontanéité et la réelle joie de vivre ne se distinguaient nulle part.

Il reconnut Hopp assise près d'un homme grand et maigre aux cheveux blancs, sans doute son défunt mari. Ils buvaient de la bière et se tenaient par la main. Ed Woolcott, notablement plus mince, avait une moustache et un fin collier de barbe. Un par un, Nate identifia les gens qu'il connaissait. Bing, l'air déjà maussade et bourru, était plus mince d'une bonne dizaine de kilos. Aussi fraîche et belle que la fleur dont elle portait le nom, Rose tenait par la main son petit frère Peter, encore tout jeune. Pourvu de plus de cheveux et de moins de ventre, Max était assis à côté de Patrick. Ils s'apprêtaient tous deux à mordre dans une énorme tranche de pastèque. Deb, Harry et Peach – presque svelte ! – se tenaient par le bras et souriaient à l'objectif.

Nate reprit la série de photos, se concentra sur celles des hommes. Galloway y était presque toujours présent, en train de rire, de boire, de parler, de gratter sa guitare ou de jouer dans l'herbe avec les enfants. Beaucoup de ces hommes étaient des inconnus, certains paraissaient trop âgés pour avoir entrepris une difficile ascension hivernale, d'autres trop jeunes. Le meurtrier était-il parmi eux ? se demanda-t-il. L'un de ces hommes qui avaient mangé, bu, ri, bavardé avec Pat Galloway et Max Hawbaker les avait-il assassinés tous les deux ?

Sur nombre d'autres photos de groupes ou de vacances figuraient Galloway, Max, Jacob, Ed, Bing, M. Hopp. Au bout d'une heure, il les remit dans la boîte avec soin. Il lui faudrait avouer à Meg son indiscrétion, ou alors trouver le moyen de l'amener à lui montrer les photos sans lui révéler qu'il les avait déjà vues. Il déciderait le moment venu. Pour le moment, il était grand temps de sortir les chiens, impatients de se livrer à leur dernier exercice avant la nuit. Et comme il se sentait aussi énervé qu'eux, ce serait une bonne occasion de mettre en pratique ses leçons de raquettes.

Ils le suivirent docilement jusqu'à sa voiture, où il prit ses raquettes. Peter avait été un professeur patient et expérimenté.

Malgré tout, Nate s'étala quatre fois en autant de pas, mais il s'entêta et ses efforts aboutirent à quelques progrès. Dès qu'ils le virent sur pied, les chiens partirent en courant vers les bois comme s'ils voulaient le mettre à l'épreuve. *Une sacrée distance*, pensa Nate en fourrant une lampe torche dans sa poche. Avec un peu de chance, il se fatiguerait assez pour dormir sans faire de ces mauvais rêves qui revenaient encore trop souvent le hanter.

Il n'avançait pas vite, sa démarche manquait d'élégance, mais il finit par arriver à la lisière, un peu essoufflé. Une aurore boréale déployait ses lumières chatoyantes dans le ciel. Et lui, Ignatious Burke de Baltimore, Maryland, était sous le cercle polaire en train de l'admirer ! Il aurait traité de fou celui qui le lui aurait prédit trois mois plus tôt.

Il entendait les chiens aller, venir, lancer un aboiement de temps en temps. *Ont-ils levé un gibier ? Il est encore trop tôt pour les ours*, se rassura-t-il. Quand il se remit en marche, les chiens revinrent en courant et firent une sorte de danse autour de lui. Il aurait juré qu'ils riaient de son allure pataude.

— Moquez-vous de moi et vous n'aurez pas de biscuits, les enfants ! Allez, faites ce que vous avez à faire.

Les chiens repartirent dans une autre direction. Nate suivit leurs traces à l'aide de sa lampe torche. Meg voyait-elle la même aurore boréale que lui ? se demanda-t-il. Pensait-elle à lui comme il pensait à elle ? La tête basse, le regard fixé sur le faisceau de la lampe torche, il repensa aux photos de la joyeuse réunion estivale et laissa son esprit vagabonder. Combien de temps après ce pique-nique Patrick Galloway était-il mort ? Les photos prises devant un arbre de Noël étaient-elles celles des dernières fêtes auxquelles il avait participé ? Un de ces hommes qui souriaient à l'objectif portait-il déjà un masque ? Ou était-ce un accès de folie passagère, d'ivresse de l'altitude qui l'avait poussé à planter un piolet dans la poitrine de son ami ?

Non, ce n'était pas sur un coup de folie que l'assassin avait laissé le cadavre de sa victime geler sur la montagne. Pour accomplir un tel acte et n'en rien laisser paraître seize ans durant, il fallait un esprit calculateur. Et du sang-froid. Tout comme il fallait un esprit calculateur et du sang-froid pour préparer et exécuter un faux suicide.

Ou alors, admit-il, se fourvoyait-il sur une fausse piste ? Et si l'aveu de Max était vrai ? Un homme peut dissimuler des choses à sa femme, à ses amis. À lui-même aussi – jusqu'à ce que le remords, la peur, le désespoir lui serrent la gorge à l'étrangler et le décident à fuir dans la mort les conséquences de son forfait.

Ne s'acharnait-il pas sur cette enquête pour les mêmes raisons qu'il piétinait dans la neige sur de mauvaises raquettes ? Pour se sentir de nouveau normal ? Pour retrouver le personnage qu'il avait été avant que son univers s'écroule ? Pour casser ce mur qu'il avait érigé et recommencer à vivre une vraie vie ?

Tout indiquait un suicide. Seule son intuition se refusait à le reconnaître. Comment pouvait-il encore s'y fier après l'avoir laissée si longtemps en sommeil ? Il n'avait pas mené d'enquête criminelle depuis plus d'un an. Essayait-il de détourner en crime une banale affaire de suicide afin de se croire utile ? Il sentait le malaise peser de plus en plus lourd sur ses épaules en repensant à la manière dont il avait tenté d'imposer son point de vue à Coben, dont il avait donné des ordres à ses subordonnés en dépit de leur scepticisme. Et il n'avait pas d'autre justification que sa curiosité pour violer la vie privée de Meg.

Lui, qui parvenait à grand-peine à diriger un petit service de police municipale tout juste bon à distribuer des contraventions et à boucler des ivrognes, se voyait-il déjà en grand flic de génie capable de résoudre en deux temps trois mouvements un crime vieux de seize ans, de faire signer au coupable des aveux complets avant de le livrer pieds et poings liés aux autorités supérieures sous les ovations admiratives de la population ?

— Conneries ! grommela-t-il. Qu'est-ce qui te fait croire que...

Il s'arrêta soudain, déconcerté par les traces de raquettes imprimées devant lui dans la neige.

— Bizarre. Aurais-je tourné en rond sans m'en rendre compte ?

Un instant, il fut tenté de se laisser de nouveau engloutir par le néant de l'indifférence. Puis sa curiosité reprit le dessus et le hissa hors du gouffre qui menaçait de l'attirer dans ses profondeurs.

Il recula de deux pas, compara les empreintes à celles qu'il avait lui-même laissées. Elles se ressemblaient, bien sûr. Il ne pouvait pas les examiner comme il aurait voulu à l'aide de sa seule lampe torche. Il n'avait pas non plus les instincts affûtés d'un trappeur. Il ne se reposait que sur sa conviction de n'avoir pas tourné en rond et marché sur ses propres traces, provenant de la direction opposée. Il décida alors de suivre celles-ci pour en avoir le cœur net.

Elles ne le ramenèrent pas vers le bois et il sentit son estomac se nouer en découvrant un endroit où, à l'évidence, quelqu'un s'était longuement arrêté pour observer l'arrière de la maison – et le bassin d'eau chaude où Meg et lui avaient batifolé la veille au soir.

Les chiens avaient aboyé, se rappela-t-il. Pourquoi ?

Il se remit à suivre les traces et comprit aussitôt qu'elles aboutissaient à la route. La déduction s'imposa d'elle-même à son esprit, pas aussi rouillé qu'il le craignait.

Quelqu'un était arrivé en voiture par cette route. Ce quelqu'un chaussé de raquettes avait pénétré dans le sous-bois hors de vue de la maison et s'en était approché. Il ne s'agissait pas d'un voisin venu souhaiter un amical bonsoir, ni d'un automobiliste en panne en quête de secours.

Le quelqu'un en question était venu surveiller. Espionner.

À quelle heure Meg et lui avaient-ils plongé dans le bassin ? Dix heures du soir ? Un peu plus tard ? Combien de temps lui avait-il fallu pour gagner la route depuis sa découverte des traces de raquettes ? Une vingtaine de minutes, mais il n'en aurait pas fallu plus de dix à un marcheur expérimenté. Dix, quinze minutes tout au plus pour aller ensuite jusqu'à la maison de Max et dérober le pistolet dans sa voiture jamais fermée. Cinq minutes entre la maison et le journal. Largement le temps d'entrer par la porte, jamais fermée elle non plus, de taper quelques lignes sur l'ordinateur.

Largement le temps de commettre un crime.

16

Nate ne s'étonna pas de découvrir que Bing Karlovski avait plusieurs condamnations à son actif – délits véniels conformes à son personnage, tels que coups et blessures ou ivresse sur la voie publique. La vérification systématique des fichiers individuels était une procédure élémentaire, que l'on soit ou non *officiellement* chargé d'une enquête. Patrick Galloway avait été assassiné à l'époque où Nate apprenait encore à conduire sa première voiture d'occasion, mais Max Hawbaker était mort depuis qu'il avait pris ses fonctions. Il entreprit donc de passer au peigne fin le passé des citoyens sous sa responsabilité.

Il retrouva ainsi les incartades de Galloway et procéda jusqu'au bout de la liste. Rares étaient ceux qui n'avaient rien à se reprocher. Jacob Itu était immaculé, mais Ed Woolcott et Max lui-même avaient eu maille à partir avec la loi. Nate n'épargna pas ses adjoints et apprit que si Otto s'était rendu coupable de quelques coups et blessures, sans dépôt de plainte il est vrai, Peter était blanc comme la neige vierge. Il imprima le tout et le classa dans son dossier.

Par précaution, mais sans illusion sur l'utilité de sa démarche, il transmit le résultat de ses recherches à Coben et apprit sans surprise que les rapports d'autopsie et d'analyses n'étaient pas encore sortis. L'intime conviction du chef de la police municipale de Lunacy que le décès de Max Hawbaker était dû à un meurtre plutôt qu'à un suicide ne faisait pas contrepoids aux pesanteurs de la bureaucratie.

Assis à son bureau en regardant la neige tomber derrière la fenêtre, il se demanda comment il allait s'y prendre. Il disposait de ressources dérisoires, d'aucune autonomie, de troupes sans expérience et d'un faisceau d'indices, sinon de preuves, pointé tout droit dans la direction du suicide. Mais cela ne signifiait pas qu'il devait adopter la solution de facilité en laissant les événements suivre leur cours, pensa-t-il en se levant pour aller étudier son panneau de travail.

— Tu sais qui t'a tué, murmura-t-il en regardant la photo de Pat Galloway. Eh bien, je finirai par entendre ce que tu as à me dire.

La meilleure sinon la seule marche à suivre consistait à mener une enquête parallèle, comme si Coben et lui avançaient dans la même direction sans jamais se croiser. Et s'il voulait dénouer l'écheveau, il devait commencer par tirer un bout de la ficelle.

— Peach, voulez-vous appeler le *Lodge* et informer Charlene que je veux lui parler ?

— Vous voulez qu'elle vienne ici ? s'étonna-t-elle.

— Exactement. Dans mon bureau.

— C'est en plein le coup de feu du petit déjeuner et Charlene a renvoyé Rose chez elle. Le docteur pense que le bébé risque d'arriver avec un peu d'avance.

— Demandez-lui de venir aussitôt qu'elle le pourra et dites-lui que je ne la garderai pas longtemps.

— Bien sûr, Nate, mais ce serait plus simple que vous...

— Je veux la voir ici avant le déjeuner. Compris ?

— Bon, bon, pas la peine d'être désagréable.

— Et prévenez-moi quand Peter reviendra de sa ronde. J'ai besoin de lui parler, à lui aussi.

— Décidément, vous êtes bien bavard aujourd'hui.

Et elle referma la porte avant qu'il puisse la rabrouer.

Il regrettait de n'avoir pas pu prendre de meilleures photos des empreintes de raquettes. Le temps d'aller en ville chercher l'appareil et de revenir chez Meg, il commençait à neiger et les traces étaient déjà estompées. Il ignorait encore si ces empreintes avaient de l'importance et il hésita à les punaiser sur le panneau. Mais après tout, c'était *son* panneau et *son* enquête. Il piétinait dans le noir, comme il avait piétiné dans les bois la veille au soir. Mais celui qui continue de marcher finit par arriver quelque part, pensa-t-il.

— Chef Burke, l'appela Peach par l'Interphone sur un ton officiel. Le juge Royce désirerait vous parler si vous n'êtes pas trop occupé.

Nate masqua en hâte le panneau avec la couverture écossaise dont il s'était muni à cet effet.

— Bien sûr, faites-le entrer.

Le juge Royce portait une longue couronne de cheveux blancs autour de son crâne chauve. Des lunettes épaisses comme des culs de bouteille étaient perchées au bout d'un nez pointu et crochu. Sa silhouette pouvait être poliment qualifiée de corpulente et sa voix, à soixante-dix-neuf ans, résonnait encore avec la puissance et la majesté qui avaient dû être les siennes dans les salles d'audience. Il était vêtu de velours côtelé d'un marron indéterminé et arborait, détail inattendu, un anneau d'or à l'oreille droite.

— Monsieur le juge, le salua Nate. Café ?

— Je ne dis pas non, déclara-t-il en s'asseyant pesamment. Vous voilà avec un beau merdier sur les bras. Deux sucres, merci. Carrie Hawbaker est venue me voir hier soir.

— Elle traverse un moment difficile.

— Quand votre mari finit avec une balle dans le crâne, c'est le moins qu'on puisse dire. Elle est folle de rage contre vous.

— Ce n'est pas moi qui ai tiré cette balle.

— Non, je m'en doute. Mais une femme dans l'état où se trouve Carrie prend sans scrupule le messager comme bouc émissaire. Elle voudrait que j'use de mon influence pour vous faire révoquer et, si possible, chasser de la ville comme un malpropre.

— Vous avez autant d'influence que cela ?

— Si je veux, oui. Je vis ici depuis vingt-six ans, voyez-vous, dit-il en soufflant sur son café. Je n'ai jamais pu de ma vie boire un café convenable.

— Moi non plus, renchérit Nate. Vous êtes donc venu me demander ma démission ?

— J'ai un sale caractère – quand on va sur ses quatre-vingts ans, on en a le droit. Seulement je ne suis pas un imbécile. Ce n'est pas votre faute si Max est mort, le pauvre bougre.

Ce n'est pas non plus votre faute s'il a laissé sur son ordinateur un mot pour s'accuser d'avoir tué Galloway. Mais Carrie cherche à se convaincre que vous avez inventé cette histoire pour vous faire mousser en bouclant proprement l'enquête. Elle a du bon sens, elle en reviendra.

— Pourquoi me dites-vous tout cela ?

— Il lui faudra un moment pour admettre son erreur de jugement. D'ici là, elle peut chercher à vous créer des ennuis en croyant que cela l'aidera à alléger sa douleur. Je vais fumer ce cigare, ajouta-t-il en sortant ledit cigare de sa pochette. Vous pourrez me remettre l'amende quand j'aurai fini, si cela vous chante.

Nate prit une sébile pleine de trombones, la vida et la tendit au juge en guise de cendrier.

— Vous connaissiez Galloway ?

Le juge alluma son cigare et souffla un nuage de fumée malodorante.

— Bien sûr. Je l'aimais bien, comme tout le monde. Enfin, pas comme tout le monde, on s'en aperçoit maintenant. C'est votre panneau de travail, sous cette couverture ?

Faute de réponse, le juge tira une bouffée de cigare et but une gorgée de café.

— Si vous vous imaginez que j'ai escaladé la Sans Nom à soixante ans passés et massacré un homme qui en avait à peine trente, reprit-il, j'en serai flatté, mais vous pouvez me rayer de votre liste de suspects.

— Vous avez deux ou trois affaires de coups et blessures à votre actif, commenta Nate.

Un sourire amusé souleva le coin des lèvres du juge.

— Vous avez bien fouiné, hein ? Laissez-moi vous dire une chose : un homme qui aurait vécu aussi longtemps que moi dans un pays pareil et ne se serait jamais trouvé mêlé à quelques bonnes bagarres ne serait pas un homme digne de ce nom.

— C'est possible. Mais un homme qui aurait vécu aussi longtemps que vous dans ce pays aurait probablement été capable de réussir l'ascension s'il s'en était donné la peine. Et un piolet contre un homme désarmé aurait largement compensé la différence d'âge.

Le sourire du juge s'élargit.

— Vous n'avez pas tort. J'aime chasser, j'ai passé pas mal de temps dans la brousse avec Pat, mais je ne fais pas d'alpinisme. Je n'en ai jamais fait, vous pourrez facilement le vérifier.

Nate s'abstint de nouveaux commentaires.

— Qui en faisait avec lui ? se borna-t-il à demander.

— Max, au début. Ed et Hopp deux ou trois fois, mais pour des ascensions faciles pendant l'été. Harry et Deb aimaient la montagne eux aussi. Bing a grimpé là-haut plusieurs fois. Jacob et Pat montaient souvent ensemble, partaient camper dans la brousse ou formaient équipe comme guides pour des clients payants. Plus de la moitié de la population de Lunacy s'attaquait et s'attaque toujours à la montagne, sans compter ceux qui sont partis depuis. Pat était un bon alpiniste, d'après ce que j'en sais. Il gagnait bien sa vie en tant que guide.

— Qui par ici aurait été capable de faire une ascension d'hiver ?

— Il s'agit moins d'en être capable que de vouloir défier les éléments. Alors, vous allez me le montrer, ce tableau ?

Faute d'une bonne raison pour refuser, Nate enleva la couverture. Le juge l'examina un instant, tira une bouffée, but une gorgée.

— La mort détruit la jeunesse, on ne s'attend guère à ce qu'elle la préserve, dit-il en se levant pour s'approcher du panneau. Pat avait du potentiel. Il en gâchait la plupart, mais il lui en restait assez pour devenir quelqu'un. Il avait une femme belle et ambitieuse, une gamine adorable et intelligente, la tête bien faite, du talent. Son problème, c'était d'aimer jouer les rebelles, ce qui l'amenait à gâcher ses dons. Celui qui lui a planté le piolet dans la poitrine a dû s'en approcher de très près, vous ne croyez pas ?

— Je le crois, en effet.

— Pat n'était pas un bagarreur. La bible, pour lui, c'était « Faites l'amour pas la guerre », le rock and roll, des fleurs dans les cheveux et des joints tout roulés dans la poche. Vous êtes trop jeune pour avoir connu cette époque. Pat croyait dur comme fer à ces sornettes. Je l'imagine en train de citer des vers de Bob Dylan ou de je ne sais qui à celui qui est arrivé sur lui un piolet à la main.

— S'il le connaissait bien, s'il lui faisait confiance, il ne l'a sans doute pas pris au sérieux. Ils étaient assez nombreux dans ce cas.

— Et Max en faisait partie, approuva le juge en tournant son attention vers les photos de Max Hawbaker. Je ne l'aurais pas cru. Quand on arrive à mon âge, on ne s'étonne plus de grand-chose, mais je n'aurais jamais songé à Max. Physiquement, Pat aurait pu l'écraser comme une mouche d'un revers de main. Vous y avez pensé vous aussi, ajouta-t-il après un instant de réflexion.

— Il est plus difficile d'écraser une mouche armée.

— Vrai. Max était un alpiniste moyen, je le vois mal redescendre de cette montagne en février sans l'aide d'un homme aussi expérimenté que Pat. Je me demande comment il y est arrivé et comment il a pu reprendre sa petite existence tranquille, épouser Carrie et élever ses enfants en sachant que Pat était resté là-haut et qu'il l'avait tué.

— Selon la version officielle, il ne pouvait plus vivre avec ses remords.

— Commode, non ? Le corps de Pat est retrouvé par le plus grand hasard et, quelques jours plus tard, Max se confesse et se supprime sans rien expliquer. Juste : « C'était moi, désolé. » Pan, rideau.

— Commode, en effet.

— Vous n'y croyez pas plus que moi, n'est-ce pas ?

— Disons que j'ai mes doutes.

Après le départ du juge, Nate mit ses notes à jour. Il allait devoir interroger plusieurs autres personnes, parmi lesquelles le maire, le maire adjoint et certains des citoyens les plus éminents de la ville. Il écrivit aussi le mot « pilote », qu'il entoura d'un trait.

En principe, Galloway était parti à Anchorage chercher du travail. En avait-il trouvé ? S'il avait joué franc jeu avec Charlene et prévoyait de revenir au bout de quelques semaines, cela datait le meurtre au mois de février. Des recherches minutieuses permettraient de vérifier si Max était lui aussi absent de Lunacy dans cette fourchette de temps. Si oui, pourquoi ? Était-il parti seul ? Combien de temps était-il resté absent ? Était-il revenu seul ou avec quelqu'un ?

Nate allait devoir fouiller les souvenirs de Carrie pour obtenir des réponses à ces questions. Elle ne coopérerait sûrement pas, pour un temps du moins. Peut-être parlerait-elle plus volontiers à Coben, mais si le rapport d'autopsie concluait au suicide, Coben se donnerait-il la peine de revenir l'interroger ? Nate en était là de ses réflexions quand Peter frappa à la porte et entra.

— Vous vouliez me voir, chef ?

— Oui. Refermez la porte. Question : connaîtriez-vous une raison pour laquelle quelqu'un se promènerait la nuit à raquettes dans les bois derrière la maison de Meg ?

— Euh... Pardon, chef ?

— Ce n'est encore qu'une supposition, mais je ne crois pas que la plupart des gens sortiraient à raquettes dans l'obscurité pour la seule envie de prendre l'air ou de faire de l'exercice.

— S'ils vont voir quelqu'un ou s'ils ne peuvent pas dormir... Mais je ne vous suis pas, chef.

— J'ai découvert ces traces hier soir quand j'ai sorti les chiens, dit Nate en montrant les photos épinglées au tableau. Je les ai suivies à travers les bois, depuis la route jusqu'à quelques mètres de l'arrière de la maison.

— Vous êtes sûr que ce n'étaient pas les vôtres ?

— Certain.

— Comment savez-vous qu'elles datent d'hier soir ? N'importe qui aurait pu passer par là dans la journée, pour chasser ou couper à travers bois jusqu'au lac.

— Je l'admets. Meg et moi étions dans son bassin d'eau chaude la nuit de la mort de Max.

Gêné, Peter tourna son regard vers le mur.

— Et alors ? demanda-t-il après s'être raclé la gorge.

— Alors, pendant que nous étions dehors, les chiens ont aboyé et sont partis en courant vers les bois, visiblement ils avaient senti quelque chose. Meg était sur le point de les rappeler quand ils se sont calmés. Avant que vous me fassiez remarquer qu'ils avaient peut-être repéré un écureuil ou poursuivi un élan, j'ai découvert un endroit où ils se sont roulés dans la neige comme s'ils avaient voulu se faire caresser, et la neige était piétinée comme si la personne à raquettes était restée là un certain temps. Sans être trappeur, je suis capable de déchiffrer quelques indices. Quelqu'un a pénétré dans les bois assez loin de la maison pour ne pas se faire voir, poursuivit-il en pointant un doigt vers les photos. Il a ensuite avancé en ligne droite, semblant savoir où il allait, pour s'arrêter près de la maison où il est resté un certain temps. Le comportement des chiens indique qu'ils connaissaient la personne en question et la considéraient comme amicale.

— Si je vous voyais par hasard avec Meg dans le bassin, je... j'hésiterais à me manifester, répliqua Peter en rougissant. Je me retirerais le plus discrètement possible en espérant ne pas avoir été remarqué. C'est plutôt gênant, vous comprenez.

— Il serait beaucoup moins gênant de ne pas aller espionner la maison pendant la nuit.

— Bien sûr, admit Peter en regardant les photos avec attention. Il peut aussi s'agir de quelqu'un venu poser ou relever des pièges. Cette partie du bois appartient à Meg, mais un braconnier ne se soucie pas trop des propriétés privées. Je parie qu'elle avait mis de la musique.

— Exact.

— Eh bien, surtout si elle allait relever des pièges, cette personne a dû avoir envie de s'approcher, pour voir.

— Ce n'est pas impossible. Je voudrais que vous alliez y faire un tour avec Otto et vérifier si vous trouvez des pièges. Si oui, je veux savoir qui les a posés. Cela peut être dangereux pour les chiens.

— Bien, chef. Dites... vous croyez vraiment que quelqu'un espionnait la maison ? Qu'il serait mêlé à cette affaire ?

Peter était peut-être novice, mais il avait la tête bien faite.

— Cela vaut la peine d'y regarder de plus près. Tenez-moi au courant dès que vous pourrez, qu'il y ait des pièges ou non.

— Bien, chef. Euh... Il faut que vous sachiez que Carrie Hawbaker dit à tout le monde que vous cherchez à salir la mémoire de Max pour vous faire bien voir des autorités. Pour la plupart, les gens n'y font pas attention parce qu'ils savent qu'elle est hors d'elle et raconte un peu n'importe quoi, mais pour certains, l'idée d'avoir fait venir un nouveau chef d'en bas ne plaît toujours pas, vous savez.

— J'y veillerai, Peter. Merci du renseignement.

— Si les gens voyaient que vous travaillez aussi dur pour trouver la vérité, insista le jeune homme avec une colère contenue, ils comprendraient que Carrie dit des bêtises.

— Contentons-nous pour le moment de faire notre travail, Peter. Les flics n'ont jamais gagné de concours de popularité.

Il n'allait pas en gagner non plus avec Charlene, comprit-il en la voyant une heure plus tard débouler comme une furie dans son bureau.

— J'ai du travail par-dessus la tête, Rose n'est pas en état de faire son service et vous me convoquez comme si j'étais une criminelle ! fulmina-t-elle. Je suis en deuil, bon sang ! Vous devriez me montrer un peu de respect !

— Vous m'inspirez le plus profond respect, Charlene. Si cela peut vous rendre service, ne faites plus faire le ménage dans ma chambre jusqu'à ce que la situation revienne à la normale, je m'en occuperai moi-même.

— Ça n'y changera rien, toute la ville défile au *Lodge* pour cancaner sur mon Pat et cette pauvre Carrie ! La croyez-vous plus à plaindre que moi parce que Max s'est tué ?

— Toute comparaison serait malséante.

Le menton levé, les yeux étincelants de fureur, elle semblait sur le point de taper du pied. Elle se borna cependant à croiser les bras.

— Si vous commencez à me parler sur ce ton, je n'ai rien à vous dire ! N'allez pas vous imaginer que vous pouvez vous conduire comme une brute avec moi parce que vous baisez ma fille !

— Non. Mais vous allez vous asseoir et vous taire.

Cette fois, la fureur gagna ses joues, qui devinrent écarlates.

— Pour qui vous vous prenez ?

— Pour le chef de la police de cette ville. Cessez de me casser les pieds et coopérez, sinon je vous boucle dans une cellule.

Ses lèvres, d'un ton corail des Caraïbes, s'ouvrirent et se

refermèrent convulsivement telles celles d'un poisson qui suffoque.

— Vous n'avez pas le droit de me faire ça !

Sans doute pas, estima Nate, mais il n'allait pas se laisser entraîner dans son petit jeu.

— Allez-vous continuer longtemps à jouer les veuves inconsolables ? Je connais la chanson, elle devient vite lassante. Ou voulez-vous essayer de vous rendre utile ? Voulez-vous m'aider à démasquer celui qui a tué l'homme que vous prétendez avoir aimé ?

— Je l'aimais vraiment, ce sale égoïste !

Et elle se laissa tomber sur une chaise et fondit en larmes.

Nate réfléchit cinq secondes à la manière de gérer le problème. Il sortit de son bureau, prit une boîte de mouchoirs en papier sur le bureau de Peach, rentra et la déposa sur les genoux de Charlene.

— Allez-y, pleurez un bon coup, essuyez vos larmes et, quand vous serez remise, vous répondrez à mes questions.

— Pourquoi êtes-vous aussi méchant avec moi ? gémit-elle. Si vous avez traité Carrie de cette façon, je comprends pourquoi elle raconte partout des horreurs sur votre compte. Vous auriez mieux fait de ne jamais venir à Lunacy !

— Vous ne serez pas la seule à le penser quand j'aurai mis la main sur l'assassin de Patrick Galloway.

— Ce n'est même pas vous qui êtes chargé de l'enquête.

— Je suis chargé du maintien de l'ordre de cette ville, répliqua Nate, qui sentait la colère le gagner. En ce moment, je suis chargé de vous faire parler. Patrick Galloway est-il parti seul d'ici ?

— Vous n'êtes qu'une brute, un…

— Répondez à ma question.

— Oui, il est parti seul ! Il a bouclé son sac, l'a jeté dans la voiture et a démarré en me laissant seule élever notre enfant, une petite garce qui n'a jamais eu la moindre reconnaissance pour tout ce que…

— Avait-il prévu de rejoindre quelqu'un d'autre ?

— Je n'en sais rien, il ne m'a rien dit. Il était censé chercher du travail. Nous n'avions pratiquement plus un sou, j'en avais

215

assez de vivre au jour le jour. Sa famille est pleine aux as, mais il refusait de...

— Combien de temps prévoyait-il d'être absent, Charlene ?

Elle poussa un soupir à fendre l'âme en déchiquetant la poignée de mouchoirs détrempés. *Bon,* pensa Nate. *Elle se calme.*

— Quinze jours. Un mois, peut-être.

— Il ne vous a jamais appelée ni fait signe d'une manière ou d'une autre ?

— Non, et j'étais furieuse ! Il aurait dû me tenir au courant de ses activités.

— Avez-vous essayé de prendre contact avec lui ?

— Sans savoir où il était ? Je harcelais Jacob, Pat lui parlait plus qu'à moi. Mais il me répondait qu'il ne savait rien. J'étais sûre qu'il le couvrait.

Au moins, constata Nate avec soulagement, elle ne pleurait plus.

— Jacob volait-il régulièrement à l'époque, comme Meg le fait maintenant ? Vous rappelez-vous si lui ou quelqu'un d'autre s'est absenté huit ou dix jours pendant le mois de février de cette année-là ?

— Comment diable le saurais-je ? Je ne surveille pas les gens et cela se passait il y a seize ans. Seize ans ce mois-ci, ajouta-t-elle comme si elle prenait tout à coup conscience de cet anniversaire.

— Pat Galloway a disparu il y a seize ans, c'est vrai. Mais je suis convaincu que, si vous faisiez un effort, vous vous rappelleriez beaucoup de détails de ces semaines-là.

— Je m'évertuais à joindre les deux bouts, je demandais à Karl de me faire faire des heures supplémentaires au *Lodge.* Je m'inquiétais bien plus de mon sort que des faits et gestes des autres, croyez-moi.

Nate approuva d'un signe et attendit la suite.

— Je ne sais plus trop... Jacob est parti à peu près en même temps. Je m'en souviens parce qu'il était venu voir Pat le jour de son départ et lui a dit qu'il l'aurait emmené à Anchorage s'il avait su qu'il y allait. Il y emmenait déjà Max et deux ou trois autres, son avion était plein. Ou bien c'était l'année d'avant, ou celle d'après... Je ne sais plus au juste, mais il me semble que c'était cette année-là.

— Bien, opina Nate, qui nota ces informations. Autre chose ?

— Cet hiver-là était dur, plus dur que les autres, c'est pour cela que je voulais que Pat trouve un emploi. La ville était morte, il n'y avait aucun touriste. Le *Lodge* était presque vide, Karl me faisait travailler pour me rendre service. C'était un brave homme, il veillait sur moi. Les gens se terraient en attendant le printemps. Max se démenait pour lancer son journal, chassait les annonceurs, demandait des articles à droite et à gauche. Personne ne le prenait encore au sérieux.

— Était-il en ville tout le mois ?

— Je ne sais pas. Demandez à Carrie, elle lui courait après comme une chienne en chaleur. Et puis, qu'est-ce que ça peut vous faire ?

— Cela me fait que je suis responsable de ce service, de cette ville. Et aussi de vous.

— Vous n'avez même pas connu Pat. Je me demande si ce que racontent certaines personnes est vrai, que vous cherchez à vous faire de la publicité avant de retourner d'où vous venez.

— Faux. Maintenant, je suis d'ici, de nulle part ailleurs.

Nate se déplaça ensuite en réponse à quelques appels de routine, dont un feu de cheminée et une plainte de riverains contre les frères Mackie – toujours eux ! –, qui obstruaient la voie publique. Intrigué par ce nouveau coup d'éclat des jumeaux infernaux, Nate constata que l'obstacle à la circulation n'était autre qu'une Jeep. Les frères, qui l'avaient achetée à bas prix dans l'intention de la retaper et de la revendre, la remorquaient avec une simple chaîne de sorte que la pauvre vieille épave, hors de contrôle, s'était retournée dans un virage tel un animal fourbu implorant grâce.

Après avoir appelé Bing pour dégager la route et sermonné les incorrigibles trublions sans leur infliger d'amende, compte tenu de leur perte sèche, Nate regagnait le poste quand, en passant devant le dispensaire, il vit David qui aidait Rose à descendre de voiture.

— Tout va bien ? leur cria-t-il.
— Le bébé arrive ! l'informa David.
Nate stoppa, sauta à terre et prit l'autre bras de Rose, qui le remercia d'un sourire.
— Ne vous inquiétez pas, le rassura-t-elle en s'appuyant contre son mari pendant que Nate ouvrait la porte. Je ne voulais pas aller à l'hôpital à Anchorage, je voulais que ce soit le docteur Ken qui mette mon bébé au monde. Tout va bien.
— Ma mère s'occupe de Jesse, ajouta David.
— Voulez-vous que je fasse quelque chose ? Que j'appelle votre famille ?
— Ma mère est prévenue, elle va venir, dit Rose.
Se sentant aussi pâle que l'heureux père, Nate n'insista pas.
— Je vous laisse. N'hésitez pas à m'appeler en cas de besoin. Peter est en tournée, mais je peux le rappeler si vous voulez.
— Vous êtes gentil, merci.
Soulagé de s'en tirer à bon compte, Nate les laissa disparaître derrière la porte avec Joanna, l'infirmière, et sortit de sa poche son portable, qui se mit à sonner dans sa main.
— Chef ? Peter. Nous n'avons trouvé aucun piège ni même de traces d'anciens pièges. Nous pouvons étendre le périmètre de recherche, si vous voulez.
— Pas la peine, ça suffira. Revenez vite, votre sœur est sur le point de faire encore de vous un oncle.
— Rose ? Déjà ? Elle va bien ? Elle...
— Elle m'a semblé en pleine forme. Elle est en ce moment même au dispensaire, David aussi. Sa mère a pris Jesse et la vôtre est en route.
— J'arrive.
Nate remit le téléphone dans sa poche. Il devrait sans doute rester un moment, au moins jusqu'à l'arrivée des autres membres de la famille. Et puis, la salle d'attente était un endroit aussi bon qu'un autre pour s'asseoir et réfléchir à ces traces de raquettes dans la neige.
Pour se préparer également à ce qu'il allait devoir dire à Meg quand elle serait de retour.

17

C'était une fille de trois kilos et six cents grammes, avec tous ses doigts et un duvet noir sur la tête. Elle s'appelait Willow Louise et elle était ravissante. Telle fut l'information que fournit Peter quand il arriva au poste hors d'haleine, quatre heures après s'être précipité au dispensaire.

Connaissant les usages, Nate alla au bazar acheter des cigares et en profita pour faire l'acquisition d'un gros classeur destiné à contenir ses notes, les copies de rapports et les photos. Il distribua cérémonieusement les cigares à Peter, l'heureux oncle, à Otto et même à Peach, qui l'accepta en pouffant de rire. Puis, les effusions terminées, il donna quartier libre à Peter jusqu'au lendemain.

Il s'était retiré dans son bureau pour mettre ses dossiers en ordre quand Peach entra et s'assit, les mains croisées sur les genoux.

— Un problème ? s'enquit-il.

— Vous croyez vraiment que ces traces de raquettes derrière la maison de Meg ont quelque chose d'inquiétant ?

— Eh bien…

— C'est Otto qui m'en a parlé, puisque vous ne m'aviez rien dit. Si vous me teniez au courant, je me sentirais utile à quelque chose.

— Bien, madame.

— Et je connais votre numéro, chef Ignatious Burke. Quand vous prenez ce ton aimable, c'est pour changer de sujet ou faire croire que vous êtes d'accord même si vous ne l'êtes pas.

— Coupable. Je pensais qu'il valait la peine de le vérifier, c'est tout.

— Et vous n'en parlez pas à votre fidèle secrétaire parce que vous ne la croyez pas assez finaude pour savoir que vous passez le plus clair de votre temps libre chez Megan Galloway ?

— Disons plutôt que je préférais ne pas en parler à la femme qui m'apporte tous les matins du bon café et des gâteaux, elle pourrait se faire des idées fausses.

— Pas Otto et Peter ?

— Les hommes, c'est différent, ils se font déjà des idées fausses. Ne m'en veuillez pas d'avoir été un peu brusque ce matin, Peach. Et je regrette du fond du cœur de ne pas tenir ma fidèle et précieuse collaboratrice au courant de tout.

— Si je ne vous connaissais pas, je dirais que vous êtes trop poli pour être honnête... Sérieusement, vous êtes inquiet pour Meg ?

— Je me demande simplement ce qu'une personne en train de rôder dans le secteur peut avoir derrière la tête.

— Meg sera la première à vous répliquer qu'elle n'a ni n'a jamais eu besoin de personne pour prendre soin d'elle. De mon côté, je pense que cela ne fait jamais de mal à une femme d'avoir un homme qui veille sur elle. Je croyais jusqu'à présent que nous formions tous ici une grande famille, que nous ne pouvions pas nous faire gravement du mal, à part un pugilat de temps en temps ou des rancunes plus ou moins rentrées. Avec ces événements, je me demande maintenant si ce sentiment de sécurité n'était pas qu'une illusion. Soyez prudent, Nate.

— À qui Max faisait-il assez confiance pour le laisser s'approcher d'aussi près, Peach ? D'assez près pour lui tirer une balle dans la tête ?

Elle réfléchit un instant en triturant le crayon qu'elle plantait d'ordinaire dans son chignon.

— Vous ne croyez décidément pas au suicide, n'est-ce pas ?

— Le suicide est une hypothèse. Le meurtre en est une autre.

— Je ne vois pas à qui Max n'aurait pas fait confiance,

soupira-t-elle. Tout le monde fait confiance à tout le monde, ici. Moi aussi.
— Tournons-le autrement. Au moment de la disparition de Galloway, à qui Max aurait-il fait assez confiance pour entreprendre une ascension difficile, confiance qui aurait duré jusqu'à aujourd'hui ?
— Vous me faites peur ! Autrement dit, je dois me demander lequel de mes amis, de mes voisins serait un assassin de sang-froid ? Je ne sais pas... Bing, Jacob, Harry ou Deb. Hopp ou Ed, bien que Hopp n'ait jamais été aussi fou de montagne que les autres. Le père des Mackie. Mike l'Ivrogne, s'il était sobre. Le Professeur y est monté plusieurs fois, lui aussi, mais en été, pour des petites ascensions.
— John a toujours eu un faible pour Charlene.
— Bon sang, Nate, vous n'allez quand même pas... ?
— Je n'écarte aucune hypothèse, c'est tout.
— Oui, je sais. Si je me souviens bien, elle ne s'intéressait pas plus à lui qu'aux autres hommes tant qu'elle vivait avec Pat. Et puis, elle s'est mariée avec Karl Hidel six mois après la disparition de Pat. Tout le monde savait, y compris le vieux Karl, qu'elle ne l'épousait que pour son argent et le *Lodge*, mais elle a été une bonne épouse jusqu'à sa mort. Comment vais-je pouvoir regarder tous ces gens-là dans les yeux, à présent ? ajouta-t-elle en frémissant.
— C'est un des désavantages d'être flic.
Elle lui lança un regard mi-étonné mi-peiné d'être traitée de flic.
— Peut-être bien, admit-elle. Une dernière chose, poursuivit-elle en se levant. J'aime beaucoup Meg. J'ai pour elle de l'affection et du respect. Mais j'ai de l'affection et du respect pour vous aussi et j'espère sincèrement qu'elle ne vous brisera pas le cœur.
— Merci, Peach. J'en prends bonne note.
Quelques semaines plus tôt, il croyait ne plus avoir un cœur susceptible d'être brisé. Devait-il aujourd'hui se sentir heureux ou mécontent d'être conscient d'en avoir un ? Guérison ou stupidité ? Peut-être était-ce la même chose, après tout...
Avec un soupir, il décrocha le téléphone et appela Coben.

Meg ne revint pas ce soir-là. Nate passa la nuit chez elle avec les chiens et se libéra de ses frustrations dans la salle de gym. Le lendemain, la neige avait presque cessé quand il retourna en ville.

Elle ne lui avait pas donné signe de vie. Volontairement. Il devait sans doute s'inquiéter, se dit-elle en prenant un taxi à l'aéroport d'Anchorage. Nate était le genre d'homme à s'inquiéter pour une femme. Il serait vexé ou, plutôt, blessé. Furieux, peut-être. Mais elle ne regrettait pas de garder le silence.

Car elle lui en voulait de l'avoir déstabilisée.

L'expression de ses yeux quand il l'avait regardée monter dans son avion lui tournait sans arrêt dans la tête. Jamais, avec personne, elle n'avait cherché cette profondeur, cette intimité. Pourquoi les gens ne pouvaient-ils pas se contenter de faire l'amour sans y mêler du sentiment ? La fidélité, soit. Elle la prenait et la donnait tant que cela durait. Elle n'était pas comme sa mère, toujours prête à coucher avec le premier venu. Mais elle n'était pas non plus femme à partager longtemps son cœur et son foyer.

Lui, il était tout le contraire. Elle avait compris ce qu'il y avait derrière ses beaux yeux tristes dès l'instant où elle les avait vus. Et elle n'avait aucune envie de se lier à un homme qui attendrait d'elle davantage que le simple plaisir. Sa vie était déjà assez compliquée, elle ne voulait pas se sentir obligée de s'adapter aux désirs de quelqu'un d'autre. D'un homme, par-dessus le marché ! Elle avait eu besoin de s'éloigner quelques jours de Lunacy et de Nate, besoin de calme pour se remettre les idées en place. Surtout en prévision de ce qu'elle s'apprêtait à faire.

Car si elle n'avait pas fait signe à Nate, elle avait pris contact avec Coben. Le corps se trouvait à la morgue, lui avait-il dit, et elle y allait seule, volontairement une fois de plus. Ayant mené seule sa vie et ses affaires aussi loin que remontaient ses souvenirs, elle n'avait ni l'intention ni la moindre raison d'y changer quoi que ce soit. Si c'était bien son père qui gisait là, comme elle en était déjà convaincue, c'était à elle seule d'en faire son deuil et, curieusement, d'y trouver sa délivrance. Elle ne pouvait ni ne voulait le partager avec personne, pas même Jacob, le seul être au monde qu'elle aimait sans réserve.

L'identification à laquelle elle allait procéder n'était qu'une simple formalité, l'avait informée Coben. Les services de police possédaient sur Patrick Galloway un dossier comportant ses empreintes digitales. Sa fille ne pourrait donc que confirmer l'identification officielle, signer des papiers. La routine administrative, en somme.

Coben l'attendait à l'entrée de la morgue. Ils échangèrent une poignée de main sans cordialité.

— Je sais combien ce doit être pénible pour vous, mademoiselle. Je vous remercie d'avoir bien voulu venir.

— Que dois-je faire ?

— Nous avons besoin de votre signature. Nous nous sommes efforcés de simplifier les démarches autant que possible.

Meg signa et parapha des documents aux endroits indiqués. Quelques minutes plus tard, munie d'un badge de visiteur, elle suivit Coben dans un couloir. Il la fit entrer dans une petite pièce aveugle, pourvue de deux chaises et d'un écran de télévision fixé au mur.

— Si vous voulez bien regarder le moniteur, lui dit Coben.

— Le... quoi ? La télévision ? Vous allez me montrer mon père sur un écran ? C'est encore plus macabre que...

— C'est le règlement, mademoiselle. Cela vaut mieux, croyez-moi. Êtes-vous prête ?

Meg déglutit avec peine, ravala la nausée qu'elle sentait monter.

— Je suis prête.

Coben décrocha un téléphone mural, prononça quelques mots, prit une télécommande et alluma l'écran.

Il n'apparut qu'à partir des épaules. *Pourquoi ne lui a-t-on pas fermé les yeux ?* pensa Meg, le premier choc passé. Il semblait la regarder fixement de ses yeux bleu glacier qu'elle se rappelait si bien. Ses cheveux, sa barbe étaient aussi noirs que dans ses souvenirs. *Est-il encore congelé ?* se demanda-t-elle. Après tout, quelle importance ? L'estomac noué, elle sentait des picotements au bout de ses doigts.

La voix de Coben lui parvint de très loin, comme en un écho.

— Pouvez-vous identifier le défunt, mademoiselle Galloway ?

— Oui. Patrick Galloway. Mon père.

— Acceptez mes sincères condoléances, dit Coben en éteignant l'écran.

— Je n'ai pas fini. Rallumez, je vous prie.

— Mais...

— Rallumez.

Coben s'exécuta de mauvaise grâce.

— Je dois vous avertir que la presse...

— Ce n'est pas la presse qui me tracasse. Elle va répandre son nom partout, que je m'en inquiète ou pas. D'ailleurs, cela lui aurait sans doute fait plaisir.

Elle aurait voulu le toucher, elle s'y était même préparée. Elle ignorait pourquoi au juste elle tenait à ce contact, mais elle attendrait qu'ils aient fini de faire ce qu'ils devaient faire à l'enveloppe de l'homme. Alors, elle lui donnerait cette dernière caresse dont elle s'était bêtement privée quand elle était encore enfant.

— Bien. Vous pouvez éteindre, maintenant.

— Voulez-vous vous reposer ? Un verre d'eau ?

Elle avait présumé de ses forces, car elle sentit ses jambes se dérober et dut s'asseoir en hâte.

— Non. Je ne veux que des informations. Savoir ce qui va se passer maintenant, comment vous comptez trouver son meurtrier.

— Il vaudrait mieux que nous en parlions ailleurs. Si vous voulez bien venir avec moi au commiss...

L'entrée de Nate dans la pièce lui coupa la parole.

— Bonjour, Coben. Viens, Meg. Jacob nous attend.

— Jacob ?

— Il m'a emmené ici en avion. J'accompagne Mlle Galloway au commissariat, sergent, lança-t-il en prenant Meg par le bras sans attendre son assentiment ni celui de Coben.

Elle le suivit docilement, sa vision brouillée non par les larmes, mais par le choc d'avoir vu son père sur un écran de télévision. Comme si sa vie et sa mort n'avaient été qu'un épisode de série.

Elle garda le silence jusqu'au moment où ils furent tous les trois dehors.

— J'ai besoin d'air. Donnez-moi deux minutes.

Elle partit droit devant elle dans la rue. Elle entendait le bruit de la circulation, distinguait vaguement les formes des piétons. Elle sentait sur ses joues le froid de l'air, la tiédeur du pâle soleil d'hiver. Rien d'autre. Un moment plus tard, elle remit ses gants, ses lunettes noires et fit demi-tour.

— C'est Coben qui t'a contacté ? demanda-t-elle à Nate.

— Oui. Comme tu étais injoignable, il y a certaines choses que tu dois savoir avant que nous allions lui parler.

— Quelles choses ?

— Des choses dont on ne parle pas sur un trottoir. Je vais chercher la voiture.

— La voiture ? demanda-t-elle à Jacob quand Nate se fut éloigné.

— Il en a loué une à l'aéroport. Il ne voulait pas que tu sois seule dans un taxi ou avec n'importe qui.

— Que d'égards ! Je ne peux pas en dire autant sur mon compte. Inutile d'ouvrir la bouche, je le vois dans tes yeux.

— Il s'est occupé des chiens pendant ton absence.

— Je ne lui avais rien demandé ! lâcha-t-elle en regrettant son ton hargneux. Bon sang, Jacob, je ne vais quand même pas me sentir coupable de mener ma vie comme je l'ai toujours menée !

— Je ne te l'ai pas demandé non plus.

Son léger sourire, le contact de sa main sur son bras faillirent rompre le barrage que Meg avait réussi à dresser contre ses larmes.

Nate s'arrêta le long du trottoir dans une Chevrolet. Meg se ressaisit, s'assit à l'avant, claqua la portière.

— Que faut-il que je sache ?

Il démarra. Sans quitter la rue des yeux, il lui relata la mort de Max Hawbaker sur le ton impersonnel du policier tenu d'informer un civil de l'essentiel d'un dossier.

— Quoi ? Max mort ? Max a tué mon père ?

— Max Hawbaker est mort, c'est un fait. Le médecin

légiste a conclu au suicide. Par une note tapée sur son ordinateur, Max s'avouait responsable du meurtre de Patrick Galloway.

— C'est absurde ! Tu veux me faire croire que Max a eu un accès de folie criminelle, qu'il a planté un piolet dans la poitrine de mon père et qu'il est redescendu de la montagne pour rentrer tranquillement à Lunacy ? C'est idiot ! Une monstrueuse connerie !

— Je ne veux rien te faire croire. Je dis simplement que Max Hawbaker est mort. Le médecin légiste a conclu au suicide selon les preuves matérielles observées sur le corps, et Max a laissé sur son ordinateur, décoré entre parenthèses de son sang et de sa matière grise, une note par laquelle il s'accuse d'avoir tué ton père. Point. Si tu t'étais donné la peine de contacter n'importe qui ces derniers jours, tu aurais été tenue au courant des faits.

Sa voix était aussi inexpressive que son regard, nota-t-elle. Nate ne laissait rien filtrer de ses sentiments. Un mur.

— Vous vous donnez beaucoup de mal pour ne pas exprimer votre opinion, chef Burke.

— C'est Coben qui est chargé de l'enquête. Pas moi.

Il n'en ajouta pas plus et stoppa à un emplacement de visiteur dans le parking du commissariat central.

Ils se réunirent dans une petite salle de conférences. Coben exposa point par point les raisons pour lesquelles la mort de Max Hawbaker était due à un suicide. Meg écouta en silence.

— Hawbaker connaissait-il votre père ? lui demanda Coben après avoir conclu son exposé.

— Oui.

— Savez-vous s'il faisait des ascensions avec lui de temps à autre ?

— Oui.

— Savez-vous s'il existait de l'animosité entre eux ?

— Non.

— Vous ignorez peut-être aussi que Hawbaker a été licencié pour toxicomanie du journal où il travaillait à Anchorage. Nos dossiers indiquent que Patrick Galloway était utilisateur de stupéfiants. Nous ne possédons pas de preuve que votre père a cherché ou obtenu un emploi rémunéré, à Anchorage ou ailleurs, à l'époque où il a quitté Lunacy pour ce motif.

— Tout le monde ne travaille pas toujours officiellement.

— C'est exact. Il semblerait que Hawbaker, dont nous n'avons pas encore déterminé précisément les déplacements et les activités en février de cette année-là, ait rencontré Patrick Galloway, et ils auraient décidé de procéder ensemble à l'ascension de la Sans Nom par la face sud. Nous sommes amenés à supposer qu'au cours de cette ascension, sous l'influence éventuelle de la drogue ou de troubles physiques ou mentaux, Hawbaker a assassiné son compagnon et laissé son corps dans la cavité glaciaire où il a été découvert.

— On peut aussi supposer que les cochons volent, rétorqua Meg. Mon père aurait pu assommer Max d'un seul coup de poing.

— Sa supériorité physique aurait été insuffisante contre un piolet, surtout dans le cas d'une attaque surprise. Il n'existe dans cette cavité aucune trace de lutte. Nous continuerons, bien entendu, à étudier et à évaluer tous les indices. Permettez-moi cependant de vous faire remarquer, mademoiselle Galloway, que l'évidence est souvent aussi évidente parce qu'elle n'est rien d'autre que la vérité.

— Ouais... On dit toujours que le suicide est une lâcheté. C'est peut-être vrai, mais je considère qu'il faut une certaine dose de courage pour poser le canon d'un pistolet sur sa tempe et presser la détente. Dans un cas comme dans l'autre, je ne suis pas convaincue parce que Max était incapable de comportements aussi extrêmes que le meurtre ou le suicide. Il était moyen en tout, sergent. Ordinaire.

— Les gens moyens ou ordinaires commettent tous les jours des actes innommables. Je vous présente encore une fois mes plus sincères condoléances, mademoiselle, et je vous donne ma parole que je poursuivrai l'enquête jusqu'au bout. Mais, pour le moment, je ne peux rien vous apprendre de plus.

— Accordez-moi une minute, sergent, intervint Nate. Attendez-moi dehors, ajouta-t-il à l'adresse de Meg et de Jacob. Alors, reprit-il après avoir refermé la porte derrière eux, qu'est-ce que vous savez d'autre ? Qu'est-ce que vous ne lui avez pas révélé ?

— Vous avez des relations personnelles avec Megan Galloway, n'est-ce pas ?

— Elles sont encore indéterminées et, de toute façon, n'ont rien à voir avec cette affaire. Soyez beau joueur, Coben. Je peux vous dire qu'il y a aujourd'hui encore à Lunacy une bonne demi-douzaine de personnes qui auraient pu faire cette ascension avec Galloway. Des personnes que Max connaissait bien, voire intimement, qui auraient très bien pu se trouver avec lui dans son bureau la nuit de sa mort. Les conclusions du médecin légiste sont fondées sur des éléments matériels, mais il ne connaît pas la ville ni ses habitants. Il ne connaissait pas davantage Max Hawbaker.

— Vous ne l'avez pas beaucoup connu vous non plus. Mais bon, j'admets, dit Coben en levant la main pour prévenir l'objection de Nate. J'ai la preuve qu'il y avait trois personnes sur cette montagne au moment de la mort de Galloway et la preuve qu'ils n'étaient que deux dans la grotte. Des preuves écrites de la main de Galloway.

Il s'interrompit le temps de prendre dans son dossier un cahier, qu'il poussa vers Nate.

— Il tenait un journal de l'ascension. Ils sont montés à trois, Burke, et je suis pratiquement certain que Hawbaker était l'un des trois. La seule chose dont je ne suis pas certain, c'est qui était l'autre homme dans la grotte. Ceci est une copie du journal. Un expert graphologue étudie l'original pour vérifier s'il a bien été écrit par Galloway mais, à vue de nez, je le crois authentique. À vous de décider si vous voulez le montrer à sa fille.

— Vous ne le lui montreriez pas, vous ?

— Je me fais déjà violence pour vous le communiquer. De même que je me fais violence pour admettre que vous avez plus d'expérience que moi dans les enquêtes criminelles et une meilleure connaissance de la ville et de ses habitants. Je vous passe la main. À vous de jouer.

Nate rentra à Lunacy dans l'avion de Meg, le cahier glissé sous sa parka. Il déciderait après l'avoir lu s'il le lui montrerait ou non. Ou même s'il en parlerait à quiconque.

Déterminé à dominer son angoisse de voler, il s'efforça d'admirer le paysage. De la neige à perte de vue, une beauté glacée, rien qui puisse le distraire. Meg gardait un silence obstiné.

— Coben le fait exprès ou c'est un imbécile congénital ? lui demanda-t-elle tout à coup.

— Je n'irais pas jusque-là.

— Les flics se croient obligés de se soutenir ou le penses-tu vraiment ?

— Un peu les deux. Suivre une piste en se fondant sur les preuves matérielles n'est pas nécessairement faire montre d'idiotie.

— Si, si lui ou toi ou tous les deux croyez que Max a tué mon père. J'espérais mieux de ta part.

— Tu vois où mènent les espérances ?

Elle lança l'avion dans une glissade sur l'aile gauche avant de redresser brutalement et de recommencer sur l'aile droite.

— Si tu tiens à ce que je dégueule dans ton cockpit, continue, parvint-il à proférer en serrant les dents.

— Les flics devraient avoir l'estomac plus costaud.

Sur quoi elle amorça un piqué à la verticale. Nate ne vit que du blanc dans le pare-brise, du blanc sur lequel il imaginait déjà la flaque de sang jaillissant de son corps en bouillie. Sa bordée de jurons la fit éclater de rire tandis qu'elle redressait l'avion et remontait vers le ciel.

— Tu as des tendances suicidaires ? cria-t-il.

— Non. Et toi ?

— J'en avais, mais ça m'est passé. Tu recommences ce genre de plaisanterie, Galloway, et je me ferai une joie de te flanquer une bonne fessée quand nous serons revenus à terre.

— Non. Les types comme toi ne battent pas les femmes.

— Essaie, tu verras.

Elle fut presque tentée de le prendre au mot.

— Tu es furieux contre moi parce que je ne t'ai pas appelé toutes les heures pour faire des bruits de baiser dans le téléphone.

— Pilote ton zinc et boucle-la. Ma voiture est restée chez toi. C'est là que Jacob est passé me prendre.

— Je n'avais pas besoin que tu y ailles. J'avais encore moins besoin de toi pour me consoler et me tenir la main.

— Je ne me rappelle pas te l'avoir proposé. Rose et David ont eu une fille, enchaîna-t-il. Trois kilos six cents. Elle s'appelle Willow Louise.

— Ah oui ? Rose va bien ? La petite aussi ?

— À merveille. Peach la trouve ravissante, mais quand je suis allé la voir, je n'ai vu qu'une masse de chair ridée avec des poils noirs.

— Pourquoi me fais-tu la conversation alors que tu meurs d'envie de me bourrer de coups de poing ?

— Parce que je préfère m'en tenir à la neutralité jusqu'à ce que tu aies posé ce foutu engin sur de la glace solide.

Après avoir atterri, elle sauta à terre, attrapa ses bagages et se pencha pour caresser les chiens, qui accouraient à sa rencontre.

— Alors, cette fessée ? demanda-t-elle d'un air goguenard.

— Plus tard. Tes chiens me réduiraient en charpie.

— Bien raisonné. Tu es un homme sensé.

— Pas toujours, grommela-t-il.

Il la suivit dans la maison, où elle commença par remplir la cheminée, allumer le feu. Elle aurait dû s'occuper d'abord de l'avion, vidanger l'huile, couvrir les ailes. Mais elle ne se sentait pas d'humeur raisonnable ni efficace.

— Merci de t'être occupé des chiens pendant mon absence.

— Pas de quoi. Tu as bien travaillé ?

— J'ai gagné ma croûte. Quand les clients arrivent, je ne les refuse pas. Maintenant, j'ai de quoi faire un joli dépôt à la banque.

— Tant mieux pour toi.

Le feu allumé, elle se laissa tomber dans un fauteuil, une jambe sur un accoudoir. Délibérément désinvolte. Impertinente.

— Contente d'être de retour. Contente aussi de te revoir, beau mec. Si tu as le temps, montons faire l'amour, minauda-t-elle en commençant à déboutonner sa chemise. Je parie que je te ferai bander.

— C'est une mauvaise imitation de Charlene, Meg.
La repartie effaça son sourire narquois.
— Si tu ne veux pas baiser, libre à toi. Ce n'est pas une raison pour m'insulter.
— Toi au contraire, tu sembles avoir besoin de me blesser et de me rendre furieux. Qu'est-ce que ça signifie, au juste ?
— C'est ton problème.
Elle se leva, tenta de le repousser pour passer. Il lui happa un bras, la força à se tourner vers lui.
— Non, c'est le tien et je veux le connaître.
— Je n'en sais rien ! cria-t-elle. Tu comprends ? Rien ! Pourquoi tu ne pars pas en claquant la porte et en me traitant de sale garce ? Pourquoi tu ne peux pas me foutre la paix ?
— Et toi, pourquoi ne m'as-tu pas fait signe une seule fois ? Pourquoi essaies-tu de me provoquer depuis tout à l'heure ?
— Une minute.

Elle se releva, alla à la cuisine chercher des biscuits pour les chiens. Quand ils eurent chacun leur récompense, elle s'appuya au comptoir et observa Nate avec attention. Il n'était plus aussi efflanqué qu'au début. Il s'était étoffé depuis un mois, le genre de poids qui sied à un homme, qui dénote des muscles et non pas de la graisse. Ses cheveux ébouriffés étaient juste un peu trop longs. Et son regard, patient et toujours aussi triste, restait posé sur elle.

— Je n'aime pas devoir rendre des comptes à qui que ce soit, je n'en ai jamais eu l'habitude. J'ai construit cette maison, mon affaire, mon existence d'une manière qui me convient, à moi.
— As-tu peur que je te demande des comptes ? Que je te force à changer tes habitudes et ton mode de vie pour me faire plaisir ?
— Ce n'est pas ce que tu attends ?
— Il y a une différence entre exiger des comptes et se soucier du sort de quelqu'un. Je m'inquiétais de toi, pour toi. Tes chiens n'étaient pas les seuls à qui tu manquais. Quant à savoir ce que doit être un mode de vie ou l'ordre des choses, j'essaie encore de comprendre les miens. Un jour à la fois.
— Réponds-moi sincèrement. Serais-tu en train de tomber amoureux de moi ?

— J'en ai l'impression.
— Et que ressens-tu ?
— Quelque chose, un sentiment peut-être, revient en moi, se réchauffe peu à peu, essaie de trouver son rythme. Cela me fait peur et c'est bon en même temps.
— J'ignore si je veux la même chose. Je ne sais même pas si je suis capable de l'éprouver.
— Moi non plus, je n'en suis pas sûr. Tout ce que je sais, c'est que j'en ai assez d'être fatigué, vidé. Assez de faire semblant de vivre. Avec toi, Meg, je me sens vivant. Et même si cela me fait mal, je l'accepte parce que vivre fait mal.
Il lui prit le visage entre les mains, la fixa dans les yeux.
— Tu pourrais peut-être essayer, toi aussi. Essayer d'accepter.
Elle lui saisit les poignets, soutint son regard.
— Peut-être, souffla-t-elle à mi-voix. Peut-être.

18

Extrait du journal – 19 février 1988

Il a complètement pété les plombs. Trop d'amphétamines, trop d'altitude et de Dieu sait quoi d'autre. Je crois quand même l'avoir calmé. Le vent s'est levé et nous avons réussi à nous abriter dans un trou de glace. Drôle d'endroit, comme un château magique en miniature avec des colonnes et des voûtes de glace. Dommage que nous n'y soyons pas tous les trois, j'aurais grand besoin d'aide pour ramener ce cinglé de Dark à la raison.

Il s'est mis dans la tête l'idée idiote que j'ai essayé de le tuer. On a eu des problèmes pendant le rappel et il hurlait que je voulais le tuer. Il m'a sauté dessus comme un fou furieux, au point que j'ai été obligé de l'assommer. Après, il s'est excusé et il en a ri.

Nous allons juste souffler un peu, nous remettre. Pour passer le temps, nous avons joué à « Qu'est-ce que je ferai en premier quand je serai redescendu ? ». Il voulait un steak, moi une femme. Nous sommes tombés d'accord que nous voulions les deux. Il est encore sur les nerfs, je le vois bien. Mais la montagne fait souvent cet effet-là. Il faut maintenant que nous allions récupérer Han, redescendre tous les trois ensemble, rentrer à Lunacy.

Le temps a l'air de se dégager, mais on sent dans l'atmosphère que quelque chose va tomber. Il est grand temps de foutre le camp.

Dans son bureau, derrière la porte close, Nate lut les dernières pages du journal d'ascension de Patrick Galloway. *Il t'a fallu seize ans pour redescendre de ta montagne, Pat,* pensa-t-il. *Parce qu'il t'est tombé dessus quelque chose que tu n'attendais pas.*

Trois sont montés, deux seulement sont redescendus. Ces deux-là ont gardé le silence seize ans durant. Mais ils n'étaient que deux dans cette grotte de glace, Galloway et son assassin. Et plus il y pensait, plus Nate était convaincu que cet assassin n'était pas Max.

Pourquoi cet homme avait-il laissé survivre Max aussi longtemps ?

Si Han était Max, Max était blessé ou épuisé, pas gravement mais assez pour rendre la descente difficile. Selon le journal de Galloway, Max était le moins expérimenté et le moins endurant des trois. L'assassin de Galloway l'avait donc aidé à redescendre. Depuis, Max avait gardé le secret. Pourquoi ?

Ambition, chantage, fidélité ? Peur ? Il faut retrouver le pilote, décida Nate. Entendre sa version des faits.

Il rangea la copie du journal dans un tiroir de son bureau, le ferma à clé. En sortant, il vit Otto, rouge de froid, qui revenait de sa ronde.

— Ed Woolcott se plaint qu'on a forcé le cadenas de sa hutte de pêche, dit-il en se précipitant sur la cafetière. On lui aurait volé deux cannes à pêche, sa foreuse à moteur, une bouteille de scotch single malt et on a barbouillé la hutte à la peinture. Des gamins, à mon avis. Je lui ai expliqué que, comme il est le seul dans le coin à fermer sa hutte au cadenas, ça donne justement envie d'y entrer voir ce qu'il y cache.

— Quel est le montant du vol, en gros ?

— Huit cents dollars, selon lui, répondit Otto avec un ricanement méprisant. Le modèle le plus cher des foreuses à moteur ne dépasse pas quatre cents et on en trouve des bonnes à main pour pas plus de quarante. C'est bien Ed, ça. Il faut toujours qu'il la ramène.

— Vous avez la description des objets volés ?

— Oui, je l'ai notée. Un gamin assez bête pour exhiber une canne à pêche avec le nom d'Ed gravé sur une plaque de cuivre mérite une bonne leçon. Le scotch, ils ont dû se soûler avec. Ils se sont sans doute amusés à percer un trou dans la glace avec la foreuse, ont pêché deux-trois poissons en avalant le whisky. On retrouvera le matériel quelque part dans la nature, à moins qu'ils le remettent en douce dans la hutte en se rendant compte qu'ils ont fait une bêtise.

— C'est quand même du vol avec effraction. Nous enquêterons.

— Je parie que le tout est assuré au-delà de sa valeur. Vous savez qu'il a demandé à un avocat d'engager des poursuites contre Harlow, qui avait prétendument poussé sa bagnole dans le fossé au début de l'année ? Un procès à Harlow ! On aura tout vu.

— Je lui parlerai.

— Bonne chance, chef. Je vais écrire mon rapport, soupira Otto en s'asseyant de mauvaise grâce devant le clavier de l'ordinateur.

— Je sors un moment. Vous faites encore de la montagne, Otto ?

— Pourquoi voudriez-vous que je me fatigue à monter dessus ? Je la vois très bien d'ici.

— Mais vous en avez fait, dans le temps.

— Oui. Je dansais aussi le tango avec des femmes de mauvaise vie.

Amusé, Nate s'assit sur le coin du bureau.

— C'est vrai ? Celles avec des jupes fendues et des hauts talons ?

La mauvaise humeur d'Otto céda devant les souvenirs.

— Ouais… C'était le bon temps.

— Je m'en doute. Je n'ai jamais dansé le tango ni escaladé des montagnes. Je devrais peut-être m'y mettre.

— Contentez-vous du tango, chef. C'est moins dangereux.

— De la manière dont certains en parlent, l'alpinisme ressemble à une sorte de religion. Pourquoi avez-vous laissé tomber ?

— J'en avais marre de flirter avec les pieds gelés et les os cassés. La dernière fois, j'étais dans une équipe de sauvetage, poursuivit-il d'un air sombre. Un groupe de six, emportés par une avalanche. On en a retrouvé deux, morts. Vous n'avez jamais vu le corps d'un homme balayé par une avalanche ?

— Non.
— Tant mieux pour vous. Cela fera neuf ans le mois prochain. Je ne suis jamais remonté depuis. Et je ne recommencerai jamais.
— Vous avez fait des ascensions avec Galloway ?
— Deux ou trois fois. Un sacré bon alpiniste, pour un propre à rien.
— Vous ne l'aimiez pas ?
Otto commença à taper avec deux doigts sur le clavier.
— Si j'avais dû aimer tous les connards que j'ai croisés dans ma vie... Galloway était resté coincé dans les années soixante. Faites l'amour pas la guerre, la drogue, toutes ces âneries. Un peu trop facile de se défiler comme ça, si vous voulez mon avis.
Dans les années soixante, pensa Nate, Otto crapahutait dans les rizières du Viêt Nam. L'animosité d'un soldat pour un hippie pouvait éclater en violence dans des conditions de stress extrême. Une ascension d'hiver, par exemple.
— On parle de protéger la nature et de sauver les baleines, reprit Otto, et tout ce qu'on fait en réalité, c'est rester assis sur son cul en vivant aux crochets du gouvernement, sur lequel on crache sans arrêt. Je n'ai pas de respect pour ces gens-là.
— Évidemment, en tant qu'ancien militaire, vous n'aviez pas beaucoup de points communs avec Galloway.
— Disons qu'on n'était pas copains comme cochons. Pourquoi vous demandez tout ça ? voulut-il savoir d'un ton soupçonneux.
— J'essaie simplement de me faire une idée de l'homme, répondit Nate en se levant. Au fait, quand vous faisiez des ascensions, qui preniez-vous comme pilote ?
— Jacob, la plupart du temps. Il vivait ici, à l'époque.
— Je croyais que Jacob faisait de la montagne, lui aussi. Vous en avez fait avec lui ?
— Bien sûr. Dans ces cas-là, on prenait Hank Fielding de Talkeetna, Deux Pattes d'Anchorage ou Stokey Loukes quand il n'était pas soûl. Les pilotes ne manquent pas, par ici. Si vous pensez sérieusement vous y mettre, prenez Meg et un guide sérieux, pas un amateur.
— Merci du conseil. Jusqu'à nouvel ordre, je crois que je

me contenterai de regarder la montagne par la fenêtre de mon bureau.

— Ça, c'est le plus sensé.

Avoir interrogé son adjoint ne causa à Nate aucun plaisir, cependant il garderait quand même une trace de leur conversation dans son dossier. Il imaginait mal Otto en proie à un accès de folie au point d'attaquer un homme à coups de piolet. Mais il ne l'imaginait pas davantage en train de danser des danses lascives avec des taxi-girls dans des bouges exotiques. *C'est fou*, se dit-il, *ce que les gens changent en quinze ans…*

En arrivant au *Lodge*, il trouva Charlene et Cissy en train de servir les premiers clients du dîner. Jim était au bar et le Professeur occupait son tabouret attitré, en train de lire et de siroter un whisky.

— On ouvre une poule pour l'Iditarod, l'informa Jim. Vous voulez en être ?

Après avoir discuté des mérites comparés des concurrents *mushers* et de leurs équipages de chiens, Nate y alla de vingt dollars et commanda un café.

— Comment va, John ? demanda-t-il au Professeur.

Ainsi convié à la conversation, celui-ci marqua sa page et se tourna vers son voisin.

— J'ai encore du mal à dormir. L'image de Max ne me sort pas de la tête.

— C'est dur, je sais. Vous connaissiez bien Max. Vous avez même écrit dans son journal.

— Des critiques littéraires une fois par mois. Quelques petits articles de temps en temps. Je ne sais pas si Carrie continuera à le publier. Je l'espère, en tout cas.

— Je ne sais plus qui m'a dit que Galloway écrivait lui aussi dans le journal, à l'époque.

— Il écrivait bien. Il aurait pu devenir un bon écrivain s'il s'en était donné la peine.

— C'est vrai pour beaucoup de gens.

— Il avait du talent dans plusieurs domaines, mais il n'a jamais persévéré dans aucun. Il a gâché tout ce qu'il avait, souligna John en jetant un coup d'œil en direction de Charlene.

— Y compris sa femme ?

— Je ne suis pas très objectif sur ce point, je sais. À mon avis, Pat ne faisait aucun effort dans ses rapports avec les autres, comme pour le reste. Il avait écrit deux ou trois chapitres de plusieurs romans qu'il ne s'est jamais donné la peine de finir, des dizaines de chansons à moitié écrites, je ne sais combien d'objets ou de meubles laissés incomplets. Il était doué de ses mains, il avait l'esprit créatif, mais pas plus de discipline que d'ambition.

Nate ne put s'empêcher d'évaluer la situation. Trois hommes réunis par les mêmes intérêts, l'écriture et la montagne. Et deux d'entre eux amoureux de la même femme...

— Il aurait peut-être fini par s'y mettre sérieusement, s'il en avait eu le temps.

John fit signe à Jim de lui remplir son verre.

— Peut-être, admit-il sans conviction.

— Vous avez lu ce qu'il écrivait ?

— Bien sûr. On s'asseyait devant une bière, ou deux – ou un joint de bonne herbe, précisa-t-il avec un demi-sourire. Nous discutions de philosophie, de politique, d'écriture, de la condition humaine. Nous étions jeunes, nous nous prenions pour des intellectuels. Nous agitions des idées creuses et n'aboutissions nulle part.

— Et vous faisiez des ascensions avec lui ?

— Ah, l'aventure ! L'aventure avec un grand A. Les jeunes intellectuels ne viennent en Alaska que pour elle. Je regrette ce temps-là, je ne l'aurais pas échangé contre un prix Pulitzer.

— Vous étiez bons amis, alors ?

— Oui, sur ce plan-là du moins. Je lui enviais sa femme, ce n'était pas un mystère. Je crois qu'il s'en amusait parce que cela lui donnait un sentiment de supériorité sur moi. J'avais des diplômes, il avait jeté son éducation supérieure aux orties, et pourtant il était plus riche que moi de ce point de vue. Cela l'amuserait sans doute de savoir que je convoite toujours sa femme, ajouta-t-il avec un sourire sans gaieté.

Nate laissa passer un peu de silence, but son café.

— Quand vous faisiez des ascensions, vous les faisiez en groupe ou tous les deux ?

John s'ébroua, comme s'il sortait d'un rêve. *Les souvenirs,* pensa Nate, *sont une forme de rêve. Ou de cauchemar.*

— Hein ? Ah, oui... Toujours en groupe. La folie a besoin de camaraderie. La meilleure dont je me souvienne s'est passée en été sur Denali, ce monstre. Tout Lunacy était venu. Le camp de base était une vraie petite ville. Il y avait là, voyons, Jacob, Otto, Harry et Deb, Ed, Bing, Max, les Hopp, Sam Beaver, qui est mort il y a deux ans d'une embolie pulmonaire. Qui d'autre ? Mackie senior aussi, si mes souvenirs sont bons. Bing et lui s'étaient bagarrés comme des chiffonniers pour je ne sais plus quelle broutille et Hopp, le défunt mari de notre maire, les avait séparés. Nous avions organisé cette ascension comme une fête. Nous étions même munis d'un drapeau que nous voulions planter au sommet et photographier pour le journal. Mais nous ne sommes jamais arrivés là-haut.

— Aucun de vous ?

— Non. Pat y est monté un peu plus tard avec je ne sais plus qui, mais pour cette ascension-là, la poisse nous a poursuivis du début à la fin. La première nuit au camp de base, nous étions pourtant pleins d'optimisme et d'enthousiasme. On chantait, on dansait, on faisait l'amour sous ce fabuleux soleil de minuit. C'était la belle, la vraie vie.

— Que vous est-il arrivé ?

— Harry est tombé malade. Il allait bien le soir et le lendemain il avait la fièvre. Une sorte de grippe. Deb et Hopp se sont chargées de le redescendre. Deux autres encore sont tombés malades. Là-dessus, le temps a changé. Ceux qui restaient ont planté les tentes et attendu que ça passe, mais le temps n'a fait que s'aggraver. Pendant cette pause forcée, Ed est tombé malade à son tour, moi aussi. En fin de compte, nous avons été forcés de battre en retraite. Une triste fin pour notre belle petite fête.

— Qui vous a remmenés en ville ?

— Que voulez-vous dire ?

— Vous aviez bien un pilote.

— Oui. Je me rappelle avoir été embarqué dans un avion avec les autres. Nous étions tous souffrants ou enragés. Je ne me souviens plus du pilote, en revanche. Un ami de Jacob, je crois. Après, j'ai été malade comme un chien, mais j'ai réussi à écrire pour le journal de Max un petit article humoristique sur notre expédition manquée. Depuis, ajouta-t-il en vidant son verre, j'ai toujours regretté de n'avoir pas pu planter le drapeau au sommet.

Nate prit congé du Professeur et s'approcha de Charlene.

— Vous pouvez vous arrêter cinq minutes ?

— Oui, quand Rose sera remise sur pied.

— Cinq minutes, pas plus. Ce n'est pas encore le coup de feu.

— Cinq, pas une de plus. Si nous ne faisons pas d'efforts, les gens iront *Chez l'Italien*. Je ne peux pas me permettre de perdre mes habitués.

Elle fourra son bloc de commandes dans sa poche et traversa la salle vers le hall d'entrée. Sa démarche et le claquement de ses talons sur le dallage évoquèrent à Nate les taxi-girls d'Otto.

— Patrick Galloway était bien allé à Anchorage chercher du travail, n'est-ce pas ? commença-t-il.

— Je vous l'ai déjà dit cent fois !

— Un dernier effort. S'il y est allé et a ensuite décidé de faire une ascension, quel pilote aurait-il engagé pour le déposer sur le glacier ?

— Comment diable voulez-vous que je le sache ? Il n'était pas censé se balader en montagne, il devait trouver un job !

— Vous avez vécu près de quatorze ans avec lui, Charlene. Vous le connaissez mieux que personne.

— Ce n'était pas Jacob, en tout cas. S'il était à Anchorage, il a sans doute demandé à Deux Pattes ou à Stokey. Et si ces deux-là n'étaient pas disponibles, il a pris le premier qui lui est tombé sous la main. Ou, plutôt, il a fait du troc avec lui ou Dieu sait quel marchandage. Il n'avait pas les moyens de le payer, je ne lui avais donné que cent dollars sur l'argent du ménage. De toutes façons, il l'aurait jeté par les fenêtres.

— Savez-vous où je pourrais trouver ces pilotes ?

— Demandez à Jacob ou à Meg, ce sont leurs collègues, pas les miens. Vous auriez dû me dire qu'ils l'avaient redescendu, Nate. Vous auriez dû m'emmener le voir.

Il la fit asseoir sur une chaise, prit place à côté d'elle.

— Vous infliger cette épreuve aurait été inutile, Charlene.

Non, croyez-moi, insista-t-il sans lui laisser le temps de protester. Cela ne vous aurait servi rien. À lui non plus.

— Meg l'a vu, elle.

— Et elle en a été bouleversée. J'y étais, je l'ai constaté. Voulez-vous rendre un vrai service à sa mémoire, à vous-même ? Prenez le temps d'aller voir votre fille, Charlene. D'être la mère dont elle a besoin. De la consoler, de la réconforter.

— Elle n'a pas besoin de mes consolations. Elle n'a jamais rien voulu de moi.

— Peut-être. Mais le fait de les lui offrir vous ferait sans doute du bien à vous. Je vais chez elle maintenant, fit-il en se levant. Voulez-vous que je lui dise quelque chose ?

— Dites-lui, si vous y tenez, que je ne refuserais pas un coup de main pour les deux ou trois jours à venir. Si elle n'a rien de plus important à faire, ajouta-t-elle avec amertume.

— D'accord, soupira-t-il, je lui ferai la commission.

La soirée était bien avancée quand il revint chez Meg. Il la trouva plus calme, plus reposée. La position des coussins sur le canapé indiquait d'ailleurs qu'elle avait dû faire la sieste devant la cheminée.

Après avoir réfléchi à la meilleure manière de l'aborder, il était passé au bazar acheter des fleurs. Si elles n'étaient pas très fraîches, il espéra qu'elle apprécierait au moins l'intention.

— C'est pour quoi faire ? s'étonna-t-elle.

— Nous nous y prenons à rebours dans nos rapports, vois-tu. Je t'ai mise dans mon lit, ou plutôt c'est toi qui m'as mis dans le tien, donc ce stade est déjà franchi. Maintenant, je te fais la cour.

Le bouquet sentait bon. Même si c'était un cliché, et Dieu sait qu'elle ne les aimait pas, elle avait toujours eu un faible pour les fleurs et pour les hommes qui pensaient à en offrir.

— Pas possible ? Le prochain stade serait, par exemple, que tu me dragues dans un bar ?

— Je pensais plutôt à un rendez-vous, à un dîner aux chandelles. Cela dit, si tu veux me draguer dans un bar, je n'y vois aucun inconvénient. En attendant, j'aimerais que tu prennes tes affaires et que tu viennes passer la nuit au *Lodge*.

— Ah bon ? Nous pouvons quand même nous envoyer en l'air pendant que tu me fais la cour ?

— Tu peux coucher seule dans une chambre, mais je ne dirai pas non si tu préfères la mienne. Emmène aussi les fleurs et les chiens.

— Veux-tu m'expliquer pourquoi je me priverais du confort de ma propre maison pour faire l'amour avec toi dans une chambre d'hôtel ? demanda-t-elle en le regardant par-dessus les fleurs. Ah oui, je sais ! Pour ajouter du piment à nos « relations à rebours ». C'est assez idiot pour me tenter, Burke, seulement je préfère rester ici et faire semblant d'être dans une mauvaise chambre de motel. Nous devrions même pouvoir trouver un bon film porno sur le câble.

— Programme alléchant, cependant je tiens à ce que tu rentres avec moi. Quelqu'un rôdait dans les bois derrière ta maison l'autre soir.

— Quoi ?

Il lui raconta sa découverte des traces de raquettes.

— Pourquoi diable ne m'en as-tu pas parlé quand il faisait encore jour ? J'aurais pu aller les regarder moi-même.

Elle jeta le bouquet sur la table, se leva pour prendre sa parka.

— Inutile. Il est tombé vingt centimètres de neige, tu ne verras rien. De toute façon, Otto et Peter ont déjà écumé le secteur. Je ne t'ai rien dit tout à l'heure parce que tu avais bien d'autres soucis en tête. Comme cela, tu as eu au moins un peu de repos et de tranquillité. Prépare tes affaires, Meg.

— Je ne me laisserai pas chasser de chez moi sous prétexte que quelqu'un a marché dans mes bois ! Et même si ta paranoïa était contagieuse et si j'admettais que ce quelqu'un avait des intentions malveillantes, je suis assez grande pour...

— ... te défendre toute seule, je sais.

— Tu ne m'en crois pas capable ?

Elle tourna les talons, entra dans la cuisine. Quand il la suivit, il la vit extirper une carabine de gros calibre du placard à balais.

— Meg...

— Fous-moi la paix.

Elle vérifia le chargeur. Il constata qu'il était plein.

— Sais-tu combien d'accidents arrivent aux gens qui gardent chez eux des armes chargées ?

— Je ne tire sur rien par accident. Viens voir.

Elle ouvrit la porte. La nuit était noire, froide et Nate se trouvait avec une femme à bout de nerfs munie d'une arme capable de tuer un ours.

— Écoute, Meg, tu ferais mieux de rentrer et de...

— Tu vois cette branche, à deux heures, quinze mètres ?

Sans lui laisser placer un mot, elle épaula, visa, fit feu. La branche parut éclater et resta pendue par l'écorce.

— Bravo, tu sais te servir d'une arme à feu. Maintenant, rentre.

Elle tira à nouveau, la branche tomba à terre et rebondit sur la neige comme un lapin apeuré. Sur quoi, elle ramassa les douilles, rentra et remit la carabine dans le placard à balais.

— Médaille d'or pour la précision, commenta Nate. Je n'ai pas l'intention de te laisser aller jusque-là, mais je tiens quand même à te signaler que réduire une branche en menus copeaux n'a rien à voir avec le fait de tirer sur un être humain.

— Je ne suis pas une de tes mijaurées d'en bas. J'ai déjà abattu des élans, des buffles, des caribous, des...

— As-tu abattu un homme ? Ce n'est pas pareil, Meg, tu peux me croire sur parole. Je ne dis pas que tu es une idiote ou une mijaurée, pour reprendre tes termes, encore moins que tu es incapable de te défendre, je te demande simplement de venir en ville avec moi cette nuit. Si tu refuses, je resterai. Mais ta mère aurait besoin d'un coup de main au *Lodge* jusqu'au retour de Rose. Elle est surmenée et bouleversée au sujet de ton père.

— Charlene et moi ne...

— Je n'ai pratiquement aucun rapport avec ma mère, tu sais, l'interrompit-il. Elle ne m'adresse pas la parole et ma sœur ne nous voit plus, ni elle ni moi, parce qu'elle veut mener une vie simple et normale. Ce n'est pas moi qui le lui reprocherais.

— Je ne savais pas que tu avais une sœur.

— Elle a deux ans de plus que moi et vit maintenant dans le

Kentucky. Je ne l'ai pas vue depuis au moins cinq ans. Les Burke ne sont pas très portés sur les réunions de famille.

— Elle n'est même pas venue quand tu as été blessé ?

— Elle m'a téléphoné. Nous n'avions pas grand-chose à nous dire. Ma mère m'a rendu visite à l'hôpital. J'espérais qu'il en sortirait quelque chose, que nous pourrions nous rapprocher. Elle m'a seulement demandé si j'allais démissionner avant qu'elle soit obligée d'aller me voir au cimetière. Je lui ai répondu que mon métier était tout ce qui me restait et elle est partie sans ajouter un mot. Nous n'en avons pas échangé plus d'une dizaine depuis. Mon métier m'a donc coûté mon meilleur ami, ma femme et ma famille.

Elle ne put s'empêcher de lui prendre la main, de la poser sur sa joue, de la caresser.

— Non, ce n'est pas vrai. Tu sais bien que ce n'est pas vrai.

— Question de point de vue. Mais je ne l'ai pas lâché, mon fichu métier. Je suis ici parce que même au trente-sixième dessous, comme je l'étais, c'est tout ce que j'avais réussi à garder. C'est peut-être ce qui m'a empêché de couler tout au fond, je ne sais pas. Ce que je sais, en revanche, c'est que tu as une occasion, je dirais même une chance de faire la paix avec ta mère. Tu ferais bien de la saisir avant qu'il soit trop tard.

— Elle aurait pu me demander elle-même de l'aider !

— Elle l'a fait. Je suis seulement son porte-parole.

Meg poussa un soupir agacé, lança un coup de pied rageur contre une porte de placard.

— Je le lui donnerai, ce coup de main. Mais ne compte pas sur une réconciliation éternelle entre nous, Nate.

— L'éternité est beaucoup trop longue pour nous en soucier maintenant.

Il la déposa au *Lodge* avant de retourner au poste, où il transcrivit l'essentiel de ses conversations avec Otto et John. Il lança ensuite une recherche sur les noms des pilotes mentionnés par Otto.

Stokey Loukes n'avait à se reprocher que quelques contraventions de circulation. Il vivait désormais à Fairbanks, où il était employé comme pilote par une entreprise organisatrice de visites touristiques de l'Alaska. Son site Internet promettait aux touristes la découverte du véritable Alaska sauvage et des chasses miraculeuses à des tarifs soigneusement étudiés.

Fielding avait émigré en Australie en 1993, où il était décédé de mort naturelle quatre ans plus tard.

Le parcours de Thomas Kijinski, dit Deux Pattes, était très différent. Il avait à son actif de nombreuses condamnations pour usage et trafic de stupéfiants, ivresse, troubles de l'ordre public, vols simples et aggravés. Depuis son arrivée en Alaska après avoir été expulsé du Canada, sa licence de pilote avait été suspendue à deux reprises. Le 8 mars 1988, son cadavre lardé de plusieurs coups de couteau avait été découvert à Anchorage dans une poubelle. Son portefeuille et sa montre ayant disparu, la police avait conclu à une agression dont le ou les coupables n'avaient jamais été retrouvés.

Agression ayant mal tourné ou règlement de compte ? pensa Nate en imprimant les fichiers. Un pilote charge trois clients et n'en redescend que deux. Quinze jours plus tard, le même pilote est poignardé et fourré dans une poubelle avec une mise en scène de vol crapuleux. De quoi se poser des questions, non ?

Dans le silence du poste désert, Nate dévoila son panneau de travail, se prépara du café, dénicha dans la réserve du jambon en boîte avec lequel il se confectionna un semblant de sandwich. Puis, assis à son bureau, il étudia ses notes, relut le journal de Patrick Galloway et consacra les longues heures de la nuit à réfléchir.

19

Nate accorda un bon point à Meg pour avoir retroussé ses manches et assuré le service du petit déjeuner au *Lodge*. Surtout compte tenu de la tension entre Charlene et elle, si palpable qu'on aurait pu la couper en tranches et la faire frire à la poêle avec le bacon. Quand il arriva dans la salle, elle s'avança vers lui, la cafetière en bataille.

— Comme j'espère un gros pourboire, annonça-t-elle, j'attendrai que tu aies fini de déjeuner pour la fracasser sur la tête de Charlene.

— J'apprécie ta bonne volonté. Rose doit-elle revenir bientôt ?

— Dans huit ou quinze jours, et Charlene la laissera déterminer ses horaires jusqu'à ce qu'elle se sente prête à reprendre à plein temps.

— Avoue qu'elle est très obligeante.

— Avec Rose, oui. Elle l'adore. C'est moi qu'elle ne supporte pas, marmonna-t-elle en lançant un regard incendiaire en direction de sa mère, qui passait au large.

— Risquerais-je de recevoir cette cafetière sur le crâne si je te disais que vous cherchez probablement toutes les deux la même chose, chacune à votre manière ?

— Ne me tente pas. Qu'est-ce que tu prends ?

Elle nota la commande et se retira. Charlene arriva aussitôt après, elle aussi une cafetière à la main. Nate n'eut pas le temps de sortir son calepin et de feindre de s'y absorber.

— Votre tasse est presque vide, voulez-vous que je la remplisse ? Elle a bien pris votre commande ? Je me demande pourquoi elle n'est pas plus aimable avec les clients.
— Non merci. Oui, elle l'a prise. Et elle était très aimable.
— Avec vous, peut-être, puisque vous la sautez.

Un sourire égrillard apparut sur les lèvres des habitués de la table voisine.

— Charlene, je vous en prie !
— Eh bien, quoi ? protesta-t-elle. Ce n'est pas un secret.
— Non, plus maintenant, grommela Nate.
— Elle a bien passé la nuit dans votre chambre, n'est-ce pas ?
— Si cela vous pose un problème, je peux aller coucher chez elle jusqu'à ce qu'elle y retourne.

Malgré le « Non merci » de Nate, Charlene lui remplit machinalement sa tasse en évitant de justesse de la faire déborder.

— Pourquoi voudriez-vous que cela me pose un problème ? Pourquoi tout devrait toujours me poser des problèmes, à moi ?

À son profond désarroi, Nate vit ses yeux s'emplir de larmes. Mais avant qu'il ait trouvé le moyen de conjurer la crise, Charlene avait pris une fuite précipitée.

— Ah, les femmes ! commenta Bing, assis derrière lui. Avec elles, on n'a que des emmerdes.

Nate se retourna. Bing engouffrait une montagne d'œufs brouillés accompagnés de saucisses et de pommes sautées.

— Vous avez été marié, Bing ? s'enquit-il.
— Une fois, et ça n'a pas duré. Je me demande si je ne vais pas commander une de ces Russes sur Internet, comme Johnny Trivani.
— Il continue à chercher ?
— Bien sûr. Il en a éliminé pas mal, il en reste deux en piste, d'après ce que je sais. Je verrai d'abord si ça marche pour lui.

La conversation étant ainsi lancée, pour autant qu'il puisse y avoir conversation avec Bing, Nate décida de pousser plus loin.

— Vous faites encore de la montagne, Bing ?

— J'en ai fait, mais ça ne me plaisait pas plus que ça. Quand j'ai du temps libre, je préfère chasser. Vous cherchez un passe-temps ?

— Peut-être bien. Les jours rallongent.

— Vous êtes de la ville et pas tellement costaud. Restez plutôt en ville, chef. Apprenez le tricot ou une connerie dans le genre.

Nate préféra ne pas relever.

— Comment se fait-il que vous n'ayez pas d'avion, Bing ? Pour un homme indépendant et doué pour la mécanique comme vous l'êtes, ce serait normal.

— Trop de boulot. Si je veux travailler, je travaille à terre. En plus, il faut être plus qu'à moitié cinglé pour être pilote.

— Je l'ai déjà entendu dire. On m'a parlé d'un drôle de zèbre, Trois Pattes, je crois.

— Deux Pattes, parce qu'il avait eu les pieds gelés. Comme cinglé, on ne faisait pas mieux. Il est mort, maintenant.

— Ah, oui ? Il s'est crashé ?

— Non, il a été descendu dans une bagarre en ville. Quand on vit avec trop de monde, voilà ce qui finit par arriver.

— C'est bien vrai. Vous êtes monté en avion avec lui ?

— Une fois, pour une partie de chasse dans la brousse avec une bande de copains. Complètement dingue ! On ne savait pas qu'il était bourré à mort, il a failli tous nous tuer, le fumier ! Je lui ai collé un bel œil au beurre noir, précisa Bing avec un plaisir évident.

Nate allait répondre quand la porte s'ouvrit devant David et le petit Jesse, qui se précipita vers lui en poussant des cris de joie. Nate prit des nouvelles de la maman et de Willow Louise, David remercia chaleureusement Meg d'assurer l'intérim de Rose jusqu'à son complet rétablissement. Les effusions terminées et l'heure ayant tourné, Nate prit congé. Il laissa sa voiture à Meg et partit à pied.

Le soleil était pâle, mais il faisait jour. Les montagnes se drapaient de nuages annonciateurs de neige, pourtant le vent et le froid étaient moins cuisants. Nate se réjouit de cette marche qui lui échauffait les muscles et lui éclaircissait les idées.

En croisant des visages familiers, en échangeant les saluts

désinvoltes de ceux qui se voient tous les jours, il prit conscience de se sentir désormais chez lui. Cette bourgade perdue sous le cercle polaire n'était plus un refuge, une évasion ou un bouche-trou dans son existence à la dérive, c'était une vraie patrie. Il ne pensait plus à reprendre la fuite devant lui-même. Depuis des jours, voire des semaines, il ne devait plus se forcer à se lever le matin, il ne restait plus assis dans le noir par peur du sommeil et des cauchemars. Et en regardant la montagne, il pensa qu'il avait une dette de reconnaissance envers Patrick Galloway. C'est à lui qu'il devait d'avoir quitté les ténèbres en s'imposant l'obligation de lui rendre justice.

Hopp arrêta son 4 × 4 à sa hauteur et baissa la vitre.

— Je vais voir Rose et le bébé, annonça-t-elle.

— Dites-leur bien des choses de ma part.

— Vous feriez mieux d'y aller vous-même. Deux choses. Les fédéraux vont déclencher une avalanche contrôlée après-demain matin. La route d'Anchorage sera coupée au moins vingt-quatre heures. Il faudra avertir la population.

— Bien, je m'en occupe.

— Par ailleurs, un élan est allé se perdre dans la cour de l'école. Des gamins ont voulu le chasser, il s'est énervé, a foncé sur eux et a abîmé des voitures. Les enfants sont maintenant à l'abri à l'intérieur, mais l'élan est furieux. Si vous ne pouvez pas le faire partir, il faudra l'abattre. Il est dangereux et risque de causer des dommages aux gens.

— Compris.

Nate s'abstint d'ajouter qu'il n'allait sûrement pas massacrer dans une cour d'école un élan perdu et apeuré, même furieux. Cela faisait peut-être de lui le plus méprisable des *cheechakos*, mais il était ainsi et n'allait pas changer du jour au lendemain.

Quand il entra au poste, il vit son équipe au complet, plus Ed Woolcott. Otto et lui, congestionnés, paraissaient sur le point d'en venir aux mains. Une avalanche, un élan enragé, un agent dans le même état, sans parler d'un banquier écumant de fureur. Pour une seule matinée, cela faisait beaucoup.

— Ah, vous voilà enfin ! tonna le banquier adjoint au maire. J'ai deux mots à vous dire, chef Burke. Dans votre bureau.

— Il faudra que vous attendiez. Peach, faites diffuser toutes les demi-heures sur KLUN l'avis d'avalanche et préparez des affichettes à poser dans toute la ville. Peter, allez en personne avertir les résidents du secteur au sud de la route qu'ils seront isolés pour au moins vingt-quatre heures.

— Chef Burke ! tonna Woolcott. J'exige...

— Une minute. Otto, nous avons paraît-il un élan mécontent près de l'école. Il aurait déjà endommagé des véhicules. Venez avec moi, nous essaierons de le faire partir, ajouta-t-il en ouvrant le râtelier d'armes pour y prendre une carabine qu'il n'avait pas l'intention d'utiliser.

— Cela fait dix minutes que j'attends ! fulmina Woolcott. Vos adjoints sont parfaitement capables de régler eux-mêmes un problème d'animal errant !

— Ce ne sera pas long. Vous pouvez m'attendre ici, ou alors je passerai vous voir à la banque sitôt que le problème sera résolu.

— En tant que maire adjoint...

— ... vous vous rendez plus que pénible, enchaîna Nate. Otto, prenons votre voiture, j'ai laissé la mienne au *Lodge*. Allons-y.

— J'ai cru qu'il allait avoir une attaque d'apoplexie, commenta Otto une fois dehors. Il voudra se venger, Nate. Ed n'aime pas qu'on le traite comme quantité négligeable.

— Je ne fais que suivre la voie hiérarchique, Otto. Mme le maire m'a demandé de m'occuper de l'élan, j'écoute le maire avant l'adjoint. Nous ne tirerons pas dessus, dit Nate en montant en voiture.

— Pourquoi avoir pris la carabine, alors ?

— J'espère réussir à l'intimider.

En arrivant à l'école, il repéra deux voitures cabossées dans le parking. L'élan frottait ses bois contre un arbre. Un mince filet de sang marquait son parcours. Aucune blessure n'ayant été signalée, le sang devait donc appartenir à l'animal.

— Il s'est blessé en cognant les bagnoles, observa Otto, donc il ne doit pas être de bonne humeur. S'il ne part pas tout seul, il fera des dégâts, surtout si un imbécile de gamin veut essayer de le chasser lui-même ou court chez lui chercher un fusil.

— Rapprochons-nous, cela le décidera peut-être à s'en aller.

— Plutôt à nous charger.

— Je ne vais pas tirer sur un élan qui se gratte à un arbre, Otto.

— S'il reste dans les parages, quelqu'un d'autre s'en chargera. La viande d'élan est bonne.

— Ce ne sera pas moi qui le tuerai tant qu'il sera dans les limites de l'agglomération, bon Dieu !

Ils s'approchèrent lentement, moteur au ralenti. Quand l'élan se retourna, les deux hommes constatèrent que ses yeux exprimaient une fureur meurtrière plutôt que la stupidité unanimement attribuée à ce cervidé.

— Envoyez un bon coup d'avertisseur, Otto.

Plus excité qu'intimidé par le bruit, la bête se lança au galop en direction de la voiture. Nate se pencha par la vitre ouverte, arma la carabine, tira en l'air. L'élan ne dévia pas sa trajectoire et Otto dut donner un coup de volant précipité pour éviter la collision. Déséquilibré, Nate se rattrapa de justesse et lâcha un nouveau coup de feu en l'air.

— Mais tirez-lui donc dessus ! rugit Otto, obligé de zigzaguer pour sauver sa carrosserie.

— Pas question ! protesta Nate, qui tira dans la neige, au ras des pattes de l'élan.

Cette fois, l'élan comprit et obliqua. Puis, sans doute lassé de ce petit jeu, il partit au trot et disparut entre les arbres. Nate lâcha deux autres coups de feu pour l'inciter à ne pas changer d'avis.

Il refermait sa vitre quand des cris et des rires retentirent derrière lui. Le péril écarté, les écoliers jaillissaient du bâtiment pour profiter enfin de leur récréation qui avait tourné court.

— Vous êtes complètement cinglé ! gronda Otto en se passant nerveusement une main sur ses cheveux en brosse. Vous avez tiré sur un bonhomme à Baltimore et vous ne voulez pas tirer sur un élan ?

Nate chassa de son esprit l'image de la ruelle sous la pluie, respira un bon coup.

— L'élan n'était pas armé, lui. Allons-y, Otto. Il faut

maintenant que j'aille neutraliser le maire adjoint. Pendant ce temps, vous rédigerez le rapport.

Peach informa Nate qu'Ed Woolcott n'avait pas daigné attendre. Il était parti après avoir proféré un discours vengeur sur l'erreur ayant consisté à confier le maintien de l'ordre de sa bonne ville à un paresseux et un incapable venu d'en bas.

Nate ne s'en formalisa pas. Il confia la carabine à Otto pour la remiser au râtelier et prit à pied le chemin de la banque.

Il y avait deux personnes au guichet ; une troisième retirait son courrier à celui de la poste. Le silence accueillant son entrée fit comprendre à Nate que Woolcott avait dû poursuivre sa diatribe au bénéfice de ses clients et employés. Feignant de ne rien remarquer, il passa derrière le comptoir et frappa à la porte ornée d'une plaque de cuivre gravée au nom du directeur. Ed ouvrit lui-même.

— Attendez, je suis au téléphone ! aboya-t-il avant de lui refermer la porte au nez.

En guise de vengeance, Ed le fit attendre une bonne dizaine de minutes et arborait un visage de marbre quand il vint rouvrir.

— Sachez que je me suis plaint formellement de vous au maire, déclara-t-il. Votre attitude me déplaît, chef Burke.

— J'en prends bonne note, monsieur Woolcott. Si c'est tout ce que vous aviez à me dire, je dois retourner travailler.

— Je veux savoir ce que vous faites au sujet du vol dont je suis victime. Ma propriété a été vandalisée, un coûteux matériel de pêche m'a été dérobé. J'estime avoir droit à l'attention du chef de la police.

— Vous l'avez. Le rapport a été dûment enregistré, mon adjoint est chargé de l'enquête. Ni mes collaborateurs ni moi ne prenons l'affaire à la légère. Nous avons une description détaillée des objets volés. Si le voleur est assez bête ou inconscient pour les utiliser ou chercher à les vendre sur le territoire de ma juridiction, il sera appréhendé et votre propriété vous sera restituée.

— Si j'étais une femme, vous vous en occuperiez peut-être mieux !

— Franchement, vous n'êtes pas mon type. Écoutez, monsieur Woolcott, enchaîna Nate, vous êtes en colère et vous en avez le droit. Personne n'aime être cambriolé et le fait qu'il s'agisse sans doute de gamins mal élevés n'amoindrit en rien votre sentiment d'avoir été volé. Nous ferons l'impossible pour retrouver ce qui vous appartient. De plus, si cela peut arranger nos rapports, je vous présente mes excuses d'avoir été un peu abrupt avec vous tout à l'heure. Je m'inquiétais pour les enfants que cet animal aurait pu blesser, cela devait passer en priorité. Vous avez vous-même deux enfants à cette école et je pense que, dans votre esprit, leur sécurité est plus importante que quelques objets volés.

Les joues de Woolcott étaient moins rouges, son regard ne brillait plus autant. Nate estima que la crise était passée.

— Sans doute, sans doute, bougonna Woolcott. Il n'empêche que vous avez été insolent.

— C'est vrai, mais parce que j'ai de nombreux soucis ces derniers temps. Entre le meurtre de Patrick Galloway et le suicide apparent de Max Hawbaker, vous avouerez qu'il y a de quoi, soupira Nate comme s'il était réellement accablé. Quand j'ai pris ce poste, je ne m'attendais pas à devoir traiter des situations plus graves que votre cambriolage.

Woolcott soupira à son tour, alla s'asseoir derrière son bureau et, d'un geste magnanime, fit signe à Nate de prendre un siège.

— Tragique, exhala-t-il. Tragique et bouleversant. Max était un ami, un bon ami. Je croyais le connaître, voyez-vous. Jamais je ne me serais douté qu'il envisageait de se supprimer. Abandonner sa femme et ses enfants de cette manière... Je suis plus choqué par ce drame que je veux bien l'admettre. Tout cela me ronge, dit-il en levant les mains en signe de paix. Je vous dois moi aussi des excuses.

— C'est inutile, voyons.

— Si, si. J'ai laissé ce cambriolage prendre dans ma tête des proportions excessives. Un réflexe de défense, comprenez-vous. Il est plus facile de s'exciter là-dessus que de penser à Max. Je m'efforce d'aider Carrie à organiser ses obsèques, à régler ses problèmes financiers et administratifs.

La mort entraîne une masse de paperasserie et il est dur, très dur, pour les survivants d'y faire face.

— Il est très pénible aussi d'enterrer un ami. Vous le connaissiez depuis longtemps, je crois ?

— Très longtemps. En avons-nous passé de bons moments ! Nos enfants ont grandi ensemble. Et puis, apprendre ce qu'il a fait à Pat...

— Vous l'avez connu lui aussi, n'est-ce pas ?

— Avant mon mariage avec Arlene, répondit-il avec un léger sourire. Ou plutôt, comme elle dit, avant qu'elle m'ait apprivoisé. Je n'ai pas toujours été le citoyen et le père de famille respectable que je suis maintenant. Pat, pour moi, c'était l'aventure. De bons moments, eux aussi... Tout cela me paraît impossible. Incroyable.

— La découverte du corps de Galloway a été un choc pour tout le monde en ville, commenta Nate.

— Je croyais qu'il avait pris le large, tout le monde le croyait et je ne m'en étais pas étonné. Il était instable, impulsif. C'est d'ailleurs ce qui faisait une partie de son charme.

— Vous avez fait des ascensions avec lui ?

— Dieu sait si j'adorais la montagne ! L'exaltation et la souffrance qu'elle vous apporte. Je l'aime encore, mais j'ai – ou je prends – rarement le temps d'y aller. J'apprends l'alpinisme à mon fils.

— Galloway était un bon alpiniste, m'a-t-on dit.

— Très bon, malgré son caractère impulsif. Il prenait des risques, un peu trop à mon goût, même quand j'avais trente ans.

— Avez-vous une idée de qui a pu faire cette ascension avec lui ce mois de février-là ?

— Aucune et, croyez-moi, je n'ai pas arrêté d'y penser depuis que nous avons appris la nouvelle. À mon avis, mais ce n'est qu'une hypothèse, il a entraîné une personne de rencontre, ou alors il a servi de guide à un groupe. Il lui arrivait d'avoir ce genre de coup de tête pour gagner de l'argent ou simplement pour relever un défi. Je ne vois pourtant pas pourquoi on l'aurait tué. La police d'État a ouvert une enquête sur cette affaire, je crois ?

— En effet. Je suis juste curieux, officieusement.

— Je crains qu'ils ne découvrent jamais la vérité. Seize ans ! Tout change sans qu'on s'en rende compte. Au début, je menais la banque tout seul. Je vivais même dans ce local. J'enfermais l'argent là-dedans, dit-il en désignant un vieux coffre-fort peint en noir.

— Je ne savais pas.

— J'avais vingt-sept ans à mon arrivée ici. Je voulais me tailler une place dans ce pays encore sauvage, le civiliser selon mes goûts. Je crois y être à peu près parvenu, fit-il avec un léger sourire. Les Hopp et le juge Royce ont été mes premiers clients. Il fallait qu'ils aient la foi pour mettre leur argent entre mes mains ! Cela, je ne l'ai jamais oublié. Nous partagions la même vision et c'est grâce à elle que nous avons bâti et développé cette ville.

— Une bonne ville.

— Oui, et je suis fier de la part que j'y ai prise. Le vieux Hidel, qui était propriétaire du *Lodge*, est devenu mon client, lui aussi. Après, les autres ont suivi. Peach en était à son troisième, non, son deuxième mari. Ils vivaient dans la nature et venaient en ville de temps en temps faire leurs provisions et rencontrer du monde. Et puis Otto, Bing, Harry et Deb ont ouvert des comptes. Il faut une vision et de la force de caractère pour faire sa vie ici.

— En effet.

Woolcott poussa un nouveau soupir.

— Pat avait une vision – pas celle de tout le monde – et un fichu caractère, seulement je ne crois pas qu'il ait été très fort. En tout cas, c'était un personnage distrayant. J'espère que cette vilaine histoire trouvera bientôt sa conclusion. Pensez-vous que nous saurons jamais avec certitude ce qui s'est passé là-haut ?

— C'est assez peu probable, mais je suis sûr que Coben y consacrera le temps et les efforts nécessaires. Il recherchera le pilote et tous ceux qui auraient rencontré Galloway avant l'ascension. Il voudra sans doute vous parler à vous aussi pour savoir avec quel pilote Galloway traitait d'habitude.

— Le plus vraisemblable serait Jacob, mais si Jacob l'avait déposé sur le glacier, il aurait signalé que Pat n'était pas redescendu. Logiquement, il devait donc s'agir d'un autre. Laissez-moi réfléchir... Quand nous allions en montagne avec Jacob, si mes souvenirs sont bons, il engageait un collègue – comment s'appelle-t-il, déjà ? Un ancien du Viêt Nam... Attendez. Lakes... non, Loukes. Oui, c'est ça. Loukes. Et puis il y avait aussi cette espèce de fou surnommé Deux Pattes, quelque chose comme cela. Devrais-je appeler Coben pour le lui dire ?

Nate se leva, lui tendit la main.

— Il vous en saurait gré. Je dois vous quitter, monsieur Woolcott. J'espère que nous sommes d'accord, maintenant ?

— Appelez-moi Ed. Et nous sommes d'accord. La foreuse, je l'ai payée trop cher, c'est encore plus vexant. Elle est assurée, bien entendu, les cannes à pêche aussi. Mais c'est pour le principe.

— Je comprends. Je vais aller faire un tour à votre hutte, jeter moi-même un coup d'œil.

Le sourire de Woolcott exprima la satisfaction.

— Je vous en suis très reconnaissant. J'ai mis des nouveaux cadenas, je vais vous donner les clés.

L'élan neutralisé et le maire adjoint pacifié, Nate suivit le premier conseil de Hopp et alla rendre visite à Rose. Avec des mots qu'il espéra convaincants, il s'extasia devant le bébé. Il passa ensuite au poste emprunter la voiture d'Otto et avertir Peach qu'il se rendait au lac jeter un œil à la hutte de Woolcott. Sur le chemin du lac, il s'arrêta au *Lodge* prendre Rock et Bull, les chiens de Meg enfermés depuis la veille, pour leur offrir l'occasion de courir en liberté.

La hutte d'Ed Woolcott se distinguait par sa taille, aussi grande que deux abris de jardin, sa construction en planches de cèdre argentées par les intempéries, son toit pointu et son orgueilleux isolement, comme le manoir seigneurial se tient à l'écart des humbles maisons de paysans, pensa Nate, amusé.

À peine lâchés, les chiens partirent en courant avec un entrain qui lui rappela celui des écoliers se ruant dans la cour de récréation. Pendant qu'ils s'en donnaient à cœur joie sur leurs quatre pattes, Nate s'avança en glissant et en trébuchant sur ses deux pieds. Le silence était si majestueux et le sentiment de solitude si profond qu'il sursauta et porta machinalement la main à la crosse de son arme en entendant un cri au-dessus de lui. Un aigle planait avec une grâce inimitable dans le ciel d'un bleu laiteux.

De l'endroit où il se trouvait, il pouvait voir la tache rouge de l'avion de Meg, au bout d'une longue courbe de glace. Il distinguait aussi çà et là des bribes de civilisation, une fumée, le reflet du soleil sur les fenêtres d'une maison blottie dans les bois. *Je devrais peut-être m'essayer à la pêche*, se dit-il en riant. Le plaisir primitif de plonger sa ligne dans un trou, assis sur une plaque de glace dans le silence et la tranquillité, ne devait pas manquer de charme.

En arrivant devant la hutte, il put remarquer les graffitis obscènes grossièrement barbouillés sur la porte à la peinture jaune. *Encore un signe de civilisation*, pensa-t-il en sortant les clés de sa poche. *Seulement celui-ci, on s'en passerait volontiers*. Woolcott avait installé deux cadenas flambant neufs sur une forte chaîne, neuve elle aussi. Nate les débloqua et entra.

Les tagueurs avaient également pratiqué leur art à l'intérieur. Les obscénités couraient presque tout le long des parois. Nate en excusa le comportement de Woolcott à son égard. Il serait enragé, lui aussi, de découvrir son sanctuaire souillé de cette façon. Il prit note des râteliers de cannes vides, du chaos provoqué par les vandales. Le petit matériel de pêche, le poêle, les sièges n'avaient apparemment pas été touchés, mais le placard où devaient se trouver le scotch et les provisions était ouvert et vide de son contenu.

La trousse de premiers secours, des gants, une vieille parka, les couvertures et les raquettes n'avaient pas intéressé les visiteurs. Les raquettes étaient accrochées au-dessus d'un CONNARD ! à la peinture jaune. Nate n'aurait su dire si elles avaient servi récemment. Poursuivant son inventaire, il découvrit du pétrole pour le poêle, un couteau à écailler le poisson, d'autres ustensiles sans valeur, une radio à transistors et des piles de rechange. En somme, tout ce qu'on s'attendrait à trouver dans une hutte de pêche en Alaska.

Il sortit, referma avec soin, fit le tour de la cabane, regarda dans la direction de l'avion de Meg et de l'orée de la forêt. Et il essaya d'imaginer Ed Woolcott, pompeux mais en pleine force de l'âge, en train de rôder dans les bois sur ses raquettes.

20

La méthode inédite grâce à laquelle Nate avait débarrassé l'école de l'encombrant élan alimenta les conversations jusqu'à la fin de la semaine. Les commentaires mêlaient à égalité louanges et sarcasmes. De toute façon, Nate se félicitait que cet intermède ait détourné les esprits de la mort et du crime, pour un temps du moins.

Il cherchait encore un moyen de rencontrer Carrie sans qu'elle lui claque la porte au nez quand il apprit que le corps de Max avait été incinéré et que Meg allait emmener Carrie à Anchorage pour chercher ses cendres. Cela le décida à brusquer les choses.

— Tu m'emmènes moi aussi, annonça-t-il à Meg.

— Si la police de Lunacy doit être officiellement représentée, objecta-t-elle, envoie Otto ou Peter. À tort ou à raison, tu es la dernière personne que Carrie a envie de voir aujourd'hui.

— Je te rejoindrai avec elle à la rivière, se borna-t-il à répondre. Dans une heure.

Ayant informé ses collaborateurs de son intention, qu'ils avaient accueillie avec un pessimisme égal à celui de Meg, il se rendit directement chez Carrie. Il n'était pas encore à la porte quand celle-ci s'ouvrit.

— Allez-vous-en ! Je n'ai rien à vous dire et je ne suis pas obligée de vous laisser entrer chez moi !

— Cinq minutes, Carrie, plaida-t-il. Je ne peux pas crier

derrière une porte fermée. Accordez-moi cinq minutes, pas plus. Si vous ne voulez toujours pas me voir après m'avoir écouté, j'enverrai Peter à ma place à Anchorage.

Il la vit lutter contre son envie de lui résister. Puis, avec un haussement d'épaules fataliste, elle tourna les talons et rentra en laissant la porte ouverte derrière elle. Nate la suivit et referma. Carrie resta debout au milieu du salon, le dos tourné.

— Vos enfants sont ici ? demanda-t-il.

— Non, je les ai envoyés à l'école. Mieux vaut qu'ils soient avec leurs camarades, qu'ils mènent une existence à peu près normale... Comment osez-vous venir me harceler le jour où je vais chercher les cendres de mon mari ? lança-t-elle en se retournant. Vous n'avez pas de cœur, pas de sentiments humains ?

— Je suis venu vous voir à titre officiel et ce que je vais vous dire doit rester strictement confidentiel.

— Officiel ! lâcha-t-elle comme une insulte. Qu'est-ce que vous cherchez ? Mon mari est mort, il ne peut pas se défendre contre les horreurs que vous avez répandues sur son compte ! Cette maison est la sienne, vous n'avez pas le droit d'y proférer des mensonges !

— Vous l'aimiez, Carrie. L'aimez-vous encore assez pour me promettre de ne répéter à personne ce que je vais vous dire ? À personne, pas même à vos enfants ?

— Vous osez me demander si je l'aimais !...

— Répondez-moi par oui ou non. Il me faut votre parole.

— Je n'ai aucune envie de répéter vos calomnies à qui que ce soit. Allez-y, parlez, et ensuite allez-vous-en. J'oublierai même que vous avez eu l'audace de venir ici.

Faute de mieux, Nate dut s'en contenter.

— Je crois que Max était sur la montagne avec Patrick Galloway au moment de sa disparition. Mais je crois aussi qu'ils n'y étaient pas seuls. Il y avait une troisième personne avec eux.

Le regard de Carrie exprima à la fois la méfiance et l'incrédulité.

— Une troisième personne ? Que voulez-vous dire ?

— Ils sont montés à trois, deux seulement sont redescendus. Je crois que le troisième homme a tué Galloway, et je le crois aussi coupable d'avoir tué Max ou de l'avoir poussé au suicide.

Sans le quitter des yeux, elle agrippa le dossier d'un fauteuil et s'y laissa tomber.

— Je... je ne comprends pas, bredouilla-t-elle.

— Je ne peux pas encore vous donner tous les détails, mais j'ai besoin de votre aide pour prouver que ce que je crois est vrai. Ils étaient trois lors de cette ascension, Carrie. Qui était le troisième ?

— Je ne sais pas... Je n'en sais rien. Je vous ai dit que Max a été assassiné, il ne s'est pas suicidé. Je l'ai dit au sergent Coben, je passe mon temps à le lui répéter.

— Je sais et je vous crois, Carrie.

— Vous me croyez ? demanda-t-elle en fondant en larmes. Vous me croyez ?

— Je vous crois depuis le début, seulement le médecin légiste a conclu au suicide. Coben peut avoir des doutes, il peut vouloir aller plus loin, mais il n'est pas aussi motivé que nous le sommes, vous et moi. Il n'a ni le temps ni les moyens d'éclaircir cette affaire en remontant très loin en arrière. Je vous demande de faire l'effort de vous rappeler le maximum de détails, d'impressions, de conversations, même de mots isolés. Ce ne sera pas facile, surtout parce que vous devrez garder pour vous seule tout ce que vous réussirez à retrouver. Je vous demande donc de prendre un risque sérieux.

— Je ne comprends pas, fit-elle en s'essuyant les yeux.

— Si nous avons raison, si quelqu'un a tué Max à cause de ce qui s'est passé sur la montagne il y a seize ans, ce quelqu'un vous surveille peut-être. Il peut se demander ce que vous savez, ce dont vous vous souvenez, ce que Max a pu vous dire.

— Je serais en danger ?

— Vous devrez redoubler de prudence. Ne parlez de cela à personne, pas même à vos enfants ou à votre meilleure amie. Je vous demande aussi de me permettre de lire tout ce que Max a écrit, ici et au journal. Cela non plus, personne ne doit le savoir. Réfléchissez bien, rappelez-vous ce que Max et vous avez fait au cours de ce mois de février, qui il voyait, comment il se comportait. Écrivez tout ce dont vous vous souviendrez.

Une lueur d'espoir apparut peu à peu dans le regard de Carrie.

— Vous voulez vraiment découvrir qui lui a fait, qui *nous* a infligé cette monstruosité ?

— Je ferai tout ce qui sera en mon pouvoir.

Elle s'essuya les joues en silence.

— J'ai dit des horreurs sur votre compte, souffla-t-elle enfin. À tous ceux qui m'écoutaient, je racontais des affreuses méchancetés.

— Elles n'étaient peut-être pas toutes fausses.

— Si. Comprenez-moi, je suis tellement désemparée. Je suis malade, dans mon cœur, dans ma tête. J'ai engagé Meg pour aller le chercher et le ramener ici parce que je veux prouver que je n'ai jamais cru à son suicide, que je n'ai pas honte de lui. Pourtant, au fond de moi-même, j'ai honte. S'il était là-haut, il devait savoir, pour Pat...

Sa voix se brisa.

— Nous allons éclaircir tout cela ensemble, Carrie. Certaines des réponses que nous découvrirons seront peut-être dures à entendre, mais elles vaudront mieux que de continuer à se poser des questions.

— J'espère que vous avez raison, dit-elle en se levant. Il faut que j'aille m'arranger un peu avant de partir. Attendez-moi, je n'en aurai pas pour longtemps.

Arrivée près de la porte, elle s'arrêta, se retourna.

— Vous savez, Max aurait adoré cette aventure à l'école, avec l'élan. Il se serait tellement amusé à écrire l'article, à trouver une manchette : « Élan indiscipliné expulsé de l'école » ou une phrase de ce genre. Un homme capable de prendre plaisir à de tels enfantillages n'aurait jamais pu tuer Pat Galloway.

À Anchorage, Nate laissa de manière peu élégante Meg se débrouiller avec Carrie pour les formalités et se hâta d'aller retrouver Coben à son bureau.

— Voici la liste des pilotes que Galloway pourrait avoir engagés, dit-il en lui tendant la feuille de papier. Thomas Kijinski, alias Deux Pattes, me paraît le plus intéressant. Qu'il ait été tué quinze jours après Galloway ne serait pas une simple coïncidence.

— L'enquête a conclu à l'agression crapuleuse. Kijinski avait de mauvaises fréquentations. Il jouait gros et nous le soupçonnions de trafic de drogue. Au moment de sa mort, il avait plus de dix mille dollars de dettes de jeu. Un de ses créanciers s'est peut-être énervé, mais nous n'avons aucune preuve. De toute façon, si c'est lui qui a emmené Galloway et ses compagnons, il ne pourra pas nous le dire.

— Dans ce cas, vous n'avez pas de raison de me refuser une copie de son dossier.

Coben lâcha un soupir excédé.

— Écoutez, Burke, j'ai déjà la presse sur le dos. Un type de l'équipe de secours a pris des photos de Galloway qu'il a revendues pour se faire du fric, mon lieutenant me cherche des poux dans la tête, je n'ai pas besoin en plus que vous veniez me casser les pieds.

— Loin de moi l'idée de vous faire des misères, Coben. Mais il y avait un troisième homme sur cette montagne. Vous le savez.

— Oui, d'après le journal de Galloway. Seulement nous ne pouvons pas prouver qu'il est mort juste après l'avoir écrit. Il a pu mourir huit jours ou six mois plus tard.

— Vous n'en savez rien.

— Je ne sais que ce qui est prouvé. Le légiste a conclu au suicide, ça plaît à mon lieutenant. Si Hawbaker avait cité des noms dans son message sur l'ordinateur, nous aurions des éléments concrets, une piste sérieuse. Là, nous n'avons rien. Juste des suppositions.

— Donnez-moi ce dossier, je trouverai les noms. Vous sentez cette affaire aussi bien que moi, Coben. Si vous voulez refermer le couvercle pour avoir la paix, libre à vous. Mais moi, j'ai un service funèbre en perspective et une veuve et deux gamins qui veulent savoir et ont droit à la vérité. Je peux me libérer quelques jours pour fouiner moi-même à Anchorage, ou bien vous me donnez ce dossier et nous aurons tous gagné du temps.

— Si j'avais voulu refermer le couvercle, je ne vous aurais pas donné le journal de Galloway. J'ai des comptes à rendre à mes supérieurs, moi, et mes supérieurs veulent le refermer, ce couvercle. L'opinion qui prévaut, c'est que Hawbaker a tué Galloway, et le troisième homme était le blessé qui n'a pas atteint le sommet. Si vous regardez bien les faits, la théorie se tient.

— Net et sans bavure, n'est-ce pas ?

— Certains l'aiment net et sans bavure. Bon, je vous donne le dossier, Burke, mais vous gardez un profil bas. Ultrabas, c'est clair ? Si la presse, mon lieutenant ou n'importe qui d'autre a vent que vous fourrez votre nez là-dedans et que je vous donne un coup de main, c'est sur moi que ça retombera. Sur moi seul. Compris ?

— Compris.

Meg était tellement saturée du chagrin de Carrie qu'elle accepta d'assurer le service une soirée de plus au *Lodge*. Si elle avait eu le choix, elle aurait préféré embarquer ses chiens dans son avion et partir avec eux très loin, là où elle aurait pu passer deux ou trois jours seule, à l'écart des autres, de leurs contradictions et de leurs exigences. *Ça*, pensa-t-elle en poussant une fois de plus la porte de la cuisine surchauffée, *ce sont mes gènes Galloway. Esquiver les contraintes, la vie est trop courte pour se la compliquer...* Mais il y avait en elle autre chose – et elle espérait que ce quelque chose ne lui venait pas de Charlene – qui la forçait à assumer des responsabilités qu'elle ne s'était pas elle-même imposées.

Au bout de deux heures, malgré tout, elle était prête à exploser. Elle allait monter se doucher et boucler ses bagages. Dès que la foule se fut clairsemée, elle coinça Charlene près de la porte de la cuisine.

— Ce sera tout pour ce soir, annonça-t-elle. Je m'en vais.

— J'ai encore besoin de toi pour...

— Cherche quelqu'un d'autre.

Elle s'engouffra dans l'escalier. Charlene lui courut après.

— J'ai besoin d'aide, Megan ! Pourquoi n'as-tu jamais pu me rendre le moindre service sans en faire toute une histoire ?

— Si je fais des histoires, comme tu dis, c'est de toi que je le tiens. Ce n'est pas ma faute.

Meg entra dans la chambre en coup de vent, ouvrit les tiroirs de la commode, empila au hasard ses affaires sur le lit.

— J'ai bâti quelque chose ici ! cria Charlene, outrée. Tu en as profité autant que moi !

— Je me fous de ton fric. Je n'ai rien à voir dans tes affaires.

Furieuse, Charlene balaya d'un revers de main la pile de vêtements, qui se répandit sur le plancher.

— C'est ce qu'il me répétait sans arrêt ! cria-t-elle. Tu es comme lui, tu parles comme lui ! Tu es même son portrait !

— Ce n'est pas ma faute non plus.

— Rien n'était jamais sa faute ! Toujours de bonnes excuses, la poisse au poker, pas un sou cette semaine, etc. Il fallait quand même que quelqu'un paie les factures, non ? Que quelqu'un paie le docteur quand tu étais malade ou t'achète des chaussures pour aller à l'école ! Oh oui ! Il me rapportait des belles fleurs des champs en revenant de promenade, il m'écrivait des poèmes, des jolies chansons sentimentales, mais ce n'étaient pas ses fleurs ni ses poèmes qui nous donnaient de quoi manger !

En écoutant la tirade de Charlene, Meg s'était un peu calmée.

— Je gagne de quoi manger et m'acheter des chaussures. Je ne t'ai jamais dit que tu ne travaillais pas, mais tu mènes ta vie comme tu l'entends. Tu as eu ce que tu voulais.

— C'était lui que je voulais, bon sang ! Lui !

— Moi aussi. Nous sommes perdantes toutes les deux et nous n'y pouvons rien.

Meg se dirigea vers la porte. La main sur la poignée, elle se ravisa.

— J'ai appelé sa mère à Boston. Elle ne s'opposera pas à ce que tu le fasses enterrer ici.

— Quoi ? Tu l'as appelée ?

— Oui.

Meg ouvrit la porte.

— Meg, Megan, une minute je t'en prie !

Charlene s'assit sur le lit, au milieu des vêtements en désordre.

— Merci, dit-elle à voix basse.

Ah non, pas ça ! pensa Meg.

— Je n'ai fait que passer un coup de fil, grommela-t-elle.

— C'est beaucoup, pour moi. Énorme, tu sais. J'étais

furieuse contre toi de ne pas m'avoir emmenée le voir à Anchorage. De m'avoir tenue à l'écart.

Résignée, Meg referma la porte, s'y adossa.

— Je ne cherchais pas à te tenir à l'écart.

— J'ai été une mauvaise mère, je sais. Je voulais mieux m'occuper de toi, pourtant, j'ai essayé, mais il y avait toujours tant à faire. Je ne me doutais pas qu'il y en aurait tant.

— Tu étais encore jeune.

— Trop jeune, sans doute. Il t'adorait, il voulait d'autres enfants. C'est moi qui n'ai pas voulu. Subir encore la même épreuve, être grosse, fatiguée, avoir mal... Et il n'y avait jamais assez d'argent quand on en avait besoin. Et puis... j'étais jalouse : il te dorlotait et j'étais toujours tenue à l'écart de vous deux, forcée de jouer le vilain rôle de celle qui dit toujours non.

— Il fallait bien que quelqu'un le tienne, ce rôle.

— Je ne sais pas si nous aurions pu reprendre la vie commune s'il était revenu. Nous voulions des choses tellement différentes... Mais je sais que si nous nous étions séparés, il t'aurait gardée. Et je l'aurais laissé, il faut que tu le saches. Il t'aimait plus que je ne pouvais t'aimer.

Il fallut à Meg un effort plus rude qu'elle ne se rappelait en avoir jamais fourni pour revenir vers le lit et s'asseoir à côté de sa mère.

— Il m'aimait assez pour gagner de quoi acheter mes chaussures ?

— Non, c'est vrai. Mais assez, en tout cas, pour t'emmener camper afin que tu puisses regarder les étoiles. Assez pour s'asseoir près du feu et te raconter de belles histoires.

— Je crois que vous seriez restés ensemble s'il était revenu.

Jusque-là, Charlene gardait les yeux baissés. Elle leva vers Meg un regard à la fois incrédule et suppliant.

— Tu le crois vraiment ?

— Oui. J'aime à le croire, du moins. Vous aviez déjà passé ensemble plus de temps que la plupart des gens mariés. Je voudrais te poser une question, ajouta-t-elle. As-tu eu le coup de foudre quand tu l'as rencontré pour la première fois ?

— Oh, grand Dieu, oui ! Et la flamme ne s'est jamais réellement éteinte. Je croyais qu'elle l'était quand j'étais furieuse contre lui ou trop lasse, pourtant elle repartait de plus belle un jour ou une semaine après. Et je n'ai jamais éprouvé la même chose avec un autre. Je l'attendais, je l'espérais même, et rien ne se produisait.

Meg se leva, rassembla ses vêtements épars.

— Tu devrais peut-être chercher autre chose. La confiance, la fidélité, la gentillesse, par exemple. Je ne peux vraiment plus descendre reprendre le travail ce soir.

— Comme tu voudras, fit Charlene avec un soupir résigné.

— J'assurerai encore le petit déjeuner demain matin, et après, trouve quelqu'un d'autre pour remplacer Rose. Il faut que je retourne chez moi, que je reprenne ma vie.

Charlene se leva à son tour.

— Tu comptes aussi emmener le beau flic ?

— Cela dépend de lui.

Meg remit la chambre en ordre, boucla son sac. Elle envisagea de partir en laissant un mot à Nate, mais ce serait un peu trop impudent, même pour elle. De toute façon, elle n'avait pas sa voiture – non qu'elle aurait reculé devant le fait d'emprunter celle de Nate sans l'en avertir. *Quand même*, se dit-elle, *trop c'est trop*. Elle prit donc son sac et alla au poste de police en faisant un détour par *Chez l'Italien*.

Quand elle entra, son sac sur l'épaule et une double pizza à la main, tout était calme. *Trop calme*, pensa-t-elle. *Comment peut-il travailler sans musique ?* Elle allait appeler quand Nate apparut à la porte de son bureau.

— J'ai cru sentir une femme et de la nourriture. Mes instincts d'homme des cavernes se réveillent.

— Pizza aux pepperoni. Je me suis dit qu'à cette heure-ci tu aurais besoin de quelque chose de chaud, moi y compris.

— Affirmatif dans les deux cas. Pour quoi faire, le sac ?

— Je prends le large. Tu veux m'accompagner ?

— Une bagarre avec Charlene ?

— Oui, mais on a fini par se raccommoder plus ou moins. Ce n'est pas pour cela que je m'en vais. Trop de gens trop longtemps, ça me met les nerfs en boule. Alors, j'ai pensé qu'une bonne pizza et faire l'amour chez moi me remettrait d'aplomb avant que je tue quelqu'un et que tu sois obligé de m'arrêter.

— Bon programme.

— J'étais prête à partir sans te prévenir. Je veux des félicitations et des remerciements de ne pas l'avoir fait.

— Tu les as. Pose donc la boîte dans mon bureau, je vais chercher quelque chose à boire.

— J'ai ce qu'il faut, une bouteille de vin rouge « libérée » du bar du *Lodge*. Il faudra la finir pour éliminer le corps du délit.

Elle entra dans le bureau. Nate avait caché ou enfermé ses dossiers et son panneau en entendant l'ouverture de la porte extérieure. Pendant qu'il débouchait la bouteille, elle prit deux tasses à la machine à café, ouvrit la boîte de la pizza.

— Qu'est-ce que c'est ? s'étonna-t-elle en soulevant d'un doigt un coin de la couverture.

— Non, dit Nate, qui revenait, la bouteille débouchée à la main. Laisse ça et mangeons.

— Pourquoi travailles-tu aussi tard ? demanda-t-elle après avoir découpé la pizza et versé le vin. Pour tuer le temps jusqu'à ce que je sois libérée de mes corvées au *Lodge* ?

— En partie. Au fait, pourquoi ta dispute avec Charlene ?

— Tu changes de sujet.

— Exact. Alors ?

— Alors, rien. Des reproches, comme d'habitude. Et puis, on en est venues à parler de mon père. J'ai dû admettre qu'il ne devait pas être toujours facile à vivre, qu'elle a sans doute fait de son mieux à sa manière exaspérante et que nous l'aimions toutes les deux plus que nous ne pouvons nous aimer l'une l'autre. Il s'agit de mon père sous cette couverture, n'est-ce pas ? poursuivit-elle en remplissant de nouveau les tasses et en reprenant un morceau de pizza.

— Oui, mais je n'enquête pas officiellement et je te prie de ne pas regarder.

— Je crois t'avoir déjà dit que je ne suis pas une petite chose fragile et délicate.

— Et moi, je te dis qu'il y a un certain nombre de choses que je ne partage avec personne.

— C'est à cause de phrases de ce genre que ta femme a été chercher ailleurs ?

— Non, répondit-il sans se démonter. Elle se fichait éperdument de mon travail.

Meg ferma les yeux un instant, les rouvrit, le regarda en face.

— Excuse-moi, c'était un coup bas. Une de mes mauvaises habitudes. Je me déplais, ce soir. C'est pour cela que j'ai besoin de changer d'air, de m'éloigner, de redevenir ce que je suis quand je me plais.

— Mais tu es venue d'abord me voir avec une pizza et du vin.

— Tu m'as accrochée quelque part. Je ne sais pas si ça tiendra, mais c'est ainsi pour le moment.

— Je t'aime, Megan.

— Ah, non ! Ne me dis pas ça le jour où je suis de cette humeur de garce ! Tu cherches à recevoir des coups, Ignatious ?

— Non, tu m'en as déjà donné un : un coup de foudre. Il fallait au moins cela pour casser le mur que je bâtissais autour de moi depuis un an. La plupart du temps, c'est juste un grondement sourd, plus facile à supporter qu'un gros coup de tonnerre. Mais la foudre se réveille de temps en temps et me traverse telle une boule de feu.

Elle se leva, se rassit en s'efforçant de calmer les mouvements spasmodiques de son estomac.

— Que Dieu te protège, murmura-t-elle.

— Je me le suis dit aussi. Mais le fait est que je t'aime comme je n'ai jamais aimé ma femme. Avec elle, j'avais tout prévu, tout arrangé, une vie bien organisée, bien tranquille. Je le croyais, du moins.

— Et tu ne recherches rien d'organisé ni de tranquille avec moi.

— Ce serait une perte de temps.

— Ne me dis pas ça. Tu es casanier dans l'âme.

— Pas vraiment. Quand tu auras décidé de m'aimer, nous verrons ce qui se passera. Pour le moment...

— *Quand* je déciderai ?

— Oui. Je suis patient, Meg. Acharné, aussi. Mes moyens

me reviennent. Ils sont longtemps restés anesthésiés, mais ils se réveillent. Il faudra que tu t'y habitues.

— Intéressant. Plus dangereux que je le croyais, mais intéressant.

— Et parce que je t'aime et que je te fais confiance, je vais te montrer ceci.

Il ouvrit le dossier sur son bureau, y prit la photocopie du journal de Patrick Galloway et la lui tendit.

En la voyant se raidir imperceptiblement, il comprit qu'elle avait aussitôt reconnu l'écriture de son père. Elle leva brièvement les yeux vers lui avant de s'absorber dans sa lecture.

Elle ne prononça pas un mot, n'eut pas une larme, pas un éclat de colère ni le moindre frémissement, comme il en aurait échappé à la plupart des femmes. Elle lut avec une extrême attention en buvant de temps à autre une gorgée de vin.

— Où as-tu eu cela ? demanda-t-elle quand elle eut terminé.

— C'est la photocopie d'un cahier trouvé dans sa parka. Coben me l'a donnée.

— Il y a combien de temps ?

— Quelques jours.

— Et tu ne m'as rien dit ? Tu ne me l'as pas montrée ? Pourquoi ?

— Je devais d'abord l'évaluer et aussi je voulais te laisser souffler. Je te prie de n'en parler à personne jusqu'à nouvel ordre.

— Tu me le montres maintenant parce que tu l'as évaluée et que tu estimes que je me suis remise du premier choc ?

— Oui, dans l'ensemble.

Elle ferma les yeux un instant, les rouvrit.

— Inutile de te faire des reproches, tu as sans doute eu raison. Qu'en pense Coben ?

— Il s'agit plutôt de ce que pensent ses supérieurs, à ce stade. Selon leur théorie, Max a tué Galloway avant de liquider le troisième. Quand le corps de ton père a été découvert, les remords et la peur d'être démasqué l'ont poussé au suicide.

— C'est de cette façon qu'ils comptent boucler leur enquête, si c'est le terme exact dans le jargon des flics ?

— Je le pense, oui.

Elle se pencha en avant, reposa les pages sur le bureau.
— Pauvre Carrie ! Pauvre Max, aussi. Il n'a jamais tué Patrick Galloway.

Nate prit la liasse de feuillets, la remit dans le dossier, le referma.

— Non, dit-il calmement. Il ne l'a pas tué.

21

Seul local assez vaste pour contenir une foule, la mairie était bondée pendant le service funèbre de Max Hawbaker. Nate nota avec intérêt la présence de tous ceux qui étaient venus en tenue de travail ou en costume du dimanche. Ils étaient là parce que Max avait été un des leurs et que sa femme et ses enfants l'étaient toujours, que Max ait été un héros ou un criminel. Et ils étaient nombreux à partager cette dernière opinion, comprit Nate d'après les échanges de regards ou les bribes de conversations qu'il surprenait en feignant de ne pas voir ni entendre.

Mme le maire prononça l'éloge funèbre de Max avec chaleur et une pointe d'humour, sans jamais citer le nom de Patrick Galloway. La cérémonie terminée, la foule se dispersa. Les fidèles se réunirent chez Carrie et les autres retournèrent à leurs occupations.

Au mois de mars en Alaska, les jours qui rallongent ne font pas le printemps, malgré son arrivée imminente selon le calendrier.

Nate se réveillait désormais à la lumière du jour, le plus souvent dans le lit de Meg. Quand il marchait en ville, il croisait de plus en plus de visages découverts et de moins en moins de capuchons protecteurs. Les premières décorations de Pâques, œufs en plastique pendus aux branches des arbres encore enneigés et lapins, eux aussi en plastique, posés sur les pelouses couvertes de neige n'annonçaient cependant guère la douceur printanière.

Mais les signes avant-coureurs du dégel, si.

Sur le chemin du poste, Nate découvrit avec un étonnement mêlé d'incrédulité de minces fissures sur le ruban glacé de la rivière. Au lieu de se ressouder, elles s'élargissaient de manière si imperceptible qu'il fallait les observer avec attention pour s'en rendre compte. Bouche bée, il resta près de vingt minutes à contempler cette manifestation du renouveau de la nature.

— Il y a des crevasses sur la rivière, annonça-t-il à Otto.

— Ah oui ? dit-il d'un air blasé. C'est un peu tôt pour la débâcle, mais on a eu une vague de chaleur.

S'il vivait encore un siècle à Lunacy, Nate assimilerait peut-être à une « vague de chaleur » les quelques journées humides pendant lesquelles la température s'était cantonnée aux alentours de moins cinq.

— Nous allons planter des pancartes sur les rives et placarder des avis en ville. Il ne faudrait pas que des gamins passent à travers la glace en jouant au hockey.

— Les gamins ne sont pas idiots au point de…

— Certains le sont, nous avons le devoir de veiller sur les inconscients. Allez voir au bazar s'ils ont encore des pancartes en stock. Il en faudrait au moins une demi-douzaine.

— La glace n'est pas encore assez mince pour…

— Des pancartes, Otto !

Pendant qu'Otto s'exécutait en maugréant, Nate ne manqua pas le sourire que Peach s'efforçait de dissimuler.

— Qu'est-ce qu'il y a ? demanda-t-il.

— Rien du tout. Je trouve seulement que c'est une bonne idée. Elle montre que nous nous soucions du sort de nos concitoyens. Il suffirait d'écrire : « Dégel, ne pas marcher sur la glace ».

— Écrivez ce qui vous semble le mieux adapté, mais de grâce faites-le vous-même. Otto écrit comme un cochon, dit Nate avant de sortir vérifier s'il y avait assez de poteaux pour y clouer les pancartes. Puis, satisfait de constater que les préparatifs étaient en bonne voie, il composa sur son ordinateur un avis qu'il imprima au format d'affichettes. Il alla ensuite les placarder lui-même à la banque, à l'école, dans les commerces. Il en collait une au *Lodge* quand Bing vint regarder par-dessus son épaule et lâcha un ricanement. Saisi d'un doute, Nate relut sa prose :

DÉGEL EN COURS – PATINAGE, MARCHE ET AUTRES ACTIVITÉS INTERDITS SUR LA GLACE PAR ORDRE DE LA POLICE MUNICIPALE.

— Vous avez vu une faute d'orthographe, Bing ?

— Non. Je me demande simplement si vous croyez qu'il y a des gens assez idiots pour aller patiner sur la rivière pendant le dégel.

— Oui, ceux qui sautent d'un toit pour voir s'ils peuvent voler après avoir lu un album de Superman, par exemple. Combien de temps la débâcle va-t-elle durer ?

— Ça dépend. L'hiver a commencé en avance, le printemps en fait autant. On verra bien. La glace fond tous les ans sur la rivière et sur le lac, ce n'est pas nouveau dans le pays.

— Peut-être bien. Mais si un gamin voulait faire le malin pour épater ses petits copains et se noyait dans l'eau glacée, nous serions bons pour assister à un autre service funèbre. Ça vous tente ?

Sur quoi, Nate se retira en laissant Bing songeur.

Il poursuivait la pose des affichettes quand il vit bouger derrière la vitrine du journal. Il traversa la rue, frappa. Carrie vint lui ouvrir.

— Bonjour, Carrie. Je voudrais poser cette affichette dans votre vitrine.

Elle la prit, la lut et alla chercher un rouleau de ruban adhésif.

— Je la pose tout de suite.

— Merci. Vous êtes seule ?

— Oui.

Il l'avait rencontrée deux fois depuis le service funèbre, mais ses souvenirs restaient vagues et le temps passait sans résultats.

— Avez-vous pu vous rappeler autre chose depuis la dernière fois ?

— J'essaie, j'écris ce qui me revient comme vous me l'avez demandé, mais je n'y arrive pas à la maison, je ne sais pas pourquoi. Alors, je suis venue ici. Cela marchera peut-être mieux.

— J'apprécie vos efforts, Carrie.

— Je n'étais pas sûre d'en être capable. Je savais que Hopp et quelques amies sûres avaient tout... nettoyé quand elles en ont eu le droit, mais... Bref, il fallait que je revienne. Le journal ne paraît plus depuis... depuis trop longtemps. Max avait tant travaillé, ce journal avait tant d'importance pour lui. Ce n'est pas grand-chose, bien sûr, poursuivit-elle en regardant autour d'elle. Cela ne ressemble même pas à un vrai journal, mais il en était si fier.

— Je ne suis pas d'accord, c'est un vrai journal.

— Je vais le relancer, dit-elle en se forçant à sourire. J'ai pris la décision aujourd'hui même, juste avant votre arrivée. Je croyais que j'en serais incapable sans lui, mais quand je suis entrée ici tout à l'heure, j'ai compris que j'avais le devoir de le faire reparaître. Pour lui. Je vais préparer le prochain numéro, demander au Professeur s'il veut bien m'aider et s'il a des élèves doués qui voudraient acquérir un peu d'expérience de journalistes.

— C'est bien, Carrie. Je suis heureux de vous l'entendre dire.

— D'ici là, Nate, je vous assure que je ferai tout mon possible pour ranimer mes souvenirs. Vous vouliez aussi voir ses papiers, mais je ne suis pas encore allée... derrière.

Elle n'eut pas besoin de montrer la porte du bureau de Max pour que Nate comprenne. Il désirait plus que jamais prendre connaissance de tout ce que Max avait écrit, cependant le moment aurait été mal choisi.

— Je reviendrai. Il avait aussi un bureau à la maison, n'est-ce pas ?

— Oui, tout petit. Je n'ai même pas encore trié ses affaires, je remets ce moment de jour en jour.

— Y a-t-il quelqu'un chez vous, en ce moment ?

— Non, les enfants sont à l'école.

— Me permettez-vous d'aller y jeter un coup d'œil ? Si je dois emporter quelque chose, je vous donnerai un reçu.

— Allez-y. Tenez, opina-t-elle en séparant une clé du

trousseau qu'elle sortit de son sac, celle-ci ouvre la porte de derrière. Gardez-la le temps que vous voudrez.

Nate ne voulut pas laisser sa voiture devant la maison, sa présence aurait pu intriguer et provoquer des rumeurs inutiles. Il alla donc la garer près d'une courbe de la rivière – où il ne remarqua d'ailleurs aucune fissure, ce qui lui fit penser qu'il s'était peut-être trop précipité pour édicter ses règles de sécurité.

Il arriva derrière la maison en passant par les bois, ouvrit et entra dans une pièce servant à la fois de débarras et de buanderie, comme l'attestait la présence d'une machine à laver. La cuisine adjacente était d'une propreté si rigoureuse qu'il se demanda si les femmes n'usaient pas du ménage comme d'un dérivatif à leurs peines. Il n'y avait pas le moindre grain de poussière ni le désordre normal de la vie. Peut-être Carrie n'était-elle pas encore prête à revivre, se dit-il.

Il monta à l'étage, dépassa la chambre des enfants, reconnaissable à ses posters aux murs et au fouillis propre aux adolescents. Comme au rez-de-chaussée, un ordre méticuleux régnait dans la chambre des parents. Le lit était si soigneusement fait qu'il semblait ne pas avoir été utilisé. Nate se demanda si Carrie s'y couchait ou si elle refusait de dormir dans un lit longtemps partagé avec son mari.

Dans le bureau de Max à côté de la chambre, Nate reconnut le désordre et la poussière d'un lieu habité. Le fauteuil était réparé avec de l'adhésif, la table un peu bancale, mais le puissant ordinateur posé dessus paraissait presque neuf. Le calendrier était du modèle dont on arrache les feuilles chaque jour. La dernière, datant du 19 janvier, ne comportait aucune indication manuscrite, aucun mémento tel que « Rendez-vous à minuit avec Untel (nom de l'assassin) ». C'eût été trop commode, bien sûr...

Nate commença par fouiller la corbeille à papier. Y gisaient des feuilles du calendrier, certaines portant des notes : « Penser photos course Iditarod » ou « Fuite robinet salle de bains. Carrie houspille. Réparer d'urgence ». La feuille du 18 janvier, veille de sa mort, portait un seul mot : Pat. Nate la posa sur le bureau. Il trouva aussi des enveloppes vides décachetées indiquant que Max avait réglé ses factures.

Il inventoria ensuite les tiroirs. Un chéquier mentionnait un solde de deux cent cinquante dollars et soixante cents après le paiement des factures. Il trouva trois livrets d'épargne, un au nom de chaque enfant et un pour Carrie et Max, d'un montant d'un peu plus de six mille dollars. Il y avait des enveloppes neuves, des élastiques, des trombones, une agrafeuse. Rien que de très ordinaire. Dans le dernier tiroir, il découvrit un manuscrit ne comportant que quatre chapitres :

Maxwell T. Hawbaker
COUP DE FROID
Roman

Nate le posa sur le bureau et se leva pour examiner les étagères adossées au mur. Il y préleva deux boîtes de disquettes et un cahier de coupures de presse avant de se rasseoir pour tester ses talents en informatique.

Aucun mot de passe ne protégeait l'accès au disque dur de l'ordinateur, ce qui indiquait que Max ne pensait pas avoir quelque chose à cacher. Parmi les documents enregistrés, il remarqua un tableau dans lequel Max, en bon père de famille soucieux de ses deniers, avait établi la liste de ses échéances. Les autres documents comptables et relevés de banque n'indiquaient aucune rentrée importante ou sortant de l'ordinaire. Si Max faisait chanter son meurtrier, il n'en avait pas gardé de trace dans ses comptes personnels.

Nate trouva sur le disque dur la suite du roman et le début de deux autres. En comparant avec les disquettes, il constata que Max prenait soin de sauvegarder ses écrits, même s'il n'imprimait pas tout. Les sites Internet régulièrement consultés étaient ceux de librairies, pour la plupart spécialisées dans les ouvrages sur la pêche.

Au bout d'une heure, il n'avait rien découvert pouvant de près ou de loin suggérer un indice quelconque.

Il redescendit, prit un carton vide dans le débarras, y plaça son butin. Avant de partir, il retourna à la cuisine, regarda le calendrier mural. Il n'y figurait que des réunions de parents d'élèves, des séances d'entraînement de hockey, des rendez-vous de dentiste – le dernier en date était pris pour Max, deux jours après sa mort. Tout cela dénotait la routine d'une vie familiale. Rien d'extraordinaire.

Mis à part cette feuille de calendrier, repêchée dans la corbeille à papier, où Max avait écrit le nom de Pat.

Le carton sous le bras, il repartit par où il était venu. Il marchait au milieu du bois et pestait contre la neige dans laquelle il enfonçait jusqu'aux chevilles quand un coup de feu éclata à une dizaine de mètres de lui. D'instinct, il lâcha la boîte, empoigna sous sa parka la crosse de son arme de service. Au même moment, un martèlement de sabots et un fracas de branches brisées accompagnèrent l'apparition fugitive d'un daim adulte à la ramure impressionnante qui s'enfuyait au grand galop.

Le cœur battant, Nate s'avançait quand une silhouette portant un long fusil se dessina entre les arbres. Chacun muni d'une arme, les deux hommes s'immobilisèrent. Un instant plus tard, la silhouette encore indistincte rabattit son capuchon, leva la main en signe de paix.

— Il vous a senti, dit Jacob. Il a pris peur et détalé au moment où je tirais. Je l'ai raté.

— Raté, répéta Nate.

— J'espérais apporter du gibier à Rose, David n'a pas eu le temps de chasser depuis la naissance de la petite. Vous chassez, chef Burke ? ajouta-t-il en baissant ostensiblement les yeux vers le revolver de Nate.

— Non, mais quand j'entends un coup de feu, je préfère être armé pour chercher qui a tiré.

Jacob rabattit son cran de sûreté avec un cliquetis délibéré.

— Vous l'avez trouvé. Et moi, je m'en vais bredouille.

— Désolé, Jacob.

— Pas grave. À bientôt.

Et Jacob s'éloigna sur ses raquettes avec une grâce et une souplesse qui procurèrent à Nate une bouffée de jalousie.

Il revint sur ses pas, ramassa la boîte et ne replaça son arme dans le holster qu'une fois en voiture.

Il se rendit chez Meg, cacha la boîte au fond d'un placard et changea son pantalon, trempé jusqu'aux genoux par la neige.

Avant de rentrer en ville, il alla avec les chiens faire un tour sur le lac pour vérifier l'état de la glace. Là, au moins, le dégel ne paraissait pas encore amorcé.

— Les pancartes sont posées, annonça Otto. Nous avons déjà deux plaintes de gens qui nous reprochent de nous mêler de ce qui ne nous regarde pas.
— Il faut aller leur parler ?
— Pas la peine.
— Vous avez reçu deux appels, chef, intervint Peach. Des journalistes. Une mise au point sur Pat Galloway et Max, prétendent-ils.
— Il faudra d'abord qu'ils m'attrapent. Peter est encore en ronde ?
— Non, je l'ai envoyé déjeuner chez lui, c'était son tour, répondit Otto. Je vous ai rapporté un gros sandwich de *Chez l'Italien*.
— Bonne idée, merci. À votre avis, Otto, pourquoi un homme irait-il chasser loin de chez lui quand il a des kilomètres carrés de terrain autour de sa maison ?
— Ça dépend, dit Otto en se grattant le menton.
— De quoi ?
— De ce qu'il veut chasser, par exemple.
— En effet, se borna à répondre Nate. Ça dépend.

Les fissures de la glace s'élargirent et s'allongèrent jusqu'à devenir des crevasses tandis que la température restait au-dessus de zéro. De la rive, Nate eut sa première vision du bleu profond de l'eau entre les plaques de blanc. Fasciné, il contemplait cette lutte entre l'eau et la glace ponctuée par des détonations semblables à des coups de canon.
— La première débâcle à laquelle vous assistez a quelque chose de mystique, commenta Hopp, arrivée derrière lui.
— Ma première débâcle s'appelait Pixie Newburry et elle était plus traumatique que mystique.
Hopp fronça les sourcils.
— Pixie ?

— Oui. Elle avait des grands yeux en amande et m'a laissé tomber pour un garçon dont le père possédait un yacht. Mon premier gros chagrin.

— Si elle s'intéressait à ce genre de choses, vous étiez mieux loti sans elle.

— Ce n'est pas ce qu'on pense quand on a douze ans. Je ne croyais pas que cette débâcle-ci irait aussi vite.

— Une fois que la nature a pris sa décision, personne ne peut s'y opposer. Mais vous pouvez parier qu'elle nous infligera encore quelques arrière-goûts d'hiver avant d'avoir fini. Ici, en tout cas, on célèbre le dégel. Nous organisons une petite fête au *Lodge*, ce soir. Vous y ferez au moins une apparition ?

— D'accord.

— Vous êtes plus souvent chez Meg qu'au *Lodge*, pour parler de votre logement, dit-elle en souriant. On en cause, ici et là.

— Mon choix de logement pose-t-il un problème ? Officiellement, s'entend.

Hopp pêcha une cigarette dans sa poche et l'alluma en s'abritant de ses deux mains tandis que grondait la canonnade du dégel.

— Non, bien sûr. Personnellement, je considère que Meg Galloway n'a rien d'une Pixie Newburry. J'ai aussi entendu dire, ici et là, que les lumières chez Meg restent souvent allumées tard.

Elle était le maire et le journal de Galloway ne mentionnait pas la présence d'une femme sur la montagne, se rappela Nate.

— Peut-être souffrons-nous d'insomnie. Et puis, je consacre pas mal de mon temps libre à l'affaire Galloway.

Hopp contempla un instant la farouche bataille que se livraient le bleu et le blanc.

— Pour la plupart, les gens occupent leurs loisirs à aller à la pêche, à lire un roman ou à regarder la télé.

— Les flics ne sont pas la plupart des gens.

— Faites ce que bon vous semble, Ignatious. Je sais que Charlene a l'intention de ramener le corps de Pat et de l'enterrer ici. Elle veut lui organiser des obsèques dans les règles. À moins d'un retour du gel, la terre devrait avoir assez fondu pour lui creuser une tombe en juin.

Elle s'interrompit pour tirer une longue bouffée de sa cigarette.

— Je souhaiterais que ce soit le point final à toute cette affaire, reprit-elle. Les vivants doivent continuer à vivre. C'est dur pour Carrie, je sais, mais vous ne lui facilitez pas la vie en insistant comme vous le faites, et cela ne lui rendra pas son mari.

— Je ne crois pas qu'il ait tué Galloway. Je ne crois pas non plus à son suicide. Je pensais vous l'avoir déjà dit.

— Peut-être, mais ce n'est pas ce que je veux entendre.

— Personne n'aime entendre qu'il est peut-être le voisin d'un criminel ayant deux meurtres à son actif.

Hopp ne put s'empêcher de frémir.

— Je connais mes voisins comme ceux qui vivent à des kilomètres de chez moi. Je connais leurs visages, leurs noms, leurs habitudes. Parmi tous ceux que je connais, Ignatious, il n'y a pas d'assassin.

— Vous connaissiez Max.

— Grand Dieu…

— Vous avez fait de la montagne avec Galloway.

— Est-ce un interrogatoire ? s'enquit-elle sèchement.

— Non, un simple commentaire.

Elle tira sur sa cigarette, souffla un nuage de fumée.

— Mon mari et moi aimions relever les défis de la montagne, quand nous étions plus jeunes. Après, jusqu'à sa mort, nous nous contentions de faire des randonnées, de camper sous les étoiles.

— À qui faisait-il confiance en montagne ? À qui Galloway se fiait-il, là-haut ?

— À lui-même, c'est la première règle de l'alpinisme. En montagne, on ne doit se fier qu'à soi-même.

— Votre mari était encore maire, à cette époque.

— À titre honoraire plus qu'effectif.

— Quand même, il connaissait tout le monde. Vous aussi.

— Oui. Et alors ?

— Alors, si vous faites un effort de mémoire pour vous rappeler ce mois de février 1988, vous pourriez vous souvenir de qui s'est absenté de Lunacy une ou deux semaines en même temps que Galloway.

Elle jeta sa cigarette, qui s'éteignit en grésillant dans la neige, l'enfouit à coups de pied rageurs.

— Vous accordez beaucoup de crédit à ma mémoire, Ignatious. J'y réfléchirai.

— Bien. Si vous retrouvez quoi que ce soit, venez me le dire. À moi seul, précisa-t-il.

— Le printemps arrive. Et le printemps est parfois impitoyable.

Elle partit, le laissant seul s'interroger sur le sens caché de cette dernière phrase en contemplant la rivière qui revenait à la vie.

22

Le dégel n'affectait pas que les eaux. Gelées tout au long de l'hiver, les rues subissaient elles aussi une débâcle sous forme de crevasses profondes comme des ravins et de nids-de-poule assez vastes pour engloutir un camion. Nate ne s'étonnait pas que Bing soit titulaire du marché d'entretien des chaussées. Il était surpris, en revanche, de constater que tout le monde semblait se moquer éperdument du fait que les travaux de réparation progressaient à la vitesse d'un escargot anémique.

Il avait, à vrai dire, d'autres soucis en tête. Les gens aussi craquaient. Certains, qui avaient conservé leur santé mentale durant la longue nuit de l'hiver, paraissaient croire que l'arrivée du printemps leur permettait enfin de se laisser aller à tous les excès. Les deux cellules du poste ne désemplissaient pas de citoyens, naguère paisibles, s'adonnant à l'ivresse, à la violence et autres atteintes à l'ordre public.

Un concert d'avertisseurs et de clameurs l'attira à sa fenêtre un matin à l'aube. Des barrières pourvues de lanternes clignotantes entouraient un nid-de-poule surnommé « Le cratère » et, autour de ces barrières, un homme dansait la gigue. Le spectacle aurait déjà paru un peu insolite au soleil levant, d'autant plus qu'il était tombé une légère couche de neige pendant la nuit, mais le fait que le danseur était nu comme un ver ajoutait un certain panache à son exhibition. Les badauds faisaient déjà cercle autour de lui. Les uns applaudissaient ou, plutôt, marquaient le rythme, les autres braillaient à doses égales sarcasmes et encouragements.

Nate essuya en hâte la mousse de son visage à moitié rasé, enfila un pantalon, une chemise, des bottes et descendit. Dans le hall du *Lodge*, il attrapa au passage une veste pendue à une patère, sortit et réussit à se frayer un passage entre les spectateurs. Il reconnut aussitôt Toby Simpsky, à la fois commis au bazar, laveur de vaisselle au *Lodge* et DJ à la radio à ses moments perdus. La température avoisinait le zéro et Toby, le corps couvert d'une impressionnante chair de poule, était passé de la gigue à une danse de guerre indienne.

— Eh, Toby ! le héla Nate. Tu as oublié ton chapeau, ce matin ?

— Les vêtements sont un symbole du dédain de l'homme pour la nature ! proclama l'interpellé sans interrompre sa chorégraphie.

— Tu as raison. Viens donc, nous allons en parler.

Sur quoi, Nate parvint à le couvrir de la veste et à l'entraîner au poste, où il restait une cellule libre. Dans l'autre, Mike l'Ivrogne cuvait une cuite sévère qui l'avait incité, au milieu de la nuit, à rentrer se coucher dans la maison de son voisin au lieu de la sienne.

Jusqu'à onze heures du matin ce jour-là, Nate dut intervenir six fois : pneus lacérés, pugilats, graffitis à la peinture jaune sur la motoneige neuve de Tim Bower et sur le pick-up Ford de Charlene. Il pensait à son café et à son petit déjeuner envolés en se demandant ce qui poussait un homme, jusque-là sans histoire, à danser nu dans la rue quand Bing fit une entrée fracassante, le regard étincelant de fureur.

— J'ai trouvé ça dans mes affaires ! déclara-t-il en posant deux cannes à pêche et une foreuse sur le bureau. J'espère que vous allez trouver l'enfant de salaud qui veut me faire passer pour un voleur.

— Ce ne serait pas l'attirail d'Ed Woolcott ?

— Il a son nom gravé sur ses foutues cannes à pêche, non ? Il n'y a que lui pour faire des conneries pareilles. Je vous préviens, il n'a pas intérêt à me coller ça sur le dos, ce minable. S'il essaie, je lui arrangerai le portrait pour de bon.

— Où les avez-vous trouvées ?

— Si vous croyez que je les ai volées, je vous arrangerai le portrait à vous aussi, gronda Bing en serrant les poings.
— Je ne dis pas que vous les avez volées, je vous demande où vous les avez trouvées.
— Dans ma cabane. J'y étais allé hier soir pour la tracter sur la terre ferme pendant la saison. C'est là qu'elles étaient. Je ne me suis pas longtemps demandé ce que j'allais faire, je vous les apporte. Et maintenant, à vous de faire votre boulot.
— Quand étiez-vous allé à votre cabane pour la dernière fois avant hier soir ?
— J'avais du pain sur la planche, non ? Quinze jours, peut-être. Si j'y étais allé plus tôt, je les aurais tout de suite repérées. Je ne me sers pas de ce genre de matériel, moi.
— Entrez dans mon bureau, Bing, et asseyez-vous.
— Pour quoi faire ? voulut-il savoir en serrant de nouveau les poings.
— Pour faire une déposition officielle. Pour préciser si vous avez remarqué du désordre, si votre cabane était fermée à clé, si vous pensez à quelqu'un qui pourrait vouloir vous causer du tort.
— Vous me croirez sur parole, j'espère.
— Exactement.
— Bon. Dans ce cas, d'accord. Mais il faudra que ça aille vite, j'ai du boulot.
— Je sais. Vous avez notamment à boucher le nid-de-poule devant le *Lodge* avant qu'il engloutisse une famille de cinq personnes.

Peu porté sur les longs développements, Bing expédia sa déposition en moins de dix minutes.
— Vous avez eu de bons rapports avec Ed jusqu'à présent ? lui demanda Nate ensuite.
— Je dépose mon argent à la banque et j'en prends quand j'en ai besoin.
— Vous ne vous fréquentez pas en dehors de cela ?
— Il ne m'invite pas à dîner chez lui, répondit Bing avec un ricanement méprisant. Et je n'irais pas s'il me le demandait.
— Pourquoi ? Sa femme cuisine mal ?
— Ces deux-là font des manières comme s'ils étaient meilleurs que nous. Ed est un connard prétentieux, comme une

bonne moitié de l'humanité. À part ça, je n'ai rien de particulier contre lui.

— Pensez-vous à quelqu'un qui aurait une dent contre vous ? Assez pour vouloir vous créer des ennuis ?

— Je me mêle de mes oignons et je compte que les autres en fassent autant. S'il y en a un qui n'est pas d'accord, je lui...

— ... arrangerai le portrait, je sais. Je restituerai à Ed les objets qui lui appartiennent et je vous remercie de me les avoir apportés.

Mais Bing ne se leva pas tout de suite ; il resta un instant silencieux en pianotant sur sa cuisse.

— Le vol, lâcha-t-il enfin, c'est pas mon truc.

— Moi non plus, approuva Nate.

— Je ne comprends pas pourquoi vous bouclez un type qui a bu un coup de trop ou envoyé un coup de poing à quelqu'un qui lui a marché sur les pieds, mais un voleur, c'est pas pareil.

Nate le savait sincère. Bing avait des coups et blessures à son actif, mais aucun vol.

— Alors ?

— Alors, on m'a fauché mon couteau de chasse et une paire de gants dans mon camion.

— Donnez-m'en la description, dit Nate en prenant un formulaire vierge.

— Un couteau, c'est un couteau. Avec une lame de quinze centimètres et un manche en bois. Un couteau de chasse, quoi.

— Et les gants ?

— Des gants de travail, bon sang ! gronda Bing avec impatience. En cuir noir, doublés de laine.

— Quand vous êtes-vous aperçu de leur disparition ?

— La semaine dernière.

— Et vous la signalez seulement maintenant ? Pourquoi ?

Interloqué, Bing garda le silence avant de hausser les épaules.

— Vous êtes peut-être pas complètement débile, grommela-t-il.

— Merci du compliment. Vous fermez votre camion à clé ?

— Non. Personne ici n'est assez idiot pour toucher à mes affaires.

— C'est donc une première. Il en faut toujours une.

Une fois seul, Nate étudia les rapports et dépositions empilés sur son bureau. Une pile épaisse dont chapardages, vandalisme et ivresse publique constituaient l'essentiel. Rien de sérieux, mais en assez grand nombre pour l'occuper sans arrêt depuis quinze jours.

Sans lui laisser le temps de poursuivre son enquête officieuse.

Peut-être n'était-ce qu'une simple coïncidence. Peut-être un message cosmique lui rappelant qu'il ne faisait plus partie d'une prestigieuse brigade criminelle.

Ou peut-être le signe que quelqu'un s'énervait.

Nate convoqua Ed Woolcott et vit son visage s'éclairer en découvrant ses cannes à pêche et sa foreuse.

— Ces objets vous appartiennent, n'est-ce pas ?

— Ah oui ! J'avais fait ma croix dessus, je les voyais déjà finir dans quelque boutique d'Anchorage. Bon travail, chef Burke ! Vous avez appréhendé le coupable ?

— Non. Bing les a trouvés hier soir dans sa cabane avec son propre matériel et me les apportées à la première heure.

— Mais...

— Verriez-vous pourquoi Bing aurait pénétré par effraction dans votre cabane pour voler ces objets et me les apporter ce matin ?

— À vrai dire, non, admit Woolcott en caressant ses chères cannes à pêche. Le fait est, cependant, qu'elles étaient en sa possession.

— Le seul fait est qu'il les a trouvées et les a rapportées. Voulez-vous poursuivre l'affaire ?

Son expression reflétant une lutte intérieure, Woolcott lâcha un profond soupir.

— Ma foi... Honnêtement, je ne vois en effet pas pourquoi Bing les aurait volées et encore moins, dans ce cas, pourquoi il les aurait rendues. Je les récupère, c'est le plus important. Mais cela ne règle pas le problème du vandalisme et du vol de mon whisky.

— Eh bien, je ne classe pas le dossier.

— Bien, très bien. Alors, vous avez survécu à l'hiver ?

ajouta-t-il en montrant, derrière la fenêtre, les plaques de glace qui flottaient sur l'eau bleue de la rivière.

— Comme vous voyez.

— Certains en ville pensent que vous ne vous soumettrez pas de nouveau à cette épreuve. Il m'arrive moi-même de me demander si vous ne retournerez pas en bas à l'expiration de votre contrat.

— Cela dépendra de la décision du conseil municipal de le renouveler ou non.

— À ma connaissance, personne ne se plaint de vous. Rien de sérieux, en tout cas. Allons, je vais emporter mes affaires.

— Je vous demanderai d'abord de signer une décharge. Mieux vaut que tout soit fait officiellement.

Woolcott s'empressa d'apposer sa signature sur le formulaire.

— Vous avez parfaitement raison. Merci encore, chef. Je suis enchanté de récupérer mon bien.

Woolcott lançait des regards intrigués au panneau dissimulé par la couverture, mais il ne posa pas de question ni ne fit de commentaires à ce sujet. Nate le raccompagna à la porte, la referma derrière lui. Puis, une fois seul, il souleva la couverture et, sur la liste de noms qu'il avait établie, traça au crayon entre Bing et Woolcott un trait qu'il surmonta d'un point d'interrogation.

Le temps s'éclaircit dans l'après-midi, assez pour que Nate voie approcher l'avion rouge de Meg. Il revenait d'enquêter sur la présence d'un cadavre signalé près d'un ruisseau. Il s'agissait en réalité d'une vieille paire de bottes plantées dans la neige, que des ornithologues amateurs, locataires d'une cabane, avaient crue voir à la jumelle. Les touristes ! grommela-t-il en jetant les bottes, sans doute abandonnées par d'autres touristes, dans le coffre de sa voiture.

Quand il arriva au ponton, Meg s'était déjà posée. Les flotteurs qui remplaçaient les patins constituaient, eux aussi, le signe que le printemps était là. Il s'approcha pendant que Jacob et elle déchargeaient l'avion.

— Salut ! lança-t-elle en déposant une caisse sur le ponton, que Nate sentit trembler sous ses pieds. Qu'est-ce que tu fabriques du côté de l'aéroport ? Tu cherches des femmes légères ?

— J'en ai déjà trouvé une.

— Nous verrons tout à l'heure si tu peux encore m'alléger ! dit-elle en pouffant de rire.

— Pas ce soir, il y a la séance de cinéma.

— Non, samedi soir.

— Si, ce soir. On a changé la date pour ne pas concurrencer la fête de l'école.

— Ah oui !, c'est vrai. J'ai là-dedans des robes qui devraient convenir à la solennité. Tu sais ce qu'il y a au programme ?

— Deux bons vieux Hitchcock, *Sueurs froides* et *Fenêtre sur cour*.

— Parfait. J'apporterai le pop-corn. Tu as l'air fatigué, fit-elle remarquer tandis qu'elle chargeait une caisse sur la plate-forme du pick-up.

— Les gens ont attrapé le virus du printemps ou quelque chose de ce genre. Je suis tellement occupé que je n'ai pas pu accorder à certaines questions l'attention qu'elles méritent.

— Donc, tu ne parles pas seulement de moi. Mon père est mort depuis seize ans, ajouta-t-elle pendant que Jacob retournait à l'avion y prendre les dernières caisses. Le temps est une notion relative.

— Je veux pourtant aller au bout de cette affaire. Pour toi. Pour lui. Pour moi, aussi.

— Tu sais quoi ? Oublions tout cela un moment. Allons au cinéma, gavons-nous de pop-corn et faisons la fête. D'accord ?

— Je vais être obligé de te poser des questions. Tu ne les aimeras peut-être pas toutes.

— Raison de plus pour nous changer les idées ce soir. Maintenant, je dois aller livrer tous ces trucs. À tout à l'heure.

Elle sauta dans la cabine du pick-up et salua Nate de la main pendant que Jacob démarrait. Elle ne le quitta pas des yeux dans le rétroviseur jusqu'à ce qu'il soit hors de vue.

— Il a l'air soucieux, commenta Jacob.

— Il est inquiet en permanence. Pourquoi est-ce que, chez lui, je trouve cela aussi séduisant ?

— Il voudrait te protéger. Personne ne l'a jamais fait. Je t'ai appris des tas de choses, je t'ai écoutée, j'ai pris soin de toi, mais je ne t'ai jamais protégée.

— Je n'ai pas besoin qu'on me protège et je n'en ai aucune envie.

— Savoir qu'il le ferait t'attire malgré tout.

— Possible... Pourtant ses désirs et les miens vont finir par se heurter de plein fouet un de ces jours. Qu'arrivera-t-il alors ?

— Cela dépend de celui qui sera encore debout après la collision.

Meg éclata de rire, étendit les jambes.

— Il n'a aucune chance, le pauvre !

Elle espérait pouvoir passer chez elle se faire belle en prévision d'une longue nuit d'amour. Mais après avoir fini de livrer son chargement, il ne lui resta que le temps d'aller préparer le pop-corn dans la cuisine du *Lodge*, où Big Mike la gratifia d'une sérénade et d'un gros morceau de gâteau.

Elle se rendit à pied à la mairie par une froidure humide qui promettait de la pluie avant la fin de la soirée. Nate était en retard, ce qui l'étonna. Il se glissa dans le siège à côté d'elle juste au moment où les lumières baissaient.

— Excuse-moi. Une sombre histoire de porc-épic, je te raconterai plus tard.

Il essaya d'entrer dans le film, de s'accorder à l'ambiance, seulement ses pensées tournaient trop dans sa tête. Le matin, il avait relié Ed et Bing, rapprochés par le vol de l'attirail de pêche. Cela ressemblait pourtant plus à une mauvaise plaisanterie de gamins désœuvrés qu'à un véritable vol. Et des dizaines d'autres liens possibles existaient entre les habitants qui étaient là, autour de lui, en train de regarder James Stewart jouer le rôle d'un flic émergeant d'une dépression. Un rôle qu'il connaissait lui-même par cœur... Il prenait la fille, la perdait, la reprenait, la reperdait dans une ronde sans fin de plaisir et de peine.

La clé de l'histoire, c'était la fille.

Meg l'était-elle ? Fille unique de Patrick Galloway,

n'était-elle pas un symbole vivant de son père ? Et si elle n'était pas la clé, représentait-elle un autre lien ? Avec quoi, avec qui ?

— Comptes-tu tourner en rond encore longtemps avant d'atterrir ?

Nate sursauta. Les lumières revenaient pour l'entracte.

— Quoi ?

— Tu me fais l'effet d'être en attente d'approche.

— Excuse-moi. J'avais la tête ailleurs.

Elle se leva, posa le sac de pop-corn sur son siège.

— C'est le moins qu'on puisse dire. Tu n'as même pas avalé la moitié de ta portion de pop-corn. Allons prendre l'air avant l'autre film.

Comme le reste de l'assistance, ils durent se contenter de rester sur le pas de la porte. Pendant la métamorphose de Kim Novak, les nuages avaient crevé en une pluie torrentielle.

— On est bons pour une inondation, observa Meg, les sourcils froncés. Et du verglas sur les routes si la température redescend.

— Si tu veux rentrer chez toi maintenant, je te conduirai. Mais il faudra que je revienne ici.

— Non, je reste pour le second film, voir comment cela évolue. Il se pourrait que la pluie tourne en neige.

— Rentre dans la salle, je veux régler quelques détails. Je te rejoindrai à l'intérieur.

— Voilà un bon flic, toujours aux aguets ! Je ne me plains pas, Burke, enchaîna-t-elle en le voyant s'assombrir. Je ne suis pas du genre à faire une scène parce que je reste seule au cinéma. Et je suis assez grande fille pour rentrer chez moi par mes propres moyens s'il le faut. Si tu vois ton ex en me regardant, ça me fout en rogne.

Elle tourna les talons avant qu'il ait pu répondre. Avec un soupir résigné, il la suivit des yeux, repéra dans la foule Peter, Hopp, Bing et le Professeur. Il consacra toute la durée de l'entracte et même au-delà à mettre au point les procédures à suivre en cas d'inondation. Quand il rejoignit enfin Meg, Grace Kelly s'efforçait de convaincre James Stewart de s'intéresser à elle plutôt qu'au voisin de l'autre côté de la cour.

— Excuse-moi, chuchota-t-il en lui prenant la main.

— Si tu le répètes une fois de plus, ce sera une fois de trop. Regarde le film, fit-elle en lui effleurant les lèvres d'un baiser.

Il s'y appliqua. Mais alors que Raymond Burr surprenait Grace Kelly en train de fureter dans son appartement, la porte de la salle s'ouvrit à la volée et Otto fit irruption dans un rectangle de lumière qui souleva une tempête de protestations. Nate était déjà debout et marchait au-devant de lui.

— Venez tout de suite, chef.

Sans prendre le temps d'enfiler un vêtement, Nate sortit en chemise et reçut la douche glaciale d'une pluie mêlée de grésil.

Il vit tout de suite le corps sur le trottoir et sentit son cœur s'affoler en croyant d'abord qu'il s'agissait de Rock ou de Bull, l'un des chiens de Meg. Mais celui qui gisait dans une mare de sang et de pluie était plus vieux et plus blanc de poil. Le couteau avec lequel il avait été égorgé était planté jusqu'à la garde dans sa poitrine.

— Je le connais, Nate. C'est Yukon, le vieux chien de Joe et de Lara. Pauvre bête ! Il n'a jamais fait de mal à personne, il n'a presque plus de dents.

Il entendit derrière lui un cri d'horreur.

— Faites-les rentrer, ordonna-t-il à Otto. Contrôlez la situation. Que Peter m'apporte de quoi le recouvrir.

Peter arriva en courant une seconde après qu'Otto fut rentré.

— Jacob m'a donné son ciré. Seigneur, c'est Yukon ! Le chien de Steven, le fils de Joe et Lara. Quel est le salaud qui lui a fait ça ?

— C'est ce que nous allons chercher à savoir. Reconnaissez-vous le couteau ? Regardez le manche, Peter.

— Je ne vois pas, il y a trop de sang… Non, aucune idée.

Mais Nate savait déjà que ce couteau, une fois examiné de près, serait le couteau de chasse dont Bing avait signalé la disparition.

— Nous allons emporter ce chien. Vous m'aiderez à le charger dans ma voiture, mais allez d'abord au poste chercher l'appareil photo. Je veux enregistrer la scène.

— Mais… il est mort.

— Je sais. Nous examinerons le corps au dispensaire. Après

m'avoir aidé à le charger, vous rentrerez dans la salle prévenir Joe et Lara. Allez chercher l'appareil, vite !

Peter partait au pas de course quand Nate vit du coin de l'œil quelqu'un bouger derrière lui.

— Tu as oublié de mettre ton blouson, dit Meg en le lui tendant.

— Je ne veux pas te voir ici.

— J'ai déjà vu ce qu'on a fait à ce chien. Pauvre vieux Yukon : Lara et Steven en auront le cœur brisé.

— Rentre maintenant.

— Non, je vais chez moi. Je veux être avec mes chiens.

— Tu rentres dans cette salle ! ordonna Nate en l'empoignant par le bras. Et quand j'aurai tout vérifié, tu iras au *Lodge*.

— Nous ne sommes pas dans un État policier, Burke ! J'irai où je veux quand je veux !

— Tu feras ce que je te dis. Je veux savoir précisément où tu es – et ce ne sera pas seule dans une maison isolée à des kilomètres de la ville. Les routes sont verglacées, l'inondation menace et il y a un salaud en liberté qui a égorgé ce malheureux animal. Tu vas donc rester ici jusqu'à nouvel ordre. Compris ?

— Je ne laisserai pas mes chiens...

— J'irai les chercher. Rentre, Meg, je t'en prie. Ou je t'emmène de force et je te boucle dans une cellule.

Il attendit cinq secondes dans un silence pesant avant qu'elle se décide à tourner les talons et à regagner le bâtiment.

Peter arriva en courant peu après. Nate prit les photos.

— Maintenant, aidez-moi. Après, vous direz à Otto d'escorter Meg jusqu'au *Lodge* et de veiller à ce qu'elle y reste jusqu'à ce que je décide qu'elle peut en partir. C'est clair ?

Peter acquiesça d'un signe de tête.

— Chef, le docteur Ken est dans la salle. J'étais assis derrière lui pendant le film. Vous voulez qu'il sorte ?

Nate essora de son mieux ses cheveux trempés qui lui gouttaient dans les yeux.

— Oui, demandez-lui de venir. Il montera en voiture avec moi. Je compte sur vous pour maintenir l'ordre, Peter. Vous

ferez disperser l'assistance et vous vous assurerez que chacun rentre chez soi.
— Les gens voudront savoir ce qui est arrivé.
— Nous ne le savons pas encore nous-mêmes. Maintenez le calme, vous êtes doué pour parler aux gens. Autre chose, Peter : Otto et vous, dressez la liste de tous ceux qui se trouvent à l'intérieur.
Je saurai ainsi qui n'y est pas, s'abstint-il d'ajouter.
Ils chargèrent le cadavre du chien à l'arrière de la voiture. Et tandis que Peter partait en hâte, Nate aperçut quelque chose par terre et s'accroupit. Une paire de gants ensanglantés avait été jetée à côté du pneu arrière droit, sous l'essieu.
Il ouvrit la portière, prit un sachet en plastique, souleva les gants par les crispins, les scella dans le sachet.
Il était désormais presque certain que ces gants étaient ceux de Bing. Comme le couteau. Un couteau et des gants dont le vol avait été signalé par Bing quelques heures auparavant.

23

— La mort a dû être instantanée, dit Ken. Quel misérable enfant de salaud a bien pu massacrer un chien ? Vous m'avez dit que l'autre blessure ne saignait presque pas, donc il était déjà mort au moment où on lui a planté le couteau dans la poitrine.

— Il était encore tiède quand nous l'avons trouvé. La mort a dû survenir, disons, une heure plus tôt. Qu'en pensez-vous ?

— Ce n'est pas mon domaine, Nate, et vous en savez sans doute autant sinon plus que moi. Mais, à vue de nez, oui. Je dirais à peu près une heure.

— La projection avait repris depuis environ une heure et il n'y était pas quand nous sommes sortis à l'entracte. En outre, il y avait trop de sang pour qu'il ait été tué ailleurs et porté jusque-là. Vous le connaissiez ?

— Le vieux Yukon ? Bien sûr. Tout le monde le connaissait.

Nate remarqua que les yeux du médecin s'embuaient de larmes.

— Il était méchant ? Savez-vous s'il aurait mordu quelqu'un qui aurait voulu se venger ?

— Yukon ? Il lui restait à peine assez de dents pour manger sa pâtée. Il était affectueux, inoffensif. C'est pour cela que j'ai du mal à ne pas craquer, dit-il en se forçant à sourire. Le cas de Max était horrible, bien sûr. Max était un homme. Mais un chien… Ce chien-là était vieux, gentil, sans défense…

— Asseyez-vous, Ken. Soufflez un peu.
— Volontiers.

Nate resta debout devant le cadavre du pauvre chien, dont le pelage ruisselait encore de sang et de pluie. Ken poussa un soupir.

— Désolé. Vous pensez sans doute qu'un médecin devrait être plus endurci... Que voulez-vous que je fasse ?

— Joe et Lara vont arriver d'une minute à l'autre. Je voudrais que vous les gardiez hors de cette pièce jusqu'à ce que j'aie fini.

— Qu'est-ce que vous allez faire ?

— Mon métier.

Une fois seul, Nate prit de nouvelles photos. Sans être médecin légiste, il avait vu assez de morts et assisté à assez d'autopsies au cours de sa carrière pour deviner que le coup de couteau avait été appliqué par-dessus la tête du chien, de gauche à droite. Le sang avait jailli, détrempé les gants, peut-être les manches du criminel. Le chien tombé, l'homme avait planté le couteau dans sa poitrine, jeté les gants derrière lui, au hasard. Il lui avait fallu moins de deux minutes pendant que plus de deux cents personnes, à l'intérieur, accordaient leur attention aux mésaventures de James Stewart. C'était risqué, se dit-il en saupoudrant le manche du couteau pour y relever les empreintes. Risqué, mais calculé et exécuté de sang-froid.

Il n'y avait bien entendu aucune empreinte sur le manche, rien que du sang. Nate glissa le couteau dans un sachet en plastique, le scella et sortit afin d'essayer de réconforter Joe et Lara Wise.

La pluie avait finalement tourné en neige quand il arriva chez Bing, qu'il trouva à moitié enfoui sous le capot de son camion. La radio diffusait les prévisions météo. L'endroit sentait la bière, le cambouis et la fumée de tabac rancie.

Bing sortit la tête de sous le capot et se tourna vers Nate, un œil mi-clos pour se protéger de la fumée de la cigarette plantée entre ses lèvres.

— J'ai préparé les sacs de sable, ils sont dans le camion.

— C'est pour les préparer que vous avez quitté le film aussi tôt ?

— J'en avais assez vu et j'aurai du boulot demain matin. Qu'est-ce que vous me voulez ?

Nate s'approcha, tendit le couteau scellé dans le plastique.

— C'est le vôtre ?

Bing se redressa, enleva la cigarette de sa bouche. Il lui aurait fallu être aveugle pour ne pas voir le sang.

— Ça y ressemble, dit-il en écrasant sa cigarette sur le ciment. Oui, c'est le mien. Il a l'air d'avoir servi. Où vous l'avez trouvé ?

— Dans le corps de Yukon, le chien de Joe et de Lara.

Bing recula d'un pas, comme un boxeur sonné.

— Qu'est-ce que vous me racontez là ?

— Quelqu'un s'est servi de ce couteau pour trancher la gorge du chien avant de le planter dans sa poitrine afin que je puisse le trouver plus facilement. À quelle heure êtes-vous sorti de la salle, Bing ?

— Est-ce que vous insinuez que j'ai tué ce chien ? gronda Bing en brandissant une grosse clé anglaise.

— Si vous pensez à m'assommer avec ça, répliqua Nate calmement, je vous embarque et j'en suis parfaitement capable, croyez-moi. Épargnez-vous cette humiliation et posez cette clé. Tout de suite.

Tremblant de rage, Bing ne bougea pas.

— Vous avez mauvais caractère, Bing. Le genre de mauvais caractère qui vous a valu des condamnations et des séjours derrière les barreaux. Le même qui vous pousse en ce moment à vouloir me casser la tête comme une coquille d'œuf. Allez-y, essayez.

Avec un grondement furieux, Bing lança la clé à toute volée contre le mur de parpaings, dont elle arracha un éclat.

— Allez vous faire foutre ! Oui, j'ai cassé la gueule de quelques bonshommes, mais je ne suis pas un tueur de chiens, moi ! Et si vous le croyez, je n'aurai pas besoin d'un outil pour vous briser le crâne.

— Je vous ai simplement demandé à quelle heure vous aviez quitté le film.

— Je suis sorti en griller une pendant l'entracte. D'ailleurs, vous le savez puisque vous m'avez parlé des mesures d'urgence à prendre en cas d'inondation. Je suis revenu ici, j'ai chargé ces foutus sacs de sable dans mon camion et, pendant que j'y étais, j'ai voulu régler le moteur, qui ne tournait pas rond. Je n'ai pas bougé d'ici. Si quelqu'un est allé chez Joe massacrer son pauvre cabot, c'est pas moi !

— Et ça, c'est aussi à vous ? interrogea Nate en exhibant les gants.

Jusqu'alors rouge de fureur, Bing pâlit.

— Qu'est-ce que ça veut dire, ces salades ?

— Ce sont vos gants ? insista Nate.

— Oui. Je vous ai dit ce matin qu'on me les avait volés avec mon couteau.

— Ce matin seulement. Une personne malintentionnée pourrait croire que vous cherchiez à vous couvrir.

Bing se frotta la figure d'une main tremblante et pêcha une cigarette dans la pochette de sa chemise.

— Pourquoi j'irais tuer un chien, bon Dieu ? Pourquoi ?

— Vous n'avez pas de chien, je crois ?

— Et alors ? Est-ce que ça fait de moi un tueur de chiens ? J'en avais un. Il est mort il y aura deux ans en juin. D'un cancer.

— Quand quelqu'un tue un chien, on peut se demander si ce quelqu'un avait un problème avec ce chien ou avec ses maîtres.

— J'ai jamais eu de problème avec un chien, pas plus qu'avec Joe, Lara et leur garçon. Demandez-leur donc, ils vous le diront. Mais quelqu'un m'en veut, c'est sûr.

— Une idée de qui ça pourrait être ?

Bing fit un haussement d'épaules évasif, tira sur sa cigarette.

— Tout ce que je sais, grommela-t-il, c'est que j'ai pas tué le chien.

— Restez disponible, Bing. Si vous prévoyez de quitter la ville pour une raison ou une autre, faites-le-moi savoir.

Meg fulminait. Elle ne supportait pas qu'on la fasse poireauter et Nate allait en entendre parler quand il se déciderait enfin à reparaître. Elle admettait encore moins qu'on lui donne des ordres comme à une gamine juste bonne à obéir, et il allait aussi en entendre parler.

Où diable était-il passé depuis plus de deux heures ?

Elle était morte d'inquiétude pour ses chiens, malgré la voix de la raison qui lui répétait qu'ils ne risquaient rien et que Nate tiendrait parole en allant les lui chercher. Mais elle aurait dû y aller elle-même au lieu d'être mise aux arrêts ! Elle bouillait d'être là à s'inquiéter sans rien pouvoir faire, réduite à boire des bières et à jouer au poker avec Otto, Jim et le Professeur pour tuer le temps !

Qu'est-ce que Nate pouvait bien fabriquer ? Pour qui se prenait-il de lui dire ce qu'elle devait faire, de la menacer de l'enfermer dans une cellule ? Parce qu'il l'aurait fait, elle en était sûre. Ce n'était pas le gentil Nate aux yeux tristes qu'elle avait vu sous la pluie à côté du pauvre vieux Yukon, c'était un autre homme. Celui qu'il avait dû être à Baltimore avant que les circonstances le mettent à genoux et lui réduisent le cœur en miettes.

De toute façon, elle s'en fichait éperdument. De lui, de ses problèmes, de ses humeurs. De tout.

— Deux dollars pour voir. Plus deux, annonça-t-elle.

Charlene avait accordé une heure à Jim et tenait le bar elle-même. La clientèle ne se bousculait pas, à vrai dire. À part leur table, il n'y en avait qu'une autre, quatre touristes venus faire de l'alpinisme qui attendaient que la météo s'améliore, plus deux vieux habitués dans un coin qui passaient le temps en jouant aux dames – et en espérant attraper au vol quelque rumeur à colporter ensuite.

Jim abandonna. Otto annonça deux paires, Meg abattit un full aux huit par les dames et rafla le pot au moment où Otto, étouffant un juron de dépit, se levait en voyant Nate entrer par la porte du hall.

Meg se retourna brusquement. Elle s'était assise en face de la porte extérieure pour être prête à lui sauter dessus et le salaud arrivait par-derrière ! Il ne lui aurait rien épargné, ce soir.

— Je prendrais bien un café, Charlene, dit-il en s'approchant.

— Il est tout frais. Voulez-vous que je vous prépare quelque chose de bon et de chaud à manger ?

— Non merci, ça ira.

— Où sont mes chiens ? voulut savoir Meg.

— Dans le hall. Otto, j'ai rencontré Hopp et quelques autres. De l'avis général, la rivière devrait tenir cette nuit et la météo prévoit que la perturbation se déplacera vers l'ouest. Nous ne devrions donc pas avoir de problèmes. Mais gardons l'œil ouvert.

Il avala son café, fit remplir de nouveau remplir sa tasse par Charlene et se dirigea vers la porte. Meg lui barra le passage, un chien de chaque côté.

— J'ai deux ou trois choses à te dire !

— J'ai besoin de prendre une douche. Tu peux me les dire pendant que je me laverai, sinon tu attendras, répondit-il en s'engageant dans l'escalier, son café à la main.

Elle lui courut après, les chiens sur ses talons.

— Pour qui te prends-tu ?

— Pour le chef de la police.

— Je me fous que tu sois le chef de l'univers, personne ne se permet de me donner des ordres ni de me menacer !

— Je ne t'aurais pas menacée si tu avais fait ce que je te disais.

Elle s'engouffra derrière lui dans sa chambre.

— Si j'avais fait ce que tu me *disais* ? Tu n'as pas d'ordres à me donner ! Tu n'es ni mon père ni mon patron ! Le fait d'avoir couché avec moi ne te donne pas le droit de me *dire* ce que je dois faire !

Nate retira son blouson trempé, le jeta sur le lit.

— Non, c'est ça qui m'en donne le droit, fit-il en montrant l'étoile épinglée à sa chemise, qu'il enleva avant d'entrer dans la salle de bains.

Il est toujours l'autre, pensa Meg. Cet autre qui continuait à vivre derrière le regard triste en restant prêt à sortir en force à la première occasion. Et cet autre était froid. Dur. Dangereux.

Elle entendit couler la douche. Les chiens l'entouraient encore, le regard interrogateur.

— Couché, leur murmura-t-elle.

Quand elle pénétra à son tour dans la salle de bains, Nate

était assis sur le couvercle des toilettes en train de se battre avec ses bottes détrempées.

— Tu me colles Otto sur le dos tel un chien de garde et tu me laisses mariner près de trois heures ! Trois heures pendant lesquelles j'ignorais tout de ce qui se passait !

— J'avais à faire des choses plus importantes que de te tenir au courant, rétorqua-t-il sèchement. Si tu veux des nouvelles, écoute la radio.

— Ne me parle pas comme tu le ferais à une bonne femme idiote et pleurnicheuse !

Il enleva son pantalon, entra dans la douche, referma le rideau.

— Alors, cesse de te conduire de la sorte.

Appuyé des deux mains au carrelage, la tête baissée, il laissa l'eau chaude ruisseler sur lui. Au bout d'une heure ou deux, estima-t-il, elle réussirait peut-être à réchauffer ses os frigorifiés. Deux ou trois tubes d'aspirine calmeraient peut-être toutes les parties de son corps qui lui faisaient mal. Trois ou quatre jours de sommeil pourraient peut-être estomper l'épuisement d'avoir charrié des barrières métalliques en pataugeant dans de l'eau glacée, d'avoir vu un homme et une femme adultes sangloter comme des enfants sur le cadavre de leur vieux chien assassiné. Une partie de lui-même aspirait à la paix, à la nuit dans laquelle se fondre, là où plus rien n'a d'importance, mais une autre partie de lui-même avait peur d'en retrouver trop facilement le chemin.

Quand il entendit tirer le rideau derrière lui, il ne se retourna pas.

— Ne cherche pas la bagarre avec moi ce soir, Meg. Tu perdrais.

— Écoute-moi, Burke. Je n'aime pas être traitée en quantité négligeable, je ne supporte pas de recevoir des ordres. Je n'ai pas aimé non plus la tête que tu avais ce soir devant la mairie, je ne reconnaissais rien, ni ton regard ni ton expression. Ça me met en rogne, mais ça m'excite, murmura-t-elle en le prenant dans ses bras et en se serrant contre lui.

Il lui saisit les mains, les écarta, l'éloigna à bout de bras.

— Non. Pas de ça.

Elle baissa ostensiblement les yeux.

— Je vois une contradiction, fit-elle avec un sourire narquois.

— Non, Meg. Je suis d'humeur brutale.

— Tu ne me fais pas peur. Tu m'as exaspérée, tu m'as donné envie de me battre. Maintenant, j'ai envie d'autre chose.

Elle le reprit à bras-le-corps, se frotta contre lui. Hors d'état de résister, il la posséda avec une sauvagerie qui l'étonna lui-même. *Elle a raison,* pensa-t-il pendant un bref éclair de lucidité. Il était devenu un autre. Un autre qu'il n'était pas sûr de vouloir rester.

L'épuisement seul mit fin à leur étreinte, un épuisement qui le força à s'appuyer au mur pour la soutenir tant elle paraissait sur le point de s'écrouler. Il la souleva, la jeta sur son épaule tel un sac, sortit de la salle de bains en prenant deux serviettes au passage.

— Tes chiens, Meg, lui souffla-t-il. Rassure-les avant qu'ils croient que je t'ai assommée.

— Couchés, marmonna-t-elle.

Elle lui glissa des bras comme si elle était liquéfiée, s'étala sur le lit. Nate lui jeta une serviette sur le ventre.

— Sèche-toi. Je vais te chercher une chemise.

Sans prendre la peine de se sécher, elle resta couchée pour mieux profiter de sa sensation à la fois de vide et de plénitude.

— Les routes sont verglacées, reprit-il un moment plus tard. Il faudra que tu passes la nuit ici.

— Je t'ai déjà dit que je n'aimais pas recevoir des ordres. Vas-tu enfin t'en excuser ?

— Non.

Elle se redressa pour enfiler la chemise qu'il lui tendait.

— Je l'ai toujours connu, Yukon. Depuis qu'il était un jeune chiot. J'avais le droit d'être bouleversée. J'avais aussi le droit de m'inquiéter pour mes chiens, le droit d'aller les chercher moi-même.

— D'accord, tu en avais le droit. Mais il n'y avait pas lieu de t'inquiéter.

— Il ne leur est rien arrivé, mais ils auraient pu être en danger.

— Non. Celui qui a fait cela s'est attaqué à un animal seul, vieux, inoffensif. Les tiens sont jeunes, vigoureux, ont des dents solides.

— Je ne vois pas...

— Raisonne deux secondes au lieu de réagir sans réfléchir, coupa-t-il avec impatience. Suppose que quelqu'un veuille les attaquer. Quelqu'un qu'ils connaîtraient assez pour le laisser s'approcher. S'il s'en était pris à l'un des deux, l'autre se serait jeté sur lui et l'aurait déchiré en lambeaux. Et quiconque les connaît assez pour les approcher est conscient de cela.

Assise sur le lit, le visage posé sur ses genoux relevés, elle fondit en larmes et lui fit signe de rester où il était en l'entendant s'approcher.

— Laisse-moi une minute. Je n'arrive pas à effacer l'image de ma mémoire. Je le supportais mieux quand j'étais furieuse contre toi. Je ne supportais pas d'être assise là sans rien faire, sans rien savoir. Parce que sous ma colère je m'inquiétais pour toi. J'avais peur qu'il t'arrive quelque chose. Et plus j'avais peur, plus j'étais enragée.

Elle releva la tête et vit à travers ses larmes que son visage était de nouveau fermé.

— J'ai autre chose à te dire.

— Je t'écoute.

— Il faut que je trouve les mots pour que ça n'ait pas l'air idiot, reprit-elle en essuyant ses joues trempées d'un revers de main. Même quand j'étais furieuse, même quand j'avais peur, même quand j'avais envie de te flanquer ma botte dans le derrière pour m'avoir fait peur et m'avoir exaspérée, je... je t'admirais. J'admirais ce que tu faisais, la manière dont tu le faisais. J'admirais qui tu deviens quand tu le fais. J'admirais la force de caractère qu'il te fallait. Que tu as.

Nate s'assit, non pas à côté d'elle sur le lit, mais en face, sur une chaise, comme s'il voulait mettre de la distance entre eux.

— En dehors de quelques relations de travail, personne ne m'a jamais rien dit de semblable, lâcha-t-il au bout d'un long silence.

— Parce que tu ne fréquentais pas les gens qu'il fallait.

Elle se leva pour prendre dans la salle de bains des mouchoirs en papier. Quand elle revint, elle resta debout, appuyée à la porte.

— Tu es allée jusque chez moi chercher mes chiens, reprit-elle. Avec tout ce qui se passait, tout ce que tu avais à faire, tu es allé les chercher toi-même. Tu aurais pu envoyer quelqu'un d'autre ou simplement laisser tomber. Les routes sont inondées, ils auraient attendu. Mais toi, tu as pris cette peine. J'ai quelques amis sûrs qui l'auraient fait pour moi comme je l'aurais fait pour eux. Mais aucun des hommes avec qui j'ai couché n'aurait fait ce que tu as fait pour moi.

— Parce que tu ne couchais pas avec les hommes qu'il fallait, répondit-il avec un léger sourire.

— Tu dois avoir raison…

Elle ramassa la chemise qu'il avait laissée tomber par terre, dégrafa avec soin l'étoile et la lui apporta.

— Elle te va bien, au fait. Elle te rend très sexy.

Il l'agrippa par le poignet avant qu'elle puisse reculer, se leva sans la lâcher.

— J'ai besoin de toi, Meg. Plus que je n'ai jamais eu besoin de personne, plus peut-être que tu ne le voudrais.

— Nous verrons bien.

— Tu ne m'aurais pas admiré l'année dernière ou il y a six mois. Et je passe encore quelquefois par le stade où je me demande s'il vaut la peine de me lever le matin.

— Pourquoi te lèves-tu, alors ?

Il ouvrit son autre main, celle qui tenait l'étoile.

— Peut-être parce que j'ai aussi besoin d'elle. Cela n'a rien d'héroïque.

Elle sentit d'un coup son cœur fondre, comme s'il allait se répandre à ses pieds.

— Tu te trompes. L'héroïsme ne se limite pas à accomplir plus que ce dont on se croit capable. C'est parfois aussi, ou même souvent, faire le sale, le triste boulot dont personne d'autre ne veut se charger.

Elle se rapprocha, lui prit le visage entre les mains.

— Ce n'est pas seulement sauter d'un avion sur un glacier à plus de trois mille mètres parce qu'il n'y a personne d'autre pour récupérer un gamin en perdition. C'est aussi se forcer à sortir de son lit le matin quand on n'en a ni la force ni l'envie.

Elle vit l'émotion lui troubler le regard avant qu'il baisse un peu la tête pour poser une joue sur ses cheveux.

— Je t'aime, Meg, murmura-t-il. Je t'aime si fort...

Il l'embrassa avec tendresse, se redressa.

— Il faut que je sorte vérifier où en est la crue de la rivière avant de pouvoir me coucher.

— Une civile exaspérante et ses deux chiens encombrants peuvent-ils t'accompagner ?

— Oui, fit-il en l'ébouriffant d'une main. Mais sèche tes cheveux d'abord.

— Me diras-tu ce que tu sais au sujet de Yukon ?

— Je te dirai tout ce que je pourrai dire.

24

Nate retourna sur la scène du crime tôt le lendemain matin. La victime avait été laissée à dix pas de la porte, bien en vue de quiconque entrait et sortait de la mairie ou passait devant à pied ou en voiture. Pas seulement laissée, se corrigea-t-il. Exécutée là, au vu de tous.

Il entra dans la salle des fêtes, où il avait ordonné que tout soit laissé en place, l'écran sur le mur, les rangées de chaises pliantes. En arrivant, la veille, il avait observé la foule autant par habitude que pour retrouver Meg. Au dernier rang, David tenait la main de Rose, dont c'était la première sortie depuis son accouchement. Il avait reconnu Bing, Deb et Harry, le Professeur au milieu d'un petit groupe d'élèves, d'autres encore. Il avait estimé que la moitié de la population était là, ce qui signifiait que l'autre moitié n'y était pas. Certains étaient partis à l'entracte. Les autres auraient pu sortir et revenir discrètement, pendant que tous les regards étaient fixés sur l'écran.

Il retournait dans le hall de la mairie quand Hopp y entra.

— J'ai vu votre voiture dehors. Je ne sais pas quoi penser de cette histoire, Ignatious. J'ai beau me creuser la tête, je ne vois pas. Je vais chez Lara, mais je ne sais vraiment pas quoi lui raconter. C'est tellement absurde. Vicieux et absurde.

— Dites plutôt vicieux.

— Massacrer un pauvre chien inoffensif devant la mairie, ce n'est pas absurde pour vous ?

— Tout dépend du mobile.

Hopp fit la moue, réfléchit un instant.

— Je n'arrive pas à imaginer le pourquoi d'un tel acte. Certains parlent d'un rituel satanique ou de quelque chose de ce genre. Je n'y crois pas une minute.

— Moi non plus.

— D'autres pensent que ce serait le fait d'un fou qui camperait aux environs. C'est peut-être réconfortant de se dire qu'il ne s'agit pas de l'un de nous, mais je ne me sens pas plus rassurée de savoir qu'un fou capable d'une telle horreur rôde autour de nous. Vous n'y croyez pas non plus, n'est-ce pas ? ajouta-t-elle en remarquant son expression.

— Non, je n'y crois pas.

— Allez-vous me dire ce que vous pensez, alors ?

— Je pense qu'un individu qui tue un chien en pleine ville, devant un bâtiment public où est rassemblée la moitié de la population, a des raisons de le faire.

— Lesquelles ?

— Je les cherche.

Avant d'aller au poste, il fit une reconnaissance le long de la rivière. Des plaques de glace y flottaient encore. L'avion de Meg avait disparu, signe manifeste qu'il ne pouvait pas la garder contre son gré dans un endroit sûr. Bing réparait la chaussée dégradée avec une équipe de deux hommes. Au salut de la main que lui lança Nate en passant, Bing répondit par un regard glacial.

Au poste, Peach offrait du café à Joe et Lara Wise. Debout dans un coin, Peter luttait visiblement pour ne pas fondre en larmes.

À peine Nate fut-il entré que Lara se leva d'un bond. Elle avait les yeux rouges et paraissait surexcitée.

— Je veux savoir ce que vous faites pour retrouver le monstre qui a tué mon pauvre Yukon !

Avec calme et autorité, Nate parvint à la calmer, la fit entrer avec Joe dans son bureau et les pria de s'asseoir.

— Je fais tout ce que je peux, Lara, affirma-t-il avant qu'elle se lance dans une nouvelle tirade. Ne croyez surtout pas que nous prenons cela à la légère, ni mes collaborateurs ni moi. Je poursuivrai l'enquête jusqu'au bout.

— Si vous avez trouvé le couteau qui...

Sa voix se brisa, elle dut s'interrompre.

— Vous devriez savoir à qui il appartient, acheva-t-elle.

— Le vol de ce couteau m'a été signalé hier matin. J'ai interrogé son propriétaire et je compte enregistrer les dépositions de toutes les personnes présentes hier soir dans la salle des fêtes de la mairie. Je commencerai par vous, si vous permettez.

— Vous... vous croyez que l'un de nous a tué Yukon ?

— Je ne crois encore rien. Rasseyez-vous, Lara, fit-il en la voyant de nouveau prête à bondir. Joe et vous étiez hier soir à la séance de cinéma. Dites-moi ce que vous y avez vu et entendu pouvant nous fournir des indices.

— Nous l'avions laissé dehors en partant de chez nous, répondit-elle en ravalant ses larmes. Il était si vieux qu'il ne pouvait plus contrôler sa vessie. Nous ne le laissions que pour quelques heures, il avait sa niche pour s'abriter. Si nous l'avions laissé à l'intérieur...

— Vous n'en savez rien, Lara. Le coupable aurait aussi bien pu pénétrer dans la maison par effraction. Vous avez donné à votre chien une vie heureuse pendant plus de quatorze ans, vous n'avez rien à vous reprocher. À quelle heure êtes-vous partis de chez vous ?

La tête baissée, les joues ruisselantes de larmes, Lara fut hors d'état de répondre.

— Peu après six heures, dit Joe à sa place.

— Vous êtes allés directement à la mairie ?

— Oui. Nous y sommes arrivés vers six heures et demie. Nous étions en avance, mais nous aimons bien choisir notre place, pas trop loin de l'écran. Nous avons marqué nos chaises en posant nos manteaux dessus et nous avons circulé dans la salle, parlé aux amis.

Nate lui fit énumérer les gens avec qui ils avaient bavardé, ceux qui étaient placés près d'eux pendant la projection.

— Personne ne s'est jamais plaint de votre chien ?

— Non. Deux ou trois fois, quand il était tout petit, parce

qu'il aboyait au moindre bruit. Une fois, aussi, il a mâché les bottes d'un voisin, mais c'était il y a longtemps.

— Et vous deux ? Avez-vous eu un problème, une querelle avec quelqu'un, ces derniers temps ?

— Je me suis engueulé avec Jim au sujet des paris sur la course, mais ces choses-là ne tirent pas à conséquence, répondit Joe.

— Moi, intervint Lara en s'essuyant les yeux, j'ai dû convoquer Ginny Mann à l'école parce que son fils avait eu deux absences injustifiées. Elle n'était pas contente du tout et elle m'en a voulu.

— Quel âge a son fils ?

— Huit ans... Vous ne pensez quand même pas que Joshua aurait pu... ? C'est un brave garçon. Il est un peu paresseux, mais il n'aurait pas tué mon chien pour se venger d'un blâme sans gravité. Ginny et Don sont de braves gens, ils n'auraient sûrement pas...

— Je vous crois volontiers. Si autre chose vous revient, n'hésitez pas à m'en parler.

— Je voudrais vous dire, Nate, ajouta Lara en se levant, pardonnez-moi d'avoir été désagréable avec vous tout à l'heure.

— Aucune importance, Lara.

— Non, j'avais tort. Vous avez sauvé la vie de mon fils et...

— Allons, n'exagérons pas.

— Si, vous avez participé à son sauvetage, pour moi c'est du pareil au même. J'aurais dû me raisonner avant de venir vous voir. Joe avait bien essayé de me calmer, mais j'étais hors de moi. Je l'aimais tant, mon pauvre vieux Yukon.

Et Lara fondit de nouveau en larmes.

Après le départ des Wise, Nate découvrit son tableau. Pendant qu'il y épinglait les photos prises la veille au soir, Peter frappa à la porte.

— Je peux entrer, chef ?

— Bien sûr.

— J'aurais dû empêcher Mme Wise de vous faire une scène. J'étais encore tout retourné, voyez-vous. Steven et moi sommes bons amis, j'ai grandi avec ce chien. Mon père a ses chiens de traîneau, mais ce n'est pas pareil. Quand Steven est parti à l'université, j'allais souvent jouer avec Yukon. C'est sans doute pour ça que je n'ai pas fait tout ce que j'aurais dû faire hier soir.

— Vous auriez pu me le dire.

— J'étais tout retourné. Euh... Est-ce que le panneau restera découvert, maintenant ? Devrons-nous y accrocher toutes les copies de rapports concernant les enquêtes ?

— Non, pas encore.

— Vous y avez pourtant mis Yukon. Vous croyez que ce qui lui est arrivé a un rapport avec les autres ? Je dois être idiot, mais je ne comprends pas.

— Conclure qu'il y a un rapport est peut-être idiot.

— Alors, pourquoi vous l'avez fait ?

Nate sortit d'un tiroir de son bureau le couteau et les gants dans leurs sachets de plastique.

— Au point où j'en suis, je ne vois pas de mobile apparent à celui qui a tué le chien. Ces objets appartiennent à Bing. Il en a signalé le vol hier matin.

— Bing ? Vous croyez que Bing... ?

— Je ne crois rien du tout. Mais Bing a mauvais caractère et un dossier d'actes de violence.

— Je sais, mais quand même !

— Nous pouvons envisager la question sous plusieurs points de vue. Bing se dispute avec Joe à un moment ou à un autre, ou bien les Wise le vexent ou lui causent du tort. Il rumine sa colère et décide de leur donner une leçon. Il porte plainte le matin pour le vol de ces objets, quitte la séance après l'entracte en sachant que les Wise sont à l'intérieur, va chercher le chien, le tue devant la mairie et laisse le couteau et les gants sur place en se croyant couvert puisqu'il les a déclarés volés. Après, il rentre chez lui et travaille dans son garage.

— S'il en voulait aux Wise, pourquoi ne pas donner plutôt un bon coup de poing à Joe ?

— Bonne question, Peter. Autre point de vue : supposons que quelqu'un veuille causer des ennuis à Bing. Vu son comportement, cela n'aurait rien d'impossible. On lui vole son couteau et ses gants, on s'en sert pour tuer le chien et on les laisse sur place pour être sûr de l'incriminer. Ou alors...

Nate s'interrompit pour aller mettre en marche la machine à café.

— Ou alors, reprit-il, nous nous posons la question de savoir quel rapport il pourrait y avoir entre le meurtre de Galloway, la mort de Max et celle du chien.

— Justement, c'est ce que je ne vois pas.

— Le tueur nous a laissé un indice, évident ou caché selon l'angle sous lequel on regarde. Le chien a eu la carotide tranchée, c'est ce qui l'a tué. Mais le tueur ne jette pas le couteau comme il a jeté les gants. Il prend le temps de le plonger dans la poitrine du chien. Pourquoi ?

— Parce qu'il est fou, vicieux et...

— Oubliez les adjectifs et regardez le panneau, Peter. Regardez les photos de Galloway et celles du chien.

Avec un malaise évident, Peter se força à s'approcher. Au bout d'une minute, il laissa échapper un long soupir, comme s'il avait retenu sa respiration.

— La poitrine. Ils ont tous les deux une lame dans la poitrine.

— Ou bien c'est une simple coïncidence, ou bien quelqu'un cherche à nous révéler quelque chose. Maintenant, allons un peu plus loin. Quel rapport y a-t-il entre Galloway, Max et les Wise ?

— Je ne sais pas. Steven et ses parents sont arrivés ici quand j'avais douze ans, après le départ de Galloway, mais ils connaissaient les Hawbaker. D'ailleurs, Mme Wise et Mme Hawbaker ont eu des classes en même temps à l'école.

— Il y a un autre lien entre eux. Les Wise ne connaissaient pas Patrick Galloway et ils ont cru comme tout le monde qu'il avait pris le large. Maintenant, ils ne le croient plus. Pourquoi ?

— Parce que... mais oui ! Parce que Steven l'a retrouvé.

— Le crime parfait jusqu'à ce qu'un petit imbécile de potache et ses copains flanquent tout par terre. Rageant, non ? S'ils n'avaient pas été là-haut, à cet endroit précis et à ce moment précis, tout allait bien. Il suffisait d'une avalanche de plus pour que la grotte soit de nouveau enfouie pendant des années sous la neige et la glace, peut-être même pour toujours avec un peu de chance.

Nate alla vérifier si le café avait fini de passer, revint s'asseoir sur le coin de son bureau.

— Voilà notre assassin obligé de tuer de nouveau. Tuer Max d'abord, ou le pousser au suicide. Tout se passe bien, du moins il le croit. Il est obligé d'y croire, sauf qu'il y a désormais des policiers à Lunacy. Pas seulement ceux de l'État, qui sont loin, mais des flics qu'on voit tous les jours. Alors, qu'est-ce qu'on fait dans ce cas ?

— Je... je ne vous suis plus du tout, chef.

— On les distrait, on les occupe. Vandalisme, petits larcins, de quoi leur donner du travail, les empêcher de penser à des affaires plus importantes. En tuant le chien, il fait d'une pierre deux coups : une manière de se venger du petit crétin qui a découvert sa première victime et de faire travailler les flics. Mais, en même temps, il ne peut pas résister à l'envie de leur faire à tous un pied de nez – ils sont si bêtes qu'ils ne comprendront jamais, n'est-ce pas ? Il a donc, en un sens, reproduit son premier crime en plantant le couteau dans la poitrine du chien comme il avait planté le piolet dans celle de Galloway.

Il se releva, remplit deux tasses de café, en tendit une à Peter.

— Maintenant, il peut être tellement arrogant et sûr de lui qu'il se sert de son propre couteau et de ses propres gants, ce qui pourrait correspondre au profil de Bing Karlovski. Ou alors il juge beaucoup plus habile de montrer du doigt quelqu'un d'autre. Dans ce cas, pourquoi avoir incriminé Bing ? Où est le rapport ?

— Aucune idée, chef. Il n'y a peut-être pas de rapport. Bing agace beaucoup de gens. Le couteau a pu être volé au hasard.

— Non, il n'y a pas de hasard. Pas cette fois-ci. Il faut découvrir précisément où était Bing et ce qu'il faisait en février 1988.

— Comment ?

— Pour commencer, je lui poserai la question. Entre-temps, je veux les dépositions de tous ceux qui étaient présents à la séance de cinéma et de tous ceux qui n'y étaient pas. Cela prendra du temps. Dites à Peach de préparer une liste des habitants de l'agglomération et des environs en trois secteurs. Nous nous partagerons le travail.

— J'y vais tout de suite.

— Merci. Au fait, Peter, vous ne deviez pas rester assurer la permanence hier soir ?

— Oui, mais Otto m'a dit qu'il n'avait pas envie d'aller au cinéma, alors c'est lui qui est resté à ma place.

— Pas de problème. Allez demander à Peach qu'elle commence à préparer cette liste.

Peter sorti, Nate s'approcha du tableau. Il traçait des lignes reliant les Wise à Max et à Bing quand Peach passa la tête par la porte.

— Carrie Hawbaker voudrait un communiqué officiel sur les événements d'hier soir. Voulez-vous que je m'en charge ?

— Le journal redémarre, si je comprends bien. Non, faites-la entrer, je voulais justement lui parler, répondit-il en couvrant le panneau.

Carrie lui parut en meilleur état que lors de leur dernière rencontre. Plus calme, les traits moins tirés.

— Merci de me recevoir aussi vite.

— Comment vous sentez-vous, Carrie ?

— Je m'en sors comme je peux. Grâce aux enfants qui ont besoin de moi, grâce au journal aussi. Je ne suis pas seulement venue pour le communiqué. Vous m'avez demandé de me rappeler mes souvenirs de la période à laquelle Pat avait disparu, dit-elle en sortant des feuilles de papier de son sac. Je croyais que tout allait me revenir, qu'il m'aurait suffi d'y penser, mais je n'ai pas retrouvé grand-chose.

Nate, surpris, avisa le nombre de feuillets dactylographiés.

— J'ai l'impression au contraire que vous avez une très bonne mémoire.

— J'ai noté tous les détails, même ceux qui me paraissaient sans intérêt. Et puis, j'avoue ne pas avoir prêté beaucoup d'attention au départ de Pat. J'enseignais encore, je me demandais si j'allais pouvoir passer un deuxième hiver ici. J'avais trente et un ans alors que je m'étais fixé le but d'être mariée avant trente ans. C'est une des raisons pour lesquelles j'étais venue en Alaska, poursuivit-elle en souriant. Le ratio hommes-femmes jouait en ma faveur... J'étais découragée, je m'apitoyais sur mon sort et je bouillais d'impatience parce que Max ne se décidait toujours pas à me demander en mariage. C'est pour cela que je me suis rappelé, comme je l'ai écrit ici, qu'il s'était absenté une quinzaine de jours cet hiver-là. En février, je crois, mais je n'en suis pas tout à fait certaine.

— Vous avait-il dit où il allait ?

— Oui, je l'avais houspillé à ce sujet : il devait se rendre à Anchorage et à Homer, un peu plus au sud, interviewer des pilotes de taxi-brousse et faire quelques vols avec eux pour se documenter pour le journal et le roman qu'il était en train d'écrire.

— Il voyageait beaucoup, à l'époque ?

— Oui, je l'ai noté aussi. Il m'avait annoncé qu'il serait absent quatre ou cinq semaines, ce qui ne m'avait pas plu du tout car il n'y avait encore rien de fixé entre nous. Je m'en suis souvenue surtout parce qu'il était revenu beaucoup plus tôt que prévu et n'était même pas passé me voir. Il s'était terré au journal, où il avait quasiment élu domicile. De mon côté, j'étais trop furieuse contre lui pour aller le voir.

— Combien de temps cette brouille a-t-elle duré ?

— Un bon moment, je ne sais plus au juste. Finalement, j'ai fait le premier pas, ou plutôt j'ai décidé de le mettre au pied du mur. C'était à la fin mars ou au début avril. Nous avions décoré la salle de classe pour Pâques, qui tombait cette année-là le premier dimanche d'avril. Je me rappelle très nettement : il était enfermé au journal, j'ai dû tambouriner à la porte jusqu'à ce qu'il se décide à ouvrir. Il était maigre à faire peur, pas rasé, ébouriffé, pas lavé – il sentait mauvais. Il y avait des papiers étalés partout. Mais je ne me souviens pas du tout du temps qu'il faisait, poursuivit-elle avec un léger soupir. Je ne me souviens de rien, sauf de l'allure qu'il avait et du fouillis dans son bureau. Des vieux gobelets de café et des assiettes en papier partout, les poubelles débordantes jusque par terre, les cendriers pleins – il fumait encore, à l'époque. Il travaillait sur son roman, c'est du moins ce que j'ai supposé, et il avait l'air d'un fou. Cela m'avait paru romantique au possible, mais j'étais trop en colère pour le lui montrer. Je lui ai fait une scène épouvantable, je lui ai dit que s'il me traitait de cette manière c'était fini entre nous, etc. Et puis, quand j'ai fini par me taire, à bout de souffle, il s'est mis à genoux devant moi.

Carrie s'interrompit un instant, visiblement remuée par l'évocation de ces souvenirs.

— Oui, reprit-elle, à genoux dans la poussière et les ordures. Il m'a suppliée de lui accorder une seconde chance et m'a demandé de l'épouser. Nous nous sommes mariés en juin.

— Vous a-t-il jamais parlé de cette absence de février ?

— Non, et je ne lui ai rien demandé. Cela me paraissait sans importance. Il m'a simplement dit avoir appris ce qu'était la solitude et qu'il ne voulait jamais plus être seul.

Nate pensa aux lignes tracées entre les personnages.

— Avait-il des rapports amicaux ou, au contraire, conflictuels avec Bing ?

— Ils n'étaient pas amis, mais Max s'efforçait de rester plus ou moins dans ses bonnes grâces, surtout depuis qu'il savait que Bing m'avait tourné autour.

— Bing ? s'étonna Nate.

— « Tourner autour » est un euphémisme. Il cherchait autre chose qu'un dîner en tête à tête, si vous voyez ce que je veux dire.

— Et avez-vous… ?

Carrie interrompit sa question par un franc éclat de rire.

— Sûrement pas ! Vous savez, je n'ai pas ri depuis que… Ce n'est pas bien de rire de ce genre de choses.

— L'idée de Bing et vous me paraît plutôt comique, au contraire. Comment a-t-il réagi quand vous l'avez éconduit ?

— Oh ! il n'en a pas fait une maladie. J'étais… commode, sans plus. Une nouvelle tête dans une population de femmes réduite au minimum. Les hommes comme Bing tentent toujours leur chance. Je ne le lui reproche pas, c'est normal dans ce genre d'endroit. Il n'était d'ailleurs pas le seul à m'avoir fait les yeux doux, si je puis dire. Je suis sortie avec quelques-uns pendant mon premier hiver. Même avec le Professeur. Nous avons dîné deux ou trois fois ensemble, bien qu'il n'ait toujours eu d'yeux que pour Charlene.

— Donc avant le départ de Galloway ?

— Avant, pendant, après. Il en était amoureux depuis le début. Il s'est conduit avec moi en parfait gentleman, même un peu trop à mon goût, mais je ne cherchais vraiment pas quelqu'un comme Bing.

— Pourquoi ?

— Il est trop gros, trop lourd, trop fruste. Je suis sortie avec John à cause de son intelligence et de ses bonnes manières. Je suis même sortie une fois avec Ed parce que... pourquoi pas ? Avec Otto aussi, après son divorce. Une femme, même si elle a plus de trente ans et n'est pas très jolie, a l'embarras du choix dans un trou perdu. Moi, j'avais choisi Max. Et si c'était à refaire, ajouta-t-elle avec un sourire rêveur, je recommencerais. Si je pouvais vous en dire davantage... En y repensant, je me rends compte que Max était troublé, il était toujours troublé quand il écrivait un de ses romans. Il les mettait de côté pendant des mois et tout redevenait normal. Mais aussitôt qu'il en reprenait un ou en commençait un autre, il s'enfermait de nouveau dans son travail. J'étais plus heureuse quand il n'écrivait pas.

— Vous a-t-on... fait la cour, après votre mariage ?

— Non. Je me rappelle seulement que Bing a dit un jour devant Max que je m'étais dépréciée en l'épousant, ou un truc de ce genre.

— Et alors ?

— Alors, rien. Max l'a pris à la plaisanterie et a payé un verre à Bing. Max n'était pas bagarreur, Nate. Il esquivait les affrontements, ce qui est, je crois, une des raisons pour lesquelles il ne pouvait pas réussir dans un grand journal. Vous avez vu comment il a réagi quand vous l'avez fui au moment de votre arrivée ? Il en a parlé à Hopp. Il ne vous aurait pas heurté de front sans se savoir soutenu, parce qu'il n'avait pas les armes pour se battre. Il ne les a jamais eues.

— Aimait-il le cinéma ?

— Tout le monde ici est cinéphile, c'est notre seule distraction collective. Il aimait beaucoup écrire sur les films annoncés. Puisque nous parlons de ça, je voudrais vraiment un communiqué sur ce qui s'est passé hier soir, enchaîna-t-elle en prenant un bloc et un crayon. Cela mérite plus qu'un entrefilet. Otto l'a trouvé, n'est-ce pas ?

— Accordez-moi un ou deux jours, Carrie. Je devrais avoir assez d'éléments pour vous fournir un rapport cohérent.

— Cela signifie-t-il que vous pensez procéder à une arrestation ?

— Vous avez remis votre casquette de journaliste, à ce que je vois, répliqua Nate en souriant. Je voulais simplement dire qu'il me faut le temps de mettre en ordre mes notes, les dépositions des témoins éventuels et le rapport officiel.

Carrie se leva.

— Je suis contente que mes enfants n'y soient pas allés. J'avais insisté pour qu'ils sortent, fassent quelque chose de normal, mais ils ont préféré inviter des amis autour d'une pizza. Je repasserai vous voir demain. Merci pour tout, Nate.

— De rien, Carrie. Au fait, enchaîna-t-il en la raccompagnant à la porte, Max était-il un fan de *La Guerre des étoiles* ?

— Pourquoi cette question ? s'étonna-t-elle.

— Rien de particulier. Juste un rapprochement.

— Non, ce qui me surprenait parce qu'il aimait beaucoup la science-fiction. Nous avons eu une soirée spéciale *Guerre des étoiles* il y a six ou sept ans et il n'a pas voulu y aller alors que les enfants mouraient d'envie de voir le film. C'est moi qui ai dû les y emmener – et même écrire l'article dans le journal, maintenant que j'y repense. Mais pourquoi cette question ? répéta-t-elle.

— C'est sans importance. À demain, Carrie. Vous serez toujours la bienvenue.

Nate calcula le moment d'aller au *Lodge* afin d'y arriver pendant la pause déjeuner de Bing et de ses équipiers. Rose prenait leurs commandes quand Nate entra et s'approcha de leur table avec une nonchalance affectée.

— Dites, les gars, ça vous ennuierait de vous installer à une autre table pour laisser Bing et moi discuter en privé ?

Les deux compagnons se levèrent en maugréant et emportèrent leurs bières à la table voisine.

— J'ai le droit de déjeuner sans que vous veniez me couper l'appétit ! grogna Bing.

— Je n'en ai pas pour longtemps. Merci, Rose, ajouta-t-il à celle-ci, qui lui servait son café habituel.

— Vous voulez déjeuner, chef ?

— Non, pas tout de suite. La rivière tient, poursuivit-il. Nous n'aurons peut-être pas besoin des sacs de sable.

— On n'en sait rien, grommela Bing.

— Vous vous rappelez où vous étiez en février 1988 ?

— J'en sais foutre rien.

— Les Dodgers avaient gagné le championnat, les Forty-Niners la coupe et Susan Butcher l'Iditarod en onze jours et un peu moins de douze heures. Un sacré exploit pour une fille de Boston. Ça ne vous rafraîchit pas la mémoire ?

— Ça me rappelle seulement que j'ai paumé deux cents dollars sur cette putain de course. Foutue bonne femme...

— Alors, qu'est-ce que vous faisiez juste avant ?

— Un homme se rappelle avoir perdu du pognon à cause d'une fille. Il ne se rappelle pas obligatoirement toutes les fois où il s'est gratté le cul.

— Vous voyagiez, à l'époque ?

— J'allais et je venais où et quand ça me chantait. Encore maintenant.

— Vous êtes peut-être allé à Anchorage et y avez rencontré Galloway ?

— En dix ans, je suis allé à Anchorage plus souvent que vous changez de chemise. Je l'ai peut-être rencontré là-bas deux ou trois fois, comme des tas de gens que je connais. Je me mêle de mes oignons, eux des leurs.

— Si vous y mettez de la mauvaise volonté, Bing, c'est peut-être vous qui paierez les pots cassés.

— Commencez pas à me menacer ! gronda-t-il.

— Et vous, arrêtez de m'envoyer paître. Vous pensez encore que vous auriez dû porter cette étoile, n'est-ce pas ?

— Mieux qu'un *cheechako* qui laisse descendre son copain.

Nate parvint à se dominer.

— En tout cas, c'est moi qui la porte. J'ai de quoi vous embarquer et vous boucler pour avoir tué le chien.

— J'y ai jamais touché, à ce cabot !

— Peut-être. Mais si j'étais vous, je ferais un petit effort pour me rappeler où j'étais quand Pat Galloway a quitté la ville.

— Pourquoi remuer l'histoire ancienne, Burke ? Pour vous

faire mousser ? C'est Max qui a tué Galloway, tout le monde le sait.

— Dans ce cas, ça ne devrait pas vous gêner de préciser votre emploi du temps à ce moment-là.

Rose vint déposer devant Bing une triple portion de steak haché accompagné d'une montagne de purée, de petits pois et d'oignons.

— Vous voulez autre chose, Bing ?

— Merci, ça ira.

— Bon appétit. Et vous, chef, faites-moi signe quand vous voudrez.

— J'ai fini de parler, annonça Bing en enfournant une grosse bouchée de viande hachée.

— D'accord. Juste un petit bavardage amical pour vous tenir compagnie, alors. Qu'est-ce que vous pensez de *La Guerre des étoiles* ?

— Hein ?

— Vous savez, le film. Luke Skywalker, Dark Vador.

— Une belle connerie ! Laissez-moi manger tranquille.

— C'est pourtant une grande histoire avec des personnages inoubliables. Sous la fantaisie, il est question de destin et de trahison.

— Il est surtout question de faire du fric. Non mais, des types qui se baladent dans des vaisseaux spatiaux et se battent à coups de rayons ! Qu'est-ce qu'on fait avaler aux mômes !

— Ils se battent avec des sabres. Des sabres de lumière. Et à la fin, ce sont les bons qui gagnent et les méchants qui perdent, conclut Nate en se levant. À bientôt, Bing.

25

Sur les onze élèves de la classe de littérature, neuf étaient réveillés. John laissa les deux autres finir leur sieste pendant qu'un des plus alertes ânonnait une scène de *Macbeth*. Il donnait le même cours depuis vingt-cinq ans et l'exaltation de ses débuts était devenue une ennuyeuse routine. Il n'en avait même plus conscience.

Jeune encore, il voulait écrire de grands romans, puissants et profonds, sur le courage, la ténacité, la folie, l'échec, le triomphe. Mais comme il fallait gagner son pain, il était devenu enseignant. Le hasard de ses affectations l'avait conduit en Alaska, où la vie rude et primitive des pionniers avait ranimé son enthousiasme. Là, il trouverait la riche matière humaine pour écrire les chefs-d'œuvre qu'il portait en lui.

Et puis, il était arrivé à Lunacy.

Comment le jeune intellectuel idéaliste qu'il était à moins de trente ans pouvait-il concevoir la signification réelle du mot « obsession » ? Comment aurait-il pu se douter qu'un lieu et une femme le retiendraient à jamais dans des chaînes librement acceptées, alors même qu'elles le frustraient de ses aspirations ?

À peine avait-il posé les yeux sur Charlene qu'il en était tombé éperdument, follement, totalement amoureux – ou obsédé, il ne savait même plus s'il y avait une différence. Qu'elle soit la femme d'un autre et la mère de l'enfant de cet autre lui importait peu. Il s'était réellement persuadé qu'elle le lâcherait pour lui. Égoïste, irresponsable, Galloway la traitait sans aucun égard. Il ne la méritait pas, elle finirait fatalement par s'en rendre compte.

Alors, désormais incapable de s'éloigner de l'unique objet de ses désirs, il était resté et avait attendu que l'inéluctable survienne. Cette décision altérait radicalement le cours de sa vie, mais l'unique objet de ses désirs ne lui appartenait toujours pas. Elle ne lui accordait parfois que des miettes du festin amoureux dont il aurait voulu se repaître jusqu'à la fin des temps.

Il n'en concevait même plus d'amertume. Il était résigné.

Un coup d'œil à l'horloge lui apprit qu'une journée de plus était partie en poussière.

— Vos dissertations sur *Macbeth* pour vendredi. Kevin, je saurai au bout d'une ligne si Marianne l'a écrite à ta place. Ceux du comité de classe, réunion demain à quinze heures trente. Allez.

Suivit le tohu-bohu des pas, des bavardages, des rires auquel il était tellement habitué qu'il n'y prêtait plus attention. Il rangeait ses livres et ses copies à corriger dans sa serviette lorsqu'il vit Nate s'encadrer dans la porte ouverte.

— Pourquoi une école angoisse-t-elle toujours un adulte ?

— Le fait d'y avoir survécu ne signifie pas que nous ne serons jamais plus précipités dans cet enfer, répondit John. Vous avez dû être plutôt bon élève, non ?

— Sur le stade, je me défendais. Et vous ?

— Oh moi ! Le classique bûcheur à lunettes qui séchait l'éducation physique.

Les pouces au coin des poches, Nate fit quelques pas à l'intérieur de la classe, s'arrêta devant le tableau noir.

— Vous leur faites travailler *Macbeth* ? Je ne comprenais Shakespeare que quand je l'entendais lire. Ce type a tué pour une femme, il me semble ?

— Non, par ambition et poussé par une femme. Il a payé son crime de la perte de son honneur, de la femme qu'il aimait, jetée dans la folie et, pour finir, de sa vie. Vous êtes venu discuter de Shakespeare, Nate ?

— Non. Nous enquêtons sur les événements d'hier soir, j'ai quelques questions à vous poser.

— Pauvre vieux Yukon. J'étais à la mairie quand ça s'est passé.

— Je sais. À quelle heure y êtes-vous arrivé ?

— Un peu avant sept heures. J'accompagnais un groupe de mes élèves inscrits dans un atelier d'écriture. J'aimerais pouvoir vous être utile, mais je ne sais rien de plus que les autres.

— Vous êtes sorti pendant l'entracte ?

— Oui, fumer une cigarette. Ensuite, je suis rentré au *Lodge*.

— Qui s'y trouvait, en plus de Charlene, de Jim et de Big Mike ?

— Voyons... Mitch Dauber, Cliff Treat, Mike l'Ivrogne et deux ou trois touristes, répondit-il en fermant les stores. J'ai bu un verre pour me remonter. Meg et Otto sont arrivés juste après. Nous avons fait une partie de poker pour passer le temps. Nous étions encore en train de jouer quand vous êtes arrivé.

Nate remit dans sa poche le calepin dont il ne s'était pas servi.

— Je sais. Dites-moi, vous ne prenez jamais de vacances pendant l'année scolaire ? Juste pour vous aérer, vous changer les idées ?

— Si, chaque fois que je peux. Pourquoi ?

— Je me demandais si vous aviez eu envie de vous changer les idées en février 1988.

Le regard de John se durcit derrière ses lunettes.

— J'aurais du mal à m'en souvenir.

— Essayez.

— Devrais-je faire appel à un avocat, chef Burke ?

— La décision ne dépend que de vous. Je cherche seulement à me faire une idée d'où étaient les gens au moment de l'assassinat de Patrick Galloway.

— N'est-ce pas à la police d'État de se faire cette idée ? Et, si je ne me trompe, n'est-elle pas déjà parvenue à ses conclusions ?

— J'ai toujours préféré parvenir aux miennes. Ce n'est un secret pour personne, je crois, que vous avez depuis longtemps, disons, un faible pour Charlene.

John enleva ses lunettes, frotta les verres avec son mouchoir.
— Non, ce n'est pas un secret.
— Même quand elle vivait avec Galloway.
— Elle m'inspirait un sentiment très fort, en effet. Un sentiment qui ne m'a guère avancé, puisqu'elle s'est remariée moins d'un an après le départ de Galloway.
— Le meurtre de Galloway, le corrigea Nate.
— Oui, le meurtre, soupira John en remettant ses lunettes.
— Lui aviez-vous demandé de vous épouser ?
— Elle a refusé. Elle refusait chaque fois que je lui demandais.
— Elle couchait quand même avec vous. Avec d'autres, aussi.
— Vous vous aventurez sur un terrain extrêmement personnel, si tant est qu'on puisse avoir une vie privée dans cet endroit. Je refuse de vous en dire davantage.
— L'amour est une forme d'ambition, avança Nate en désignant le nom de Macbeth au tableau noir. Les hommes tuent parfois par ambition.
— La plupart du temps, ils n'ont pas besoin de prétexte.
— C'est malheureusement vrai. Si vous réussissez à vous rappeler votre emploi du temps de ce mois de février-là, faites-moi signe. Au fait, dit-il en s'arrêtant devant la porte, avez-vous jamais lu un des romans de Max Hawbaker ?
— Non, il était très cachottier à ce sujet, comme beaucoup d'écrivains débutants. J'avais l'impression qu'il parlait davantage de ses romans qu'il ne les écrivait.
— Il en avait commencé plusieurs, j'en ai des copies. Ils tournent tous autour du même thème. Il y est question d'hommes qui survivent dans la nature et se survivent ou non les uns aux autres. L'histoire finit toujours avec trois personnages, même s'ils étaient plus nombreux au début. Le roman dont il a écrit le plus de chapitres parle de trois hommes qui escaladent une montagne en hiver.

Nate attendit un commentaire qui ne vint pas.
— Il avait laissé des notes assez détaillées sur la suite, des scènes complètes à inclure dans le récit, reprit-il. Des trois hommes qui font l'ascension, il n'en redescend que deux.

Beaucoup de romans sont plus ou moins autobiographiques, n'est-ce pas ? ajouta-t-il après une pause.

— Souvent, oui. C'est un truc sur lequel s'appuient volontiers les débutants, répondit John calmement.

— Intéressant, non ? Il serait encore plus intéressant de savoir qui était le troisième. Bon, il est temps que je vous laisse. Prévenez-moi quand vous aurez rafraîchi votre mémoire.

Lorsque les pas de Nate se furent éloignés dans le couloir, John s'assit à son bureau. Et il vit que ses mains tremblaient.

Sachant que le conseil municipal se réunissait à titre officieux, Nate arriva volontairement à la mairie sans se faire annoncer. Il ne s'étonna donc pas du silence soudain qui salua son entrée. Les visages reflétaient un évident embarras.

— Désolé de vous interrompre. J'attendrai que vous ayez fini.

— Nous n'en avons plus pour longtemps, annonça Hopp.

— Pas du tout ! protesta Ed Woolcott. Nous n'avons rien résolu et j'estime que cette réunion doit se poursuivre à huis clos, permettez-moi de vous le dire, chef.

— Nous discutions des récents événements et de la manière dont vous interveniez, Ignatious. Puisque vous êtes ici, vous avez votre mot à dire, déclara Hopp.

— Je suis d'accord, renchérit Ken. Asseyez-vous, Nate.

— Si je comprends bien, avança Nate, certains d'entre vous seraient mécontents de mes méthodes ?

— Le fait est, commença Harry en se grattant la tête, que certains en ville prétendent que nous avons davantage de problèmes depuis votre arrivée. Je ne dis pas que ça pourrait être votre faute, bien sûr, mais c'est l'impression qu'ils en ont.

— Moi non plus, enchaîna Ed Woolcott, je ne blâme pas Nate, seulement les éléments les plus turbulents de la population ont pu considérer sa nomination comme un défi à relever, en quelque sorte. Les gens d'ici n'aiment pas qu'on leur dise ce qu'ils doivent faire ou ne pas faire.

— Ce n'est quand même pas la faute de notre police si on vous a volé votre attirail de pêche, déclara Deb. Nous sommes tous responsables de notre ville, c'est pourquoi nous devons être au courant de ce que vous faites pour découvrir qui est responsable des derniers actes de malveillance et, surtout, de la mort du pauvre Yukon.

La discussion se poursuivit une dizaine de minutes. Le docteur Ken constata qu'il devait moins souvent suturer les frères Mackie et soigner Mike l'Ivrogne depuis que Nate exerçait ses fonctions. Deb admit que les parents ne disciplinaient pas assez leurs enfants. Nate écoutait en silence.

— Vous m'avez demandé mon opinion, intervint-il enfin quand tout le monde se fut exprimé. Je pense que vos problèmes actuels ne datent pas de mon engagement. Ils existent depuis seize ans. Depuis l'assassinat de Patrick Galloway.

— Cette affaire nous a tous secoués, même ceux qui ne l'ont pas connu, commenta Harry. Mais je ne vois pas le rapport.

— Moi, si. Et c'est ce qui détermine la manière dont j'agis.

— Je vous suis de moins en moins, dit Deb.

— C'est simple : l'assassin de Galloway est toujours ici. Et l'assassin de Galloway, poursuivit-il en haussant la voix pour se faire entendre dans le concert de protestations, a aussi tué Max Hawbaker.

— Enfin, voyons ! protesta Ed Woolcott. Max s'est suicidé parce qu'il avait tué Pat Galloway !

— C'est ce qu'on essaie de vous faire avaler. Moi, je n'y crois pas.

— Ces propos sont absurdes, Nate ! déclara Harry. Absurde !

— Plus absurde que Max tuant Pat ou que Max se suicidant ? Je me le demande, admit Deb.

— Voulez-vous dire, Ignatious, qu'une personne que nous connaissons aurait commis deux crimes ? voulut savoir Hopp d'un ton indigné.

— Trois crimes, répliqua Nate. Deux hommes et un vieux chien. Mes collaborateurs et moi enquêtons et poursuivrons notre enquête jusqu'à ce que cet individu soit identifié et arrêté.

— La police d'État..., commença Ed.

— Quels que soient les éléments en sa possession et les conclusions auxquelles elle parvient, l'interrompit Nate, nous poursuivrons notre enquête. J'ai prêté serment de servir et de protéger cette ville, je le ferai. Cette enquête exigera que chacun de vous nous rende compte de ses activités entre neuf et dix heures hier soir.

— Quoi ? explosa Ed. Vous prétendez vouloir nous interroger ?

— Exact. De plus, j'entends déterminer les faits et gestes de chacun des habitants de cette ville au cours du mois de février 1988.

Woolcott parut au bord de l'apoplexie.

— Vous... vous nous interrogerez comme des... des suspects ? Cela dépasse les bornes ! C'est invraisemblable ! Ni moi, ni ma famille, ni mes voisins et amis ne nous soumettrons à cette humiliation ! Vous outrepassez votre autorité, Burke !

— Je ne pense pas. Vous pouvez résilier mon contrat, je poursuivrai mon enquête et démasquerai le coupable. C'est la seule personne qui ait des raisons de s'inquiéter à mon sujet.

Sur quoi, Nate se leva et quitta la salle où régnait un vacarme assourdissant. Hopp le rattrapa sur le trottoir.

— Une minute, Ignatious ! Arrêtez-vous, c'est un ordre !

Il s'arrêta, remua les clés au fond de sa poche.

— Vous avez le chic pour mettre de l'animation dans une réunion du conseil municipal ! fulmina-t-elle.

— Je suis licencié ?

— Pas encore, mais vous ne vous êtes pas rendu populaire auprès des autres ! Vous auriez pu faire preuve d'un peu plus de tact.

— Le crime me prive de mon sens des convenances. À propos de tact, que pensez-vous d'une réunion où sont mises en cause mes qualifications et à laquelle je ne suis pas convié ?

— Bon, c'est vrai. Vous vous y êtes quand même très mal pris.

— Si vous-même ou quelqu'un d'autre aviez des doutes sur la manière dont je remplis mes fonctions, vous auriez pu m'en parler.

— Vous avez raison, seulement nous sommes tous bouleversés et à bout de nerfs. Et maintenant, vous nous lâchez cette bombe ! Personne n'aimait croire que Max avait fait ce qui paraissait pourtant évident, mais c'était plus facile de l'admettre que ce que vous suggérez.

— Je ne le suggère pas, je le dis clairement. Je trouverai ce que je cherche, quel que soit le temps qu'il me faudra et quelles que soient la ou les personnes que je devrai bousculer pour y parvenir. Je ne connaissais pas Galloway, enchaîna-t-il pour prévenir son objection. Mais tous ici le connaissaient. Vous y comprise.

Hopp rougit de colère, ouvrit la bouche, la referma et tourna les talons. La porte de la mairie claqua derrière elle tel un coup de canon.

Se doutant que les rumeurs couraient bon train dans toute la ville, Nate décida de rester visible et alla dîner au *Lodge*. D'après les regards et les chuchotements qui saluèrent son arrivée, il comprit que ses propos aux conseillers municipaux se répandaient comme prévu. Ce qui lui convenait tout à fait. Il était grand temps de secouer le cocotier, même si cet arbre était absent de la flore arctique.

Charlene vint elle-même lui servir une portion particulièrement soignée du saumon du jour et s'assit en face de lui.

— Vous avez réussi à inquiéter beaucoup de monde. Les gens se posent des questions. Moi la première.

Elle lui prit son café, y trempa les lèvres, fit la grimace.

— Je ne comprends pas comment on peut boire ça sans sucre.

— Servez-vous donc, proposa Nate en poussant le sucrier vers elle.

Elle en versa deux cuillerées, remua, goûta.

— C'est meilleur, opina-t-elle en se penchant vers Nate pour adopter le ton de la confidence. Quand j'ai appris ce qui était arrivé à Pat, je suis devenue folle. Vous m'auriez dit que Jim lui avait planté ce piolet dans la poitrine, je vous aurais cru, même en sachant qu'il n'était arrivé que cinq ou six ans plus tard. Maintenant, je suis plus calme.

— Tant mieux, commenta Nate sans cesser de manger.

— Savoir que je pourrai le ramener ici et lui donner un bel enterrement m'a fait du bien. Je vous aime bien, Nate, même si vous me refusez un petit plaisir de temps en temps. Je vous aime assez, en tout cas, pour vous dire que vous ne rendez service à personne avec toute cette histoire.

— En quoi consiste « toute cette histoire », Charlene ?

— Vous le savez très bien : clamer qu'un criminel en liberté vit parmi nous. Cela s'est répandu comme une traînée de poudre et les gens commencent à y croire. C'est mauvais pour les affaires. Nous n'aurons plus de touristes s'ils craignent de se faire assassiner dans leurs lits.

— Parce que tout revient à ça, Charlene ? À l'argent ?

— Il faut bien gagner notre vie, Nate. Nous faisons l'essentiel de notre chiffre d'affaires l'été, nous y sommes bien obligés si nous ne voulons pas vivre d'allocations de chômage pendant l'hiver, et les hivers sont longs. Je dois être pragmatique, Nate. Pat est mort, Max l'a tué. Je n'en veux pas à Carrie pour autant, elle a perdu son homme elle aussi. Le fait est pourtant que Max a tué Pat, Dieu sait pourquoi, mais c'est ainsi. Pat l'a emmené, sans doute sur un coup de tête. Max devait chercher un sujet d'histoire ou d'article, Pat ne refusait jamais une aventure, surtout s'il pensait gagner quelques dollars. La montagne peut rendre fou, vous savez. Voilà ce qui s'est passé.

Voyant qu'il ne répondait pas, elle but une gorgée de café, reposa la tasse, lui prit la main.

— J'y ai beaucoup repensé, comme vous me l'aviez demandé. Je me suis rappelé que Max n'est pas entré ici une seule fois pendant près d'un mois cet hiver-là. À l'époque, le *Lodge* était le seul endroit à des kilomètres où on pouvait prendre un repas chaud. Max était un habitué, je le servais presque tous les soirs, seulement il ne venait plus. Il a passé quelques commandes par téléphone. Nous ne faisions, nous ne faisons toujours pas de livraisons à domicile, mais Karl avait bon cœur et il allait lui-même lui porter son repas au journal. Selon lui, Max avait l'air malade et un peu dérangé. Je n'y prêtais pas attention, je me faisais du mauvais sang au sujet de Pat et j'essayais de joindre les deux bouts. Mais je me suis quand même rappelé cela.

— C'est bien.

— Vous ne m'écoutez pas !

— Si, je n'en ai pas perdu un mot. Qui d'autre n'est pas venu souvent au *Lodge* pendant ce mois de février ?

— Je n'en sais rien, Nate ! répondit-elle avec impatience. J'ai pensé à Max parce qu'il est mort et que Carrie et lui se sont mariés cet été-là. L'été qui a suivi la disparition de Pat.

— Essayez maintenant de penser aux gens qui sont encore en vie.

— Je pense souvent à vous... Oh ! ne faites pas cette tête-là ! poursuivit-elle en riant. Une femme a le droit de penser à un beau garçon, non ?

— Pas si le garçon en question est amoureux de sa fille.

— Amoureux ? Vous courez après les problèmes, ma parole ! Vous mettre à dos le conseil municipal, être amoureux de Meg, je me demande ce qui est le pire. Elle n'a pas gardé un homme plus d'un mois depuis qu'elle sait s'en servir.

— Je détiens donc un record.

— Pff ! Elle vous brisera le cœur, en mâchera un morceau et vous le recrachera à la figure.

— En quoi cela vous tracasserait-il, Charlene ?

— J'ai plus de besoins qu'elle. Plus forts, plus exigeants. Meg n'a jamais eu besoin de rien ni de personne. Elle m'a fait comprendre il y a belle lurette qu'elle n'avait pas besoin de moi. Elle ne tardera pas à vous signifier la même chose.

— C'est possible. Il se peut aussi que je la rende heureuse. C'est peut-être ça qui vous ennuie, l'idée qu'elle soit heureuse alors que vous ne l'avez jamais été tout à fait. Du calme, dit-il en lui agrippant le poignet avant qu'elle lui jette sa tasse de café à la figure. Une scène publique serait beaucoup plus gênante pour vous que pour moi.

Elle se leva d'un bond, s'engouffra dans l'escalier et, pour la deuxième fois de la journée, Nate entendit une porte claquer avec la violence d'un coup de canon.

L'écho résonnait encore dans ses oreilles pendant qu'il finissait de dîner.

Il partit chez Meg en espérant que ses idées se seraient éclaircies à son arrivée. La grisaille des derniers jours s'était dissipée, les étoiles scintillaient dans un ciel clair. Le sol était toujours couvert de neige, mais les branches des arbres étaient nues, remarqua-t-il. Le printemps arrivait lentement mais sûrement.

Au loin, un loup hurlait. Peut-être chassait-il, peut-être appelait-il une compagne. Quand il tuait, c'était pour manger et nourrir les siens. Pas par avidité ni pour le plaisir. Et quand il prenait une compagne, c'était pour la vie.

Un filet de fumée sortait de la cheminée, la maison semblait baigner dans la musique. Il arrêta sa voiture derrière celle de Meg, resta assis au volant. C'était à cela qu'il aspirait, pensa-t-il, peut-être plus qu'il n'aurait dû. Rentrer chez soi. Oublier le travail, les soucis de la journée, retrouver un foyer, la lumière, une femme. *La* femme.

De quoi Meg l'avait-elle traité, déjà ? Casanier, pot-au-feu ? Elle l'avait percé à jour, soit. Et s'il recevait à la figure un lambeau de son cœur recraché, il ne pourrait s'en prendre qu'à lui-même.

Elle lui ouvrit la porte avant qu'il ne l'atteigne, les chiens se précipitèrent pour faire autour de lui leur danse de bienvenue.

— Je me demandais si tu retrouverais le chemin de chez moi, ce soir. Tu n'as pas l'air de tenir la grande forme, chef. De quel nouveau coup d'éclat peux-tu encore te vanter ?

— De m'être fait plein d'amis.

— Eh bien, entre donc boire un verre et me raconter tout ça.

— Ce n'est pas de refus.

Lumière

« *C'est si peu de chose d'avoir adoré le soleil,
D'avoir vécu dans la lumière du printemps,
D'avoir aimé, d'avoir pensé, d'avoir agi,
D'avoir soutenu ses amis et défait ses ennemis...* »

Matthew ARNOLD

« *Nous brûlons la lumière du jour.* »

William SHAKESPEARE

26

Nate venait à peine d'ouvrir la porte quand Peach lui tendit une tasse de café fumant et une brioche poisseuse de sucre glace.

— Si vous continuez à me gaver, je ne tiendrai plus dans mon fauteuil, feignit-il de protester.

— Il en faudrait bien plus pour vous rendre obèse. Mais ce n'est pas désintéressé. Je voulais vous demander de m'accorder une heure de plus pour ma pause déjeuner de demain. Je fais partie du comité d'organisation de la parade de mai et nous devons finir de coordonner le défilé.

— Parade ? Défilé ?

— Oui, le premier mai. C'est bientôt.

— Le premier mai ? répéta-t-il.

La veille au soir, en jouant avec les chiens de Meg, il avait de la neige jusqu'au-dessus des chevilles...

— Qu'il neige ou qu'il vente, et c'est déjà arrivé, nous avons notre parade. Il y a la fanfare de l'école, les Inuits en costume traditionnel, les équipes sportives, les élèves du cours de danse. Les gens d'ici y participent presque tous, mais on ne manque pas de spectateurs, les touristes et les gens des alentours viennent en foule. En plus, depuis deux ans, nous faisons de la publicité, nous invitons la presse et les télévisions locales. Charlene le mentionne sur le site Internet du *Lodge* en proposant des forfaits et des tarifs de groupes. Hopp a même réussi à faire parler de nous dans des magazines nationaux.

— Pas possible ? C'est un grand événement, alors ?
— Bien sûr ! Il dure toute la journée. Le soir, nous organisons un feu de camp avec de la musique. S'il fait trop mauvais temps, nous nous replions au *Lodge*.
— Un feu de camp au *Lodge* ?
Elle pouffa de rire, lui lança une tape sur le bras.
— Mais non voyons, juste la musique !
— Prenez tout le temps que vous voudrez, Peach.
Les propos de Charlene lui revinrent en mémoire. Une grande parade, pensa-t-il. Le *Lodge* plein de touristes qui achètent au bazar, visitent les ateliers d'artistes et d'artisans locaux, font le plein d'essence à la station-service. Tout cela représente des rentrées, de l'argent à la banque. Des rumeurs de crimes pourraient tarir ce flot...
Il en était là de ses réflexions quand Otto entra.
— Je croyais que c'était votre jour de repos ?
— Oui, grommela Otto.
Voyant sa mine sombre, Nate décida de le prendre à la légère.
— Vous êtes venu pour les brioches de Peach ?
— Non, répondit-il en tendant à Nate une enveloppe. J'ai mis par écrit où j'étais et ce que je faisais en février 1988, la nuit où Max est mort et celle où Yukon a été tué. J'ai pensé que ça valait mieux de tout dire avant que vous me le demandiez.
— Vous voulez entrer dans mon bureau ?
— Pas la peine, ça me pose pas de problèmes. Je n'ai pas d'alibis valables dans les trois cas, mais je l'ai écrit quand même.
— Merci, Otto. J'apprécie votre initiative.
— Pas de quoi. Je vais à la pêche.
En sortant, il croisa Peter qui arrivait. Nate lâcha un juron.
— Un problème avec Otto ? demanda Peter.
— J'espère que non.
Sur un coup d'œil de Peach, Peter n'insista pas.
— Je suis en retard parce que mon oncle est venu me signaler un squatter près de Hopeless Creek. Il y a une vieille cabane à cet endroit-là, le type a l'air de s'y être installé. Tout le monde s'en moque, sauf mon oncle, qui croit que le type en

question a forcé sa cabane à outils, et ma tante, qui dit que de la nourriture aurait disparu de la cachette. Mon oncle y est allé voir ce matin, le type est sorti avec un fusil et lui a ordonné de dégager. Comme il était avec ma cousine Mary qu'il emmenait à l'école, il n'est pas resté pour raisonner l'individu.

— Eh bien, allons lui faire entendre raison, décida Nate en prenant deux fusils et des munitions au râtelier. Ça, ajouta-t-il, c'est pour le cas où la raison ne marcherait pas. Allons-y.

Le soleil brillait au point qu'il paraissait impossible d'imaginer que, quelques semaines plus tôt, la nuit régnait encore à la même heure. La rivière serpentait à côté de la route, d'un bleu rendu plus intense par le blanc de la neige qui couvrait encore ses rives. Les montagnes se dressaient contre le ciel, tels des monuments sculptés dans la glace. Un aigle doré, perché sur un poteau de signalisation, semblait monter la garde pour dissuader les intrus de pénétrer dans la forêt.

— Depuis combien de temps la cabane est-elle inoccupée ? s'enquit Nate.

— Personne n'y a vécu à demeure aussi longtemps que je m'en souvienne, répondit Peter. Elle est bâtie trop près de l'eau, si bien qu'elle est inondée tous les ans au printemps. Des randonneurs s'y abritent de temps en temps une ou deux nuits et les jeunes s'en servent pour... vous savez quoi. La cheminée est encore debout, on peut y faire du feu, mais elle fume, quelque chose de terrible.

— Vous vous en êtes servi vous aussi pour... vous savez quoi ?

— Une ou deux fois peut-être, admit Peter en rougissant. D'après ce que j'en sais, deux *cheechakos* l'auraient bâtie dans le temps. Ils voulaient prospecter l'or de la rivière, vivre de la nature. Ils n'ont pas tenu plus d'un an. L'un est mort de froid, l'autre des fièvres. Peut-être bien parce qu'il avait mangé le mort... Ce n'est qu'une histoire, à mon avis, ajouta-t-il avec un regard en coin. Mais ça impressionne les filles.

— On ne fait pas plus romantique, en effet.

— Il faut tourner là. Ça secoue un peu, prévint Peter.

Il n'avait pas parcouru dix mètres dans les ornières de neige glacée en se cramponnant au volant que Nate conféra à Peter le titre de champion de l'euphémisme.

Ils débouchèrent sinon dans une clairière, du moins dans un espace vaguement dégagé au milieu des broussailles, où se blottissait la cabane, un cube de rondins en piteux état. Une fenêtre était bouchée par des planches, l'autre recouverte d'un réseau de ruban adhésif. Un luxueux 4 × 4 japonais maculé de boue, portant des plaques de Californie, stationnait devant la porte surmontée d'un auvent branlant.

— Peter, appelez Peach, demandez-lui qu'elle lance une recherche sur cette immatriculation.

Pendant que Peter s'affairait à la radio, Nate réfléchit sur la marche à suivre. Un filet de fumée s'échappait de la cheminée. Un animal mort, d'espèce indéterminée, pendait à un crochet près de la porte. Il dégrafa le rabat de son holster sans y prendre son arme, mit pied à terre, fit un pas en avant. La porte s'ouvrit à la volée.

— Restez où vous êtes !

Dans la pénombre de la cabane, Nate distingua la silhouette d'un homme qui épaulait un fusil.

— Je suis le chef Burke, de la police de Lunacy. Veuillez abaisser le canon de votre arme.

— Je me moque de ce que vous voulez et de ce que vous prétendez être. Je connais vos ruses, salauds d'Envahisseurs ! Je ne repartirai jamais avec vous !

Envahisseurs ? Il ne manquait plus que cela, pensa Nate. *Encore un qui a trop regardé les séries cultes à la télé.*

— Les Envahisseurs ont été anéantis dans ce secteur, vous êtes désormais en sûreté. Mais j'insiste pour que vous abaissiez votre arme.

L'homme sortit de la cabane, fit deux pas. La trentaine, estima Nate. Un mètre soixante-dix, soixante-dix kilos, cheveux châtains, le regard dément.

— C'est ce que vous prétendez. Comment saurais-je si vous n'êtes pas l'un d'entre eux ?

— Laissez-moi approcher, je vous montrerai ma carte d'identité dûment certifiée et estampillée par les forces terrestres, répliqua Nate en se forçant à garder son sérieux.

Le canon du fusil s'abaissa un peu.

— Carte d'identité ? répéta l'autre, visiblement troublé.

— Oui. On n'est jamais trop prudent, de nos jours.

— Ils ont du sang bleu, vous savez. J'en ai abattu deux la dernière fois qu'ils ont essayé de m'enlever.

— Deux ? fit Nate d'un air impressionné. Alors, il faut que je vous emmène au contrôle central pour un debriefing officiel.

— Nous ne pouvons pas les laisser gagner.

— Soyez tranquille, ils ne gagneront pas.

Voyant maintenant le canon pointé vers le bas, Nate s'avança.

Tout se passa alors trop vite. Derrière lui, Peter ouvrit la portière de la voiture, l'appela. Ne quittant pas des yeux le regard de l'homme, Nate le vit en une fraction de seconde refléter la panique et la rage. Il ordonna à Peter de se jeter à plat ventre tandis qu'il empoignait son arme. Le premier coup de fusil provoqua un envol d'oiseaux. Au second, Nate s'était déjà mis à couvert sous la voiture. Il allait ramper pour sortir de l'autre côté quand il vit le sang sur la neige.

— Bon Dieu ! Peter !

L'espace d'une seconde qui dura une éternité, il se retrouva sous la pluie dans la ruelle obscure de Baltimore, avec l'odeur du sang et de la poudre. Au prix d'un effort de volonté, il se remit à ramper. Peter était affalé près de la portière ouverte, les yeux vitreux.

— Je... je crois que je suis touché, murmura-t-il.

— Tenez bon, mon garçon.

Nate lui serra le bras droit, au-dessus de l'endroit où l'étoffe du blouson était déchirée et tachée de sang. Sans perdre de vue la porte de la cabane, il tendit la main dans la voiture et trouva à tâtons un garrot dans la trousse de première urgence.

— C'est pas trop grave ? demanda Peter, qui devint livide en tournant la tête et en découvrant sa blessure.

Nate serra le garrot, lui tapota les joues pour l'empêcher de s'évanouir, sortit le revolver de Peter de son étui, le lui mit en main.

— Écoutez-moi. Vous allez rester couché ici, tout ira bien. Vous le tenez ?

— Je suis droitier. Il m'a touché au bras droit.

— Vous pouvez tirer de la main gauche. S'il s'approche de moi, n'hésitez surtout pas, tirez dessus. Visez au corps et tirez jusqu'à ce qu'il tombe.

Nate rampa ensuite vers la portière arrière, prit les deux fusils. Dans la cabane, l'homme vociférait des imprécations, lâchait un coup de feu de temps en temps. Il revint vers Peter, lui posa un fusil sur les genoux. Il ne pouvait pas appeler de renforts. Il devait s'en sortir seul.

— Ne vous évanouissez pas, compris ? Ne fermez pas les yeux.

— D'accord, chef.

À demi accroupi, son revolver de service dans une main et le fusil dans l'autre, il courut vers le cours d'eau gelé, pénétra sous le couvert des arbres. Des écorces éclatèrent au-dessus de lui, retombèrent en pluie d'échardes. Il sentit comme un coup de canif lui déchirer la figure au-dessous de l'œil gauche. Le fou concentrait donc son attention sur lui et non pas sur Peter. En s'enfonçant dans la neige vierge, il progressa d'arbre en arbre vers la cabane, la contourna, s'arrêta pour examiner les lieux. Il n'y avait pas de porte à l'arrière, mais une fenêtre sur le côté à travers laquelle il voyait l'ombre du fou qui guettait le moindre mouvement, prêt à faire feu.

Tenant le fusil d'une seule main, il tira dans la fenêtre.

Dans le fracas du verre brisé et des tirs de riposte, il repartit vers la rivière en suivant la piste qu'il avait tracée dans la neige, revint vers le devant de la cabane. D'un coup de pied, il fit sauter la porte. Ses deux armes braquées sur l'homme, un éclair de lucidité le retint d'en faire usage. Les yeux écarquillés, l'autre le dévisageait.

— Rouge, balbutia-t-il en esquissant une sorte de sourire égaré. Vous avez le sang rouge.

Sur quoi, il lâcha son fusil, tomba à genoux et fondit en larmes.

Il s'appelait Robert Joseph Spinnaker, conseiller financier à Los Angeles et patient régulier de cliniques psychiatriques. Depuis dix-huit mois, il affirmait avoir été victime d'enlèvements répétés, déclarait que sa femme était un simulacre d'être humain et avait attaqué deux de ses clients en plein milieu d'une réunion de travail. Il faisait l'objet d'un avis de recherche depuis trois mois. Maintenant rassuré par la couleur du sang de Nate et de Peter, il était endormi dans une cellule où Nate l'avait enfermé en hâte avant de se précipiter au dispensaire.

Il faisait les cent pas dans la salle d'attente en repassant les événements dans sa tête et en se demandant quelle erreur il n'aurait pas dû commettre pour éviter que Peter soit blessé.

Lorsque Ken sortit de la petite salle d'opération, Nate était prostré sur une chaise, la tête entre les mains. Il se leva d'un bond.

— C'est grave ?

— Ce n'est jamais bon de recevoir une balle, mais cela aurait pu être pire. Il devra porter le bras en écharpe un moment. Il est un peu faible, un peu sonné, je le garde encore deux ou trois heures, mais il va bien et il pourra rentrer chez lui.

Nate sentit ses genoux le lâcher et retomba sur la chaise.

— Dieu soit loué ! souffla-t-il.

— Venez donc, que je vous arrange ces coupures au visage.

— De simples égratignures.

— Celle sous l'œil a plutôt l'allure d'une vraie plaie. Venez, on ne discute pas avec le docteur.

— Je peux le voir ?

— Sa mère est avec lui, vous le verrez quand je vous aurai soigné. Vous savez, poursuivit-il après l'avoir fait asseoir dans une salle d'examen, ce serait idiot de votre part de vous faire des reproches.

— Il est novice, inexpérimenté et je l'ai entraîné dans une situation potentiellement dangereuse, repartit Nate sans pouvoir retenir un grognement de douleur au contact du désinfectant sur sa coupure.

— Ces paroles ne manifestent guère de respect pour l'homme qu'il est et le métier dans lequel il s'est engagé.

— C'est encore un bébé.

— Non, c'est un homme. Un homme courageux. Le fardeau que vous insistez à prendre sur vous déprécie ce qui lui est arrivé et ce qu'il a fait aujourd'hui.

— Savez-vous qu'il s'est levé et m'a rejoint à la porte ? Il pouvait à peine tenir debout, mais il est venu me couvrir. J'avais son sang sur les mains, mais il est venu me couvrir, répéta Nate. C'est moi qui suis incapable de me conduire correctement.

— Peter m'a tout raconté, vous vous êtes très bien conduit. Pour lui, vous êtes un héros. Si vous voulez le récompenser de sa bravoure, ne commencez pas par le désillusionner. Ça y est, conclut le médecin en posant un dernier pansement. Vous voilà tout neuf.

Hopp était dans la salle d'attente lorsque Nate sortit de la chambre de Peter avec ses parents et Rose. Nate sortit sans s'arrêter et Hopp lui courut après.

— Ignatious ! Je voudrais savoir ce qui s'est passé !
— Je dois rentrer au poste.
— Je vous accompagne, vous me parlerez en chemin. Je préfère tenir les faits directement de vous que par les récits plus ou moins fantaisistes qui courent déjà en ville. Alors ?

Il lui relata brièvement les événements.

— Ralentissez, bon sang ! Vos jambes sont plus longues que les miennes. Comment avez-vous eu ces blessures à la figure ?
— Des échardes qui volaient, rien de plus.
— Elles volaient parce qu'il vous tirait dessus ? Seigneur !
— Ces écorchures nous ont sans doute sauvé la vie, à Spinnaker et à moi. J'ai le sang rouge, une vraie chance.

Peter aussi, pensa-t-il. *Et il en a perdu des litres.*

— La police d'État va venir le prendre en charge ?
— Peach les a déjà appelés.
— Vous rendez-vous compte que ce fou était peut-être là depuis trois mois ? Et si c'était lui qui avait tué le pauvre Yukon ?
— Ce n'était pas lui.
— Pourquoi pas ? Dans sa folie, il a pu croire que Yukon était un Envahisseur déguisé en chien. Ce ne serait pas absurde, Ignatious.
— En effet, à condition de croire qu'il s'est glissé en ville sans se faire remarquer, qu'il a attrapé le chien Dieu sait comment et l'a traîné jusque devant la mairie pour l'égorger après avoir volé, Dieu sait aussi comment, le couteau et les

gants. C'est un peu trop tiré par les cheveux à mon goût, Hopp.

Elle le retint par le bras, le força à s'arrêter.

— Vous préférez peut-être le croire parce que cela vous donne à faire quelque chose de plus intéressant que séparer les frères Mackie ou enfermer ce pauvre Mike l'Ivrogne au chaud dans une cellule pour lui éviter de mourir gelé. Vous est-il jamais venu à l'idée que si vous cherchez un assassin parmi nous, c'est parce que vous l'avez décidé ?

— Je n'ai rien décidé. C'est un fait.

— Tête de mule ! Les esprits ne se calmeront pas tant que vous remuerez toutes ces histoires.

— Ils se calmeront quand le problème sera résolu. Excusez-moi, il faut maintenant que je rédige mon rapport.

Nate passa la nuit au poste, la plupart du temps en écoutant Spinnaker lui raconter en détail ses rencontres avec les abominables extraterrestres. Aussi éprouva-t-il un réel soulagement en voyant le lendemain matin arriver le détachement de la police d'État venu le débarrasser de son encombrant prisonnier.

Il s'étonna aussi de voir que Coben faisait partie du groupe.

— Je me suis dit que ce serait une bonne occasion de faire le point sur d'autres sujets, annonça le sergent après les salutations d'usage. On peut se voir une minute dans votre bureau ?

— Entrez donc. Je vous ai préparé le dossier sur Spinnaker.

Coben entra, feuilleta le dossier.

— Le psy de service atténuera les charges, commenta Nate, mais cela n'adoucira pas la blessure de mon adjoint.

— Comment va-t-il ?

— Bien. Il est jeune, il récupérera vite. C'est surtout le gras du bras qui a été touché.

— Toutes les fois où on s'en sort sont de bonnes fois.

— Vous pouvez le dire.

— Toujours là-dessus ? fit Coben en s'approchant du tableau.

— Oui.

— Des progrès ?

— Question de point de vue.

— Vous y avez inclus le chien mort ? demanda Coben avec une moue sceptique.

— Chacun ses petites fantaisies.

— Écoutez, je ne suis pas satisfait des conclusions de l'enquête à ce stade, mais je ne peux pas faire ce que je veux. Comme vous disiez, cela dépend du point de vue duquel on se place. Vous et moi sommes d'accord sur la présence d'un troisième homme non identifié sur la montagne quand Galloway a été tué. Seulement cela ne signifie pas nécessairement que c'est lui qui l'a tué ou qu'il connaît son assassin. Cela ne signifie pas non plus qu'il est encore en vie, car il serait logique que celui qui a tué Galloway se soit aussi débarrassé d'un témoin.

— Pas dans le cas où ce troisième homme aurait été Hawbaker.

— Nous pensons que ce n'était pas lui, soit. Mais en supposant que ce soit lui, il n'en découle pas nécessairement que ce mystérieux troisième homme ait quelque chose à voir de près ou de loin avec la mort de Hawbaker, pas plus qu'avec celle d'un chien. Je continue, officieusement bien sûr, à rechercher l'identité de ce troisième homme, et je n'aboutis encore à rien.

— Le pilote qui les emmenés sur le glacier a été tué dans des circonstances inexpliquées.

— Nous n'en avons aucune preuve. J'ai étudié la question. Kijinski a payé une partie de ses dettes et en a contracté d'autres entre la mort de Galloway et la sienne. Cela ne veut pas dire grand-chose, je vous l'accorde, mais personne ne peut nous confirmer que c'est bien lui qui les a transportés.

— Parce qu'ils sont tous morts. Sauf un.

— Il ne subsiste aucune trace, aucun plan de vol. Rien. Et aucun de ceux qui ont connu Kijinski, ou qui veulent bien l'admettre, ne se souvient de ce vol en particulier. S'il a effectivement été le pilote en question, Hawbaker a très bien pu l'éliminer lui aussi.

— Cela pourrait paraître logique, sauf que Max Hawbaker n'aurait jamais été capable de tuer trois hommes. En outre, il n'est pas sorti de sa tombe ou, plutôt, ses cendres ne sont pas sorties de leur urne pour revenir égorger un chien.

— Votre intuition est peut-être juste, mais elle ne me suffit pas. Il me faut du concret.

— Vous l'aurez. Accordez-moi encore un peu de temps.

Deux jours plus tard, Meg arriva au poste, salua de la main Peach et Otto et entra sans frapper dans le bureau de Nate. La vue de son tableau découvert la ralentit à peine.

— Viens, mon chou, je t'enlève.

— Pardon ?

— Même le plus dévoué et le plus assidu des flics a droit à un jour de repos de temps en temps.

— Peter est en convalescence, nous manquons d'effectifs.

— Et toi, tu restes là à ressasser ça avec le reste. Tu as grand besoin de te changer les idées, Burke. S'il se passe quelque chose, nous ferons demi-tour.

— D'où ?

— C'est une surprise. Peach ! dit-elle en sortant de la pièce. Votre patron prend le reste de la journée.

— Ça ne lui fera pas de mal, approuva Peach.

— Voyons, Meg..., commença Nate.

— Peach, l'interrompit-elle, quand a-t-il pris une journée de congé ?

— Autant que je m'en souvienne, pas depuis plus de trois semaines.

— Donc, tu as la tête farcie, chef. Il faut te la vider. Il fait un temps idéal pour ça.

— Bon, grommela-t-il en prenant un radiotéléphone. Mais une heure, pas plus.

— Ça ira pour le début, fit-elle en souriant.

En découvrant son avion amarré au ponton, il s'arrêta net.

— Tu veux me faire voler pour me vider la tête !

— C'est la meilleure méthode, fais-moi confiance, opina-t-elle en l'entraînant par la main. Et ça, poursuivit-elle en effleurant le pansement sous son œil, ça te fait mal ?

— Puisque tu en parles, je ne devrais pas voler avec une blessure aussi grave.

Elle lui prit le visage entre les mains, lui donna un long baiser plein de tendresse.

— Viens, Nate. Un homme capable d'affronter un fou armé ne devrait pas être aussi froussard devant un avion. Et puis, je veux partager quelque chose avec toi.

Il embarqua, boucla sa ceinture, et ne desserra les dents qu'une fois l'avion stabilisé à une certaine altitude.

— C'est beau. Tout a l'air paisible et simple.

— Ce n'est ni l'un ni l'autre. La nature est impitoyable, mais sa dureté ne la rend pas moins belle. Je ne pourrais vivre nulle part ailleurs.

La progression du dégel était visible partout. Les étendues de verdure s'élargissaient sous le soleil, le bleu de l'eau vive gagnait sur le blanc de la glace. Une cascade scintillante tombait d'une falaise.

— Jacob n'a pas bougé d'ici ce février-là, reprit Meg. Il venait me voir presque tous les jours après le départ de mon père. Je ne sais pas si Pat le lui avait demandé ou si Jacob le faisait de lui-même, mais il ne se passait jamais plus de deux jours sans qu'il vienne me voir. Je voulais que tu le saches, pour le cas où tu lui demanderais de t'aider.

— Cela se passait il y a longtemps.

— Je sais et j'étais encore une gamine, pourtant je ne l'ai pas oublié. Je le voyais plus souvent que Charlene, ces premières semaines après le départ de mon père. Il m'emmenait à la pêche, à la chasse. Il m'a même gardée deux ou trois jours chez lui pendant un blizzard. Tu peux te fier à lui les yeux fermés.

— Merci. C'est bon à savoir.

— Et maintenant, regarde à droite.

Ils survolaient presque en rase-mottes un large cours d'eau encore à demi gelé qui se jetait dans un lac. Avant qu'il puisse protester, il vit un énorme bloc de glace basculer et disparaître dans l'eau en soulevant une gerbe d'écume qui brillait au soleil comme une poussière de diamants. Un autre suivit, un autre encore.

— C'est prodigieux ! Certains sont plus gros que des maisons.

Fasciné par le spectacle, il ne remarquait même plus les turbulences qui secouaient l'avion.

— Les touristes me paient cher pour leur montrer ça et ils

passent leur temps l'œil collé au viseur de leur caméra. C'est du gâchis. S'ils veulent voir un film, ils n'ont qu'à en louer un.

Ce n'était pas seulement le spectacle qui était sublime, pensait Nate, mais le renouveau de la nature, sa violence, son cycle mythique, éternel. Il en oublia un long moment de respirer.

— Il faut que je reste ici, dit-il enfin en reprenant son souffle.

Elle remontait déjà pour lui faire admirer la scène sous un angle différent.

— En l'air ?

Il se tourna vers elle avec un sourire qu'elle ne lui avait encore jamais vu, heureux, détendu.

— Non, ici, sur cette terre. Moi non plus, je ne pourrais plus vivre ailleurs. Et ça aussi, c'est bon à savoir.

— Apprends donc une autre chose bonne à savoir : je t'aime.

Elle éclata de rire, piqua et survola de nouveau le champ de glace en rase-mottes au milieu des gerbes d'eau et de glace qui jaillissaient et retombaient autour d'eux.

27

Nate passait désormais toutes les soirées chez Meg. Quand elle n'y était pas – le rallongement des jours et l'adoucissement de la température lui fournissaient de plus en plus de travail –, ils étaient convenus que Nate s'y installerait, s'occuperait des chiens et maintiendrait la maison en état pendant ses absences. Petit à petit, Nate avait apporté ses affaires, la chambre qu'il conservait au *Lodge* ne lui servant plus que de garde-robe pour ses vêtements d'hiver. Il aurait pu les apporter aussi, mais c'eût été admettre ouvertement qu'ils vivaient ensemble, ligne blanche qu'ils n'étaient encore ni l'un ni l'autre prêts à franchir.

La vue de la cheminée qui fumait le mit de bonne humeur. Mais l'avion n'était pas sur le lac et le 4 × 4 de Jacob stationnait près de la porte. Les chiens sortirent du bois pour lui souhaiter la bienvenue tout en se disputant un os énorme. Quand Nate entra, il sentit l'odeur du sang.

— J'ai apporté de la viande fraîche, annonça Jacob sans se retourner. Elle n'a pas le temps de chasser, les ours sont réveillés. Leur viande est très bonne en ragoût.

Du ragoût d'ours ? pensa Nate, déconcerté. *L'Alaska est vraiment un monde à part...*

— Elle appréciera sûrement.

— Nous partageons ce que nous avons, affirma Jacob tout en enveloppant la viande. Elle vous a dit que j'étais avec elle la plupart du temps après l'enlèvement de son père.

— L'enlèvement ? Une définition originale.

— On lui a enlevé la vie, n'est-ce pas ? Elle vous l'a dit, mais vous ne devriez peut-être pas vous fier à sa mémoire ni à son cœur.

— Je lui fais pleinement confiance.

Jacob se lava les mains dans l'évier, se retourna, prit les paquets de viande pour aller les placer dans le congélateur de l'office.

— J'ai parlé à des gens, lança-t-il tout en s'affairant. Des gens qui n'ont pas envie de parler à la police et qui connaissaient Pat et Deux Pattes. Ces gens, qui veulent bien me parler mais pas à la police, m'ont dit que Pat avait de l'argent quand il était à Anchorage ce mois de février-là. Plus d'argent que d'habitude, insista-t-il en fermant le congélateur.

— D'où tenait-il cet argent ?

— Il avait travaillé quelques jours dans une conserverie, pris une avance sur sa paie et s'en est servi pour jouer au poker.

Jacob se servit un whisky, tendit un verre à Nate avec un regard interrogateur.

— Non merci, pas pour l'instant.

— Je pense que ce qu'on m'a dit est vrai, parce que Pat aimait le jeu, même s'il perdait le plus souvent. Il semblerait que, cette fois-là, il n'a pas perdu. Il a joué deux nuits et presque un jour entier. Ceux qui m'ont parlé m'ont appris qu'il avait gagné gros, dix mille selon les uns, vingt mille ou même plus selon d'autres. C'est peut-être l'histoire du poisson qui grandit chaque fois que le pêcheur en parle, mais ceux qui m'ont parlé sont d'accord sur le fait qu'il s'agissait d'une grosse somme.

— Qu'a-t-il fait de cet argent ?

— Personne ne le sait ou n'admet le savoir. Certains disent qu'ils l'ont vu ensuite boire avec d'autres hommes. Comme cela n'a rien d'inhabituel, ils ne se rappellent pas qui étaient ces hommes. Et d'ailleurs, pourquoi s'en souviendraient-ils au bout de tout ce temps ?

— Il y avait aussi une prostituée. Kate, je crois. Je n'ai pas réussi à la localiser.

— La grosse Kate. Elle est morte il y a cinq ans. Crise

cardiaque, précisa Jacob. Elle était obèse et fumait deux ou trois paquets de Camel par jour. Sa mort n'a étonné personne.

Encore un témoin disparu, pensa Nate avec dépit.

— Est-ce que ces gens qui veulent bien vous parler à vous mais pas à la police vous ont dit autre chose ?

— Certains disent que Deux Pattes a emmené Pat et deux autres, certains disent trois, mais pas plus. Certains disent qu'ils voulaient faire l'ascension du Denali, d'autres de la Sans Nom. Les détails ne sont pas clairs, sauf leurs souvenirs de l'argent, du pilote et des deux ou trois compagnons. Je peux aussi mentir, ajouta Jacob en buvant une gorgée de whisky, si je suis celui qui est parti avec eux.

— Bien sûr, opina Nate. Ce serait culotté. Un homme qui chasse les ours ne doit pas manquer de culot.

Jacob fit un sourire énigmatique.

— L'homme qui chasse l'ours mange à sa faim.

— Je vous crois. Mais je peux mentir, moi aussi.

Cette fois, Jacob eut un franc éclat de rire et lampa d'un trait le reste de son verre.

— Vous pourriez. Mais comme nous sommes dans la cuisine de Meg et qu'elle nous aime tous les deux, nous pouvons faire semblant de nous croire mutuellement. Elle a toujours été brillante, pourtant elle brille encore plus en ce moment et elle brûle les ombres qu'il y a en vous. Elle prend très bien soin d'elle-même, alors...

Jacob rinça son verre dans l'évier et le posa à l'envers dans l'égouttoir avant de se tourner de nouveau vers Nate.

— Prenez soin d'elle, chef Burke. Soyez très attentif avec elle. Sinon, c'est vous que je chasserai.

— Noté, dit Nate tandis que Jacob sortait.

Dans la mesure où il avait gardé l'habitude de passer tous les matins au *Lodge* pour bavarder avec Jesse, sa présence ce matin-là parut tout à fait normale.

— Charlene est dans son bureau ? demanda-t-il à Rose.

— Non, dans la réserve derrière la cuisine. Elle fait l'inventaire.

— Je peux y aller ?

— Mettez un gilet pare-balles. Elle est d'une humeur épouvantable depuis quelque temps. Nate ! le rappela-t-elle alors qu'il s'éloignait. Peter nous a dit que vous lui aviez mis dans son dossier une citation officielle pour acte de bravoure. Il en est si fier ! Nous sommes tous fiers de lui. Merci.

— Il n'y a vraiment pas de quoi, c'était la moindre des choses.

Voyant les yeux de Rose s'emplir de larmes, Nate ne s'attarda pas et fila à la cuisine, où Big Mike préparait le déjeuner.

— Vous voulez entrer là-dedans ? demanda-t-il en le voyant se diriger vers la réserve. Il vous faut une épée et un bouclier, dans ce cas.

— C'est ce que j'ai entendu dire.

Nate ouvrit quand même la porte et, n'étant jamais sûr de rien avec Charlene, ne la referma pas par précaution.

La vaste pièce était bordée de rayonnages métalliques chargés de conserves et de produits secs. Un congélateur était disposé entre deux armoires réfrigérées contenant les produits périssables. Charlene allait et venait en prenant des notes sur un bloc de papier.

— Je saurai où me réfugier en cas de famine ou de guerre atomique, commenta-t-il en entrant.

— Je suis occupée, lâcha-t-elle sans se retourner.

— Je sais. Je voulais juste vous poser une question.

— Vous ne savez faire que ça, me harceler de questions !

— Accordez-moi deux minutes, Charlene. Après, je vous laisserai tranquille.

— Bon, bon ! Que j'essaie de diriger seule une affaire, tout le monde s'en moque ! On se croit permis de me déranger sans arrêt !

— Je ne sais pas ce qui vous tracasse, Charlene, mais je compatis sincèrement. Êtes-vous au courant des gains substantiels que Galloway aurait faits au poker entre son départ d'ici et son ascension ?

— Comme s'il avait jamais gagné... Hein ? se reprit-elle. Que voulez-vous dire par « substantiels » ?

— Plusieurs milliers de dollars, selon mes sources.

— S'il y avait une partie en cours, il a dû y jouer, mais il ne gagnait jamais plus de quelques centaines de dollars quand il avait de la chance. Sauf une fois, à Portland, où il en a ramassé trois mille. Nous les avons claqués pour un bel hôtel de luxe, un dîner à tout casser et du champagne. Il lui en restait même assez pour m'offrir une robe, une paire de chaussures et des boucles d'oreilles en saphir.

Pour la deuxième fois en cinq minutes, Nate vit avec terreur des larmes apparaître dans les yeux d'une femme.

— Quelle imbécile j'étais ! poursuivit-elle en s'essuyant les yeux. J'ai dû vendre les saphirs pour payer les réparations de la moto.

— S'il avait vraiment gagné une grosse somme à Anchorage, qu'en aurait-il fait ?

— Il l'aurait jetée par les fenêtres, comme d'habitude...

Elle s'appuya le front à un rayonnage et parut soudain si lasse, si pitoyable que Nate dut se retenir pour ne pas lui masser les épaules.

— Non, reprit-elle. Non, pas à ce moment-là. Je lui menais tellement la vie dure à propos d'argent qu'il en aurait conservé le plus gros rien que pour me le rapporter et me clouer le bec.

— L'aurait-il, par exemple, déposé à la banque ?

— Nous n'avions pas de banque à Anchorage. Il l'aurait mis dans son sac à dos, voilà tout. Il n'avait aucun respect pour l'argent, comme la plupart des gens qui sont nés riches. Vous êtes sûr qu'il avait gagné de l'argent ? ajouta-t-elle en relevant la tête.

— Je dis seulement que c'est possible.

— En tout cas, il ne m'a rien envoyé. Il ne m'a jamais envoyé un sou, quand il partait Dieu sait où.

— Où l'aurait-il mis, alors ?

— Il l'aurait fourré dans un tiroir s'il avait loué une chambre. Sinon, il l'aurait gardé sur lui. Mais la police de l'État n'a jamais dit qu'il avait de l'argent sur lui quand on a retrouvé son corps.

— Il n'en avait pas, en effet.

Pas plus, se rappela Nate en sortant du *Lodge*, que de portefeuille, de pièces d'identité ni même de sac à dos. Il n'avait sur lui qu'une boîte d'allumettes et son journal dans une poche intérieure de sa parka. « Cherchez la femme », prétend le proverbe, mais un bon flic sait que, s'il y a de l'argent impliqué dans un meurtre, c'est l'argent qu'il faut chercher. Comment découvrir si quelqu'un de Lunacy avait mis la main sur un coquet magot seize ans auparavant ?

Bien sûr, Galloway avait peut-être gardé sa chambre d'hôtel et laissé l'argent dans un tiroir, et la femme de chambre avait eu un gros coup de veine. Ou bien il l'aurait mis dans son sac à dos. Mais pourquoi le meurtrier aurait-il ouvert le sac ? Pour y prendre des provisions, et il aurait découvert l'argent par hasard ? Ou simplement pour le jeter dans une crevasse dans l'espoir que le corps ne pourrait jamais être identifié s'il était retrouvé ? Pourtant, s'il y avait de l'argent dans le sac, Nate était prêt à parier que le meurtrier le savait et s'était sciemment servi...

— Les gens pourraient se demander à quoi servent leurs impôts en voyant le chef de la police bayer aux corneilles dans la rue.

Nate s'ébroua, se tourna vers Hopp, constata son évidente mauvaise humeur.

— Qu'est-ce qui ne va pas ? demanda-t-il.

— John Malmont, le Professeur si vous préférez, nous a remis sa démission. Il part à la fin de l'année scolaire.

— Il quitte l'enseignement ?

— Non, il quitte Lunacy. Nous ne pouvons pas nous permettre de le perdre. C'est un excellent enseignant, il aide Carrie au journal, il dirige les représentations théâtrales scolaires et nous met sur la carte touristique en publiant des articles dans les magazines. Il faut que je réfléchisse à la manière de le garder.

— Vous a-t-il expliqué pourquoi il a décidé de partir, comme ça, tout d'un coup ?

— Non. Juste qu'il avait besoin de changement. Au moment où nous préparions le club de lecture – qu'il dirige, en plus ! Mais il ne s'en tirera pas aussi facilement, vous pouvez me croire !

Intéressant, pensa Nate en la suivant des yeux. *Le départ de John a-t-il un rapport avec la mauvaise humeur de Charlene ou la conversation que nous avons eue l'autre jour dans sa classe ? Ou y aurait-il un rapport entre les deux ?*

Il fallait se débarrasser de Burke. Il dépassait les bornes, à fourrer son nez dans des affaires qui ne le regardaient pas. Il y avait plus d'un moyen de faire partir un gêneur de *cheechako*. Certains prétendaient, bien sûr, que Burke ne méritait plus cette épithète puisqu'il avait survécu à son premier hiver. Mais les *cheechakos* restaient des *cheechakos*, il le savait mieux que quiconque.

Galloway en était un. Il avait beau prendre des grands airs, ce n'était qu'un minable et un sournois. Pourquoi devrait-on se soucier de sa mort ? Bon débarras, oui ! Ce jour-là, il avait fait ce qu'il fallait, pensa-t-il en portant les lourds sacs en plastique à travers les bois. Tout comme il allait maintenant faire ce qu'il fallait.

Burke n'était lui aussi qu'un minable doublé d'un pleurnichard. « Malheureux que je suis, ma femme m'a quitté pour un autre ! Mon partenaire s'est fait descendre à cause de moi, quel malheur ! » Il n'a rien trouvé de mieux que d'aller cacher sa honte au bout du monde, là où personne ne le connaît, pour s'apitoyer sur son sort et verser ses larmes de crocodile ! Mais ça ne lui a quand même pas suffi, il fallait qu'il se fasse passer pour un dur. Eh bien, le problème sera vite réglé et la vie pourra reprendre son cours.

Il accrocha les premiers sacs en plastique aux arbres les plus proches de la maison tandis que les chiens jappaient à ses pieds.

— Pas cette fois, les amis, dit-il en accrochant le dernier sac à la gouttière près de la porte de derrière. Une autre fois.

Il leur donna une rapide caresse pendant qu'ils reniflaient avec convoitise le contenu des sacs. Il les aimait bien, ces chiens. Il aimait bien Yukon, aussi. Mais le pauvre vieux était à moitié aveugle, perclus d'arthrite et presque sourd, par-dessus le marché. L'achever avait été une délivrance.

Il repartit vers le bois, fit halte pour regarder derrière lui avant de s'y enfoncer. La neige fondait par plaques sous le soleil, des tiges de verdure pointaient çà et là. Une fois la terre réchauffée et ramollie, on ramènerait Pat Galloway chez lui pour la dernière fois. Et il comptait bien se tenir respectueusement au bord de sa tombe pendant qu'on prononcerait son éloge funèbre.

Le crépuscule commençait juste à adoucir la lumière lorsque Nate arriva à la maison. Il attendit près de la porte que Meg remonte du lac, une boîte sous le bras. Dans sa chemise rouge vif, elle lui évoqua un oiseau tropical.

— C'est lourd ? Tu veux échanger ? demanda-t-il quand elle l'eut rejoint.

Elle baissa les yeux vers la grande boîte de pizza qu'il tenait.

— Pas la peine. J'aime qu'un homme m'apporte à dîner. Comment savais-tu que je serais de retour ? Tu n'avais quand même pas l'intention de manger ça tout seul ?

Tout en parlant, ils entrèrent à la cuisine.

— J'ai entendu ton avion et j'ai pris le temps de passer *Chez l'Italien* avant de venir. J'ai calculé que j'arriverais juste à temps puisque tu devrais d'abord décharger ta cargaison.

— Ton calcul est parfait, je meurs de faim. Il se trouve que j'ai aussi déniché un excellent cabernet, dit-elle en sortant une bouteille de son sac. Prêt ?

— Dans une minute.

Il posa la boîte de pizza sur le comptoir, l'attira vers lui par les épaules, l'embrassa.

— Bonsoir, bel oiseau.

— Bonsoir, beau flic. Bonsoir, les enfants, ajouta-t-elle en se penchant pour caresser les chiens. J'espère que je vous ai manqué.

— Oui, à tous les trois. Hier soir, nous nous sommes consolés, eux avec un os gigantesque, moi avec un hamburger. L'os était fourni par Jacob. Il t'apportait de la viande qu'il a mise dans le congélateur.

— Parfait. Débouche la bouteille, veux-tu ? réclama-t-elle en prenant une tranche de pizza. J'ai dû sauter le déjeuner, un petit problème de moteur qui m'a fait perdre deux heures.

— Grave ?

— Non, il est réglé. Mais pendant ce temps, je rêvais d'une bonne pizza, d'un bon vin, d'une bonne douche et d'un homme qui saurait me masser aux bons endroits.

— Tes souhaits seront exaucés. Tu comptes t'asseoir pour manger ou t'empiffrer debout ?

— M'empiffrer debout, répondit-elle en mastiquant une énorme bouchée. Ouvre vite la bouteille, j'ai soif.

Il remplit deux verres, lui en tendit un et s'appuya au comptoir en prenant à son tour une tranche de pizza.

— Tu te rappelles, fit-il au bout d'un instant, le jour où Peter a été blessé ?

— Impossible à oublier. Quand il était petit, il nous suivait comme un toutou, Rose et moi. Il va bien ?

— Oui. Mais je voulais te dire quelque chose. Quand j'ai vu son sang couler, quand j'ai tenu cette espèce de fou au bout de mon arme, j'aurais pu le tuer. J'étais même sur le point de tirer. Personne ne m'aurait rien reproché. Il avait blessé mon adjoint, il était armé et dangereux. Ce n'était plus comme la première fois, à Baltimore. Mon partenaire était mourant, moi à terre, je n'avais pas le choix. Cette fois, j'avais le choix et j'ai failli l'abattre comme un chien enragé. Je voulais que tu saches de quoi je suis capable.

— À quoi tu t'attendais ? À ce que je sois choquée si tu l'avais tué ? Il voulait tuer Peter, mon ami. Il voulait te tuer toi. Non, je n'en aurais pas été choquée le moins du monde, Nate. Au contraire, je t'aurais félicité. Toi aussi, il faut que tu saches ce dont je suis capable.

— Tu aurais eu...

— Tort, je sais, enchaîna-t-elle. Pour l'homme et le flic scrupuleux que tu es, j'aurais eu tort. Donc, je suis contente que tu ne l'aies pas tué. Mais tes notions du bien et du mal, ou de tort et de raison si tu préfères, sont un peu mieux définies que les miennes, voilà tout.

— Jack est mort il y a un an jour pour jour.

Une lueur de compassion apparut dans les yeux de Meg.

— Tu reçois trop de coups bas, mon pauvre chou.

— Eh bien non, figure-toi. J'ai pris conscience que je ne sombrerai plus. Je ne sais pas au juste comment je suis sorti du gouffre, le sol est parfois encore instable sous mes pieds, mais je n'y retomberai pas.

— Tu n'y es jamais tombé. Jamais jusqu'au fond. Je connais des gens à qui c'est arrivé, le genre à se jeter en avion contre une paroi rocheuse un jour de grand beau temps ou à aller se cacher dans la brousse pour se laisser mourir. Ces gens font partie du monde extérieur que je fuis de temps en temps. Mais tu n'en as jamais fait partie. Oui, tu étais triste, déboussolé, mais tu n'as jamais sombré à ce point. Tu as trop de force en toi pour leur ressembler.

Il garda le silence un moment, puis il tendit la main, lui effleura les cheveux.

— Tu brûles les ombres qu'il y a encore en moi, souffla-t-il en souriant.

— Hein ?

— Marions-nous, Meg.

Elle le fixa en silence de ses yeux d'un bleu plus intense que jamais avant de rejeter son morceau de pizza dans la boîte.

— J'aurais dû m'en douter ! explosa-t-elle. Faites l'amour avec un mec, donnez-lui des repas chauds, devenez gâteuse en lui racontant que vous l'aimez et, crac ! il vous parle mariage ! Je croyais pourtant te l'avoir dit : le mariage, ce n'est pas mon truc ! Et ne me regarde pas avec ce sourire idiot ! Pourquoi voudrais-tu te marier avec moi ?

— Parce que je t'aime. Parce que tu m'aimes.

— Et alors ? Pourquoi tout gâcher en nous mariant ?

— Et toi, pourquoi en as-tu une telle trouille ?

Ses yeux ne lançaient pas des éclairs, plutôt des rayons laser – bleus, mortels.

— Épargne-moi ça !

Avec une nonchalance affectée, Nate s'appuya au comptoir, prit son verre de vin, en but une gorgée.

— Tu as peur du mariage ? L'indomptable pilote a les jambes qui flageolent rien qu'en entendant ce mot-là ? Intéressant.

— Mes jambes ne flageolent pas, crétin !

— Épouse-moi, Meg. Tu vois, tu es devenue toute pâle.

— Non, je ne pâlis pas !

— Je t'aime. Je veux passer le reste de ma vie avec toi.

— Vas-tu te taire, bon Dieu ?

— Je veux avoir des enfants avec toi.

— Ah, non ! N'en jette plus ! Tu te crois drôle ? C'est de la stupidité pure et simple ! Tu as déjà subi le parcours du combattant du mariage, tu as pris un bon coup dans l'estomac et tu en redemandes ?

— Elle n'était pas toi, je n'étais pas moi.
— Qu'est-ce que ça veut dire ?
— La première partie est simple, personne au monde ne te ressemble de près ou de loin. Moi, je n'étais pas ce que je suis devenu. Il s'agit donc de deux personnes différentes. Avec toi, Meg, je suis meilleur. Tu me donnes envie d'être meilleur.

Elle sentit les larmes lui monter aux yeux.

— Ne dis pas des choses pareilles. Tu es celui que tu as toujours été. Tu étais un peu secoué, un peu sonné, mais c'est normal quand on subit les épreuves que tu as subies. Je ne suis pas meilleure qu'une autre, Nate. Je suis égoïste, j'ai un caractère de cochon, je veux mener ma vie comme je l'entends, je n'admets pas les contraintes. Et si je vis dans cet endroit, c'est parce que je suis cinglée.

— Je sais. Ne change surtout pas.

— Je savais que tu me poserais des problèmes ! Dès la nuit du Nouvel An, quand j'ai cédé à ce ridicule coup de tête de te faire sortir pour regarder l'aurore boréale.

— Tu portais une superbe robe rouge.

— Tu crois m'attendrir en te souvenant de la couleur de ma robe ?

— Tu m'aimes. Tu me l'as dit.

Elle lâcha un long soupir d'impatience, essuya à deux mains ses joues trempées des larmes qu'elle n'avait pas pu ravaler.

— Oui, c'est vrai. Je t'aime. Dans quel pétrin je me suis fourrée...

— Marions-nous, Meg.

— Tu comptes le répéter longtemps ?

— Jusqu'à ce que tu me donnes une réponse.

— Et si je réponds non ?

— Eh bien, j'attendrai un peu avant de te reposer la question. Me dérober ne m'a mené à rien. J'ai donc décidé de ne plus rien esquiver.

— Tu ne te dérobais pas, tu étais en hibernation.

Le sourire de Nate s'élargit.

— Si tu te voyais ! Je pourrais rester ainsi à te regarder éternellement.

Elle sentit son cœur se serrer au point de lui faire mal. Mais cette douleur avait en même temps une douceur qui estompait sa panique.

— Bon sang, Nate... Tu me rends malade.

— Épouse-moi, Meg.

Elle soupira de nouveau. Puis, parce que la douceur se répandait dans tout le reste de son corps, elle éclata de rire.

— Après tout, qu'est-ce qu'on risque à essayer ?

Et elle lui bondit dessus avec une force qui l'aurait renversé s'il n'était pas appuyé au comptoir et écrasa ses lèvres sur les siennes.

— Je serai la pire des femmes, l'avertit-elle quand ils durent reprendre haleine. Je te contredirai sans arrêt, je te ferai tourner en bourrique, je me battrai pour un oui ou pour un non et je resterai furieuse contre toi si tu gagnes, ce qui ne t'arrivera pas souvent. Mais je ne te mentirai pas, je ne te tromperai pas et je ne te laisserai pas tomber dans les coups durs.

— C'est une bonne base de départ. Je n'ai pas acheté de bague.

— Tu corrigeras cette déplorable erreur le plus tôt possible. Et ne regarde pas à la dépense.

Ils recommençaient à s'embrasser avec passion quand les chiens coururent vers la porte en aboyant. Quelques secondes plus tard, des phares de voiture apparurent derrière la fenêtre.

— Ferme tout, éteins les lumières et cachons-nous, murmura-t-elle sans interrompre le baiser.

— Trop tard. Mais nous recommencerons quand nous serons débarrassés de cet enquiquineur, même s'il faut le tuer.

— D'accord. La paix, vous deux ! fit-elle aux chiens en ouvrant la porte. Ami, ajouta-t-elle après avoir reconnu le jeune homme qui descendait de voiture. Salut, Steven !

— Salut, Meg. Peter m'a dit que le chef Burke était ici. Je peux le voir une minute ?

— Bien sûr, entre. Dehors, vous deux, il est l'heure de courir.

— Bonsoir Steven, dit Nate en lui serrant la main. Ça va ?

— Bonsoir, chef. Mieux que la dernière fois que vous m'avez vu, en tout cas. Maintenant que je suis en meilleur état, je voulais vous remercier en personne de tout ce que vous avez fait. Toi aussi, Meg.

— Tu as gardé tous tes doigts, paraît-il ? demanda-t-elle.
— Dix aux mains et neuf et demi aux pieds. J'ai vraiment eu de la chance. Je suis désolé de vous importuner quand vous n'êtes pas en service, chef.
— Pas de problème.
— Viens t'asseoir, l'invita Meg. Tu veux boire quelque chose ?
— Je veux bien un Coca, merci, répondit-il en s'asseyant. Je suis à la maison pour deux ou trois jours. Je voulais venir plus tôt, seulement j'avais manqué des cours et j'ai beaucoup de rattrapage.
— Vous y arrivez ?
— Pas trop mal. J'aurais voulu venir aussi quand j'ai appris pour Yukon, poursuivit-il d'une voix mal assurée. Vous faites tout ce que vous pouvez, je sais. On m'a expliqué qu'il y avait un fou dans les parages – quand je pense qu'il a tiré sur Peter ! Certaines personnes croient que c'est lui qui a tué Yukon, mais moi...
— Vous n'y croyez pas, enchaîna Nate.
— Yukon était gentil, pourtant il n'aurait jamais suivi un inconnu. Il n'aurait pas quitté le jardin avec quelqu'un qu'il ne connaissait pas, il se serait battu. Il était vieux et à moitié aveugle, je sais, mais il n'aurait pas suivi un inconnu, répéta-t-il. De toute façon, ce n'est pas pour cela que je suis ici. Je vous ai dit ce que je pensais, voilà tout. Je suis venu vous apporter ceci. C'était dans la grotte.

Il sortit de sa poche une petite boucle d'oreille en forme de croix de Malte, qu'il tendit à Nate.

— C'est Scott qui l'a trouvée, poursuivit-il. Elle était par terre, à dix centimètres de... enfin, du corps. Excuse-moi, Meg.
— Pas de quoi, Steve.
— Il l'avait ramassée machinalement et fourrée dans son sac. Après, entre l'hôpital et le reste, il n'y a plus pensé. Il vient de la retrouver dans ses affaires et me l'a donnée en sachant que je rentrais à la maison. Nous pensions qu'elle appartenait à ton père, Meg, et que nous devions te la rendre. Et puis, je me suis dit qu'il valait peut-être mieux la confier d'abord à la police.

— L'avez-vous montrée au sergent Coben ? questionna Nate.

— Non, Scott me l'a donnée juste avant mon départ. J'étais pressé de rentrer à la maison et j'ai pensé que ce serait aussi bien de vous la confier à vous, que vous sauriez quoi en faire.

— Bien pensé, Steven. Merci de l'avoir apportée.

— Je ne sais pas si c'était à lui, dit Meg quand ils furent de nouveau seuls. Ce n'est pas impossible. Il avait des boucles d'oreilles, un anneau d'or, je ne sais plus quoi au juste. Il a aussi pu l'acheter à Anchorage pendant qu'il y était. Ou bien...

— ... elle était peut-être à son assassin, enchaîna Nate, qui regardait la boucle au creux de sa main.

— Tu vas la donner à Coben ?

— Peut-être. J'y réfléchirai.

— Range-la, veux-tu ? Au moins pour ce soir. Je ne veux pas de choses tristes ce soir.

Nate glissa la boucle d'oreille dans la pochette de sa chemise, boutonna le rabat.

— Ça va comme ça ?

— Oui. Tu la montreras demain à Charlene, elle la reconnaîtra peut-être. Pour le moment, oublie-la. Où en étions-nous ? minauda-t-elle en se serrant contre lui.

Elle allait épouser cet homme... Comment y croire ? Se marier avec Ignatious Burke, ses grands yeux tristes et ses mains puissantes. Un homme débordant de patience, d'aspirations, de courage et d'honneur. Elle n'avait rien fait de sa vie pour le mériter. Et c'est justement ce qui rendait l'aventure encore plus merveilleuse.

Ils s'abandonnaient à la montée du désir quand les chiens se mirent à aboyer furieusement dehors. Meg se dégagea instantanément.

— Les chiens ! Ils sont attaqués.

Elle partit en courant. Nate se lança à sa poursuite.

— Une minute, bon Dieu ! Une minute !

C'est alors qu'il entendit tout près de la maison un grondement qui n'avait rien de commun avec celui d'un chien.

28

Meg ouvrait déjà la porte, un fusil à la main, quand il la rattrapa, l'agrippa par un bras.
— Où vas-tu ?
— Protéger mes chiens, ils vont se faire tuer. Fous-moi la paix, Burke, je sais ce que je fais !
Elle le repoussa d'un coup de crosse dans le ventre et fut aussi ahurie qu'enragée quand, au lieu de se plier en deux, il resta impassible et la tira sans douceur en arrière.
— Donne-moi ce fusil.
Des grognements rauques se mêlaient aux aboiements.
— Prends ton arme. Ce sont mes chiens. Il va les tuer !
Nate ignorait qui *il* était mais, d'après le volume sonore, c'était certainement plus gros que le plus gros des molosses.
— Reste ici.
Il alluma les lumières extérieures, saisit son revolver sur le comptoir de la cuisine. Il se demanda plus tard comment il avait pu être assez naïf pour croire qu'elle l'écouterait et resterait en sûreté. Car à peine avait-il ouvert la porte qu'elle se glissa sous son bras et fila telle une flèche vers le champ de bataille.
Nate éprouva une stupeur mêlée de respect en découvrant l'ours, énorme masse de fourrure noire se détachant dans la nuit. Ses dents impressionnantes luisaient dans sa gueule béante d'où sortaient des grondements terrifiants. Les chiens tournaient autour, lançaient de rapides attaques avant de

reculer pour mieux bondir à nouveau. Des taches de sang émaillaient les dernières plaques de neige. Meg tenta en vain de les rappeler, mais ils avaient choisi la lutte plutôt que la fuite. Stimulés par l'odeur du sang, ils étaient revenus à l'état sauvage et ne lui obéissaient plus.

Après un coup de griffe qui envoya un des chiens rouler avec un cri de douleur sur une plaque de neige, la bête se dressa sur ses pattes de derrière. Nate visa la poitrine, fit feu alors même que l'ours le chargeait. Il entendit le fusil de Meg tonner par deux fois. La fourrure ruisselante de sang, l'ours poussa une sorte de hurlement avant de s'abattre à moins d'un mètre de l'endroit où ils se tenaient. Nate sentit la terre trembler sous ses pieds.

Meg lui jeta son fusil et courut vers le chien qui s'approchait en boitant.

— Laisse-moi regarder... ça n'a pas l'air trop grave. Espèce d'idiot, va ! Pourquoi tu n'es pas venu quand je t'ai appelé ?

Nate s'assura que l'ours était bien mort avant de rejoindre Meg.

— Rentre, Meg. Il fait froid, tu vas attraper la mort.

— Ce n'est pas trop grave, je peux le soigner. On avait piégé la maison ! poursuivit-elle en montrant des morceaux de viande déchiquetés qui jonchaient la neige. On a accroché de la viande fraîche pour attirer les ours. Quel est le salaud qui a pu faire ça ?

— Rentrons. Prends les armes, je porterai Bull.

Elle siffla Rock, qui cette fois la suivit, posa les armes dans la cuisine et sortit d'un placard une couverture et une trousse d'urgence.

— Pose-le là et calme-le, dit-elle à Nate, qui entrait à son tour. Il ne va pas aimer ça.

Elle nettoya la plaie, prit une seringue.

— Nous pourrions l'emmener au dispensaire, suggéra Nate.

— Ken ne fera rien de plus que moi. Je vais lui faire une piqûre pour l'anesthésier pendant que je recoudrai la plaie. Je lui donnerai ensuite un antibiotique et le laisserai dormir. Du calme, mon grand, murmura-t-elle en enfonçant l'aiguille. Tu te sentiras mieux après.

— Tu as toujours tous ces trucs médicaux chez toi ? demanda Nate qui continuait à caresser le chien.

— On ne sait jamais ce qui peut arriver, s'esquinter une jambe par exemple en coupant du bois. Et si l'électricité est coupée ou les routes bloquées, qu'est-ce qu'on fait ? On ne peut pas dépendre d'un médecin pour tout et n'importe quoi. Voilà, mon bébé. Maintenant, je vais te panser la patte pour t'empêcher de t'empoisonner en la léchant.

Une fois Bull endormi et Rock pelotonné à côté de lui, elle empoigna la bouteille de vin, en but une longue gorgée au goulot. À la vue de ses mains agitées d'un violent tremblement, Nate la lui reprit.

— Et maintenant, écoute-moi bien. Ne prends jamais plus de risques pareils. As-tu compris ?

— Je devais...

— Non ! J'étais là, avec toi. Tu n'avais pas besoin de sortir à moitié déshabillée pour t'attaquer à un ours !

— Je suis assez grande pour me défendre et m'occuper des miens.

— Maintenant, tu es à moi. Tu ferais bien de t'y habituer.

Elle ne voyait plus l'amant patient et attentionné, le policier à la tête froide, mais un homme tremblant de fureur.

— Je n'allais pas rester à attendre sans rien faire...

— Qui te parle de ne rien faire ? Il y a une différence entre se tourner les pouces et courir tête baissée affronter une situation dont on ignore tout ! Une sacrée différence, Meg, surtout quand tu essaies de te débarrasser de moi à coups de crosse dans le ventre !

— J'ai... j'ai fait ça ? Pardonne-moi, j'ai eu tort.

Elle pressa les paumes de ses mains sur son visage, respira profondément jusqu'à sentir son énervement s'apaiser. Puis elle tendit la main en signe de paix, reprit son vin, le but posément.

— Mes chiens sont mes partenaires, tu sais. Tu n'hésites pas à agir quand ton partenaire est en danger, moi non plus. Et je connaissais la situation, mais je n'avais pas le temps de te l'expliquer. Et puis... je n'ai pas non plus pris le temps de te dire à quel point je me sentais mieux de te savoir là, à côté de moi. Je ne t'en veux pas d'être furieux contre moi. Je te demande seulement de t'arrêter de crier une minute, le temps que je mette quelque chose de chaud. J'ai froid.

— J'ai fini de crier.

Il la prit dans ses bras, la serra contre lui à l'étouffer.

— Je tremble... Je ne tremblerais pas si je ne pouvais pas me raccrocher à toi.

Il l'entraîna vers le salon, remit une bûche dans la cheminée.

— J'éprouve le besoin de te protéger, c'est plus fort que moi. Mais je ne te noierai pas dedans, c'est promis.

— Je sais. J'ai moi aussi le besoin de me protéger moi-même, mais je me forcerai à ne pas t'empoisonner la vie à cause de cela.

— Bon, nous sommes quittes. Et maintenant, explique-moi ce que tu disais à propos de maison piégée.

— Les ours sont voraces, c'est pour cela qu'on doit enterrer ses restes et transporter ses aliments dans des conteneurs scellés quand on va camper. Un ours qui sent de la nourriture est capable de grimper à une échelle. Ils vont même en ville fouiller les poubelles et entrent parfois dans les maisons s'ils ne trouvent rien. On réussit à leur faire peur la plupart du temps, mais pas toujours.

Tout en parlant, elle enfilait un gros pull et un pantalon de laine.

— Il y avait de la viande par terre et je parierais qu'on retrouvera des lambeaux de sacs en plastique dans les parages. Quelqu'un a mis cette viande près de la maison pour attirer un ou plusieurs ours, en sachant que ce genre d'appât est particulièrement efficace à cette époque de l'année. Les ours sortent d'hibernation, ils sont affamés.

— Ce quelqu'un aurait dressé ce piège contre toi ?

— Non, contre toi. Réfléchis une seconde. La viande a dû être déposée dans l'après-midi, avant mon retour. Si nous avions été là, nous nous en serions aperçus. Et si tu avais été seul ici, comme hier soir, qu'aurais-tu fait en entendant ce vacarme ?

— Je serais sorti voir ce qui se passait et j'aurais pris mon arme.

— Ton revolver ? Je ne sais pas si on peut abattre un ours ou même lui faire peur avec un revolver avant qu'il t'emporte la main d'un coup de griffe. Tu aurais plutôt réussi à le rendre fou furieux. Quant à mes chiens, Nate, il aurait fini par les mettre en pièces. Et si tu avais été seul dehors avec ton petit 9 mm, il t'aurait mis en pièces toi aussi. Un ours blessé et enragé aurait enfoncé la porte si tu avais voulu te réfugier à l'intérieur. C'est là-dessus que ce quelqu'un comptait.

— Je dois inquiéter sérieusement ce quelqu'un.

— Au point de te vouloir mort ou estropié à vie. Au point de sacrifier mes chiens pour y arriver.

— Toi aussi, si cela avait mal tourné.

— Oui, moi aussi. Il a juste réussi à me rendre plus folle furieuse qu'un ours blessé. La mort de mon père m'a meurtrie, mais cela s'est passé il y a longtemps et je me serais contentée de savoir son assassin sous les verrous. S'en prendre à mes chiens, ça, je ne le pardonnerai pas. S'en prendre en plus à l'homme que je vais épouser avant qu'il ait eu le temps de m'acheter une bague hors de prix, c'est littéralement inexpiable, ajouta-t-elle en souriant. Tu m'en veux encore ?

— Non. L'image de toi en chemise rouge déboutonnée, le fusil à l'épaule, finira par me paraître plus érotique qu'effrayante.

— Je t'aime vraiment, tu sais ? C'est ce qui me rend malade... Bon, dit-elle en se levant, nous ne pouvons pas laisser cette carcasse dehors, elle attirerait des visiteurs intéressés et les chiens se précipiteraient dessus demain matin. Je vais appeler Jacob, lui demander qu'il vienne m'aider et qu'il essaie de trouver des indices.

Elle se rapprocha en voyant son expression.

— Je sais ce que tu penses : Jacob est venu aujourd'hui apporter de la viande d'ours. Il n'aurait jamais fait une chose pareille, Nate, et je peux t'en donner plusieurs bonnes raisons, outre le fait qu'il m'aime. D'abord, il n'aurait jamais mis les chiens en danger, il les aime et les respecte autant que moi. Ensuite, il savait que je rentrerai ce soir, je l'ai appelé après avoir réparé ma panne. Enfin, s'il avait voulu te tuer, il t'aurait planté un couteau dans le cœur et t'aurait enterré dans un endroit où personne ne t'aurait jamais retrouvé. Ce qui est arrivé ce soir était vicieux et lâche. Un signe de désespoir, aussi.

— Je suis d'accord avec toi. Appelle Jacob.

Le lendemain matin, dans son bureau, Nate examina sa collection d'indices : des débris de plastique ressemblant aux sacs du bazar, des lambeaux de viande crue. Et une boucle d'oreille en argent. L'avait-il déjà vue quelque part, cette boucle ? Un souvenir aussi vague que fugitif essayait de se frayer un chemin dans sa mémoire.

Les hommes portaient désormais souvent des boucles d'oreilles, même en costume cravate. Mais la mode change. Qu'en était-il seize ans auparavant ? La boucle d'oreille n'était pas aussi répandue, elle était avant tout un signe de reconnaissance entre hippies, motards, rockers. Et celle-ci était plutôt ostentatoire. Elle n'appartenait pas à Galloway, Nate en était maintenant quasi certain. Sur les photos, Galloway était mort avec un anneau d'or à l'oreille et, en regardant à la loupe, l'autre oreille n'était pas percée.

En toute logique, elle devait appartenir à son assassin.

La tige – comment s'appelle cette pièce, déjà ? – manquait. Elle était donc restée accrochée à l'oreille tandis que le pendentif tombait à l'insu de son porteur, trop absorbé par son macabre travail consistant à planter le piolet dans la poitrine de sa victime avant de prendre le sac à dos avec l'argent. Combien de temps plus tard s'était-il aperçu de la perte de sa boucle ? Trop tard pour retourner la chercher, en tout cas. Et puis, ce n'était qu'un détail insignifiant. Seulement, c'est sur les détails que se bâtissent les enquêtes – et les murs des cellules.

— Nate, l'appela Peach par l'Interphone, Jacob demande à vous voir.

— Faites-le entrer. J'attendais votre visite, lâcha-t-il quand Jacob eut refermé la porte derrière lui.

— Je voulais vous dire certaines choses que je ne pouvais pas dire devant Meg hier soir.

Ses longs cheveux gris tirés en arrière et noués en catogan dévoilaient les lobes de ses oreilles, vierges de perforations.

— Asseyez-vous.

— Je préfère parler debout. Vous allez m'employer pour en finir avec cette histoire, sinon je le ferai seul. Mais elle doit finir.

Pour la première fois, Nate vit dans l'expression de Jacob une fureur qu'il ne cherchait pas à contenir.

— Elle est *mon* enfant, poursuivit-il. Elle l'a été plus longtemps qu'elle n'a été celle de Pat, il faut que vous le sachiez. Je veux d'une manière ou d'une autre prendre une part active à la recherche de celui qui l'a mise en danger hier soir.

— Voulez-vous une étoile ?

Jacob serra les poings, maîtrisa sa colère avec peine.

— Non. Elle serait trop lourde à porter.

— D'accord. Votre... collaboration restera officieuse. Cela vous convient mieux ?

— Oui.

— Ces gens qui vous ont parlé de l'argent, leurs paroles auraient-elles pu revenir ici, à Lunacy ?

— C'est très possible. Les gens parlent beaucoup, souvent trop. Surtout les Blancs.

— Alors, si le vent de ces paroles a soufflé jusqu'ici, il ne serait pas absurde de penser que, compte tenu de vos rapports avec Galloway et avec Meg, vous m'auriez transmis l'information.

Jacob fit un signe affirmatif.

— Pourquoi ne pas vous avoir fait taire avant que vous ayez pu me parler ?

Cette fois, Jacob fit un large sourire.

— J'ai vécu longtemps et je suis dur à tuer. Pas vous. L'affaire d'hier soir était stupide et mal montée. Vous tirer une balle dans la tête quand vous étiez seul près du lac, vous lester avec des pierres et vous jeter à l'eau aurait été plus efficace. C'est ce que j'aurais fait, moi.

— Merci. Cet individu n'aime pas l'approche directe, même avec Galloway. Il a dû céder à un moment de folie, de convoitise, saisir une chance, peut-être un peu les trois. À mon avis, l'assassinat de Galloway n'était pas prémédité.

Jacob étudia un instant le tableau, hocha la tête.

— Non, approuva-t-il. Il y a des méthodes plus simples pour tuer un homme que d'escalader une montagne.

— Il l'a tué d'un coup de piolet, reprit Nate. Un seul coup. Ensuite, il était trop... raffiné pour arracher l'arme et faire disparaître le corps. Même procédé avec Max, il a mis en scène son suicide. Quant au chien, ce n'était qu'une bête, un moyen de détourner l'attention – et de se venger indirectement de Steven Wise. Il ne m'affrontera jamais face à face. Reconnaissez-vous ceci ? ajouta-t-il en lui tendant la boucle d'oreille.

Jacob fronça les sourcils, l'examina.

— Une sorte de symbole. Ce n'est pas un des nôtres.

— Je crois que l'assassin l'a perdue il y a seize ans. Il l'a sans doute oubliée, mais il la reconnaîtra en la voyant de nouveau. Moi aussi, je l'ai vue quelque part.

Nate garda la boucle d'oreille dans la pochette de sa chemise tout en poursuivant ses activités quotidiennes. Il ne parla à personne de l'incident survenu chez Meg et lui demanda, ainsi qu'à Jacob, de ne pas en souffler mot. Leur mutisme inquiétera le coupable, espérait-il. Pendant ces journées de printemps qui s'allongeaient et voyaient le vert gagner sur le blanc, il faisait son travail de routine, parlait aux gens, écoutait leurs ennuis ou leurs plaintes.

Et vérifiait les oreilles de tous les hommes avec qui il entrait en contact.

— Les trous se referment quand on ne s'en sert plus, lui annonça Meg un soir.

— Tu es sûre ?

— Je m'en étais fait quatre dans cette oreille-ci, dit-elle en se frottant le lobe gauche.

— Quoi ? Tu t'es percée toi-même ?

— Me prends-tu pour une poule mouillée ? Et puis, j'en ai eu assez de porter quatre boucles et les trous se sont rebouchés. Tu vois ?

— Tu aurais pu me le dire avant que je reluque toutes les oreilles des hommes de Lunacy !

— Tu serais mignon tout plein avec une boucle. Je pourrais te percer, si tu veux.

— Non ! Pas question, ni l'oreille ni autre chose !
— Rabat-joie !
— C'est tout moi. Après ce que tu viens de me dire, il faut que je repense à ma liste.
— Tu y penseras plus tard.

Elle se blottit contre lui. Une seconde après, il pensait en effet à tout autre chose.

En passant au *Lodge*, Nate vit Hopp et Ed Woolcott attablés devant une salade de bison.
— Je peux vous déranger une minute ? demanda-t-il en s'approchant de leur table.
— Bien sûr, asseyez-vous, répondit Hopp. Nous sommes en train de chercher le moyen de financer la construction d'une bibliothèque municipale sans bouleverser le budget. Pour commencer, nous pourrions nous contenter de réserver à la bibliothèque une partie du bâtiment destiné au nouveau bureau de poste. Qu'en pensez-vous, Ignatious ?
— L'idée me paraît bonne.
— Nous sommes d'ailleurs d'accord, approuva Woolcott. Sauf que le budget manque un peu d'élasticité pour lui tirer dessus davantage. Ce n'est pas ce que vous voulez m'entendre dire, Hopp, je sais.
— Nous devrons impliquer la population, obtenir des dons de matériaux, de main-d'œuvre, des contributions en numéraire. Quand on passionne les gens sur un projet, ils participent, croyez-moi.
— Je suis de votre avis, opina Nate. Comptez sur moi quand le projet sera lancé. En attendant, j'ai une question d'ordre financier, je comptais passer vous voir à la banque, Ed. Elle remonte à loin, je vous demanderai de faire un effort de mémoire, dit-il en notant machinalement que les oreilles de Woolcott n'étaient pas percées.
— Quand il s'agit de questions bancaires, j'ai la mémoire longue. Allez-y, je vous écoute.
— Ma question est en rapport avec Galloway.
— Pat ? fit-il en baissant la voix et en regardant autour de

lui. Nous ferions peut-être mieux de ne pas en parler ici. Si Charlene…

— Ce ne sera pas long. Selon une de mes sources, Galloway aurait gagné un gros paquet d'argent en jouant au poker à Anchorage.

— Pat a toujours aimé jouer au poker, commenta Hopp.

— Ça, c'est vrai, renchérit Ed. J'ai joué plus d'une fois avec lui, pour des sommes modestes. Il perdait plus souvent qu'il ne gagnait.

— Pas dans le cas dont ma source a parlé. Je me suis donc demandé s'il avait envoyé cet argent ici, au compte qu'il avait chez vous, avant de faire sa dernière ascension.

— Non, autant que je m'en souvienne. Il ne déposait même pas ses paies, quand il en touchait. Nous étions encore une toute petite affaire à cette époque-là, comme je vous l'ai déjà dit. Bien que… au moment du départ de Pat, poursuivit-il en fronçant les sourcils sous l'effort de la réflexion, j'avais pu acquérir une chambre forte et embaucher deux employés à mi-temps. Malgré tout, je m'occupais encore personnellement de toutes les transactions. Mais Pat a toujours été très insouciant sur les questions d'argent. Ce n'était pas le client régulier qui dépose son argent à la banque et vient en retirer.

— Et quand il allait travailler ailleurs, virait-il ses salaires ici ?

— De temps en temps, oui. Je me souviens de Charlene qui venait deux ou trois fois par semaine vérifier s'il avait envoyé quelque chose. Mais s'il avait vraiment gagné une grosse somme, ce dont je doute, il l'a peut-être déposée à Anchorage ou, plus vraisemblablement, fourrée dans une vieille boîte à chaussures.

— Je suis d'accord sur ce dernier point, approuva Hopp. Pat était d'une négligence incroyable avec l'argent.

— Comme beaucoup de gens issus d'un milieu aisé, soupira Ed. En attendant, nous allons devoir jongler avec les chiffres si nous voulons doter notre ville d'une bibliothèque.

— Je vous laisse attraper la migraine, dit Nate en se levant. Merci de m'avoir accordé un peu de votre temps.

— Il ferait mieux de consacrer le sien aux affaires de la ville, grommela Ed quand Nate se fut éloigné.

— Il estime sans doute que cette enquête en fait partie. Rien ne l'empêchera de continuer jusqu'à ce qu'il soit certain que c'est bien Max qui a tué Pat. Il est tenace et obstiné, une bonne qualité chez un policier.

Woolcott répondit par un geste évasif.

Jacob avait raison, certains refusaient de parler à la police même en sa présence. Nate n'avait rien tiré de son passage à Anchorage.

Non que son déplacement eût été complètement infructueux.

— Merci de m'avoir accompagné, Jacob, dit-il quand l'avion se fut posé sur le lac. Vous entrez un moment ?

— Vous avez mieux à faire, répondit Jacob en montrant Meg qui s'approchait du ponton.

— C'est vrai. Alors, à bientôt.

Nate prit pied sur un bout du ponton au moment où Meg arrivait à l'autre, l'air étonnée de voir Jacob redécoller.

— Où va-t-il ?

— Il a d'autres affaires, répondit Nate en lui prenant la main. Tu es rentrée de bonne heure.

— Non, c'est toi qui reviens tard, il est près de huit heures.

— Je n'arrive pas encore à m'y faire, dit-il en regardant le soleil, aussi brillant qu'en plein midi. Où est mon dîner, femme ?

— Très drôle ! Tu mettras des hamburgers d'élan sur le gril. Tu as obtenu quelque chose à Anchorage ?

— Pas au niveau de l'enquête. Et toi, bonne journée ?

— Je suis allée moi aussi faire un tour à Anchorage. Et pendant que j'y étais, je suis entrée dans une fabuleuse boutique où ils vendent, entre autres, des robes de mariée.

— Pas possible !

— Si, et arrête de sourire bêtement. Je t'ai déjà dit que je ne voulais pas de noce à grand tralala, juste une petite fête ici, à la maison, avec quelques bons amis. Mais je veux quand même une robe à te faire tomber par terre.

— Tu l'as trouvée ?

— Tu verras. J'aime mon hamburger bien cuit.

— Noté. Avant de dîner, j'ai fait un peu de shopping moi aussi. Devine ce que c'est, dit-il en sortant un écrin de sa poche.

— Donne.

Il souleva le couvercle et eut le plaisir de la voir écarquiller les yeux en découvrant un solitaire entouré de brillants sertis sur un anneau de platine. Elle lui arracha l'écrin des mains et entama autour du jardin une sorte de danse païenne en émettant des sons inarticulés qu'il estima de nature approbative.

— Dois-je comprendre qu'elle te plaît ?

— Ça, chef Burke, c'est ce que j'appelle une bague ! Une pure folie, elle a dû te coûter une fortune, mais elle est parfaite ! Et maintenant, passe-la-moi au doigt, vite !

— Excuse-moi, j'aurais aimé un peu plus de dignité pour un moment aussi solennel.

— Nous avons déjà dépassé le point de non-retour en ce qui concerne la dignité. Allez, donne ! insista-t-elle en agitant les doigts.

— Encore heureux que je ne me sois pas creusé la cervelle pour composer un petit discours.

Il lui glissa au doigt la bague, qui scintilla aussitôt sous le soleil.

— Tu sais que je t'aime de plus en plus ? Je ne sais pas si je suis parfaite pour toi, Nate, mais toi tu es plus que parfait pour moi.

Il lui prit la main, la porta à ses lèvres.

— Et les gens pensent que la perfection n'est pas de ce monde... Allons faire griller ces hamburgers.

29

Nate ouvrit le hayon de son 4 × 4, fit monter les chiens en aidant Bull, qui boitait encore. Meg ne voulait plus les laisser seuls à la maison. Elle les emmenait avec elle, les confiait à Jacob ou, quand ni l'une ni l'autre solution n'était possible, les mettait au chenil du *Lodge*.

— Bon vol, dit Nate en l'embrassant.

Comme il en avait pris l'habitude, il attendit qu'elle ait décollé avant de partir. Il aimait la voir glisser de l'eau à l'air dans le grondement du moteur. Et pendant ce temps, il ne pensait qu'à elle, à eux, à l'existence qu'ils allaient bâtir.

Depuis la fonte des neiges, Meg aménageait deux massifs de fleurs, un de chaque côté de la porte. Ses delphiniums pousseraient jusqu'à plus de trois mètres de haut, affirmait-elle, et les dahlias seraient aussi gros que des roues de camion. Nate avait maintenant hâte de s'asseoir près d'elle dans le jardin pour admirer ses fleurs pendant les nuits d'été où le soleil n'en finissait pas de briller. Un plaisir simple. Leur vie pourrait être faite de milliers de plaisirs et de moments simples, sans pourtant être jamais ordinaire.

Il vit l'avion prendre de l'altitude, petit oiseau rouge dans le bleu du ciel, battre des ailes pour le saluer. Puis, le silence revenu, il monta en voiture avec les chiens et se força à penser à autre chose.

Peut-être avait-il tort de placer tant d'espoir dans une boucle d'oreille et la rumeur non confirmée que Galloway avait été en possession d'une somme d'argent d'un montant inconnu. Mais il avait vu cette boucle d'oreille quelque part et il se le rappellerait. Tôt ou tard, la mémoire lui reviendrait. Et l'argent cousinait souvent avec le crime. Galloway avait eu à la fois de l'argent et une belle femme que d'autres convoitaient, mobiles suffisants pour pousser au meurtre.

Le comité des fêtes commençait à accrocher les banderoles et les oriflammes de la parade. Dans la grand-rue, les gens astiquaient leurs maisons ou leurs commerces. Des pots de fleurs ornaient les perrons, les volets et les portes étaient repeints de frais. Le long des trottoirs, motocyclettes et scooters prenaient la place des motoneiges. Le printemps s'épanouissait dans la plaine, mais les montagnes qui l'écrasaient de leur masse s'entêtaient à rester en hiver.

Arrivé au *Lodge*, Nate enferma les chiens au chenil en évitant leurs regards chargés de reproches. Il s'enquit ensuite de Charlene, qu'il trouva dans son bureau.

— Je vais vous poser une question qui ne vous plaira pas.

— Depuis quand avez-vous des scrupules ?

— Qui est le premier homme avec lequel vous avez couché après le départ de Galloway ?

— Je ne cafarde pas, Nate ! Vous le sauriez si vous aviez accepté mes... mes propositions.

— Il ne s'agit pas de potins ni d'un jeu, Charlene. Vous aimeriez savoir qui a tué Pat Galloway, je pense ?

— Bien sûr que oui ! Je demande tous les jours à Bing si la terre a assez fondu pour creuser sa tombe.

— Quand ma mère a enterré mon père, elle a tourné en rond dans la maison tel un fantôme pendant des mois. Elle faisait ce qu'il fallait, comme vous, mais personne ne pouvait communiquer avec elle. Moi, en tout cas, je n'y suis plus jamais arrivé.

— C'est triste, dit-elle en s'essuyant les yeux.

— Mais vous, vous n'avez pas réagi de la sorte, vous n'êtes pas devenue un fantôme ambulant. Je vous demande de m'aider. Qui a cherché à prendre la place de Galloway ?

— Demandez plutôt qui n'a pas essayé. J'étais jeune, j'étais belle. Et surtout, j'étais seule. Je ne savais pas qu'il était mort. Si je l'avais su, je ne me serais pas autant... pressée. J'étais blessée, furieuse qu'il m'ait abandonnée. Alors, quand ils m'ont tous tourné autour comme des mouches autour d'un pot de confiture, je ne vois pas pourquoi je me serais privée de faire mon choix.

— Personne ne vous le reproche, Charlene.

— Le premier, c'était John. Il était si gentil, si plein d'égards, si patient. Je savais qu'il avait le béguin pour moi. Mais il n'a pas été le seul. J'ai brisé plein de cœurs, de ménages aussi. Et je m'en moquais.

Un instant, elle garda le silence.

— Personne n'a tué Pat à cause de moi, reprit-elle. Ou si quelqu'un l'a fait, il a perdu son temps, parce que aucun ne m'a jamais intéressée. Je ne leur ai rien donné sans leur reprendre au centuple. Non, il n'est pas mort à cause de moi. Mais si c'était le cas, je ne pourrais plus vivre en sachant cela, je vous le jure.

Nate passa derrière elle, posa les mains sur ses épaules, les massa avec douceur.

— Il n'est pas mort à cause de vous, Charlene.

— J'ai toujours attendu son retour pour lui montrer que je n'étais pas morte de chagrin et pour me faire désirer de nouveau. Je l'ai attendu jusqu'au jour où Meg et vous êtes montés le chercher là-haut.

— Il vous serait revenu, Charlene. Dans mon métier, on finit par connaître les victimes autant, sinon plus, que les criminels. On les comprend, on les connaît parfois mieux que leurs proches. Il vous serait revenu.

— C'est la plus belle chose que personne ne m'ait jamais dite.

Il lui donna une petite tape sur l'épaule, s'écarta.

— Reconnaissez-vous ceci ? demanda-t-il en lui montrant la boucle d'oreille.

— Ce n'est pas laid, convint-elle au bout d'un moment. Seulement c'est plutôt masculin. Pas mon style, en tout cas.

— Aurait-elle pu appartenir à Pat ?

— Non, sûrement pas. C'est une croix, il n'aimait pas les symboles religieux.

— L'avez-vous déjà vue ?

— Je ne crois pas. Mais je ne m'en souviendrais pas, ce n'est pas le genre de choses qu'on remarque.

Nate décida de montrer la boucle pour provoquer des réactions. Apercevant Bing en train d'engouffrer son petit déjeuner au *Lodge*, il commença par lui.

— Vous n'auriez pas perdu ce truc-là ?

Bing y jeta un coup d'œil distrait.

— Non. Et la dernière fois que je vous ai dit avoir perdu quelque chose, je n'ai eu que des emmerdes.

— Vous ne sauriez pas à qui elle est, par hasard ?

— Je passe pas mon temps à regarder les oreilles des gens.

Nate remit la boucle dans sa pochette. Il remarqua que Bing s'était taillé la barbe, sa tenue de printemps sans doute.

— C'est curieux, je ne trouve personne qui se souvienne de vous avoir vu ici pendant le mois de février 1988. Un ou deux, en revanche, croient se rappeler que vous n'y étiez pas. Max était absent, lui. J'ai entendu dire que vous aviez un faible pour Carrie, à l'époque.

— Pas plus que pour d'autres.

— L'occasion aurait pourtant été bonne de la souffler à Max. Vous n'êtes pas homme à laisser passer les bonnes occasions.

— Je lui plaisais pas, pourquoi j'aurais perdu mon temps ? C'est plus facile d'en trouver une qu'on paie à l'heure, non ? Je suis peut-être allé faire un tour à Anchorage cet hiver-là. Il y avait une pute avec qui je faisais des affaires. Galloway aussi.

— La grosse Kate ?

— Oui. Elle a claqué d'une crise cardiaque entre deux passes, c'est bien dommage. J'ai peut-être croisé Galloway à sa porte, si ça se trouve.

— Vous lui avez parlé ?

— J'avais autre chose en tête. Lui aussi. Le poker.

Nate feignit l'étonnement.

— Vraiment ? Vous vous rappelez des tas de détails, depuis la dernière fois qu'on s'est parlé.

— Vous passez votre temps à me couper l'appétit. Il a bien fallu que je repense à tout ça.

— Vous avez joué dans la même partie, lui et vous ?

— Non. Moi j'y allais pour me faire une pute, pas pour jouer.

— Vous a-t-il parlé de son projet d'ascension de la Sans Nom ?

— Il remontait son pantalon pendant que je baissais le mien, on pensait pas à bavarder, bon Dieu ! Il m'a juste dit qu'il tenait un bon filon, qu'il s'offrait une récréation avec Kate et qu'il y retournait. Kate m'a dit après que les affaires marchaient bien, que les types de Lunacy faisaient la queue chez elle. Puis on a fait notre affaire.

— Avez-vous revu Galloway après votre... affaire avec Kate ?

— Je m'en souviens pas. Je suis allé chez un copain trappeur, je suis resté chez lui deux, trois jours. Un peu de chasse, un peu de pêche et je suis rentré chez moi.

— Votre copain pourrait le confirmer ?

— J'ai besoin de personne pour confirmer, répliqua Bing avec hargne. De toute façon, il est mort en 1996.

Commode, pensa Nate après l'avoir quitté. Ses deux alibis potentiels disparus de la scène. Ou alors, on pouvait voir les choses sous un autre angle. Le couteau et les gants volés laissés intentionnellement près du cadavre du chien appartenaient à Bing, qui avait vu Galloway à Anchorage en février 1988 et lui avait parlé. Il ne serait pas absurde d'imaginer Galloway revenant à la table de jeu ou retrouvant ses amis au bar en leur racontant : « Devinez sur qui je viens de tomber en sortant de chez la grosse Kate ? » Le monde est petit. Si Bing disait la vérité, ce dont Nate ne doutait plus, l'assassin aurait eu lieu de s'inquiéter si Galloway avait mentionné à Bing avec quels concitoyens de Lunacy il jouait au poker ou se payait la grosse Kate. De ce fait, Bing serait un témoin gênant dont il fallait se débarrasser.

Il exhiba la boucle d'oreille à quelques autres personnes, sans plus de résultat. De retour au poste, il la montra à Otto.

— Ça ne me dit rien, répondit ce dernier.

Leurs rapports s'étaient sensiblement refroidis. Nate le regrettait, mais n'y pouvait rien.

— J'ai toujours pensé que la croix de Malte était un symbole plus militaire que religieux, hasarda-t-il.

— Quand je servais dans le corps des marines, les hommes ne portaient pas de boucles d'oreilles, répliqua Otto sèchement.

Nate hésita brièvement avant de lui raconter la visite de l'ours autour de la maison de Meg.

— Qu'est-ce que c'est, cette histoire ? gronda Otto. Vous vous demandez maintenant si c'est moi qui ai fait un coup aussi vicieux et aussi lâche ? Si je suis capable de faire massacrer deux personnes dont une femme ? J'ai déjà mal digéré que vous ayez jeté mon nom dans le chapeau pour Galloway, pour Max et même pour Yukon, mais je l'ai avalé. Cette fois, vous allez trop loin ! J'étais un marine, je sais comment tuer un homme quand il le faut et cacher son corps dans un endroit où personne ne le retrouvera jamais. Mais je ne suis ni un lâche ni un menteur, chef !

Il avait craché ce dernier mot comme une insulte.

— Je sais, Otto. Vous connaissez tout le monde en ville, c'est pour ça que je vous demande qui a pu commettre un acte aussi abject.

Otto tremblait de rage. Nate le vit se dominer peu à peu.

— Je n'en sais rien, répondit-il enfin. Mais cet individu ne mérite pas de vivre.

— La boucle d'oreille lui appartenait.

Dans le regard d'Otto, l'intérêt fit à nouveau place à la colère.

— Vous l'avez trouvée chez Meg ?

— Non, à côté du corps de Galloway. Réfléchissez. À qui Galloway faisait-il assez confiance pour l'accompagner dans une ascension d'hiver ? Qui aurait tiré profit de sa mort ? Qui portait cela à l'oreille ? Qui, en plus, a pu quitter la ville pendant une quinzaine de jours sans provoquer d'étonnement ni de commentaires ?

Otto garda le silence un long moment.

— Cela veut dire que vous me remettez dans le coup, chef ?

Cette fois, le mot n'avait rien de péjoratif.

— Oui, Otto. Au travail.

Lorsque Meg arriva au *Lodge*, Charlene donnait aux chiens des restes appétissants.

— Il ne fallait pas que ces bonnes choses se perdent, fit-elle pour s'excuser. Ils détestent rester enfermés, les pauvres chéris.

— J'oublie toujours que tu aimes les chiens. Pourquoi n'en as-tu jamais eu ?

— J'ai déjà assez fort à faire. Montre.

Elle prit la main de Meg, souleva la bague presque sous son nez.

— Joanna s'en est pâmée d'admiration quand tu es allée au dispensaire faire soigner Bull, elle l'a raconté à Rose qui m'en a parlé. J'aurais préféré l'apprendre directement par toi. Il a bien fait les choses.

— Oui. J'ai de la chance.

— Tu as de la chance, répéta Charlene en lâchant la main de Meg. Lui aussi.

Meg ne répondit pas aussitôt.

— Alors ? J'attends la vacherie.

— Il n'y en a pas. Vous êtes bien ensemble. Si tu veux te marier, autant que ce soit avec un homme avec qui tu es bien.

— Pourquoi pas un homme qui me rend heureuse, plutôt ?

— C'est ce que je disais.

Elles s'observèrent, mal à l'aise.

— Écoute, Charlene, tu pourrais peut-être m'aider à préparer une petite fête pour notre mariage, hasarda Meg, qui vit l'expression de sa mère refléter l'étonnement et le plaisir. Rien d'extraordinaire, mais je veux quand même célébrer l'occasion. Tu es douée pour organiser ce genre de choses.

— Bien sûr. Sans rien faire d'extravagant, il faudra quand même un bon buffet, de quoi boire. Et une belle décoration, aussi. Des fleurs, des rubans. Nous devrons en parler.

— Avec plaisir. Pas tout de suite, demain. J'ai encore des courses à faire. Comme les chiens viennent juste de manger, je peux te les laisser un moment ?

— Bien sûr, ma chérie.

Le lendemain matin, Nate épingla son étoile sur une chemise kaki réglementaire. Mme le maire l'avait avisé que, pour la grande parade, une tenue officielle était hautement souhaitable.

— Quel beau flic sexy, commenta Meg. Tu n'as pas envie de revenir au lit ?

— Impossible, je devrais déjà être à pied d'œuvre. Nous attendons près de deux mille personnes dans les rues. Hopp et Charlene ont bien fait leur travail de relations publiques.

— Bon. Puisque tu es service-service, donne-moi dix minutes, je t'emmène en avion.

— Il te faudra plus longtemps pour faire ta *check-list* et voler jusqu'en ville que moi pour y aller en voiture. De toute façon, tu ne seras jamais prête en dix minutes.

— J'en serais parfaitement capable si quelqu'un descendait préparer le café pendant que je m'habille.

Il regardait encore sa montre en soupirant qu'elle s'était déjà engouffrée dans la douche. Quand il remonta avec le café, Meg finissait de s'habiller.

— Impressionnant, admit-il.

— Je suis très efficace quand je veux, mon chou. Et puis, nous aurons un peu de temps pour discuter mariage. J'ai réussi à dissuader Charlene de monter une pergola décorée de roses roses.

— Qu'est-ce que c'est, une pergola ?

— Aucune idée, mais il n'y en aura pas. Elle y tenait surtout parce que, selon elle, c'est un cadre idéal pour les photos.

— Je constate avec plaisir que vous vous êtes raccommodées.

— Ça durera ce que ça durera ; pendant ce temps, la vie sera un peu moins pénible. Big Mike et elle se creusent la tête pour fabriquer une pièce montée spectaculaire. Au fait, elle dit aussi que tu devras t'acheter un costume neuf.

— J'en ai déjà un.

— Elle a précisé *neuf*. Gris ardoise, pas gris clair – à moins que ce ne soit le contraire, je ne sais plus. Tu te débrouilleras avec elle.

— Aurai-je le droit de choisir mes sous-vêtements ? grommela-t-il.

— Vois ça avec elle. Alors, tu viens ? Tu retardes le défilé !

Elle dévala l'escalier en riant, il se lança à sa poursuite. Ils étaient à la porte quand il stoppa net. Tout lui revint d'un coup en mémoire.

— Bon Dieu ! Les photos.

Il remontait déjà l'escalier quatre à quatre.

— Quoi ? Tu veux prendre un appareil ? Ah, les hommes ! Et ils râlent que les femmes les mettent en retard.

Quand elle arriva dans sa chambre, elle le vit avec stupeur jeter sur le lit les albums et les boîtes de photos.

— Qu'est-ce que tu fais ?

— C'est là, j'en suis sûr. Je m'en souviens, maintenant.

— Qu'est-ce qui est là ? Qu'est-ce que tu fais avec mes photos ?

— Voyons... Le pique-nique en été... Le feu de camp... Merde !

— Minute ! Comment sais-tu qu'il y a des photos de pique-nique ou de feu de camp ?

— J'ai fouillé. Engueule-moi plus tard.

— J'y compte bien !

— La boucle d'oreille, Meg. Je l'ai vue quand j'ai regardé ces photos. Je suis sûr de l'avoir vue.

Sans plus poser de questions, elle le poussa pour prendre elle aussi une pile de photos et les examiner.

— Tu as vu qui la portait ?

— Oui, dans un groupe. Attends... Devant l'arbre de Noël...

Il empoigna l'album qu'elle s'apprêtait à ouvrir, tourna les pages.

— Là ! Dans le mille.

— Oui, un réveillon de Nouvel An. Ils m'avaient laissée veiller. C'est moi qui ai pris cette photo.

Elle décolla la photo d'une main tremblante. On devinait l'arbre dans un coin, elle avait cadré sur les visages, uniquement les visages. Son père avait sa guitare sur les genoux, elle s'en souvenait maintenant. Il riait, Charlene appuyait une joue contre la sienne. On ne distinguait que la moitié du visage de Max. Mais celui de l'homme assis de l'autre côté de son père, un peu tourné vers quelqu'un d'autre à qui il souriait, était parfaitement net.

Et on voyait clairement la croix de Malte en argent pendue à son oreille.

30

— Ce n'est pas une preuve, Meg.

Assise à côté de lui dans la voiture, elle croisait les bras sur sa poitrine comme pour calmer une douleur.

— Ne me sors pas de conneries, je t'en prie !

— Ce n'est qu'une présomption, pas une preuve formelle. Le fait qu'il ait porté cette boucle sur une photo prise il y a seize ans ne signifie pas obligatoirement qu'il la portait pendant cette ascension. Le premier avocat venu...

— Il a tué mon père.

Ed était rancunier, avait dit Hopp. Nate vit toutes les lignes qu'il avait tracées reliant Galloway à Max, à Bing, à Steven Wise, celles reliant Woolcott à Max – le vieil ami fidèle aidant la veuve éplorée –, à Bing – pour compromettre l'homme susceptible de se rappeler quelques mots échangés à la porte d'une prostituée... Et l'argent. Ed Woolcott était banquier. Quel meilleur moyen de dissimuler une rentrée inexplicable que d'utiliser sa propre banque ?

— Cette ordure de Woolcott a tué mon père, répéta Meg.

— C'est exact. Je le sais, tu le sais, il le sait. Mais cela ne suffit pas pour boucler une enquête.

— Tu la mènes depuis janvier, pas à pas, morceau par morceau, alors que la police d'État l'a pratiquement classée.

— Justement, laisse-moi la finir.

— Que crois-tu que je vais faire ? Lui mettre le canon d'un pistolet sur la tempe ?

Parce qu'il entendait sa voix vibrer de rage et de douleur mal contenues, il lui prit une main.

— Je t'en croirais volontiers capable.

— Je ne le ferai pas. Mais je veux le voir en face, Nate, je veux être là, devant lui, quand tu lui passeras les menottes.

La grand-rue était déjà pleine de spectateurs arrivés en avance pour se réserver les meilleures places le long des trottoirs. Les rires, les cris, les appels se mêlaient aux flonflons déversés par les haut-parleurs de la station de radio. Aux coins des rues transversales, des stands et des camionnettes proposaient des boissons fraîches et des hot dogs. Les bannières claquaient au vent.

Au moins deux mille personnes, estima Nate, dont une grosse minorité d'enfants. Un jour ordinaire, il serait arrivé calmement à la banque et aurait appréhendé Ed dans son bureau. Mais cette journée n'était pas ordinaire.

Il se gara devant le poste, fit entrer Meg avec lui.

— Otto et Peter ? demanda-t-il à Peach.

— Dans la rue, où je devrais déjà être moi aussi, répondit-elle avec impatience. Nous pensions que vous seriez là avant le...

— Rappelez-les. Tous les deux.

— Enfin, Nate, il y a déjà plus de cent personnes rassemblées dans la cour de l'école pour le défilé ! Il nous faut...

— Rappelez-les. Toi, dit-il à Meg en la poussant dans son bureau, tu resteras ici.

— C'est idiot ! Tu ne crois quand même pas que...

— Il a un permis de port d'arme.

— Moi aussi. Donne-m'en une.

— Il a déjà tué trois fois, Meg. Il fera tout et n'importe quoi pour se protéger.

— Je ne suis pas une petite chose que tu peux mettre à l'abri dans un tiroir !

— Je...

— Non ! Chez toi, c'est peut-être instinctif, mais il faudra que tu apprennes à dominer tes instincts. Je ne me plaindrai pas si tu apportes ton travail à la maison, ni si ton travail interfère avec ma vie, je ne te demande pas de changer, mais ne me le demande pas non plus. Donne-moi une arme. Je te promets de ne m'en servir que si c'est absolument indispensable. Je ne veux pas le tuer, il faut qu'il soit vivant, en bonne santé, pour pourrir le plus longtemps possible en prison.

— Je voudrais bien savoir ce qui se passe ! intervint Peach du pas de la porte, les poings sur les hanches. J'ai rappelé les garçons, maintenant il n'y a plus personne dehors pour maintenir l'ordre. Une bande de gamins a déjà accroché un soutien-gorge au mât de cocagne, un cheval du défilé a envoyé un coup de pied à un touriste, qui parle de faire un procès à la ville, et ces deux imbéciles de frères Mackie arrivés avec un baril de bière sont déjà à moitié soûls. Il y a des journalistes et la télévision partout, Nate ! Ce n'est pas l'image que nous voulons donner de notre ville !

— Où est Ed Woolcott ?

— À l'école avec Hopp. Ils sont censés défiler juste après les maudits chevaux. Vais-je savoir ce qui se passe, à la fin ?

— Appelez immédiatement le sergent Coben à Anchorage. Prévenez-le que je vais procéder à l'arrestation d'un suspect pour le meurtre de Patrick Galloway.

— Je ne veux surtout pas l'inquiéter, dit Nate à ses deux adjoints. Pas de violence ni de panique dans la foule. La sécurité des civils doit passer en priorité.

— À nous trois, commenta Otto, nous devrions pouvoir l'appréhender vite et sans problème.

— Peut-être, mais nous ne devons pas risquer de vies. Jusqu'à présent, il n'a aucune raison de chercher à s'enfuir. Pendant le défilé, l'un de nous trois le gardera à l'œil à chaque instant. Voici l'itinéraire du défilé et ses heures de passage, poursuivit-il en se tournant vers le tableau. Woolcott sera sur le char qui suivra la fanfare de l'école. Le défilé parcourra la grand-rue dans les deux sens avant de tourner à gauche pour revenir derrière l'école. Cet endroit-là ne sera pas aussi bondé, nous pourrons le coincer plus calmement et avec un risque minimal.

— On peut faire évacuer la cour de l'école pendant le retour du défilé, suggéra Peter.

— C'est exactement ce que j'allais vous demander. Après

son arrestation, nous l'amènerons ici et Coben le prendra en charge.

— Vous allez le remettre à Coben alors que c'est vous qui avez fait tout le travail ? protesta Otto.

— C'est officiellement son enquête.

— Tu parles ! Les gens de l'État l'ont déjà bouclée, l'enquête. Ils ne veulent pas se casser la tête.

— Ce n'est pas tout à fait vrai. De toute façon, c'est ainsi que ça se passera. Nous avons deux priorités : maintenir l'ordre en assurant la sécurité de la foule et appréhender le suspect. Après, ce sera à Coben de jouer.

— C'est vous le chef, grommela Otto. Il faudra me contenter de voir sa gueule quand vous lui passerez les menottes. Penser que ce fumier a tué ce pauvre vieux chien... Sans parler des deux autres, Pat et Max, enchaîna-t-il en se rappelant la présence de Meg. Yukon était le plus récent, voilà tout.

— Pas de problème, le rassura Meg en se forçant à sourire. Du moment qu'il paie pour les trois, je serai satisfaite.

— Bon, eh bien... Nous risquons de perdre le contact visuel quand le défilé prendra les rues secondaires.

— Non, elles seront couvertes. J'ai deux volontaires civils, dit Nate au moment où Jacob et Bing faisaient leur entrée.

— Il paraît que vous avez un boulot pour moi ? demanda Bing en se grattant le ventre. Ça paie combien ?

Meg attendit que Nate ait distribué les radiotéléphones et envoyé les hommes prendre leurs positions avant d'intervenir.

— Et moi, où suis-je dans tout ça ?

— Avec moi.

Elle accrocha l'étui du .38 à sa ceinture, rabattit sa chemise.

— D'accord.

— On te demandera pourquoi tu ne fais pas le survol prévu.

— Problème de moteur. Cas de force majeure.

La foule avait grossi à vue d'œil. Des odeurs de barbecue et de barbe-à-papa flottaient dans l'air. Des enfants couraient autour du mât de cocagne érigé devant la mairie. Par les portes du *Lodge* grandes ouvertes, Nate vit que Charlene faisait de bonnes affaires avec ceux qui ne se contentaient pas des snacks proposés par les vendeurs ambulants. Des barrières interdisaient la circulation dans les rues transversales. Une équipe de télévision d'Anchorage tournait avec ardeur. *L'Italien* débitait des pizzas, le bazar des appareils photo jetables, des antimoustiques et des cartes postales.

— Une petite ville entreprenante, commenta Meg en remontant en voiture. Et plus sûre à partir de demain, grâce à toi. Otto l'a dit très justement : c'est toi qui as fait tout le travail, chef.

— Allons, allons...

Un calme glacial avait supplanté sa rage précédente.

— Un temps splendide, observa-t-elle quand ils arrivèrent à l'école. Pas un souffle de vent. L'air est immobile comme s'il se retenait en attendant quelque chose.

La fanfare arborait des uniformes bleus à boutons dorés, les cuivres étincelaient au soleil. L'équipe de hockey embarquait sur la remorque à plateau de Bing, dont les bannières de championnats régionaux dissimulaient la rouille.

— Ah ! Vous voilà, Ignatious ! le héla Hopp en tailleur fuchsia. Je me demandais si nous allions devoir nous passer de vous.

— Des petits problèmes à régler. Vous avez du monde.

— Et une station régionale de la NBC pour couvrir l'événement. Tu n'es pas déjà en l'air, Meg ?

— Panne de moteur, Hopp. Désolée.

— Tant pis. Ed, arrêtez de vous pomponner ! Je ne vois pas pourquoi je me suis laissée coller sur un char derrière les chevaux. Une belle décapotable aurait été plus digne.

En costume trois pièces bleu marine à rayures blanches, Woolcott incarnait le parfait banquier.

— Oui, mais moins spectaculaire. Notre chef de la police aurait dû défiler derrière les chevaux, lui aussi.

— La prochaine fois, dit Nate avec nonchalance.

— Je ne vous ai pas encore félicité pour vos fiançailles, poursuivit Ed en lui tendant la main.

Nate était prêt à lui passer les menottes. Il aurait pu le faire en moins de dix secondes si trois élèves du cours élémentaire, poursuivis par un quatrième armé d'un pistolet en plastique, ne s'étaient précipités entre eux. Au même moment, une majorette vint récupérer son bâton qui avait atterri aux pieds de Nate.

— Désolée, chef Burke, il m'a échappé.
— Pas grave. Merci de vos félicitations, Ed.

Il tendit la main pour serrer celle qu'Ed lui tendait encore. Le moment était venu... Jesse surgit alors en courant et lui ceintura les genoux de ses deux bras.

— Je défile moi aussi ! Vous me regarderez, chef Nate !
— Bien sûr, Jesse.

Pas maintenant, pas ici, pensa Nate. *Personne ne doit être en danger aujourd'hui.*

— Rejoins vite ton groupe, Jesse, lui ordonna Hopp. Ed, aidez-moi à grimper sur cet engin. Nous sommes prêts à partir.
— Nous retournons vers le centre à pied, dit Nate. Tout a l'air de bien se passer ici. Je voudrais m'assurer que les Mackie ne font pas de scandale.
— Se doute-t-il de quelque chose ? s'enquit Meg quand ils se furent éloignés, la main dans la main.
— Je suis inquiet. Il y a trop de monde, Meg. Trop d'enfants.
— Je sais, mais ce sera bientôt fini. Il ne faut pas longtemps pour aller d'un bout de la ville à l'autre.

Pour lui, ce serait interminable. Une heure, au moins. Une heure avant de pouvoir arrêter Woolcott sans prendre de risques.

Il repéra Peter au premier carrefour.

— Continuons à marcher jusqu'au marchand de ballons, souffla-t-il à l'oreille de Meg. Je t'en achèterai un. Pendant ce temps, le défilé nous dépassera et nous pourrons surveiller Woolcott un peu plus longtemps.
— J'en veux un rouge.
— Cela va sans dire.

Demi-tour au bout de la ville, retour vers l'école. Les garçons de l'équipe de hockey se seraient déjà dispersés pour rejoindre leurs amis dans la foule. Les musiciens de la fanfare seraient en train d'enlever leurs uniformes dans une des salles de classe. Peter ferait circuler les derniers retardataires.

— C'est vous là-dessous, Harry ? demanda-t-il au clown à la perruque rouge qui tenait une poignée de ballons.

— Une idée de Deb, admit le patron du bazar.

— Ça vous va très bien. Ma chérie en veut un rouge.

Pendant que Harry et Meg bavardaient, Nate regarda autour de lui. Il vit Peter traverser la rue. Du haut de leur char, Hopp et Woolcott jetaient des poignées de bonbons aux enfants qui poussaient des cris de joie. Nate tendit un billet à Harry et, en attendant la monnaie, continua d'observer autour de lui comme un badaud qui ne veut rien perdre du spectacle.

C'est alors qu'il repéra dans la foule les cheveux blonds de Coben qui brillaient au soleil.

— Nom de Dieu, pourquoi il n'a pas attendu avant de se montrer ? gronda-t-il.

Woolcott reconnut Coben au même moment. Voyant son expression de panique, Nate tenta de se frayer un passage dans la foule, plus dense encore à cet endroit. Des applaudissements crépitèrent quand Woolcott sauta du char et même quand il saisit un pistolet sous sa veste. Comme s'il s'agissait d'un spectacle dont il était un protagoniste, la foule s'écarta un peu pour laisser passer Nate, qui put enfin s'élancer vers la chaussée en bousculant les gens.

Soudain, des coups de feu retentirent.

— Tout le monde à terre ! cria-t-il. À terre !

Sur le trottoir déserté derrière les barrières, Woolcott appuyait le canon de son pistolet sur la tête d'une femme.

— Reculez ! cria-t-il à Nate. Jetez votre arme et reculez, sinon je la tuerai ! Vous savez que je le ferai !

— Je sais.

Des voitures, des camions étaient garés dans la rue latérale, où les portes des maisons n'étaient sûrement pas toutes fermées à clé. Il fallait à tout prix garder l'attention de Woolcott concentrée sur lui avant que l'homme, visiblement affolé, n'entraîne son otage dans un bâtiment.

— Où comptez-vous aller, Ed ?

— Ne vous inquiétez pas pour moi, inquiétez-vous plutôt pour elle. Je lui brûlerai la cervelle si vous ne reculez pas.

— Comme à Max ?

— J'ai fait ce que je devais. C'est de cette façon qu'on survit, ici.

Nate voyait la sueur luire sur son visage

— Possible, mais vous ne vous en tirerez pas cette fois-ci. Je vous abattrai sur place si vous faites un geste de trop.

— Jetez votre arme immédiatement, sinon c'est vous qui aurez tué cette femme ! s'écria Ed en traînant la malheureuse en arrière. Comme vous avez tué votre partenaire. Vous n'êtes qu'un minable, Burke. Vous ne supporteriez pas vos remords.

— Moi, si.

Meg, qui venait de rejoindre Nate, braquait son arme entre les yeux de Woolcott.

— Vous me connaissez, ordure. Je vous descendrai comme un chien enragé et je n'en perdrai pas une seconde de sommeil.

— Je vais commencer par la tuer, elle, et ensuite un de vous deux ! avertit Ed.

— Je m'en moque, je ne la connais pas. Allez-y, tirez. Vous serez mort avant qu'elle soit tombée par terre.

— Écarte-toi, Meg, intervint Nate. Et vous, faites ce que je vous dis, poursuivit-il en élevant la voix sans cesser de fixer les yeux de Woolcott.

Il entendit derrière lui un brouhaha de voix, de pas précipités. La foule se ruait au spectacle, sa curiosité plus forte que la peur.

— Posez votre arme et lâchez cette femme. Faites-le immédiatement si vous voulez avoir une chance de vous en tirer.

Nate vit alors Coben s'approcher par-derrière et comprit que le pire allait se produire.

Woolcott pivota, fit feu. Coben se jeta à terre, l'épaule ensanglantée, en lâchant son arme qui glissa sur le trottoir. Nate entendit en même temps une balle percuter le mur du bâtiment devant lequel il était et des hurlements s'élever de la foule. Il poussa Meg sans ménagements sur le côté et s'avança vers Woolcott, braquant sur lui son revolver d'une main ferme et assurée.

— Si quelqu'un doit mourir aujourd'hui, Ed, ce sera vous.

— Qu'est-ce que vous faites, bon Dieu ? glapit Woolcott, affolé.

— Mon travail. Lâchez votre arme ou je vous abats.
— Allez vous faire foutre, salaud !

Il poussa la femme en larmes sur Nate, plongea sous une voiture. Nate laissa la femme tomber, roula à son tour sous une autre voiture et en ressortit sur la chaussée. Derrière lui, Meg réconfortait la femme, dont elle avait dit – pour faire diversion – que sa mort lui indifférait.

— Tue-le, ce salaud ! cria-t-elle à Nate avant de ramper vers Coben, qui se relevait à grand-peine.

Woolcott fit feu, sa balle pulvérisa un pare-brise.

— C'est fini, Ed ! cria Nate.
— Vous n'êtes qu'un minable ! Un pauvre type !

Il y avait plus de panique que de rage dans sa voix chevrotante. Le visage ruisselant de larmes, il sortit de son abri en tirant au hasard. Des éclats de verre jaillirent, des balles ricochèrent sur du métal. Debout au milieu de la chaussée, prêt à faire feu, Nate sentit sur son bras comme une piqûre de guêpe.

— Une dernière fois, lâchez cette arme, pauvre imbécile.

Avec un hurlement, Woolcott le visa. Et Nate fit feu.

Woolcott porta la main à sa cuisse, s'affaissa lentement, tandis que Nate continuait d'avancer du même pas jusqu'au pistolet que Woolcott avait lâché.

— Vous êtes en état d'arrestation, minable vous-même, dit-il en le retournant sur le ventre d'un coup de pied pour lui passer les menottes dans le dos. Vous avez tiré sur un officier de police. Non, deux, ajouta-t-il en apercevant le filet de sang qui coulait au-dessus de son coude. Vous êtes cuit.

— Faut-il aller chercher Ken ? fit la voix de Hopp.

Elle parlait d'une voix calme, mais Nate vit qu'elle tremblait de tous ses membres.

— Ce ne serait pas inutile. Il faudrait aussi faire reculer ces gens.

— Ça, répondit-elle avec un pauvre sourire, c'est votre travail, chef. L'équipe de télévision a tout filmé, poursuivit-elle en baissant sur Woolcott un regard glacial. Un film est admissible comme preuve devant un tribunal. Et il y a une chose que nous dirons clairement dans les prochaines interviews, c'est que cet individu n'est pas l'un des nôtres. Mais vous, conclut-elle en tendant la main à Nate encore accroupi, vous l'êtes. Vous l'êtes, Ignatious, et j'en remercie Dieu.

Il lui prit la main, se releva.

— Des blessés dans la foule ?

— Quelques bosses, des égratignures. Vous nous avez bien protégés.

— Merci, madame le maire.

En se retournant, il vit Otto et Peter qui faisaient déjà refluer la foule et Meg accroupie près d'une maison, les mains rougies. Elle avait réussi à poser un pansement de fortune sur l'épaule blessée de Coben.

Elle leva une main, la passa distraitement sur sa joue, qu'elle tacha de sang. Puis, avec un large sourire à Nate, elle lui lança un baiser.

Les médias s'en donnèrent à cœur joie.

L'arrestation mouvementée d'Ed Woolcott, meurtrier présumé de Patrick Galloway, l'homme de glace de la montagne Sans Nom, eut droit pendant plusieurs semaines à une couverture nationale. Puis le mois de mai passa et, avec lui, l'intérêt du monde extérieur.

— Les journées rallongent, dit Meg en venant s'asseoir près de Nate sur le banc devant la porte.

À dix heures du soir, il faisait aussi clair qu'à midi.

— J'aime les journées longues.

Le jardin était magnifique. Les dahlias étaient aussi spectaculaires qu'elle l'avait annoncé, les delphiniums lançaient leurs fleurs bleues à un mètre de hauteur et ils allaient encore grandir pendant l'été.

La veille, Meg avait enfin enterré son père. La ville était venue au grand complet. Les médias aussi, mais les habitants comptaient plus aux yeux de Meg.

Charlene s'était montrée aussi calme et digne qu'elle en était capable. Sans se faire valoir devant les caméras, elle était restée droite pendant toute la cérémonie, sa main dans la main du Professeur – qui avait repris sa démission. Peut-être réussiraient-ils, pensait Meg. Peut-être pas. La vie est faite d'incertitudes. Elle, en tout cas, était sûre d'une chose : samedi, elle allait épouser l'homme qu'elle aimait sous la lumière de la nuit d'été, devant le lac et les montagnes.

— Dis-moi ce que tu as appris quand tu es allé voir Coben.

Il savait qu'elle lui poserait la question, et il lui répondrait sans rien lui cacher. Pas parce qu'il s'agissait de son père, mais parce qu'elle avait à cœur ce qu'il faisait et ce qu'il était.

— Woolcott a pris pour avocat un ténor d'en bas. Il va plaider la légitime défense en ce qui concerne ton père. Galloway aurait eu un coup de folie, Woolcott aurait pris peur et n'aurait fait que se défendre. Il prétend avoir gagné lui-même les douze mille dollars apparus mystérieusement dans ses coffres au mois de mars, mais des témoins diront le contraire et son argument ne tiendra pas. Il affirme n'avoir rien à voir avec le reste. Cela ne tiendra pas non plus. Tu es sûre de vouloir tout entendre ?

Un nuage de moustiques faisait un bruit de tronçonneuse à la lisière du bois.

— Oui. Continue.

— Sa femme a perdu la tête au point d'avoir lâché de quoi détruire ses alibis pour la mort de Max et celle de Yukon. En plus, Harry a déclaré que Woolcott lui a acheté de la viande fraîche le jour de notre rencontre avec l'ours. L'ensemble tisse un filet solide.

— Sans compter, enchaîna-t-elle en lui donnant un petit baiser, qu'il a menacé une touriste, tiré sur un policier d'État et sur notre propre chef de la police municipale, le tout enregistré par le cameraman de la NBC. Du grand spectacle ! Notre beau et brave héros faisant tomber le méchant d'une balle dans la jambe tout en subissant lui-même une blessure...

— Une égratignure, corrigea-t-il.

— Et je ne me suis pas si mal tenue moi-même, alors que tu m'envoyais d'une bourrade m'étaler sur le trottoir.

— Tu es encore mieux maintenant. Les avocats vont plaider la responsabilité atténuée, la démence temporaire...

— Mais ça ne tiendra pas.

— Non. Coben va pouvoir l'emballer proprement.

— Si Coben ne s'était pas montré, tu aurais pu l'emballer sans toute cette mise en scène de western.

— Peut-être.

— Tu aurais aussi pu le tuer.

Nate but une gorgée de bière, écouta le cri d'un aigle.

— Tu le voulais vivant, j'ai fait de mon mieux pour te satisfaire.

— Tu m'as satisfaite.

— Tu ne l'aurais pas tué toi non plus.

Meg affecta de regarder le bout de ses bottes de jardinage.

— N'en sois pas si sûr, Nate.

Elle prit le temps de caresser les chiens, qui revenaient du lac au grand galop.

— Si tu me dis, reprit-elle, qu'il aura beau engager les avocats les plus célèbres d'en bas, il croupira en prison un long, très long moment, je te croirai.

— Il restera à l'ombre un long, très long moment.

— Parfait, affaire classée. Aimerais-tu maintenant aller te promener au bord du lac ?

Il lui prit la main, la porta à ses lèvres.

— Je crois que oui.

— Et aimerais-tu que nous nous étendions dans l'herbe et que nous fassions l'amour jusqu'à être trop épuisés pour nous relever ?

— Le programme me paraît alléchant.

— Les moustiques nous dévoreront tout crus.

— Certaines choses valent la peine de prendre des risques.

Lui, pensa-t-elle, *il vaut la peine de prendre tous les risques.* Elle se leva, lui tendit la main.

— Tu sais que nous pourrons bientôt faire l'amour de manière légitime. Ça ne te privera pas d'un petit frisson ?

— Pas le moins du monde. J'aime les longues journées. Mais je n'ai plus peur des longues nuits. Parce que maintenant j'aurai toujours la lumière. Ici, tout contre moi.

Il la prit aux épaules, l'attira vers lui. Ensemble, ils regardèrent les eaux fraîches du lac qui luisaient sous le soleil, les montagnes altières et blanches qui reflétaient leur éternel hiver sur le bleu du ciel. Et ils partirent du même pas se promener le long du lac.

Remerciements

À mon précieux Logan, fils de mon fils. La vie sera pour toi comme un coffre à trésors, empli d'éclats de rire, d'aventures, de découvertes et de magie. Et au milieu de tous ces joyaux, brillera l'amour.

Composition et mise en pages : FACOMPO, Lisieux

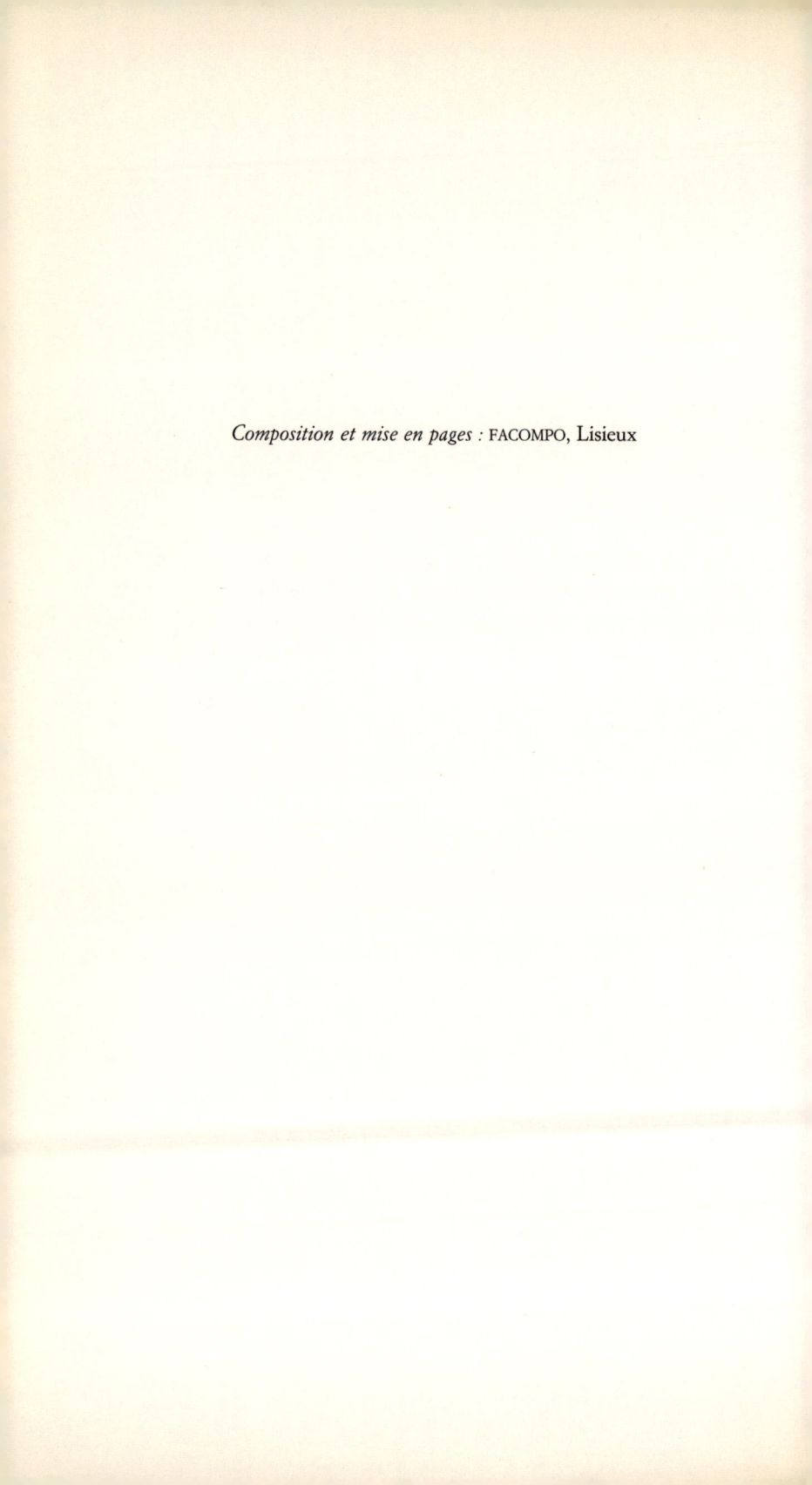

Transcontinental
IMPRESSION
IMPRIMERIE GAGNÉ

IMPRIMÉ AU CANADA